Ketil Bjørnstad
Die Unsterblichen

Roman

Aus dem Norwegischen
von Lothar Schneider

Insel Verlag

Die Originalausgabe erschien 2011 unter dem Titel
De udødelige bei Aschehoug & Co., Oslo
© 2011 H. Aschehoug & Co. (W. Nygaard), Oslo

Die Übersetzung wurde durch NORLA gefördert.

Druck: CPI – Ebner & Spiegel, Ulm
Printed in Germany
Erste Auflage 2011
ISBN 978-3-458-17511-7

1 2 3 4 5 6 – 16 15 14 13 12 11

… And all the men and women merely players,
They have their exits and entrances,
And one man in his time plays many parts …

William Shakespeare, *As You Like It*

1

Der Gedanke kam erst, lange nachdem sie eingeschlafen war. Da hatte er sich schon mindestens eine Stunde im Bett hin und her gewälzt. Seine alte Mutter mußte ins Pflegeheim, diese Entscheidung war nun endgültig, und damit war die Trennung von ihrem Mann unausweichlich. Der Pflegedienst sah sich nicht mehr in der Lage, die prekäre Situation im Brenner-Haus zu verantworten, zu viele Stürze hatte es gegeben, zu viele Auseinandersetzungen, zu viel Streit und Zank; eine solche Verantwortung konnte man nicht länger übernehmen.

Aber es war nicht nur der Gedanke an die Situation von Mutter und Vater, der Thomas wach hielt. Es war eine Sache, die etwas früher passiert war, als er neben Elisabeth im Bett gelegen hatte und sie miteinander redeten. Das machten sie nun öfter, seit sie nicht mehr arbeitete und mehr Zeit für solche Gespräche blieb, obwohl sich an seiner Arbeitssituation als Arzt nichts verändert hatte und er genauso zeitig wie immer aufstehen mußte. Durch diese Gespräche fühlte er sich ihr wieder näher, das war neu. All die Jahre hatten Annika und Line sie voll und ganz beansprucht, und sie hatten sich damit klaglos abgefunden.

Sie bemühten sich, dem anderen zu zeigen, daß zwischen ihnen nach wie vor eine starke Bindung existierte. Kleine Zärtlichkeiten, freundliche Worte. Und seit kurzem hatten sie begonnen, wieder andere Seiten voneinander zuzulassen. Sie entdeckten die alten Bedürfnisse, physische wie psychische, die für ihre Beziehung wichtig waren. Eine Beziehung, die jetzt fast vierzig Jahre dauerte und wahrscheinlich noch viele Jahre dauern würde, wenn sie zu den Glücklichen zählten, die zusammen alt wurden. Auch daran hatte Thomas Brenner in dieser Nacht gedacht, obwohl er wußte, daß die Zeitdimension nicht unbedingt Glück bedeutete, wie er bei seinen Eltern sah, mit all den oft grotesken Schwierigkeiten für die Alten ebenso wie für die Angehörigen.

Aber an all das zu denken war für sie beide längst zur Gewohnheit geworden, das war es also nicht, was Thomas Brenner an diesem Herbstabend des Jahres 2009 nicht einschlafen ließ, als er das Rauschen in den Rohren hörte und wußte, daß die altmodische Zentralheizung ansprang, weil es draußen kälter geworden war. Zuerst war der Gedanke gar nicht klar, war gleichsam noch nicht ins Bewußtsein gedrungen, so als hätte ihn das Unterbewußtsein gedacht. Er verspürte nur ein Unbehagen, die Art von Unbehagen, wie es manchmal bei der Behandlung eines Patienten auftauchte, daß da etwas nicht stimmte, daß den Laborwerten nicht zu trauen war, daß ein Grund bestehen mußte, warum ihn der Patient aufgesucht hatte und beunruhigt war. Und wenn ihn diese Unruhe ansteckte, war das für ihn ein Anlaß zur Sorge. Und jetzt empfand er diese Unruhe, und deshalb wälzte er sich im Bett hin und her.

Aber wer hatte ihn angesteckt? An wen hatte er an diesem Abend gedacht außer an Elisabeth? Er hatte ihre Brust gestreichelt. Mehrmals. Und plötzlich war ihm, als hätte er unter der Haut etwas gespürt, von dem sie anscheinend nichts wußte oder nichts wissen wollte. Einen Knoten. Fest und unverkennbar.

In dem Moment schob sie seine Hand weg. Das konnte zufällig sein. Das konnte auch mit Absicht geschehen sein. Daß sie gemerkt hatte, daß er etwas getastet hatte, von dem sie nicht wollte, daß er sich darum kümmerte. Denn so war es üblich zwischen ihnen, dachte er. Diese Rücksichtnahme war die Stärke ihrer Beziehung. Was aber ganz plötzlich zu einer Schwäche werden konnte. Er dachte wieder an den Knoten. Sie muß da etwas unternehmen, dachte er und schlief ein.

Es war am nächsten Tag, nachmittags, gerade als er im Wartezimmer der Gemeinschaftspraxis, in der er arbeitet, seine alte Schulfreundin Mildred Låtefoss erblickte, daß er ihn wieder spürte, diesen veränderten Herzrhythmus, kräftige Schläge, die in Wellen kamen und den Puls erhöhten. Er wollte gerade die junge Mutter mit dem Kind hereinrufen, die sich angemeldet hatte und schon über eine Dreiviertelstunde wartete. Doch der Anfall war so stark, daß er, statt sie mit der Hand hereinzuwinken, nur murmelte »einen Augenblick«, um dann zurück in sein Sprechzimmer zu gehen und hinter sich die Tür zu schließen. Er spürte, wie der Schweiß kam und gleichzeitig die unvermeidliche Schwäche, die er auch beim letzten Mal gespürt hatte und die ihn zwang, sich wieder auf seinen Stuhl zu setzen. Abwesend und beklommen starrte er hinaus in den Oktobertag vor dem Fenster, das intensive gelbe Laub, das noch an den Bäumen hing, die Stadt und weit unten der Fjord, darüber der rötliche Nachmittagshimmel, der ihn immer an Munchs *Schrei* erinnerte, ein Gedanke, der ihm banal vorkam und schmerzliches Unbehagen erzeugte, manchmal sogar Panik, ohne daß er wußte, warum. Vielleicht war es nur die Vorstellung, daß wieder ein Tag im Meer versank, daß die Sonne das Licht mitnahm, daß er bald dem Alter wieder einen Tag näher gerückt sein würde, ein Lebensabschnitt, von dem er keineswegs so sicher war, ob er ihn würde erleben dürfen.

In wenigen Wochen wurde Elisabeth, die zwei Jahre älter war als er, sechzig. Ein Jubiläum, das ihn schon ein halbes Jahr beschäftigte, den Saal in Slemdal mieten, Musiker engagieren und dafür sorgen, daß Elisabeth, die jedes Aufhebens um ihre Person verabscheute, trotzdem Einladungen an den großen Freundeskreis verschickt hatte.

Er richtete sich auf, hoffte, daß der Anfall vorübergehen würde, wie es bei solchen Anfällen üblich war. Aber als sich der Anfall nach einigen Minuten nicht beruhigte, nahm er sich zusammen und bat die Mutter mit dem Kind herein, wobei er gleichzeitig Mildred Låtefoss mit einem vielsagenden Gesichtsausdruck signalisierte, daß sie danach an der Reihe sei. Er stellte fest, daß das Wartezimmer noch voller geworden war.

Sie war groß und blond und erinnerte ihn an seine jüngere Tochter Line. Aber diese Frau war mindestens zehn Jahre älter, was sich bestätigte, als sie ihre Personenkennziffer nannte. Es folgte ein unverbindliches Geplauder über die Freude, ein Kind zu haben und daß das siebenmonatige Mädchen gesund und kräftig sei, er hatte es bereits früher untersucht. Schon in fünf Monaten würde es in die Krabbelgruppe dürfen, und die Mutter konnte wieder arbeiten gehen. An der Anspannung, mit der sie das sagte, merkte er, daß sie es kaum erwarten konnte, daß sie nicht die übliche Bemerkung hören wollte, es sei wohl zu früh. Er merkte, daß sie so schnell wie möglich zurückwollte zu etwas, das sie wegen des Kindes hatte aufgeben müssen. Eine Art Ordnung wiederherstellen, die ihr momentan fehlte, über die sie nicht verfügte, solange das Kind alles bestimmte. Er versuchte, nicht an sein Herz zu denken, während er mit ihr redete. Das einleitende Gespräch konnte er so lange oder kurz gestalten, wie er wollte. Früher oder später kam der Punkt, an dem er fragen mußte, warum der Patient gekommen war. Darauf konnte sie nicht sofort antworten, rutschte unruhig auf dem Stuhl hin und her. Da nahm er das Kind, hielt es mit beiden Händen, immer wieder gerührt, atmete am Hinterkopf den besonderen Geruch des Kleinkindes ein. Er sah, wie erschöpft die Mutter unter dem glatten Make-up wirkte.

»Ich möchte fragen, ob ich ein Schlafmittel bekommen kann«, sagte sie.

»Für Sie oder Ihre Tochter?« fragte Thomas Brenner. Jetzt sah er, daß ihre Hände zitterten.

»Für Eveline«, antwortete sie, während er ihr das Kind vorsichtig zurückgab. O diese netten, altmodischen Namen, dachte er. Dabei wollte niemand von ihnen zurück in die Vergangenheit. Alles sollte neu und modern sein, schlicht und einfach in der Wohnung und im Kopf. Sie taten ihm nur leid. Sowenig Möbel wie möglich. Sowenig verwirrende Gedanken wie möglich. Dafür stilvoll.

»Eveline schläft nachts kaum noch«, sagte die junge Mutter und war den Tränen nahe. »Ich habe angefangen, ihr Paracetamol zu geben.«

»Damit sollten Sie aufhören«, sagte Thomas Brenner. »Ich kann Ihnen etwas Besseres verschreiben. Aber muß das wirklich sein?«

»Nur für kurze Zeit«, sagte die Mutter mit bittenden Augen. »Ich muß schlafen können.«

Weil du einen Anspruch darauf hast, dachte Thomas Brenner, sagte es aber nicht. Ein deutliches Zeichen für die egoistische Haltung hierzulande. Diese junge Mutter und auch seine eigene Tochter Line, sie glichen diesen Schauspielern und Supermodels, die ihr Geld damit verdienen, der Dummheit des Westens ein Gesicht zu geben.

Mehr und mehr hatte er in den letzten Jahren festgestellt, daß er seinen eigenen Patienten zunehmend mit Abneigung begegnete, daß er bei dem Charme und der Schönheit, die diese jungen Mütter früher für ihn gehabt hatten, jetzt nur daran dachte, wie dumm und egoistisch sie waren. Schlafmittel für einen Säugling? Damit sie bei ihrem Schönheitsschlaf nicht gestört wurden? Es widerte ihn an.

Und darin bestand auch eines seiner gegenwärtigen Probleme, dachte er, daß ihm der Arztberuf auf die Nerven ging, daß er ihm nicht mehr das bedeutete, was er früher bedeutet hatte, daß ein Schatten in sein Leben gekommen war, von dem er nicht genau wußte, woher er kam.

Er hatte sich eigentlich darauf gefreut, älter zu werden, vorausgesetzt, er bliebe gesund. Er hatte gedacht, die Zeit, die nun vor ihm lag, sei eine Zeit für Ruhe, Frieden und Vertiefung, eine Zeit, um zu ernten, die Früchte seiner Arbeit zu genießen, in Konzerte und Ausstellungen zu gehen, Orte zu besuchen, die er schon immer hatte sehen wollen, wie Chicago, die Reise, die er bereits gebucht hatte und die sie gemeinsam gleich nach der Geburtstagsfeier antreten würden, sein Geschenk für Elisabeth, die sich nichts mehr wünschte als Seurats Bild *Un dimanche après-midi à l'Ile de la Grande Jatte* zu sehen, das im Art Institute of Chicago in der Michigan Avenue hing, Elisabeth, die einmal in ihrem Leben das Chicago-Sinfonieorchester live hören wollte und die nicht zuletzt durch Saul Bellows Straßen gehen wollte, ein Autor, den sie über alles schätzte.

Ja, so mußte auch Elisabeth gedacht haben, als sie vor einigen Monaten ihren Arbeitsplatz gekündigt hatte, weil der sich nicht mehr vereinbaren ließ mit den Anforderungen, die ihre Eltern inzwischen an sie stellten, und weil zudem weder Annika noch Line ihr Leben auf die Reihe brachten und im Augenblick voll von Thomas Brenner unterstützt wurden, was er nicht länger zu tun bereit war, nachdem Elisabeth nur noch sporadische Einkünfte in der Telefonzentrale bei Burlington Ltd. hatte, ein Dienst, zu dem sie sich verpflichtet fühlte. Weiter weg vom Auslandseinsatz für Telenor konnte sie kaum kommen.

Also noch ein Zeichen für Streß, unvorhergesehenen Streß, von dem er nicht geglaubt hatte, daß er zu diesem Alter gehörte. Obendrein sein Kammerflimmern, das alles trug nicht dazu bei, daß er seiner fachlichen Motivation entsprechend für die Sorgen der jungen Mutter offen war. Dabei hatte er die Medizin immer als Berufung gesehen.

Langsam, aber durchaus spürbar, hatte sich seine Welt, seine überschaubare, sinnvolle Welt, verändert, war zunehmend von Streß, Sinnlosigkeit und der Orientierung am Geld bestimmt. Daß diese junge Mutter es so eilig hatte, wieder zu arbeiten, provozierte ihn plötzlich, obwohl er wußte, daß das ungerecht war. Es war überhaupt völlig übertrieben, daß er sich so aufregte. Aber ihm fiel auf, daß die junge Frau teure Kleidung trug, ebenso teure Kleidung, wie seine jüngere Tochter anzuziehen pflegte. Und als sie sich plötzlich an ihrem iPhone zu schaffen machte, weil es an ihrer Haut vibriert hatte, hätte er am liebsten gerufen: »Und jetzt sofort raus hier, selbstsüchtige Pute!«

Aber das tat er nicht, wohlerzogen wie er war. Stattdessen reichte er ihr ein Rezept für ein Schlafmittel und sagte, daß er hoffe, daß die süße Kleine jetzt gut schlafen könne, mit schönen Grüßen von der Pharmazie in der Schweiz. Nein, letzteres sagte er nicht. Er kam sich lächerlich vor, jeder Würde beraubt. Die junge Mutter mußte sehen, daß er gestreßt war, daß ihm der Schweiß auf der Stirn stand, daß seine Haut ungesund gerötet war.

Er lächelte sein freundlichstes Lächeln, wünschte alles Gute, schob Mutter nebst Kind hinaus und winkte Mildred Låtefoss herein.

Mildred war Mildred, das sah er sofort. Sie alterte nicht im selben Tempo wie die andern der alten Klassenkameraden vom Gymnasium. Sie gehörten zur besseren Gesellschaft, ausnahmslos. Aber ihre soziale Stellung verhinderte nicht, daß sie unterschiedlich verfielen. Erst vor zwei Wochen war Thomas Brenner auf dem Heimweg von der Praxis angehalten worden. Solrunn Plesner war den Weg aus dem Wald heruntergekommen und hatte ihn, obwohl sie schon zwanzig Meter an ihm vorbei war, angerufen.

»Aber das ist doch Thomas!«

Er erkannte die Stimme wieder. Es war damals die hellste und fröhlichste in der ganzen Klasse gewesen. Sie klang jetzt trüber, und als er sich umwandte, sah er zu seinem Entsetzen eine kleine Kugel von einer Frau, die mit Stökken ging – o diese schrecklichen Stöcke, die zwar der Gesundheit förderlich waren, aber wenn er sah, wie alternde Menschen damit durch die Natur stapften, fand er es unerträglich. Gesundheitsfanatiker, die sich am Leben erhalten wollten, denen man aber wünschte, sie wären tot, wie Line einmal sagte. Sie erinnerten an die Roboter aus *Krieg der Sterne*.

Solrunn Plesner war kaum wiederzuerkennen, hatte zuviel Wasser im Körper und die gleiche ungesunde Röte im Gesicht, wie auch er sie hatte. Wie konnte sie nur so dick werden? dachte er, während er sie umarmte und merkte, wie ihr Haar nach Rauch und Fett stank.

Er war einmal in sie verliebt gewesen. Jetzt wollte er sie so schnell wie möglich loswerden, wollte gar nicht hören, was sie von ihrem Leben erzählte, wie alles schiefgegangen war, Mann und Arbeitsplatz gleichzeitig, Herzinfarkt und

Bluthochdruck, ach ja, er war doch Arzt, habe aber schon genug Patienten, wie er sagte, und es sei besser zu bleiben, wo sie war.

Und dann flüchtete er und bereute es gleich drauf, weil er sich so schäbig vorkam, so primitiv, immer noch fixiert auf die Hochglanzbilder der Jugend. Solrunn Plesner sollte immer noch die Frau sein, in die er sich verlieben könnte.

Das war doch fürchterlich unreif, dachte er. Ein ernster Charakterfehler. Und jetzt saß Mildred Låtefoss vor ihm und brachte ihn dazu, diesen Erinnerungstümpel aufzuwühlen, in dem es einmal viele Wellen gegeben hatte und der jetzt so lange still und ruhig dagelegen hatte. Er dachte kaum mehr an die Vergangenheit, vor allem, weil ihm die Zeit dazu fehlte, dachte nicht daran, daß er und Mildred einst auf einem Klassenfest miteinander geknutscht hatten, daß sie ihm bei verschiedenen Anlässen deutlich signalisiert hatte, daß sie für ihn verfügbar war, wenn er das wollte.

»Was führt dich zu mir?« fragte er und betrachtete die hochgewachsene Frau, die wie er Medizin studiert hatte und die später ihm gegenüber immer sehr aufmerksam gewesen war, ihm Weihnachtskarten und Geburtstagsgrüße geschickt hatte. Er wußte, daß sie Kardiologin am Rikshospital war, daß sie gut verheiratet war, zwei Kinder hatte, im selben Alter wie die seinen, daß sie regelmäßig in Fachzeitschriften publizierte. Merkwürdig, dachte Thomas Brenner, daß sie jetzt zu ihm kam, während er dieses Herzjagen hatte.

Er überlegte einen Moment, ob er ihr davon erzählen sollte, begriff aber schnell, wie unprofessionell das sein würde. Er hatte genügend Kollegen, die so sehr von sich eingenommen waren, daß sie mit ihren Patienten von dem sprachen, was sie beschäftigte, unfähig anzuhören, was der Patient eigentlich sagen wollte. Mildred Låtefoss hatte, indem sie zu ihm kam, gezeigt, daß sie ihm vertraute. Er stellte fest, daß sie die ersten grauen Haare bekam. Sie stand vor derselben Wahl wie Elisabeth, färben oder hinnehmen, das Altern verbergen oder dazu stehen. Er war schon grau, bevor er vierzig Jahre alt wurde.

»Ich komme nicht als Patientin«, sagte sie mit einem Lächeln, »möchte dir aber etwas ins Ohr flüstern.«

Thomas Brenner wurde unruhig. Es gefiel ihm nicht, wie dieses Gespräch anfing.

»Mir etwas zuflüstern?«

»Ja. Es warten zwar draußen noch viele, aber fünf Minuten hast du doch für mich?«

Er nickte und hörte sie reden. Er war so beschaffen, dachte er, daß andere, sobald er in der Nähe war, das Bedürfnis hatten, zu erzählen. Mildred Låtefoss fragte ihn zwar schon, wie es ihm gehe mit der Arbeit und zu Hause, aber bevor er auch nur ansetzen konnte zu einer Antwort, war sie bereits bei ihrem Thema, der Zusammenarbeit der Krankenhäuser. Nach einigen schlimmen Jahren mit viel Hin und Her hatte man endlich beschlossen, die Arrhythmienabteilungen des Ullevål-Krankenhauses und des Rikshospitals zusammenzulegen. Das sei für alle Beteiligten von Vorteil, meinte sie.

Er nickte und spürte, daß sein Herz immer noch hämmerte. Es wäre eine Ironie des Schicksals, wenn er irgendwann auf dem Operationstisch von Mildred Låtefoss landen würde. Sie redete weiter, flüsterte keineswegs wie angekündigt.

Er musterte sie dabei und dachte, daß er froh war, daß sie nie ein Paar geworden waren, was ohne weiteres hätte geschehen können, so interessiert wie sie immer an ihm gewesen war. Elisabeth, im Gymnasium zwei Klassen über ihnen, hatte Mildred in den ersten Jahren als Bedrohung empfunden, obwohl Elisabeth stärker gewesen war, reifer, schöner, alles. Jetzt war das eher umgekehrt, dachte Thomas Brenner wehmütig. Elisabeth hatte verloren, während Mildred an Selbstwert gewonnen hatte. Dieser Gedanke quälte ihn.

Er wußte nicht, wieviel Schuld er daran trug, daß Elisabeth wesentlich schwächer und auch unsicherer wirkte als zu Beginn ihrer Beziehung. Er hatte das bei so vielen Paaren beobachtet, daß der eine Teil den andern fast völlig vereinnahmte, den Partner in einen Schatten verwandelte. Er hatte sich schon lange Sorgen um sie gemacht, und jetzt kam das mit dem Knoten.

Wie sollte er damit umgehen? Als Arzt war er verpflichtet, mit ihr darüber zu reden. Aber er wußte auch, wie unmöglich das sein würde. Sie hatte ihn nie als ihren Arzt akzeptiert, wollte nicht, daß er ihr gegenüber die sorgende Rolle übernahm. Außerdem war sie keineswegs die schwächere. Er wußte, wie kaputt er selbst war. Daran war das Alter schuld, dachte er oft. Er war jetzt unsicherer als zuvor, und darauf war er nicht gefaßt gewesen. Er hatte geglaubt, daß man sich gerade in den Jahren über Fünfzig genügend Reife, Wissen und Souveränität erarbeitet hatte, um darauf vertrauen zu können. Sein Blick glitt von Mildred Låtefoss zum Fenster und weiter zur Stadt und zum Fjord.»… also ist es wichtig, daß du anwesend bist«, sagte sie. Aber er hatte nicht gehört, was sie sagte. Sie merkte es sofort.

»Irgend etwas quält dich«, sagte sie mitfühlend.

»Nein, keine Sorge«, sagte er. »Aber die Tage sind lang«, fügte er entschuldigend hinzu. »Anwesend wo?«

»Bei der Jahresabschlußfeier«, sagte sie mit einem Lächeln. »Es wird von dir erwartet.«

»Aber ich gehe doch immer hin«, sagte er.

»Diesmal ist es besonders wichtig, daß du kommst«, sagte sie. Du meine Güte, dachte er. Wie peinlich. Er sollte offenbar eine Auszeichnung bekommen.

Die Kollegen meinten es gut. Ärzte wie er wurden in regelmäßigen Abständen geehrt. Das konnte verschiedene Gründe haben, humanitäre Arbeit, eine wichtige Veröffentlichung zur Volksaufklärung. Er dachte mit Grausen an die Feier des Vorjahres, als sein Kollege Ulrik Meidel die ersehnte Ehrung bekommen hatte. Er besaß den gepflegtesten Schnauzbart und das größte Ego in der ganzen Ärzteschaft. Und dann hatte er die Auszeichnung in *Silber* erhalten. Den Verdienstorden des Königs in Silber! Das war für ihn wie eine Ohrfeige. Als würde er mit dem Stiefelabsatz in den Dreck getreten. Vor aller Augen der Lächerlichkeit preisgegeben. Er war schließlich zu dieser Feier gekommen in der Gewißheit, ausgezeichnet zu werden. Natürlich hatte das Ordenskomitee sich dafür eingesetzt, daß er die Medaille in Gold bekäme und dazu zum St.-Olavs-Ritter erster Klasse geschlagen würde, aber die Entscheidung lag letztlich beim König und seinen Beamten, und im Falle von Ulrik Meidel hatten sie sich aus irgendeinem Grund für Silber entschieden.

Die Feier wurde deshalb für das Komitee, für die Verleiher des Ordens und für Ulrik Meidel selbst eine schrecklich peinliche Angelegenheit. Ihm kam nicht in den Sinn, daß vielleicht die, die den Orden in Silber bekamen, in der Gesellschaft die besseren Menschen waren. Menschen, die ihr Leben für andere einsetzten, aber nicht über genügend Ego oder Eitelkeit verfügten, um an eine Auszeichnung überhaupt nur zu denken. Muß man sich einer solchen Prozedur aussetzen? dachte Thomas Brenner. Muß man sich derart erniedrigen, um auch zu den eitlen Menschen zu gehören? Soll man so skrupellos sein, sich über eine Ehrung zu freuen, obwohl man weiß, daß es andere gibt, denen sie genauso oder gar noch mehr zusteht?

Jetzt saß also Mildred Låtefoss vor ihm und wollte ihn zum Mittelpunkt solcher Peinlichkeiten machen, ähnlich der Veranstaltung mit Ulrik Meidel, Silber oder Gold oder nichts. Das war paradox, denn wirklich verdient hätte Elisabeth eine solche Auszeichnung. Das wäre eine wichtige Bestätigung für einen schwierigen Lebensabschnitt, auch wenn er wußte, daß derartige Ehrungen nicht ihre Sache waren. Aber alles, was sie in Rußland geleistet hatte, als die Mädchen klein waren, verdiente eine Auszeichnung. Was ihn anging, fühlte er sich mehr und mehr wie auf dem Abstellgleis, mehr und mehr vergessen. Früher hatte man in Fragen der Allgemeinmedizin seinen Rat gesucht. Er war im Rundfunk und im Fernsehen aufgetreten und hatte sich in der Zeitung zu Wort gemeldet. Jetzt war niemand mehr an seinen Kenntnissen interessiert, alles beschränkte sich auf die übliche Routine in der Gemeinschaftspraxis.

Aber das konnte er Mildred Låtefoss nicht erzählen. Das würde sentimental, wenn nicht gar pathetisch klingen. Andererseits konnte er diese lächerliche Ehrung unmöglich ablehnen, das wäre sowohl für Mildred wie für das übrige Komitee eine Beleidigung.

Das Telefon rettete ihn. Es gab nur wenige Gespräche, die die Arzthelferinnen zu ihm ins Sprechzimmer durchstellten. Er entschuldigte sich bei Mildred und griff zum Hörer.

Noch bevor er einen Laut gehört hatte, wußte er, daß es sein Vater war.

»Jetzt ist es beschlossen«, sagte er mit einer zittrigen Stimme, die Thomas nicht an ihm kannte. »Man holt sie morgen um zehn.«

Er ertappte sich dabei, sich zuerst die Konsequenzen dieser Nachricht vorzustellen, bevor er dem Vater all sein Mitgefühl zeigte. Konnte er sich morgen freimachen? Hatte er viele Termine? Er schaltete den PC ein, während er sprach. Er mußte bei der Mutter sein an ihrem ersten Tag im Pflegeheim. Es wurde von ihm erwartet, daß er in dieser Situation die Verantwortung übernahm, außerdem war er Arzt.

»Jetzt wird es ernst, mein Junge!« Der Vater schrie es fast in den Hörer.

»Ich weiß, Vater. Ich weiß, wie schlimm das für euch sein muß.«

»Das ist für uns alle schlimm, Thomas.«

Er hörte, wie der Vater versuchte, sich zusammenzunehmen, sicher weil die Mutter im Stuhl direkt neben ihm saß, so wie sie seit inzwischen fünf Jahren in diesem Zimmer gesessen hatten, das Wohnstube und Küche gleichzeitig war, nur unterbrochen vom Pflegedienst, der drei- bis viermal täglich kam und beiden ins Bad half, zur Toilette oder zum Waschen. In der übrigen Zeit trugen sie Windeln, und das Doppelbett war vom Schlafzimmer im oberen Stock nach unten gebracht worden, damit ihnen das Treppensteigen erspart blieb.

Thomas Brenner merkte, daß Mildred unruhig wurde, sie schien zu erraten, worum es ging, und wollte sich verabschieden. Wahrscheinlich hörte sie die laute Stimme des Vaters am Telefon.

Er bat sie mit einer Handbewegung zu bleiben. Es wäre unhöflich gewesen, sie nach dem, was sie erzählt hatte, einfach gehen zu lassen. Dieser Ausnahmezustand war längst kein Ausnahmezustand mehr. In all diesen Jahren hatte sein Vater angerufen und in den Hörer gebrüllt, so als befürchtete er, der Sohn sei genauso schwerhörig, wie er selbst und seine Frau es geworden waren. Er hatte gebrüllt wegen Glühbirnen, die kaputt waren, Schneelawinen, die vom Dach rutschten, dem Pflegedienst, der unfreundlich gewesen war, Windeln, die ausliefen, aber meistens, weil die Mutter gestürzt war. Fast jede Woche war sie einmal gestürzt, aber offensichtlich hatte sie eine besondere Art, zu fallen, denn erst in diesem Jahr hatte sie sich etwas gebrochen, zuerst den Arm, dann das Handgelenk, aber zum Glück nicht den Oberschenkelhals oder einen Knöchel. Im Gegensatz zu ihrem Ehemann machte sie von alldem kaum ein Aufhebens.

Gordon Brenner dagegen, Vater von Thomas und früher einmal Bauunternehmer, machte Aufhebens für zwei, und das bedeutete eine doppelte Dosis an Ängstlichkeit und Erregung, und einige Zeit hatte er die Nase so voll von den beiden, daß er nicht mehr wußte, was er machen sollte. Denn diese Vorfälle wiederholten sich regelmäßig, und Thomas wurde zeitweise jeden zweiten Nachmittag gerufen, um zu helfen, den Fernseher instand zu setzen, eine bessere Antenne für das Radio zu organisieren oder einzukaufen: Büroklammern, Briefmarken, Windeln, Papiertaschentücher, Aftershave, Malstifte, Manschettenknöpfe, den besonders feinen Fischpudding vom Feinkostladen, die Koteletts bei Ström-Larsen oder das gute Walnußbrot in der kleinen Bäckerei, das seine Mutter Bergljot Brenner so liebte. Es war, als würde durch die Regelmäßigkeit sein Mitgefühl abkühlen, seine Empathie verschwinden.

Und es hatte ihn im vergangenen Jahr besonders irritiert, daß die Empathie für seine Töchter stieg, je mehr die Probleme mit den Alten zunahmen.

Für seine Kinder war er bereit, egal was zu tun, wenn damit für sie ein Hauch von Glück verbunden war, das beide zu verlieren drohten, falls sie es jemals gehabt hatten. Kein Opfer war zu groß. Aber seinen eigenen Eltern gegenüber zeigte er nicht diese Fürsorge.

Und deshalb schämte er sich, denn bei Elisabeth war es umgekehrt. Sie machte oft den Töchtern gegenüber einen sehr distanzierten Eindruck, gerade wenn die sie am meisten brauchten, aber für ihre Eltern opferte sie sich völlig auf. Keine Forderung war ihr zu groß. Und das Ehepaar Dahl war inzwischen genauso pflegebedürftig geworden wie das Ehepaar Brenner. Manchmal sagte er im Spaß, daß sie wie eine eigene Pflegestation seien, daß sie eigentlich auch seine Eltern ins Dahl-Haus bringen und im Dagaliveien ein Pflegeheim einrichten könnten, aber für diese Art von Spaß hatte Elisabeth keinen Sinn. Jedesmal, wenn er derartige verbale Ausrutscher losließ, wurde sie wütend, und so hatte er damit aufgehört. Sie wohnten schließlich im selben Haus, das Ehepaar Tulla und Kaare Dahl idiotischerweise im oberen Stockwerk und Elisabeth mit ihrer Familie im Erdgeschoß. Mehrmals hatte Thomas vorgeschlagen, die Stockwerke doch zu tauschen, aber das kam nicht in Frage, auch nicht für Elisabeth, die immer auf der Seite ihrer Eltern stand, ohne daß er wußte, ob das wirklich so war oder ob sie von den Verpflichtungen und Zwangsvorstellungen überfordert war. Der frühere Immobilienmakler Kaare Dahl mußte einfach eine *Aussicht* haben hinüber zu dem Ort, den er für Drøbak hielt, auch wenn es Nesoddtangen war. Dort, am großen Fenster der Bibliothek, würde er bis zu seinem Todestag sitzen.

Und obwohl Tulla, früher Stewardeß bei der SAS und Thomas' Lieblingsschwiegermutter, wie er gerne scherzte, durchaus offen war für praktische Lösungen und möglicherweise auch das Stockwerk mit der Tochter getauscht hätte, kam es nie soweit. Außerdem hatte auch sie die Aussicht geliebt, solange Fornebu noch der Hauptflughafen Oslos war. Sie hatte ein beinahe sentimentales Verhältnis zu landenden oder startenden Flugzeugen.

Es war, als würden sie ihr Alter nicht wahrhaben wollen, ihre physischen Schwächen und ihre Unselbständigkeit, als würden sie nicht merken, daß sie der Tochter immer mehr aufbürdeten, ohne einen Gedanken daran zu verschwenden, warum Elisabeth ihren Posten bei Telenor gekündigt hatte. Und wenn sie sich Gedanken machten, dann lag für sie der Grund, daß ihre Tochter den Arbeitsplatz aufgegeben hatte eher bei den jämmerlichen Töchtern, die nie erwachsen wurden.

Thomas Brenner hörte seinen Vater an und versuchte, ihn zu beruhigen, dabei war es ihm sehr unangenehm, daß Mildred Låtefoss in diesen intimen Bereich hineingezogen wurde. Aber sie wirkte völlig solidarisch mit ihm, und kaum hatte er den Hörer aufgelegt, nicht ohne zu versichern, daß er am morgigen Tag zur Stelle sein werde, wenn der Krankentransport zu dem verrückt großen Haus im Holmenkollnveien komme, sagte sie:

»Derartige Situationen kenne ich leider. Aber darüber wollen wir jetzt sicher nicht reden?«

»Nein, vielleicht nicht«, sagte Thomas Brenner verlegen. »War das mit der Jahresabschlußfeier alles, was du wolltest?«

Sie lächelte. »Ja. Keine nennenswerten Beschwerden, die deiner Hilfe bedürften. Im Moment.«

Du meine Güte, der Knoten, fiel ihm plötzlich ein. Elisabeths Knoten. Das war es, was im Unterbewußtsein nagte und diesen Tag so trüb machte.

»Wie geht es denn *dir*, Thomas?« sagte Mildred Låtefoss Minuten später an der Tür seines Sprechzimmers und er spürte, daß ihm der Schweiß auf der Stirn stand. »Du siehst schlecht aus.« Sie nahm seine Hände auf eine intime Art, die er in diesem Moment gar nicht ertrug. Wie eine Lehrerin die Hände ihres Schülers nimmt, um mit ihm ein ernstes Wort zu sprechen oder ihn zu trösten.

Und er konnte ihr schließlich nicht erzählen, daß er gerade Herzrhythmusstörungen hatte, das wäre für sie ein willkommener Anlaß, ihn unter ihre Fittiche zu nehmen, und das wollte er absolut nicht. Dabei war ihm klar, daß er im Ernstfall zu ihr gehen würde, und erst heute hatte er daran gedacht, jedenfalls im Unterbewußtsein, daß der Ernstfall da war, daß vielleicht keiner von ihnen mehr gesund war, daß Elisabeth einen Knoten in der Brust hatte und er selbst unter Herzflimmern litt, daß sich bei beiden in diesem Herbst das Alter bemerkbar machte, daß das nur der Anfang war für all die Schmach, die noch kommen würde, die Einschränkung der Möglichkeiten, der langsame Tod, wie er sich sowohl bei den Eltern wie den Schwiegereltern vor seinen Augen abspielte, und dabei waren sie noch keine sechzig, weder Elisabeth noch er.

Wahrscheinlich war der Knoten völlig harmlos. Trotzdem sollte das untersucht werden. Als Arzt würde er sie auf der Stelle zum Spezialisten schicken. Aber sie wollte ihn ja nicht als ihren Arzt. So sind wir nun mal, dachte er. Mit Prinzipien und Zwangsvorstellungen, die uns am Ende direkt in den Tod treiben.

»Ich bin losgeworden, was ich sagen wollte«, sagte Mildred Låtefoss und küßte ihn auf die Wange, nahe beim Mund, dreist und entwaffnend zugleich. Das hatte sie viele Jahre nicht mehr getan, und er errötete verlegen.

»Und du?« sagte er erzürnt und überrumpelt. »Ich habe gar nicht gefragt, wie es dir geht?«

»Ich bin dabei, mich scheiden zu lassen«, sagte sie.

»Darüber können wir ein andermal reden, bei einem Glas Wein.«

Aber er wollte mit Mildred Låtefoss keinen Wein trinken. Er hatte für sie keinen Platz in seinem Leben. Hatte das nie gehabt. Und es erschreckte ihn, daß sie plötzlich wieder da war, ihn mit einem Verdienstorden und einer Scheidung an sich binden wollte, egal wie taktvoll und selbstlos sie auftrat. Dieser Gedanke erzürnte ihn noch mehr. Sie hatte einen Plan. Sie mußte gewußt haben, sowohl intuitiv wie aus Erfahrung, daß er nicht so ohne weiteres für Annäherungen empfänglich war. Aber nun hatte sie ihn in ihr Netz verstrickt, und dieser idiotische Einfall mit der Auszeichnung war sicher von Anfang an nur ihre Idee, und dann hatte sie die ahnungslosen Kollegen auf ihre Seite gezogen.

»Wer von euch geht?« sagte er plötzlich, fast wütend auf sich, weil er das wissen wollte.

»Ich natürlich«, sagte sie. Als sei es völlig klar, daß kein Mann von Mildred Låtefoss weggeht. Ihr Blick war hart und intensiv. Sie betonte eine Wahrheit. »Die Kinder sind aus dem Haus, und Kurt Ove und ich, wir sind fertig miteinander. Das versteht jeder, der uns näher kennt.«

»Und ist er verzweifelt?« fragte Thomas Brenner leise.

Sie nickte und öffnete die Tür zum Wartezimmer, um weitere Kommentare zu vermeiden. »Ja, er ist verzweifelt.«

Er ließ es dabei bewenden. Kurt Ove, dieser nette und immer so wohlmeinende Jasager von einem Mann, einer der führenden Krebsforscher des Landes, was sollte aus ihm werden? Sein Unwohlsein verstärkte sich. Thomas Brenner konnte verstehen, daß sich jüngere Menschen trennten, aber wenn man bald sechzig war? Warum ist ihnen das nicht früher eingefallen? Sind sie nur der Kinder wegen zusammengeblieben? Wirklich? Wie war in diesem

Fall die Stimmung am Abend, wenn die Kinder im Bett waren? Gab es keine Gemeinsamkeit? Saßen sie dann nur da, trommelten mit den Fingern, lasen jeder in seinem Buch und tranken Rotwein, um die Spannung zu verringern? Wenn eine solche Wohlstandsfamilie wie Mildred und Kurt Ove es nicht schaffte, zusammenzubleiben, wer dann?

Thomas Brenner schauderte es bei dem Gedanken, dasselbe könnte ihm widerfahren, daß Elisabeth ihm eines Tages eröffnen würde, ihrer Wege gehen zu wollen, oder umgekehrt, ihn aus dem Haus werfen würde, denn es war schließlich das Haus der Dahls. Er würde damit nicht zurechtkommen. Sich provisorisch eine Wohnung in einem Häuserblock mieten, mit Elisabeth telefonieren, die Töchter im Restaurant treffen, ihnen etwas zu erklären versuchen, was nicht zu erklären war. Das durfte nie passieren.

Er stand mit seiner alten Schulfreundin in der Tür. Für ihn war das Sprechzimmer immer so etwas wie ein sicherer Ort, an dem nichts geschehen konnte.

Hier drinnen war nichts gefährlich, weil man darüber reden konnte. In diesem Zimmer würde buchstäblich niemand sterben. Einige würden sehr ernste Diagnosen bekommen, aber hier drinnen ließ sich alles ordnen, jedenfalls vorläufig, solange er hinter dem Schreibtisch saß, den weißen Arztkittel anhatte mit Blutdruckmesser und Stetoskop in Reichweite. Er war ja wie ein Psychologe, dachte er oft, wenn ihm die Fachärzte Informationen schickten, MR-Resultate, Biopsien oder Röntgenbilder. Die medizinische Wissenschaft war zu kompliziert geworden, um immer auf dem neuesten Stand zu sein. Seine wichtigste Aufgabe war es, Autorität zu zeigen, so zu tun, als wüßte er Bescheid über das, was er sagte, über die Vielzahl von Medikamenten und Behandlungsmethoden, um dann mitfühlend und vertrauenerweckend über den Spezialisten zu reden, mit dem der Patient bald in engen Kontakt kommen würde, damit der Patient das Gefühl von Hoffnung hatte. Er wollte noch eine abschließende Bemerkung machen, spürte aber die Blicke von allen, die im Wartezimmer saßen und ungeduldig wurden.

»Wir bleiben in Verbindung«, sagte Mildred Låtefoss vielsagend.

»Natürlich«, sagte Thomas Brenner und rief eine alte, gebeugte Frau herein, die ihren Nerz bereits angezogen hatte, verfroren wie sie sicher war. Er konnte ihren langsamen Blutkreislauf förmlich sehen unter der totenblassen Haut.

Als er eine gute Stunde später die Praxis schloß, rief er Elisabeth an. Allein ihre Stimme zu hören war eine Erleichterung. Das Herz schlug schon nach dem ersten Satz wieder im Sinusryhthmus.

»Du klingst erschöpft«, sagte sie.

»Die Verlegung erfolgt morgen. Um zehn Uhr. Ich muß sie natürlich begleiten.«

»Ich komme auch mit«, sagte sie. »Obwohl, es geht nicht. Ich muß Mama zum Friseur begleiten.«

Sie sagte Mama und Papa. Er beneidete sie deswegen. »Das ist schon in Ordnung«, sagte er. »Dann wird daraus keine Staatsaffäre, wenn du verstehst, was ich meine.«

»Wie hat er darauf reagiert?«

»Er schrie wie gewöhnlich. Ich glaube, er ist völlig außer sich. Im tiefsten Innern hofft er sicher, daß es nur vorübergehend ist.«

Elisabeth hörte ihm zu. Sie merkte sicher an seiner Stimme, daß da noch etwas war, dachte er. Er erzählte von Mildred Låtefoss, daß sie sich scheiden lassen wolle, erwähnte aber nichts von dem Verdienstorden. Elisabeth schien überrascht. »*Die* auch?« sagte sie.

»Wer denn noch?«

»Erinnerst du dich nicht an meine ehemalige Kollegin Merete? Sie war für Sibirien zuständig. Sie hat letztes Jahr Mann und Kinder verlassen, und sie ist schon weit über Sechzig.«

»Darüber müssen wir noch reden«, sagte Thomas Brenner und sehnte sich danach, sie zu sehen, wie immer um diese Tageszeit. All die Jahre, abgesehen von der Zeit, in der sie im Ausland arbeitete, war er daran gewöhnt, sie als täglichen Gesprächspartner zu haben. Sie hatte das ganze Leben die Autorität behalten, die darin bestand, zwei Jahre älter zu sein als er, was besonders deutlich war, als sie noch beide aufs Gymnasium gingen.

»Wollen wir essen gehen?« schlug er vor.

»Meinetwegen gerne«, sagte sie. »Wir müssen ohnehin heute abend Lines Auftritt im Tanzinstitut anschauen.«

»Ach ja, das hätte ich beinahe vergessen. Und was ist mit Annika?«

»Ich kann sie fragen.«

Er ertappte sich dabei, zu hoffen, daß sie nicht mitwollte, obwohl sie immer willkommen war. Aber er wußte, daß der Zustand der Unselbständigkeit, in dem sich Annika eingerichtet hatte, seit sie vor nun sieben Jahren das Abitur gemacht hatte, Elisabeth auf die Nerven ging.

Er wußte selber nicht, was er davon halten sollte. Viele seiner Kollegen befanden sich in einer ähnlichen Situation. Die Kinder wurden einfach nicht erwachsen. Sie wohnten noch zu Hause bei ihren Eltern, nachdem sie längst mit Schule und Studium fertig waren, und mußten versorgt werden, weil sie es nicht schafften oder wollten, einen Beruf zu finden. Annika hatte sich, genauso wie ihre jüngere Schwester Line, nach dem Gymnasium nicht entscheiden können, was sie werden wollte.

Zuerst war sie ein Jahr weggegangen, hatte eine weiterbildende Internatsschule besucht. Aber sie war danach noch unentschlossener als vorher, und sowohl Elisabeth wie Thomas hatten den Verdacht, daß sie mit Alkohol und vielleicht auch mit Drogen in Kontakt gekommen war. Sie hatte in diesem Jahr beträchtlich zugenommen, und nachdem sie sich keine eigene Wohnung gesucht hatte, weil das Geld fehlte und sie keinen passenden Ferienjob fand, blieb sie zu Hause wohnen, das Dahl-Haus war nun mal ebenso verrückt groß wie das Brenner-Haus. Und seitdem waren sechs Jahre vergangen.

Es kam vor, daß er versuchte, mit ihr zu reden, vor allem, weil sie ihm leid tat, aber mehr als Tränen brachten diese Gespräche nie, und Annikas Weinen hatte er noch nie ausgehalten, nicht einmal, als sie klein war. Vielleicht hat sie deshalb ein Gewichtsproblem, dachte er, weil er sie beim kleinsten Anlaß immer mit Süßigkeiten vollgestopft hatte.

Sie hatte es nicht geschafft, sich einen Freund zuzulegen. Und dabei war sie in der Schulzeit sehr souverän aufgetreten, war führend in der Clique und eindeutig der Publikumsliebling in einer Schulaufführung. Ihre Parodie auf übervorsichtige Eltern war schon beinahe beleidigend gewesen. Elisabeth und Thomas hatten sich auf peinliche Weise in ihrer grundlosen Ängstlichkeit angesprochen gefühlt.

Auf den stürmischen Applaus hatte sie mit souveräner Selbstsicherheit reagiert. Damals waren sie völlig davon überzeugt gewesen, daß die Tochter ihren Weg machen würde, in der Industrie oder auf der Wirtschaftshochschule, so wie viele ihrer Freunde und Freundinnen. Statt dessen entschied sie sich für diese Internatsschule ganz oben in Nordnorwegen, und Thomas hegte lange den

Verdacht, daß das etwas mit Stian zu tun hatte, diesem eigenwilligen Jungen aus dem Ankerveien, für den Annika offensichtlich geschwärmt hatte, ohne daß dieses Interesse von seiner Seite erwidert wurde.

Trotzdem war sie diesem Stian in den hohen Norden gefolgt. Für ihn, der Oslo und das bürgerliche Milieu mit teurer Wohnlage am Holmenkollen hinter sich lassen wollte, war das sicher nicht erfreulich. Stian hatte das Jahr auf den Lofoten dazu genutzt, draußen in der Natur zu leben – Angeln auf dem Meer, Bergsteigen –, anschließend hatte er Teile des Inlandeises in Grönland bezwungen und hohe Gipfel in Südamerika bestiegen.

Annika ihrerseits hatte sich nach ihrer Heimkehr für eine Lehrstelle bei einer Silberschmiedin unten am Akerselven beworben und sie bekommen. Aber da verdiente sie nichts. Sie, das heißt Thomas und Elisabeth, mußten dafür bezahlen, daß Annika eine Lehre machen durfte bei dieser unablässig Tee und Rotwein trinkenden Frau, Prototyp einer alternden Kunsthandwerkerin aus den siebziger Jahren, mit polnischen Postern an den Wänden ihres Zimmers im Künstlerkollektiv.

Sie kümmerte sich um Annika, so gut sie konnte, aber Annika hatte keinen Antrieb mehr, was Elisabeth und Thomas schmerzlich feststellten. Besonders nachts dachten sie voller Sorge an die Tochter, wenn sie, statt zu schlafen, in ihrem Kinderzimmer leise Rockmusik spielte und der Rauch ihrer Zigaretten durch den Türspalt drang.

Sie hatte zweifellos einen Knacks bekommen, aber egal wie sehr die Eltern auf ihre behutsame Weise fragten und bohrten, blieb ihnen unverständlich, warum Annika so gar keine Anstalten machte, selbständig zu werden. Daß dann letztlich die Sache unter den Teppich gekehrt wurde, war auch Elisabeths Schuld, weil sie Annikas schwierige

Situation vor den Großeltern vertuschen wollte. Sie hatten ihr Enkelkind immer geliebt und nicht einmal bemerkt, wie übergewichtig es geworden war. Großmutter Tulla jedenfalls steckte der Enkeltochter jedesmal, wenn sie sich im oberen Stockwerk zeigte, selbstgebackene Kokosmakronen in den Mund. Und es waren nicht nur die Süßigkeiten. Elisabeth und Thomas hatten schon bald gemerkt, daß Annika häufig zweimal aß, zuerst mit den Großeltern, danach unten in ihrer Wohnung. Die Alten aßen immer nachmittags, während Elisabeth und Thomas spät aßen, weil Thomas es nie schaffte, vor fünf die Praxis zu schließen. Und diese Mahlzeiten waren meist lang und ausgiebig, waren die schönste Zeit des Tages. Sogar Line, in dieser Zeit als Teenager ständig abgelenkt, nahm gerne an diesen Essen teil.

Ja, dachte Thomas, das war viele Jahre eine unbeschwerte Gemeinsamkeit, wenn auch von Sorgen und schlaflosen Nächten begleitet. Deshalb überraschte es ihn, daß er diesmal nicht automatisch wollte, daß Annika im Restaurant mit dabei war, und ein starkes Schuldgefühl überschattete den ursprünglichen Wunsch.

»Natürlich ist es besonders nett, wenn Annika mitkommt«, sagte er. Aber Elisabeth wußte, daß er es anders meinte, so gut kannte sie seine Stimme.

»Da ist noch etwas anderes, was dich quält«, sagte sie. »Ich höre es.«

»Mir graut einfach vor morgen«, sagte er. Das entsprach der Wahrheit. Ihm graute ungeheuer davor, seine eigene Mutter begleiten zu müssen, vielleicht zum letzten Mal, hinaus aus dem Brenner-Haus, dazu das laute, verzweifelte Schreien des Vaters, Schreien, für das es keinen Trost gab, das die Sache für alle nur schlimmer machen würde, aber so gnadenlos war das Alter, das wußte er mittlerweile, zu oft hatte er solche Verlegungen mitgemacht und Patienten aus allen Stadtteilen begleitet, weil er ein beliebter Hausarzt war. Ein Pflegeheim war und blieb das Vorzimmer zum Tod und deshalb erschreckend, egal wie lange oder kurz man dort sein mußte.

Herrgott, dachte er, es gab Patienten, die über fünfzehn Jahre im Pflegeheim verbrachten. Sie starben nie, am Leben erhalten von blutverdünnenden Mitteln und Herztabletten. Der Körper siechte dahin, aber das Herz schlug trotzdem, und auch wenn die Erinnerung verschwunden war, so verschwanden nicht die Unruhe und die Angst, das rastlose Wandern von Zimmer zu Zimmer in der Hoffnung, Frieden zu finden, ein Zuhause finden, einen Menschen finden, einen Jesus oder einen Gott, der trösten konnte und alles erklären.

Aber es war ja nicht nur diese Sorge, dachte Thomas Brenner. Es war auch die plötzliche Angst um Elisabeth, und vielleicht war es vor allem deshalb, daß er mit ihr allein sein wollte, herausfinden, was sie dachte, ihr vielleicht etwas entlocken über Gesundheitsvorsorge, sie wie nebenbei fragen, ob sie zur Mammographie ginge.

Er könnte auf neue Erkenntnisse verweisen, dafür oder dagegen, fragen, was sie dazu meinte. Ach, wie schwierig war es doch, offen mit seinen Nächsten zu reden. Nie hatten sie Annika gesagt, was sie eigentlich dachten, wie besorgt sie waren. Die Parodie auf unachtsame Eltern, in der Annika und ein anderer Junge aus der Klasse eine Klassenkameradin auf eine gedachte Eisfläche stießen und gleich danach das Eis fegten, auf dem die Freundin wie eine um sich selbst kreisende, hilflose Krähe flatterte, diese Parodie war Wirklichkeit geworden.

Inzwischen war Annika eine um sich selbst kreisende, hilflose Krähe geworden, egal wie cool sie sich gebärdete.

Und sowohl Elisabeth wie Thomas ließen sie diese Rolle spielen, so wie sie es am liebsten wollte oder mußte. Sie hatte das Leben besessen und wieder verloren, ebenso wie die Alten im Dahl- und im Brenner-Haus es besessen hatten und dabei waren, es zu verlieren, ebenso wie Kurt Ove es definitiv verloren hatte. Aber sie alle hatten immer noch materiellen Wohlstand.

Elisabeth war die erste, die das erkannt hatte, als sie aus Baku zurückkam, wie irrsinnig privilegiert sie alle waren, jeder im eigenen Haus, im eigenen Zimmer, an der Spitze der Geldpyramide, unfähig, diesen Wohlstand anders als für sich selbst zu benutzen.

Und sie war es dann, die alle mit dem Buddhismus irritiert hat. Aber als es mit Annika ernst wurde, hatte die buddhistische Botschaft eine tiefere Bedeutung bekommen, kreiste um den Begriff der *Achtsamkeit*. Den führte sie einige Wochen lang im Mund, mit abwesendem Blick. Elisabeth war eigentlich nie unaufmerksamer gewesen als in dieser Zeit, hänselte er sie, denn sie hatte das Essen anbrennen lassen und vergessen, den Wecker zu stellen, völlig gefangen in ihrer Achtsamkeit. Sie hatte bewußt sein wollen, immer im Augenblick, ohne zu urteilen. Und dieses letzte – nicht zu urteilen – war ihr besonders wichtig gewesen. So hatte sie sein wollen, zu Thomas, zu den Mädchen und zu ihren Eltern. Sie lief herum mit abwesendem Blick, versunken in der Meditation, erklärte aber allen, sie sei ganz im Hier und Jetzt. Übte Achtsamkeit.

Und allmählich begriff Thomas, daß sie es ernst meinte, daß der abwesende Blick gar nicht so abwesend war, daß sich das, was sie tat, auf die Familie auswirkte. Nach einigen Wochen strahlte sie tatsächlich eine neue Art von Ruhe aus. Sie löste alle Schwierigkeiten mit Annika und später mit Line viel besser als er. Sie war ganz einfach viel achtsamer, ohne Meinungen und Vorurteile. Und zu dieser Zeit kündigte sie ihren Job.

Ihre Begründung waren Konflikte mit Telenor, aber Thomas wußte sofort, daß es ihr darum ging, für ihre Eltern und für Annika und Line in wirklich verantwortlicher Weise dazusein. Sie wollte sich um keine Karriere mehr kümmern, mußte kein hochgestecktes Ziel verfolgen. Sie hatte einfach genug davon, ständig unterwegs zu sein, sicher auch deshalb, weil ihr mehr und mehr klar wurde, daß viele der Länder, in denen sie sich für den Aufbau eines Mobilfunknetzes engagiert hatte, nie in der Lage sein würden, die trostlosen Lebensumstände ihrer Bewohner zu ändern. Sie hatte den Menschen im Kaukasus, in den einsamen Dörfern, in der Metropole Moskau etwas geben wollen.

Sie hatte mehr als bei Telenor üblich persönliche Kontakte geknüpft, die sie auch pflegte, nicht nur mit Weihnachtskarten und Briefen, sondern auch mit privaten Besuchen, einmal sogar zusammen mit der ganzen Familie, um einem Dorf, das mit den örtlichen Behörden kämpfte, Mut zu machen. Aber schließlich wuchs ihr das Ganze über den Kopf. Und als die Eltern anfingen, alt und hilfsbedürftig zu werden, stand sie vor der Wahl: ins Ausland gehen und die Familie mitnehmen (Thomas hatte stets erklärt, daß er mitkommen würde) oder den Job kündigen und mehr zu Hause sein. Sie entschied sich für letzteres, zweifellos beeinflußt von ihrer Einsicht, das Leben so zu sehen, wie es war, und den Augenblick zu ergreifen.

Eigentlich wäre es schon aus finanziellen Gründen nicht möglich gewesen. In keiner der Familien gab es größere Geldreserven, und die Einkünfte von Telenor und der Gemeinschaftspraxis hatten gerade gereicht. Aber sie hatten auch damit gerechnet, daß Annika und Line mit den Jahren selbständig werden und die Haushaltskasse entlasten würden. Als das Gegenteil eintrat, nahmen Elisabeth und Thomas einen Kredit auf, eine Hypothek auf das Haus, was Tulla und Kaare Dahl gar nicht gefiel, auch wenn es ihnen weiterhin an nichts fehlte.

Aber das Haus war ein Geldschlucker. Ein Dach, das erneuert werden mußte, ein Teil des Grundstücks, in dem eine Drainage erforderlich war, ein Zimmer, das endlich neue Farbe benötigte, eine Rohrleitung, die erneuert, Fenster, die ausgetauscht werden mußten. Und die Ausgaben für Annika und Line, die stiegen und stiegen.

Er redete mit Elisabeth am Telefon. Sie sprach mit ihrer nervenberuhigenden Achtsamkeitsstimme. Er mochte das und sehnte sich nach ihr. Ohne sie wäre die ganze Familie schon auseinandergebrochen. Das war eine schreckliche Vorstellung.

Sie kamen überein, sich im Mother India in der Pilestredet zu treffen, seit vielen Jahren ihr Stammlokal. Er schaute auf die Uhr, und es ließ sich einrichten, daß sie mit der gleichen Straßenbahn hinunter in die Stadt fahren konnten. Ein Schmatz. Sie küßten sich jedesmal am Ende eines Gesprächs durch den Hörer.

Er konnte sich nicht erinnern, jemals mit Elisabeth gestritten zu haben, weder aus beruflichen Gründen noch wegen der Kinder oder der Freizeitgestaltung. Trotzdem hatte es in der Vergangenheit einige unangenehme Gespräche gegeben, und die fanden an den Abenden statt, an denen beide zuviel Rotwein getrunken hatten. Es ging immer um ihre Eltern. Jahrelang hatte er das Gefühl, durch die Hintertür in dieses Dahl-Haus gekommen zu sein. Ein Haus, das er eigentlich nicht mochte, war sein Zuhause geworden. Das Brenner-Haus mochte er ebensowenig. In einem seiner seltenen Anfälle von Trotz hatte er vorgeschlagen, ins Zentrum zu ziehen, eine kleine Wohnung zu nehmen und genügsamer zu leben, verantwortungsbewußter. Sie wurde wütend und faßte es als Angriff auf ihre Eltern auf. Hatten die etwas falsch gemacht? Waren sie nicht großzügig gewesen und hatten ihnen in schweren Zeiten geholfen?

Wenn sie so anfing, war es hoffnungslos, und er zog sich sofort zurück. Die unangenehmen Gespräche waren immer sehr kurz und endeten damit, daß er Rotwein nachschenkte und daß er ihr meistens den ganzen Abend versicherte, wie sehr er seine Schwiegereltern Tulla und Kaare schätzte, ja wie er es genoß, mit ihnen zusammenzusein, im Alltag und an Festtagen, wie klug sie seien und wie nett mit den Kindern. Meistens übertrieb er so, daß sie ihn dämpfte und murmelte, sie verstehe ja, daß es nicht immer einfach sei, mit ihren Eltern zusammenzuleben, aber sie hätten sich dazu entschieden, sie lebten gut im Dagaliveien und das einzig Schwierige sei der Gedanke an das Erbe, denn Elisabeth hatte zwei Geschwister, und was die sich in bezug auf diese Immobilie erwarteten, war äußerst unklar.

Das Haus war in abgeschlossene Wohnungen eingeteilt, und man hatte eine vorläufige Absprache getroffen, aber die Vorstellung, daß sich Janne und Andreas um das obere Stockwerk zankten, war weder für Elisabeth Dahl noch für Thomas Brenner erfreulich. Obwohl die Geschwister sich keinen Deut um ihre alten Eltern gekümmert hatten, rechneten sie selbstverständlich damit, maximal zu erben, und das Maximale würde sein, das Haus zu verkaufen, und das hieße, Elisabeth und Thomas würden ausziehen müssen.

Thomas Brenner weigerte sich, bei diesen Spekulationen mitzumachen, und überließ alles Elisabeth, was sie verstand und sicher freute. Daß er Hunderttausende von Kronen in die Instandhaltung gesteckt hatte, interessierte weder Janne noch Andreas Dahl, und das ärgerte ihn, und noch mehr ärgerte ihn, daß er sich geschworen hatte, sich nie in Erbstreitigkeiten hineinziehen zu lassen, und jetzt saß er mittendrin, denn sowohl das Dahl-Haus wie das Brenner-Haus waren tickende Zeitbomben. Zudem waren beide Anwesen trotz der Instandhaltung ziemlich renovierungsbedürftig. Der finanzielle Erlös, mit dem die Geschwister auf beiden Seiten rechneten und weswegen sie ihre eigenen Häuser bis zum Anschlag mit Hypotheken belastet hatten, war vermutlich nicht zu erwarten. Das würde eine Überraschung geben, dachte er, eine sehr unangenehme Überraschung.

Und vielleicht würde es ihnen recht geschehen, denn sie hatten ihren Eltern nie die nötige Achtsamkeit gezeigt. Sie hatten sogar ganz offen zugegeben, daß sie hofften, daß die Eltern bald sterben würden. Am liebsten so bald wie möglich. Sie sollten jetzt abtreten, wie es sein Bruder Johan, der Ingenieur, einmal ausgedrückt hatte, vielleicht mit dem Gedanken daran, daß beide Eltern schon ein Alter von neunzig Jahren erreicht hatten.

Es deutete allerdings einiges darauf hin, daß sie noch hundert werden würden. Weder Bergljot noch Gordon Brenner waren gefährdet, so fleißig wie sie all die Jahre den Arzt aufgesucht hatten. Lange hatte sich Thomas geweigert, ihnen Rezepte für Arzneien auszustellen, und darauf bestanden, daß sie, jedenfalls um den Schein zu wahren, noch einen anderen Hausarzt konsultierten. Später war es dann doch meistens er, der ihren Blutdruck maß, die Urinproben nahm und die Gesundheits-Checks vornahm, die dazu führen, daß die Menschen in diesem Teil der Welt mittlerweile so unfaßbar alt werden. Neben dem, was er ihnen verschreiben konnte, konsumierten sie alle Variationen von Arzneimitteln. Jede Woche mußte Thomas Brenner in die Stadt und in großen Mengen Magnesium, Vitamin B, Vitamin C, Hagebuttenextrakt, Rosenwurzel und Schisandra besorgen. Im Winterhalbjahr zusätzlich Kan Jang und Sambucol. Als Schulmediziner hatte er den Nutzen dieser Präparate immer angezweifelt, diese aber trotzdem gekauft, weil sie ihn darum baten und weil sie seine Eltern waren. Und weiß Gott, dachte er, irgendwie hielt es sie am Leben, ob es nun die Nackenkoteletts von Matkroken waren oder der Wildlachs von Fjellberg, das Brot von der Åpent Bakeri oder das Vitamin B und die Rosenwurzel aus der Drogerie Frogner.

Er war immer der letzte, der die Gemeinschaftspraxis verließ, obwohl er das gar nicht beabsichtigte. Mit der Zeit fand er Gefallen daran, daß er das Licht löschte, die Heizung justierte, die Stühle im Wartezimmer auf ihren Platz stellte. Da konnte er bestimmen, jedenfalls zu einem gewissen Grad. Das konnte er zu Hause nicht.

Dabei hatte er gar kein großes Bedürfnis, zu bestimmen. Sogar wenn er Diagnosen stellen mußte, geschah das in größtmöglicher Offenheit, wenn er sich nicht absolut sicher war. Er wollte nicht autoritär auftreten. Das war in der Medizin ein leichtes. Es gab genügend selbstsichere Stümper. Ein solcher wollte er nicht sein. Die Medizin war eine Wissenschaft, mit deren Fortschritten man immer schwerer Schritt halten konnte. Deshalb verlangte der Beruf in erster Linie eine gute Portion Demut. Das dachte er fast täglich, wenn er vor schwierigen Diagnosen stand. Wieviel wußte er eigentlich von dem, worüber er sich äußern sollte? War das Arzneimittel Tambocor wirklich so gefährlich, wie man in den 90er Jahren glaubte, oder war es für Menschen, die an Herzjagen litten, eine Gabe Gottes?

Er löschte das Licht und dachte, daß er Glück gehabt hatte, daß in seiner ärztlichen Tätigkeit bisher keine Fehldiagnosen bekannt geworden waren. Aber es war durchaus möglich, daß auch er sich eines Tages auf der ersten Seite der Illustrierten wiederfand, weil ihm ein fataler Fehler unterlaufen war, weil er nicht genügend Achtsamkeit gezeigt hatte. Und das machte ihm angst. Von Jahr zu Jahr mehr Angst.

Dabei hatte er sich vorgestellt, mit zunehmendem Alter in diesen Dingen sicherer zu werden. Aber er war jetzt unsicherer als noch vor einigen Jahren. Und das betraf nicht nur das Fachliche. Es betraf auch die Art, wie er sich anderen gegenüber verhielt. Früher war er unsicher, wenn er etwas nicht *wußte,* weil er das Gefühl hatte, daß er noch viel mehr lernen müßte, um Schlüsse zu ziehen und richtige Urteile zu fällen. Jetzt näherte er sich seinem sechzigsten Geburtstag, und er begriff, fühlte, spürte, daß er in diesem Leben nicht mehr soviel würde lernen können, daß die Bretter für seinen Sarg schon gehobelt waren, daß der Rahmen für sein Leben längst klar und sichtbar war, ohne daß das zu seiner Seelenruhe beitragen würde. Erst jetzt wurde ihm in vollem Umfang klar, wie schwierig dieses Leben war, wie gefährlich, wie ungerecht. Viele Jahre lang hatte er sich auf einer Insel des Glücks befunden. Er konnte nicht erwarten, daß das so weiterging.

Er ängstigte sich viel mehr um Elisabeth als um seine Mutter, denn der Gedanke, Elisabeth zu verlieren, war unerträglich. Er wollte ihn nicht einmal denken und schob ihn jedesmal weg, wenn er auftauchte. Vielleicht wirkte deshalb der Besuch von Mildred Låtefoss so beunruhigend auf ihn. Er zog sofort Parallelen zu seinem eigenen Leben und obwohl es viele Jahre her war, dachte er jetzt wieder daran, daß er sich schon früher vorgestellt hatte, daß es Elisabeth Dahl eines schönen Tages einfallen könnte, von ihm zu gehen oder noch schlimmer plötzlich an einer ernsten Krankheit zu sterben, obwohl es damals keinerlei Anzeichen dafür gegeben hatte.

Auf dem Weg zur Straßenbahnhaltestelle wirbelten all diese Gedanken in seinem Kopf durcheinander, und er wußte nicht, worüber er sich im Moment die meisten Sorgen machen sollte.

Es blies ein herbstlicher Wind. Er kam direkt aus dem Westen und machte den Himmel klar und gelb und türkis zwischen dem Rot, das die Sonne hinter sich herzog, bevor die Dunkelheit und die Sternennacht anbrachen. Die Blätter fielen von den Bäumen. Er genoß den Herbst, verspürte aber gleichzeitig etwas Wehmut. Die Straßenbahn stand bereits an der Haltestelle. Es überraschte ihn, daß er beinahe zu spät gekommen wäre, gewöhnlich war er immer frühzeitig da.

Er wußte, daß sich Elisabeth immer in den ersten Wagen setzte. Die Straßenbahn zu nehmen war eine Form von bürgerlichem Luxus, fanden wenigsten Elisabeth und er. Das Ganze war ein bißchen altmodisch, und beide konnten sich noch erinnern, wie sogar König Olav während der Ölkrise mit der Straßenbahn fuhr, um in der Nordmarka Ski zu laufen. Die Holmenkollbahn war für sie das beste Fortbewegungsmittel, die Arztpraxis lag ebenso auf dieser Linie wie das Dahl-Haus und das Brenner-Haus. Sie brauchten nicht ständig mit schweren Geländewagen herumzukurven. Der ganze Holmenkollhügel war bevölkert von feinen Damen, die einst in Davy-Crockett-Pelzmützen herumliefen, aber jetzt mit flatterndem, pornoblondem Haar zwischen Therapie-Instituten, Boutiquen, Kindergärten, Schulen, Skiloipen und Lebensmittelgeschäften hin- und herhetzten. Dafür war der Holmenkollhügel nicht geeignet. Die Straßen waren zu steil und schmal, und im Winter fuhren sich auch Geländewagen im Schnee fest. Und jetzt herrschte ohnehin überall Chaos, weil Oslo 2011 die Skiweltmeisterschaft ausrichtete und Straßen und Schienenwege verlegt werden mußten.

Thomas Brenner dachte oft daran, wie sich seit König Olavs Zeiten die Einstellung verändert hatte. Es bedeutete nach wie vor etwas Besonderes, am Holmenkollhügel zu wohnen, aber inzwischen wohnten hier immer mehr mit geliehenem Geld. Sie waren jung und oft gutaussehend und elegant gekleidet, aber in ihrem Auftreten hektisch, fast aggressiv. Viele von ihnen, sowohl Frauen wie Männer, rasten mit Fahrrädern in irrsinnigem Tempo die Straße hinunter und schnauften wieder nach oben und grüßten nicht einmal ihre nächsten Nachbarn.

Sie lebten in schrecklichen Wohnanlagen, häufig Reihenhäuser, die man in Rekordzeit hingestellt hatte. Bautechnische Mängel waren vorprogrammiert, und Wasserschäden durch Rohrbruch und faulendes Holz brachten die jungen Väter und Mütter zur Weißglut. Thomas Brenner hatte sie dann in der Sprechstunde, und meistens war es der Blutdruck. Sie schluckten die Tabletten, die er ihnen verschrieb, als seien es Drops, und sie benutzten ihn als Seelentröster, wenn sie ihm lang und breit von dem Parkett erzählten, das aufgerissen werden mußte, und von Fenstern, die zersprungen waren. Sie waren nicht achtsam oder bewußt im gegenwärtigen Augenblick. Sie waren in einem Strom von Gedanken, Wünschen und Begehrlichkeiten, der sie wie ein Wasserfall fortspülte. Sie waren auf täglichen Einkaufstouren, denn es fehlte immer etwas.

Und wenn sie von der materiellen Wirklichkeit im Stich gelassen wurden, bekamen sie Wutanfälle wie kleine Kinder. Es kam vor, daß junge Frauen heulend in seinem Sprechzimmer saßen, weil die Waschmaschine kaputtgegangen war oder ihr Geländewagen einen kleinen Blechschaden hatte. Ihre Welt war äußerst brüchig, aber war es seine nicht auch, dachte er, als er Elisabeth und Annika im ersten Wagen entdeckte. In der neuen Übergangsjacke, die Annika zum Geburtstag bekommen hatte, wirkte sie enorm groß. Es gab kein Kleidungsstück mehr, in dem sie gut aussah. Dabei war sie einmal hübsch gewesen, hatte Ähnlichkeit mit ihrer Mutter und Großmutter. Die gleiche fein geschnittene Nase wie Bergljot, Elisabeths dunklen Blick.

Elisabeth war ja die Intellektuelle, hatte neben Kommunikationswissenschaften und Soziologie auch Literatur studiert, hatte sogar eine Novellensammlung geschrieben, die bei keinem Geringeren als dem Gyldendal-Verlag erschien, bevor sie »die Welt entdeckte«, wie sie sagte, und bei Telenor, einem sogenannten dynamischen Unternehmen, verschwand, wo sie sich von der Informationsabteilung ins Auslandsressort hocharbeitete, wie sie es nannte, und dort eine solche Koryphäe wurde, daß sie dachte, sie könnte kündigen und würde später jederzeit wieder eingestellt, was aber nicht eintraf und dazu führte, daß sie nach kurzer, erfolgloser Jagd nach einem Halbtagsjob eine Stelle bei Burlington Ltd. annahm, einem amerikanischen Finanzhai der schlimmsten Sorte, der einfache Leute mit Kredit-und Versicherungsangeboten um ihr Geld brachte und während der Krise im Vorjahr beinahe untergegangen wäre, was vielen Geldhäusern widerfuhr, nicht aber Burlington Ltd., weil die Firma vom amerikanischen Präsidenten eine Bürgschaft erhielt. Elisabeth nahm den Job mit einem von Galgenhumor begleiteten Schulterzucken an.

Sie wußte ebenso wie Thomas, daß sie es nur um der Familie willen tat. Sie war es, die die Familie zusammenhielt, dachte Thomas Brenner, während er im Wagen nach vorne ging und spürte, daß Freude in ihm aufstieg wie immer, wenn er eine seiner Damen erblickte.

Sie lächelten zurück, und als er nun Annika leibhaftig sah, war ihm unvorstellbar, daß er gedacht hatte, es könnte doch schön sein, wenn sie heute nicht dabei wäre. Schließlich war sie jedesmal dabeigewesen. Sie war wie immer die lustige, sprudelnde Annika, selbst dann, wenn offensichtlich war, daß es ihr nicht gutging, wenn sie heimlich die Flaschen im Kühlschrank leer trank und Geld für Narkotika brauchte, so daß Elisabeth und Thomas sich ernsthaft sorgten. Momentan hatte sie eine gute Phase. Sie hämmerte oben in ihrem Kinderzimmer, das ihr gleichzeitig als Werkstatt diente, an einem Silberarmband. Es roch nach geschmolzenem Metall, und stundenlang dröhnte die Musik von Prodigy aus ihrem Zimmer.

Sie könnte ein schönes Leben als Silberschmiedin führen, dachte er, aber die Stücke, die sie herstellte, waren immer so schwerfällig, plump und unförmig. Es tat ihm jedesmal weh, wenn sie ihn unschuldig fragte, ob ihm die neue Kette, das Armband oder die Ohrringe, die sie gemacht hatte, gefielen, und er hörte sich ebenso schamlos lügen wie Elisabeth und sagen, daß es fantastisch sei, reizend und schön. Es schien sogar, als würde sie ihnen glauben, so hellte sich ihr Gesicht auf, und sie küßte beide zum Dank auf die Wange. Sie stellte in verschiedenen Galerien der Stadt aus. Kleine, geschmackvolle Räume, die kaum jemand kannte, die aber immerhin im Veranstaltungskalender der Abendausgabe des *Aftenposten* aufgelistet waren. Unzählige Male waren Elisabeth, Line und Thomas zu Vernissagen marschiert, zu denen auch die wenigen seltsamen, aber immer freundlichen und etwas arroganten Gestalten kamen, die Annika ihre Freunde nannte, die sie sonst aber nie traf.

Die Ausstellungen waren immer gemeinschaftlich mit anderen Künstlern, meistens Graphikern und Malern, und während bei denen rote Zettel an den Bildern klebten, verkaufte Annika nie etwas, auch ihre Freunde kauften nicht, aus offensichtlichen Gründen, denn sie sahen nicht so aus, als könnten sie überhaupt etwas kaufen, sondern wären vor allem gekommen, um ein Glas lauwarmen Sekt und bestenfalls ein paar Käseschnittchen zu ergattern. Wie traurig für Annika, mußte Thomas jedesmal denken.

Es endete regelmäßig damit, daß Thomas und Elisabeth ihr etwas abkauften, damit sie wenigstens auch einen roten Zettel bekam. »Ach, das ist ja so reizend. Das muß ich einfach haben«, sagten sie dann fast im Chor. Und Annika schien sich keine tieferen Gedanken über die Situation zu machen. Sie wirkte jedesmal aufrichtig erfreut und lief zur Galeristin, meistens ein versoffenes, aufgedonnertes Frauenzimmer mit klarem Geschäftssinn, und sagte, sie habe etwas verkauft.

O ja, dachte Thomas, als er sah, daß Elisabeth wieder die viel zu schweren Ohrringe trug, die sie bei der letzten Ausstellung der Tochter gekauft hatte und die ihren Ohrläppchen nicht guttaten. Thomas seinerseits hatte sich angewöhnt, bei manchen Anlässen eine Krawatte zu tragen, um die eher bizarren, penisförmigen Schlipsnadeln anstecken zu können, mit denen er aussah wie der Bischof einer der neuen, freien Kirchen oder wie der Ritter einer besonders geheimen, perversen Loge.

Aber nun saßen die beiden vor ihm und lächelten ihn an. Und er hatte das Bedürfnis, sie in den Arm zu nehmen. Es wurde viel umarmt in der Dahl-Brenner-Familie. Nur einige Stunden der Abwesenheit, und man mußte sich umarmen. Das kam aus der Dahl-Familie. Die Brenner-Familie verlangte nicht so verzweifelt nach Liebesbekundungen. Das lag sicher an Tulla, die *das Leben gelebt hat*, wie ihr Mann zu sagen pflegte. Menschen zu umarmen war fast ein Teil ihres Berufes gewesen. Jetzt war es Thomas, der seine Frau und seine Tochter umarmte und sich auf der anderen Seite des Mittelganges einen Platz suchte.

Elisabeth Dahl musterte ihn. Sie ist mit den Jahren immer mitfühlender geworden, dachte er. Sie war anfangs nicht so empathisch. Das buddhistische Denken hatte etwas in ihr bewirkt.

Als sie mit 23 Jahren mit der Novellensammlung *Protuberanzen* debütierte, also so alt war wie Line jetzt, hatte sie alles, was nötig war, um eine erfolgreiche Autorin zu werden. Witz, Intelligenz und eine etwas distanzierte Kälte, vielleicht der größte Vorteil der besseren Kreise am Holmenkollhügel. Die Familien, die dort oben wohnten, wo die dichtbewaldete Nordmarka anfing, produzierten in der Regel Mädchen, die gutaussehend, höflich, zielbewußt und etwas distanziert waren.

Die Jungen verfügten nicht über denselben Charme. Vor dem Zweiten Weltkrieg gab es vielleicht einige Exemplare mit Charakter, Witz und Ausdauer, die dazu geeignet waren, in den neuen Kriegsfilmen eine Heldenrolle zu spielen, aber diese Anlage hielt nicht lange. Mit zunehmendem Wohlstand und der Ohnmacht der Sozialdemokratie reichen Familien gegenüber wurden die Jungen am Holmenkollhügel etwas schwerfällig. Sie erhielten eine in vieler Hinsicht harte und gefühllose Erziehung, wurden aber gleichzeitig verwöhnt. Es gelang ihnen nicht, das Familienvermögen auf adäquate Weise zu vermehren. Der Umgang mit Geld wurde planlos, sie legten sich diesen quengeligen Dialekt zu, der sich so leicht parodieren ließ, verloren völlig die deutliche, etwas kantige Sprache, die die Kriegshelden gekennzeichnet hatte.

Es wäre so leicht, den Müttern die Schuld zuzuschieben, dachte Thomas Brenner. Sie bemühten sich, so gut sie konnten, machten Saft und weckten ein und schickten ihre Kinder im Winter auf die Rodelbahn. Aber der Reichtum war so groß, daß die Kinder die Motivation verloren. Sie wußten ja, daß das Geld da war! Geld, das früher geheimgehalten worden war, manifestierte sich nun in Ferienwohnungen an neuen Orten in Spanien oder Südfrankreich. Swimmingpools wurden in die Gärten gequetscht, kolossale Sommerhütten entstanden im Gebirge, elegante Yachten lagen im Frognerkilen und wurden nie benutzt, denn auch die Väter dieser jungen Männer hatten nicht die Autorität ihrer Großeltern. Sie waren gerade einige Monate zu spät geboren, um eingezogen zu werden, als der Zweite Weltkrieg begann. Einige von ihnen prahlten zwar mit unbedeutenden Sabotageakten, aber die meisten von ihnen gehörten nicht zu einer Generation, die beanspruchen konnte, irgend etwas Großes geleistet zu haben. Sie waren nur reich geboren und sonst nichts.

Wie auch immer, dachte Thomas Brenner, mit den *Töchtern* war das anders. Er hatte einige Freunde aus der unteren Mittelschicht und wußte, wie begehrenswert die Holmenkoll-Mädchen für die Jungen seines Alters gewesen waren. Sie waren eigentlich nicht für andere da. Seine Schwester Vigdis gehörte dazu. Sie strahlten das Gegenteil von Achtsamkeit aus, was vielleicht eine Erklärung für

Elisabeths spätere Versenkung in den Buddhismus war. Thomas Brenner dachte, daß sie ihr Leben als etwas ganz anderes begonnen hatte, als Luxusgegenstand mit der Gewißheit, eines Tages erworben zu werden, und das wahrscheinlich von einem dieser schwammigen Knaben, die ihr nicht mehr als einen vorzeitigen Samenerguß bieten konnten.

Diese Mädchen waren unerbittlich. Noch bevor sie anfingen, Davy-Crokett-Mützen zu tragen, gehörten sie zum Elitärsten, was die westliche Zivilisation hervorgebracht hatte. Es gab sie überall dort, wo Reichtum war, und in Norwegen war das der Holmenkollhügel. Schon auf dem Gymnasium wollte Elisabeth Dahl weg von dieser distanzierten, etwas somnambulen Attitüde, die am Anfang ihrer Teenagerzeit für sie prägend gewesen war. Sie gehörte zu denen, die intellektuelle Bücher lasen wie Saul Bellows *Herzog* und natürlich im Original. Denn obwohl Carl Hambro ein vorzüglicher Übersetzer sei, wie sie, gerade mal 17 Jahre alt, sagte, ließen sich Saul Bellows meisterhafte Sätze einfach nicht in einer anderen Sprache wiedergeben. Also konnte sie Englisch, hatte Thomas Brenner gedacht und sie hatte Ahnung von Literatur. Sie hatte sich einen typischen Männer-Autor herausgesucht, mit dem die wenigsten Frauen zu ihrer Zeit etwas anfangen konnten. Ein Jude aus Chicago, bei dessen Lektüre man sich die Seele wund rieb, wie Johan Borgen es ausgedrückt hatte.

Thomas geriet in Elisabeths Magnetfeld, weil er gut aussah und wenig sagte. Das jedenfalls hatte er viel später gedacht, als er sich erstmals die Frage stellte, warum sie sich seinerzeit ihn ausgesucht hatte. Elisabeth war damals eine junge Frau gewesen, die sich am liebsten in maskulinen Milieus aufhielt, mit den Jungen Zigaretten rauchte und über Bellow diskutierte, einen Schriftsteller, den diese jungen Männer kaum kannten. Sie interessierten sich eher für Borges oder mitteleuropäische Autoren, jedenfalls nicht für amerikanische, mit Ausnahme von Hemingway, Salinger und Bukowski, und Thomas gelang es nur selten, diesen hochgeistigen Gesprächen zu folgen. Es mußte sein Körper sein, den sie wollte, dachte er. Und den wollte sie dann auch.

Es war fantastisch, mit ihr zusammenzusein. Sobald sie allein waren, wurde sie ganz anders, war nicht mehr das Mädchen am Cafétisch, das mit wilder Begeisterung über *Herzog* diskutierte. Da schaute sie ihm tief in die Augen. Da zeigte sie sowohl ihre Verletzlichkeit wie ihre Leidenschaft.

Es war bereits damals, an einem Junimorgen in ihrem Zimmer im Dahl-Haus, nachdem sie soviel von sich offenbart hatten, was sie sonst versteckt hielten, daß sie sich versprachen, nie auseinanderzugehen. Es war ein solcher Morgen, wie man ihn nur in der Jugend erleben kann, intensiv und neu, während die Obstbäume blühten. Sie hatten auf der Stereoanlage leise *Abbey Road* gespielt. Und gerade als *Here Comes the Sun* von den Beatles aus den Lautsprechern kam, stieg die Sonne über Vettakollen auf und tauchte Stadt und Fjord in ihr Licht. Das empfanden sie beide sehr intensiv. Daran zweifelte er nicht. Sie hatte Bellow vergessen. Sie wollte nur ein Versprechen von ihm. »Verlaß mich nie«, sagte sie.

Seit er ihr das versprochen hatte, war es, als könnte ihr niemand mehr etwas anhaben, sie ging freier auf andere Menschen zu, aber ihre Art, wie sie ihn gefragt hatte, blieb unvergessen. Es war so überraschend für ihn gewesen, daß sie sich an jenem Morgen so entblößt vor ihm gezeigt hatte. So aufrichtig. Die Zärtlichkeit in ihrem Blick würde er nie vergessen.

Sie brauchten keinen Priester. Ihr Zimmer im Dahl-

Haus, in dem einige Jahrzehnte später Annika mit ihrem Silberschmuck arbeiten sollte, war wie ein Tempel, nur für zwei Eingeweihte. Er hatte sich so glücklich gefühlt, so privilegiert. Und er wollte keine andere. Elisabeth Dahl war mehr als genug für ein ganzes Leben.

Er wußte, daß sie schrieb. Aber es überraschte ihn, daß sie mitten in ihrem Literaturstudium ein Manuskript an Gyldendal geschickt hatte. Er wohnte noch im Brenner-Haus, als *Protuberanzen* angenommen wurde. Sie waren nach alter Sitte verlobt, mit Ring und allem, vielleicht wollte Kaare Dahl es so. Sie hatte ihn von der Universität aus angerufen, hatte den Brief den ganzen Vormittag mit sich herumgetragen, aber nicht gewagt, ihn zu öffnen. Sie öffnete ihn während ihres Telefongesprächs.

Sie las ihn laut vor, und die Stimmung stieg und stieg. Der Lektor teilte mit, daß sogar Johan Borgen, damals der für Literatur maßgebende Autor, das Manuskript geprüft hatte. Alle seien begeistert gewesen. *Protuberanzen* sei die beste Novellensammlung, die sie seit langem gelesen hätten. Er schlug vor, sie sollten im Theatercaféen feiern, er könne es sich leisten. Er würde auch noch ihre Freunde einladen. Aber nein, sie wollte heim ins Dahl-Haus und zusammen mit Thomas und den Eltern feiern.

So geschah es. Die anderen Geschwister waren in alle Winde verstreut, aber Tulla und Kaare waren da, und Tulla wußte genau, wie sie diese Feier in der Bibliothek arrangieren mußte. Champagner und Kaviar. Die alten Gläser vermittelten ein Gefühl von Luxus. Trotzdem war es komisch für Thomas Brenner, bei seinen künftigen Schwiegereltern das Debüt der Tochter als Schriftstellerin zu feiern. Später, als auch Annika die Familie den Freunden vorzog, vermutete er, daß vielleicht eine tiefere Unsicherheit hinter diesen Entscheidungen steckte. Elisabeth *brauchte* die Familie, auch als erwachsene Frau, als sei sie immer noch ein Kind. Sie brauchte das Dahl-Haus, die alten Traditionen, Weihnachten, die Sommerfeste, während er nur den Wunsch gehabt hatte, sich vom Brenner-Haus zu befreien, sich weit davon zu entfernen, es aber nie geschafft hatte, weil er, und das war das Los der Holmenkoll-Jugend, eine Lebensgefährtin gefunden hatte, die nur einen Steinwurf von ihm entfernt wohnte. Einmal Holmenkollen immer Holmenkollen.

Er blieb auf diesen Wegen, diesen Trampelpfaden, bekam sogar eine Arztpraxis in unmittelbarer Nähe, und schon damals war das ganz in Elisabeths Sinn gewesen, obwohl sie später das Bedürfnis nach weiten Reisen hatte und teilweise auch mit dem Gewohnten und Vertrauten brach.

Er durfte *Protuberanzen* erst lesen, als das Buch gedruckt und erschienen war, mit dem eleganten Umschlag von Gunnar S. Gundersen. Er erfuhr, daß Protuberanz die Bezeichnung für den Ausbruch von rot leuchtendem Gas auf der Oberfläche der Sonne war, daß man die Erscheinung als dunkle Streifen unterschiedlicher Form sehen konnte, als Projektion auf die Sonnenscheibe. Was er nicht wußte, bevor er das Buch seiner Verlobten las, war, daß dieses rot leuchtende Gas eigentlich kalt war. Und das war auch der geheimnisvolle Hintergrund von Elisabeths Text: Woher kam die Kälte? Warum wurde das Gas nicht von der Atmosphäre erwärmt, von der Korona? Welche Kräfte wirkten der Schwerkraft derart entgegen, daß das Gas nicht abfiel? Einige Protuberanzen konnten mehrere Wochen existieren, bevor sie plötzlich explodierten und einen Strom energiegeladener Partikel ins Sonnensystem schickten.

Es dauerte lange, bis Thomas begriff, daß alle Erzählungen in *Protuberanzen* eigentlich Selbstporträts waren. Sie begannen eher zurückhaltend, harmlos. Aber dann explodierten sie plötzlich wie in der Geschichte von der alten Frau, die all die Jahre ein stilles, zurückgezogenes Leben in einem Mietshaus in Frogner gelebt hatte und plötzlich einen irren Wutanfall bekam, weil einer der Nachbarn die Müllsäcke unten an der Eingangstür abstellte, statt sie in den Hinterhof zu tragen. Oder die Geschichte von dem Mädchen, das, allein in der Wohnung, seinen ersten Orgasmus bekam, um danach in einer Mischung aus Schaffensdrang und Destruktion das gesamte Mobiliar zu demolieren, schockiert und fasziniert von dieser neuen Dimension in ihrem Leben.

Das war faszinierend. Elisabeth gelang der Spannungsbogen von den innersten Gedanken und Gefühlen bis zu dem, was wir konkret sagen und tun. Sie schilderte die Menschen interessanter, widersprüchlicher. Und sie benutzte eine Sprache, die sich, wie er später erkennen sollte, eng an Saul Bellow anlehnte. Die verschnörkelten und doch präzisen Sätze. Die Zivilisationskritik, die sich aus dem formalen Aufbau und der Charakterisierung der Personen ergab. Er hatte das Buch geliebt, und es war ihm unerklärlich, warum sie aufhörte zu schreiben.

Einige Male hatte er versucht, aus ihr herauszulocken, ob es mit der negativen Rezension im *Morgenbladet* zu tun hatte. Ein junger, arroganter Kritiker hatte gemeint, daß es schlimm aussehen würde in den norwegischen Haushalten, wenn sich jeder bei einem »Höhepunkt« so benehmen würde wie die Figur in Elisabeth Dahls Novelle – er schrieb das Wort in Anführungszeichen, weil er vermutlich nicht wußte, was es bedeutete, wie Thomas Brenner tröstend gesagt hatte. Sie hatte ihm nicht geantwortet, wurde nur für einige Monate Holmenkoll-distanziert und trank etwas mehr als sonst. Dann setzte sie ihr Studium fort. Dann heirateten sie. Dann kam Rußland.

Und jetzt saßen sie in der Straßenbahn mit Tochter Annika, unterwegs zum Mother India, um zu essen und sich danach Lines Aufführung im Tanzinstitut anzusehen. Je unseriöser diese Institute waren, desto spektakulärer lauteten ihre Namen, dachte Thomas Brenner. Das sogenannte Institut war ja nur eine zusammengewürfelte Truppe aus arbeitslosen Tänzern und Choreographen, die Geld verdienen wollten. Das war ihm bereits klargeworden, als er ihre Homepage im Internet gesehen hatte. Das Tanzinstitut hatte keine Geschichte, keine dezidierte Zielsetzung. Thomas Brenner verstand schließlich Latein. »Institutum: Einrichtung, in der eine Form der Forschung oder auch Ausbildung betrieben wird.« Die Forschung konnte man vergessen, und die Ausbildung war ebenfalls äußerst zweifelhaft. Aus diesem Tanzinstitut war in den letzten Jahren kein einziger Schüler hervorgegangen, der sich profiliert hätte, sei es im Nationalballett, in einem der Musiktheater oder im Fernsehen. Das Institut wirkte eher wie ein Sammelplatz für die verwöhnte reiche Jugend der Hauptstadt, frühzeitig traumatisiert vom Ehrgeiz der Eltern, von deren Traum, daß die Tochter oder der Sohn in *Die Reise zum Weihnachtsstern* oder *Der Nußknacker* mitwirken soll.

Aber daran wollte er jetzt nicht denken, noch nicht. Ihm schwante, daß ihm dieser Abend ohnehin genügend Kummer bringen würde, denn Line gehörte, ebenso wie Annika, nicht zu den Begabtesten. Nun denn. Er liebte sie und spürte jetzt Annikas Hand, sie lehnte sich herüber zu ihm, hatte sicher gehört, was mit Großmutter morgen passieren sollte, wußte, daß ihm davor graute.

»War dein Tag gut, Papa?«

Elisabeth hatte zum Glück in der Vater/Papa-Frage gewonnen. Ihm gefiel es, Papa genannt zu werden. Annika besaß außerdem sehr viel Mitgefühl. Sie war erwachsen, ironisch, intelligent und warmherzig, genau wie ihre Mutter. Sie hatte die gleiche Achtsamkeit, eine Bereitschaft, sich in die Situation eines anderen hineinzuversetzen. Herrgott, hatte er gedacht, prägte Tullas allumfassende Hilfsbereitschaft letztendlich diese ganze Familie? Tulla, die beim ersten Flug der SAS über den Nordpol dabeigewesen war, die die Einweihung der Route nach Bangkok erlebt hatte, die zu den Pionierinnen der Luftfahrt gehörte. Nicht nur ein Holmenkoll-Mädchen, sondern eine Stewardeß der ersten Generation, als Stewardessen ein Gesicht bekamen, als sie auf den Titelseiten von LIFE und TIME prangten. Hatte Tulla Dahl nicht überall auf der Welt Champagner serviert, nicht überall auf der Welt mit der Crew ein Bier getrunken? War sie nicht auf Eisbärsafari oder auf Bootstouren in exotischen Ländern gewesen? Kein Geringerer als Erik Bye hatte eine Sendung über sie gemacht.

Aber trotzdem hatte sie sich die nonchalante Holmenkoll-Bescheidenheit erhalten, die die Frauen an diesem steilen, bewaldeten Hügel auszeichnete. Wo die Männer eingebildet und aufgeschwemmt waren, bewahrten die Frauen eine erstaunliche Würde, wenn es ihnen gelang, auf Davy-Crockett-Mützen und all den anderen Firlefanz zu verzichten. Und das gelang Tulla Dahl trotz der kaum zu übersehenden Aufforderungen ihres Gatten, aus ihr ein für allemal ein Heimchen am Herd zu machen. Erst jetzt wurde sie von Kaare Dahls Bedürfnissen eingefangen, wenn es darum ging, einen Harnkatheter zu legen, den Blutzucker zu messen oder Inhalationsgeräte zu bedienen, die er nicht verstand. Er war völlig damit beschäftigt, nach Drøbak zu schauen.

Und etwas von dieser selbstverständlichen Hilfsbereitschaft mußte Annika von ihrer Großmutter geerbt haben. Sie wußte, daß der Papa unruhig war, und niemand war solidarischer als Annika, dachte Thomas Brenner. Sie war bereit, ihm in allen Situationen des Lebens beizustehen, egal ob er auf der ersten Seite eines Skandalblattes war oder nicht.

»Ich kann dich morgen begleiten, Papa«, sagte sie.

Der Vorschlag rührte ihn, aber gleichzeitig wußte er, daß Bergljot Brenner ihn am liebsten allein haben wollte. Sie liebte die Enkeltöchter, auch wenn sie ihr unverständlich blieben. Sie war eine liebenswürdige alte Dame, die in einem großbürgerlichen Umfeld am Sandefjord aufgewachsen war. Ihren Mann hatte sie in dem Kreis um den Erzkapitalisten und Reeder Anders Jahre kennengelernt, und sie heiratete Gordon Brenner allein mit der Absicht, ihm viele Kinder zu schenken und Fruchtsuppe zum Dessert zu reichen.

Ersteres schaffte sie mit Bravour, wurde aber nie eine gute Hausfrau und Köchin, und das sollte sie prägen. Sie hatte keine spezielle Aufgabe zu erfüllen und unternahm auch keinerlei Anstrengung, das Brenner-Haus zu verlassen, solange es nicht nötig war. Das Haus war zudem groß genug, um für sie ein Leben lang eine Ganztagsbeschäftigung zu sein. »Ich glaube, es ist am besten, wenn ich allein hinfahre«, sagte Thomas Brenner zu seiner Tochter. »Es entsteht sonst zuviel Aufregung. Wir müssen versuchen, das Ganze so akzeptabel wie möglich zu gestalten.«

»Akzeptabel? Ins Pflegeheim verfrachtet zu werden?« Der Tochter standen die Tränen im Gesicht.

»Du verstehst schon, was ich meine«, sagte er müde.

»Nein«, sagte sie mit der eigensinnigen Selbstgerechtig-keitsstimme, die ihn all die Jahre verfolgt hatte. Sie hatte ihn jedesmal geärgert, weil er nie sah, daß das, was sie meinte, einer echten Überzeugung entsprach. Sie saß ja meistens oben im Dahl-Haus und pusselte an ihren Schmuckarbei-ten, und auf einmal vertrat sie klare Vorstellungen über die großen Angelegenheiten der Welt. Da gab es keine Gren-zen für die Behauptungen und Beschwerden, die über ihre Lippen kamen. Am liebsten stritt sie mit Großvater Kaare, der fast immer anderer Ansicht war als sie. Annika war eine Radikale, lebte aber wie eine Rentnerin, und darauf hinzuweisen, konnte sich Thomas Brenner in der Hitze der Diskussionen manchmal nicht verkneifen.

Damit verletzte er sie zutiefst, lernte aber nie daraus. Annika lief in der Regel hinauf in die Werkstatt bzw. ihr Kinderzimmer, und Elisabeth schickte ihm einen bösen Blick. Nur Kaare Dahl schmatzte vergnügt und sagte: »Das geschieht ihr recht.«

Aber jetzt ging es um Bergljot Brenner, und Thomas erfaßte die Panik bei dem Gedanken, die Tochter würde am morgigen Tag mit von der Partie sein. Annika neigte zum Dramatischen und Pompösen, und mit ihrer gewalti-gen Körpermasse konnte sie so lautstark auftreten wie der Chor in einem griechischen Drama.

»Ich denke hier mehr an Vater«, sagte Thomas Brenner und verstärkte den Griff um die Hand der Tochter. »Er ist völlig verunsichert, und sobald er dich sieht, wird ihm der Ernst der Situation bewußt werden. Es ist etwas anderes, wenn ich mal eben vorbeikomme.«

Annika schnaubte. »So naiv ist keiner von beiden«, sagte sie. »Aber wenn du mich absolut nicht dabeihaben willst, bleibe ich eben so weit weg wie möglich.«

»Papa hat es nicht so gemeint«, sagte Elisabeth Dahl

diplomatisch mit einem eindringlichen Blick auf die Tochter.

»Woher weißt du, was er meinte?« schmollte sie.

»In Ordnung«, sagte Thomas Brenner. »Wir reden nicht mehr darüber. Natürlich kannst du gerne mit dabeisein. Es ist rührend von dir, soviel Hilfsbereitschaft zu zeigen. Du kannst zum Pflegeheim mitfahren, und anschließend kannst du dabei helfen, ihr Zimmer wohnlich zu gestalten.«

»Gut«, sagte sie unbestimmt. Er hatte ihren empfindlichen Punkt getroffen, das war ihm klar. Mit praktischen Dingen hatte sie sich seit langem nicht mehr befaßt. Bilder an die Wand zu hängen oder Unterwäsche in eine Schublade zu legen war das letzte, was sie sich vorstellen konnte. Er rechnete damit, daß sie nach ein paar Gläsern Rotwein im Mother India die ganze Sache vergessen haben würde.

Sie stiegen in Majorstuen aus, obwohl es von hier aus weiter war als von Nationaltheatret, aber so konnten sie zum Bogstadveien mit all seinen Schaufenstern hinunterschlendern. Annika ging zwischen ihnen wie damals, als sie klein war. Sie schien intuitiv diesen Platz zu beanspruchen, obwohl Thomas Brenner an diesem Abend gerne den Arm um Elisabeth gelegt hätte.

Er legte den Arm um die Tochter. Sie war fast genauso groß wie er, und sie legte sofort den Kopf an seine Schulter, lachend, als seien sie ein verliebtes Paar. Er merkte, daß ihr Haar muffig roch. Elisabeth schickte ihm hinter dem Rücken der Tochter ein etwas wehmütiges Lächeln. Die unablässige, gemeinsame Sorge zweier Eltern, die nicht wußten, was sie tun sollten, um ihrem Kind zu helfen.

Doch kaum waren sie im Bogstadveien mit den vielen Kleidergeschäften, riß sich Annika von Thomas los und steckte dafür die Hand unter den Arm der Mutter. Jetzt waren sie plötzlich zwei Freundinnen, die gemeinsam die neue Mode sehen wollten. Völlig hoffnungslos, dachte Thomas Brenner, es gab in diesen Schaufenstern keine Kleidungsstücke, die Annika passen würden. Trotzdem war es Annika, die stehenblieb und deutete. Sie fixierte mit sicherem Modegeschmack Modelle, von denen sie annahm, daß sie der Mutter gefielen. Dafür hatte sie einen Blick. Elisabeth Dahl nickte auch zu allen Vorschlägen der Tochter. Gewiß, dieser Mantel hatte etwas, ebenso das Wollkleid oder die Stiefel. Aber nun mußte ja Elisabeth ihrerseits mit Vorschlägen kommen, und das war undenkbar. Weder Mantel noch Kleid kamen in Frage, Annika war für alles zu dick. Die Schuhe könnten eventuell passen.

Sie blieben also stehen und musterten mehrere Minuten lang die Schuhe. Thomas stand unauffällig hinter ihnen und betrachtete seine Tochter, ihre Unförmigkeit, das riesige Wollzelt, das sie als Mantel benutzte, das fettige, ungewaschene Haar.

Wenn er nur wüßte, was sie zu dem gemacht hatte, was sie war. Manchmal dachte er, es müsse etwas schiefgelaufen sein, weil weder er noch Elisabeth es geschafft hatten, ihre Töchter zu selbständigen Menschen zu erziehen. Irgend etwas hatten sie offensichtlich nicht begriffen, dachte er. Die meisten anderen Eltern bekamen doch Kinder, die ihren eigenen Weg gingen, sich einen Job suchten und ihre Miete selbst bezahlten. Manchmal sprach er mit Elisabeth darüber, aber da drehte sie den Spieß um, verwies auf ihn und sich selbst. Waren sie beide etwa nicht abhängig vom Vermögen ihrer Eltern? Wohnten sie etwa nicht im Dahl-Haus, weil sie von ihren Eltern eine ansehnliche finanzielle Unterstützung bekommen hatten?

Er zog sich bei solchen Diskussionen schnell zurück.

Jetzt stand er stumm da und hörte zu, was Elisabeth und Annika sagten. Die Tochter hatte etwas entdeckt, von dem sie aus unerfindlichen Gründen glaubte, es könne ihr passen. Sie standen vor Garbo, dem teuersten Kleiderladen, und betrachteten ein koksgraues Kostüm, das einer spindeldürren Schaufensterpuppe wie angegossen paßte.

»Das könnte etwas für mich sein!« sagte Annika begeistert. »Ja, schon«, sagte Elisabeth sofort, »aber ist es nicht vielleicht etwas zu teuer?« Annika nickte.

»Ich müßte sehr viel Schmuck verkaufen, um es mir leisten zu können«, sagte sie. Aber eigentlich kauften doch er und Elisabeth alle ihre Kleider, warum sagte sie so etwas? Solche typischen Annika-Repliken konnten Elisabeth aufregen, ihn machten sie nur verzweifelt. Wieviel wog sie? Hundert Kilo? Hundertzwanzig? Was war das bloß für ein feinmaschiges Lügennetz, in das sie alle zusammen verstrickt waren, dachte er, während sich die Damen vom Schaufenster losrissen und den Hedgehaugveien hinunterschlenderten.

Bald waren sie im Parkveien, nur um an der kleinen Wohnung vorbeigehen zu können, in der Line wohnte. Zum Glück hatten sie den kleinen Imbiß rechts davon unbemerkt passiert. Früher, wenn sie ins Mother India essen gingen, mußte sich Annika dort jedesmal zwei Wiener mit Brot holen unter dem Vorwand, daß sie den ganzen Tag gearbeitet hatte und hungrig war und daß es in solchen indischen Restaurants oft lange dauerte, bis das Essen kam, obwohl das Gegenteil der Fall war. Meistens bekleckerte sich Annika dabei noch mit Ketchup oder Senf.

Aber zum Glück blieb ihnen diesmal erspart, der Tochter dabei zuzusehen, wie sie hastig zwei Würstchen mit Brot verschlang. Annika deutete auf die Fenster der schwesterlichen Wohnung. »Wie lange hat sie mich schon nicht mehr eingeladen«, sagte sie mit künstlicher Klagestimme. Sie wußte genausogut wie Elisabeth und Thomas, daß Line fast nie zu Hause war, daß sie sozial gesehen das Gegenteil ihrer Schwester war und in den Kreisen, in denen sie verkehrte, offenbar allseits beliebt und gefragt war.

Annika wußte vermutlich nicht, daß Elisabeth und Thomas nach wie vor die Miete für die Schwester bezahlten und außerdem einige tausend Kronen im Monat, damit sie ihr urbanes Leben, das ihr so wichtig war, führen konnte. Sie hatten versucht, all die Unterstützung, die sie den Töchtern zukommen ließen, unerwähnt zu lassen, auch vor den Töchtern. Sie wollten die beiden nicht beschämen. Jeden Fünfzehnten eines Monats gingen einige tausend Kronen auf die jeweiligen Konten, Geld, worüber nicht gesprochen wurde, Geld, das schmerzte, das sie aber bezahlen konnten, weil im Dahl-Haus keine Miete fällig war, nur einige günstige Zinsen und minimale Abzüge für die großen Kredite. Und weil die kassenärztliche Vereinigung die finanzielle Situation von Thomas verbessert hatte, war dieses hohe Ausgabenniveau möglich, obwohl Elisabeth nur noch sporadische Einnahmen von Burlington Ltd. hatte, die sie meist für außergewöhnliche Ausgaben verwendete oder, wie jetzt, für einen Restaurantbesuch, denn im Mother India zahlte immer Elisabeth. Vielleicht ein Überbleibsel aus ihrer Rußland-Zeit, als sie noch die Kreditkarte von Telenor benutzen konnte.

Weil sie wußten, daß Line bereits im Tanzinstitut war und sich vorbereitete, passierten sie den Wohnblock und bogen ab in die Pilestredet zum Mother India, das auf sie wartete, klein, warm und einladend. Weil sie Stammgäste waren, bekamen sie immer einen der besten Tische. Der Kellner kam von selbst mit dem Rotwein, den die Brenner-Dahl-

Familie immer bestellte. Thomas Brenner fühlte sich matt. Annika sah es: »Bist du müde, Papa?«

Sie streichelte leicht seine Wange. Er nickte. »Es sind lange Tage.«

Aber er durfte Annika nicht ängstigen. Seit sie klein war, hatte sie mehr als üblich Angst, ihre Eltern zu verlieren. Sie schlief im Doppelbett zwischen ihnen, bis sie zwölf Jahre war. Line hatte auch versucht, einige Jahre bei ihnen zu schlafen, was aber für alle Beteiligten unbequem wurde, besonders für Line als Kleinster. Oft wurde sie im Schlaf aus dem Bett gestoßen.

Sie hatte geweint und sich ungerecht behandelt gefühlt, aber dann hatten sie ihr Kinderzimmer schön hergerichtet, und sie schlief dort, während Annika im Schlafzimmer der Eltern blieb. Das trug dazu bei, daß sich die Geschwister voneinander entfernten.

Annika hatte ein ständiges Bedürfnis nach elterlicher Aufmerksamkeit, bei Line aber staute es sich auf. Über lange Zeiträume konnte sie über nichts reden, um dann plötzlich einen Wutausbruch zu bekommen und die Eltern zu beschuldigen, sie nicht zu beachten und Annika zu bevorzugen. Daraufhin wurde auch Annika wütend, und Elisabeth und Thomas mußten zwischen den Schwestern Frieden stiften.

Elisabeth hatte einen guten Draht zu Line, Thomas konnte besser mit Annika. Beide Mädchen hatten im Alter von 18 Jahren eine Periode voll existentieller Angst. Besonders Annika fürchtete sich davor, allein gelassen zu werden, und saß manchmal tränenüberströmt im Bett, voller Angst, Elisabeth und Thomas könnten sterben. In ihrer Schwester fand sie keine Stütze, sie dachte nur daran, wie schrecklich es sein würde, ein Leben ohne ihre Eltern zu leben. Thomas erkannte sich darin wieder. Er hatte dieses Gefühl auch gehabt. Allein auf der Welt. Er verspürte immer noch eine Art Panik bei dem Gedanken, daß er und Elisabeth erkranken und die Mädchen allein lassen könnten. Für Annika wäre das fatal, selbst jetzt mit 26 Jahren. Solange sie nicht in der Lage war, das Nest zu verlassen, erschien sie ebenso unselbständig wie mit acht Jahren. Die Familie ist eine Zeitbombe, dachte er und lächelte beiden zu, dachte an den Knoten, beschloß, bei nächster Gelegenheit mit Elisabeth zu sprechen, koste es, was es wolle.

»Dieser Herbst ist besonders aufreibend«, sagte Annika. Er wußte, daß sie an die Schweinegrippe dachte und den Impfstoff, der angefordert war. Die Leute hatten Angst. In Ärztekreisen kursierten Geschichten von Kindern, die auf die Behandlung nicht ansprachen, schreckliche Todesfälle, die von den Verantwortlichen heruntergespielt wurden, damit die Presse nicht in einem so frühen Stadium außer Kontrolle geriet.

Annika und Line waren beide gefährdet, dachte er. Er mußte sie so schnell wie möglich impfen. Die Gemeinschaftspraxis würde bereits in dieser Woche einige Packungen Impfstoff erhalten. Es würde einen großen Andrang geben. Annika wollte alles genau wissen. Sie war wieder voller Angst, seit die Warnung vor einer Pandemie Anfang Oktober die Runde machte. Alle hatten geglaubt, daß das Schlimmste vorbei sei, aber dann kam es zu Todesfällen, acht bis neun Personen. Für Thomas bestand die Hauptaufgabe darin, zu beruhigen, obwohl er das Gefühl hatte, daß einiges außer Kontrolle war. Die ganze Gesellschaft war außer Kontrolle. Das Untergangsgefühl war mit der Finanzkrise im Jahr zuvor gekommen. In diesem Jahr hatten alle Ärzte der Gemeinschaftspraxis mehr Antidepressiva verschrieben als gewöhnlich. Besonders in wohlhabenden

Vierteln wie dem unteren Holmenkollhügel hatte es mehr Selbstmorde als normal gegeben, erfolgreiche Makler, die in der Garage den Motor laufen ließen oder sich am Kronleuchter im Eßzimmer aufhängten.

Häufig waren Familien mit kleinen Kindern betroffen, und die Situation von Frau und Kindern war herzzerreißend. Das beschäftigte Annika sehr, aber Thomas konnte wegen seiner Schweigepflicht nicht allzuviel erzählen. Er merkte hier im Mother India, daß sie in letzter Zeit vielleicht zuviel zusammen waren, daß die meisten Gesprächsthemen verbraucht waren. Dann griffen sie meistens auf die alten zurück, besonders im Brenner-Haus. Alle drei machten sich natürlich Gedanken, wie Großvater Gordon es wohl schaffen würde, allein in dem riesigen Haus zu wohnen.

Es war schon lange unverständlich gewesen, besonders für die Geschwister von Thomas, warum die Eltern um jeden Preis in dem extrem großen Haus im Holmenkollveien wohnen wollten. Am liebsten wäre ihnen gewesen, wenn jemand dort eingezogen wäre und die Alten bei der Instandhaltung unterstützt hätte, aber dann war sowohl Thomas wie den Geschwistern klargeworden, welche Falle das sein konnte. Thomas *wohnte* ja bereits in einer solchen Generationengemeinschaft. Er sehnte sich in keiner Weise zurück ins Brenner-Haus. Im Gegenteil, er wäre auch gerne weg vom Dahl-Haus, aber das wagte er niemandem zu sagen, schon gar nicht Elisabeth.

Das Essen kam. Sie aßen und prosteten sich zu, lächelten dabei, immer diese kleinen Bestätigungen. In einer solchen Atmosphäre war es leichter, über Mildred Låtefoss zu reden, aber Annika wollte nichts von Scheidungen hören. Sie hatte ihre feste Meinung über Männer, besonders über die, die sich junge Frauen suchten, aber hier handelte es sich nachweislich um eine Frau, die ging.

»Wehe, du wagst es, Papa zu verlassen, Mama. Dann erschieße ich mich. Das weißt du!«

Sie lachten alle drei. Natürlich dachte keiner von ihnen an eine Trennung. Es war ungeheuer wichtig für Annika, daß alles so blieb, wie es immer war. Trotzdem war Annika neugierig zu erfahren, was eine fast sechzigjährige Frau wie Mildred Låtefoss veranlaßte, ihren Mann zu verlassen.

»Sex kann es wohl nicht sein«, sagte Annika zweifelnd und musterte vielsagend ihre Eltern, so daß sowohl Elisabeth wie Thomas lachen mußten.

»Du ahnst ja nicht, wieviel Viagra ich alternden Männern verschreiben muß«, sagte Thomas lakonisch. Er wußte nicht einmal, ob die Tochter schon einmal mit einem Mann geschlafen hatte. Es konnte durchaus sein, daß sie noch Jungfrau war. Die letzten Jahre war zudem ihre Leibesfülle zu einem so großen Problem geworden, daß es schwierig sein dürfte, eine normale Beziehung zu einem jungen Mann einzugehen. Gesehen hatten sie nie einen. »Es kann einfach ein innerer Druck entstehen, der zu stark wird«, fuhr er fort.

Er merkte, daß Elisabeth plötzlich aufhorchte und ihn interessiert anschaute, obwohl er nicht das Gefühl hatte, etwas Ernstes oder Tiefsinniges gesagt zu haben. Gleichzeitig merkte er, daß mit den Worten mehr und mehr Gedanken kamen, daß das Gesagte fast vor dem Gedachten kam, daß das, was er sagen wollte, vielleicht wichtiger war, als er geglaubt hatte.

»Erklär mal genauer«, sagte Annika skeptisch. Es war deutlich, daß sie nicht bereit war, das Verhalten von Mildred Låtefoss so ohne weiteres zu entschuldigen.

Elisabeth konnte eine spöttische Bemerkung nicht unterdrücken: »Vergiß nicht, Annika, daß Mildred immer in Papa verliebt war. Sie schickt ihm regelmäßig schmachtende Weihnachtsgrüße, und sie war schon da, bevor Thomas und ich zusammenkamen. Ich kenne keine Frau, die ihre Bereitschaft so offen zeigt.«

Aus den Augen der Tochter schossen Blitze. »Wehe, du wagst es, Papa! Wehe, du wagst es!«

»Hör doch einfach zu, was ich erzählen will!«

»Na gut«, sagte Annika schmollend.

Thomas warf Elisabeth einen Blick zu. Sie lächelte ihn an.

Er war froh, daß sie einander so vertrauen konnten, daß sie *nicht* eifersüchtig war, obwohl, ein *bißchen* eifersüchtig hätte sie schon sein können. Das hätte nicht geschadet.

»Innerer Druck?« sagte Annika.

»Ja, innerer Druck. Das erlebe ich auch bei einigen meiner Patienten. Die Midlifecrisis ist eine Tatsache. Männer wie Frauen merken, daß ihre Zeit begrenzt ist, daß das Leben vielleicht schneller vergeht, als man dachte.« Er bereute sofort, was er gesagt hatte, vor genau diesem Gedanken hatte Annika solche Angst. Aber er sah keine Regung an ihr und fuhr fort: »Viele lassen sich dann scheiden. Manche kehren auch wieder zueinander zurück, nachdem sie eine Weile andere Beziehungen ausprobiert und gemerkt haben, daß wegsein gut, daheimsein aber besser ist. Man meint dann, für den Rest seines Lebens zu wissen, wohin man gehört. Aber so ist das ja nicht. Das Leben ist kurz, aber für die, die lange leben …«

»Ich hoffe, daß ihr lange lebt!« Annikas Augen waren bereits blank. Sie hob das Glas, und alle drei prosteten sich zu.

»Für die, die lange leben«, fuhr Thomas fort, »oder die das glauben, kann der sechzigste Geburtstag Anlaß sein, darüber nachzudenken: Wie soll eigentlich mein Alter aussehen? Erstaunlich viele unternehmen in dieser Periode etwas mit ihrem Leben, lassen sich scheiden, wechseln den Beruf, ziehen um. Es gibt eine Statistik für Lebensglück, und das ist am höchsten bei den Sechzig- bis Siebzigjährigen, die gesund sind. Denke nur an Großmutter und Großvater Brenner. Sie sind jetzt bald neunzig Jahre alt und werden gebrechlich, aber bis hoch in die Achtziger lebten sie ein fantastisches Leben. Großvater arbeitete nicht mehr, sie hatten mehr Zeit füreinander. Erinnere dich an ihre Reisen mit dem Auto quer durch Europa. Und die Wanderungen in der Nordmarka. Eine Zeitlang waren sie sogar mehrmals die Woche unterwegs.«

»Ja«, sagte Annika eifrig. »Ich weiß noch, wie sie zu Hause in ihrem Wohnzimmer saßen, an dem großen Fenster, Jahr für Jahr. Als sei die Zeit stehengeblieben. Ich träume davon, daß es auch mit uns so gehen wird.«

»Vielleicht wird es so«, sagte Elisabeth beruhigend und strich der Tochter leicht über den Rücken. Sie krümmte sich wie eine Katze.

»Es muß einfach ein Mittel erfunden werden, daß ihr Alten nicht sterben müßt«, sagte Annika.

»Wir sind nicht alt«, korrigierte Thomas.

»Doch, für mich seid ihr alt«, sagte Annika. »Ihr seid bereits in dem Alter, vor dem ich mich von klein an fürchtete. Herrgott, Mama, du wirst sechzig! Du kriegst graue Haare. Du mußt mir versprechen, sie zu färben! Ich hasse Frauen, die ihr graues Haar zeigen!«

»Und was ist mit mir?« sagte Thomas unschuldig.

»Bei Männern ist das anders«, schnaubte Annika.

»Warum eigentlich?« fragte Elisabeth zugleich neckend und neugierig.

»Weil schminken und solche Dinge weiblich sind«, fuhr

Annika fort. »Solange wir Make-up und Lippenstift benutzen, müssen wir verdammt noch mal auch unser Haar färben. Wenn wir das nicht tun, sehen wir ja aus wie … Maggi.« Sie spielte auf ihre Silberschmiedin an.

»Und was dann?« fragte Thomas.

»Dann siehst du aus wie eine Hexe. Frauen mit grauem Haar, das ist so was von unerotisch!« Thomas Brenner sah, daß Elisabeth beim Sprachgebrauch der Tochter zusammenzuckte. Aber Annika war immer für eine Überraschung gut.

»Unerotisch?« wiederholte Thomas.

»Ja«, sagte Annika pikiert. »Das sieht aus, als hätten sie nie mit jemandem geschlafen, als wären sie schon immer alt gewesen, wenn du verstehst, was ich meine.«

Thomas und Elisabeth nickten beide, ohne das Problem zu vertiefen. In gewisser Weise verstand Thomas, was die Tochter meinte, aber er weigerte sich, weiter darüber nachzudenken. »Vielleicht ist das mit dem Sex wichtiger, als wir glauben«, sagte er etwas unsicher. »Nehmt doch mal Jane Fonda …«

»Sie färbt ihr Haar!«

»Ja, genau. Und sie wird in zwei Monaten zweiundsiebzig …«

»Oho, du kennst ihren Geburtstag?«

»Ich muß gestehen«, sagte Thomas mit einem Lächeln, »daß Jane Fonda nach deiner Mutter zu den Frauen gehört, deren Leben mich sehr beschäftigt hat.«

»Papa hat einen guten Geschmack«, lächelte Elisabeth. Jetzt war er an der Reihe, einen zärtlichen Klaps auf die Schulter zu bekommen.

»Und«, fuhr Thomas fort, »sie stellt sich zusammen mit ihrem Mann hin und sagt, daß es ihr, physisch gesehen, noch nie so gut gegangen ist.«

»Quatsch«, sagte Annika.

»Warum nicht?« sagte Thomas und zuckte die Schultern, wohl wissend, daß er sich auf schwankendem Boden bewegte, aber sowohl er wie Elisabeth wollten Annika ab und zu unter Druck setzen, wollten über Dinge reden, die ihr unangenehm waren, vor allem, um sie damit als Erwachsene zu behandeln. Aber sie weigerte sich, erwachsen zu werden.

»Ja, ich habe es in der Zeitung gelesen, und es war widerlich. Sie brüsteten sich damit, wieviel und wie lange sie Sex hatten. Bis zu eineinhalb Stunden.« Sie sagte es auf ihre altklug-naive Weise, fügte aber mit einem Seufzer hinzu: »Und trotzdem mag ich sie, ich auch.«

»Weil sie aussieht wie Mama?«

Ihre Augen strahlten. »Ja, genau deshalb!«

»Sie hat schon alles richtig gemacht«, sagte Elisabeth Dahl, und Thomas stellte fest, daß sie ihre intellektuelle Stimme benutzte, die er immer bewundert hatte. »Nur schade, daß nicht immer ein Zusammenhang erkennbar ist. Sie begann als Model, wurde dann Schauspielerin, politische Aktivistin, Fitneß-Guru, Kapitalistin, erneut politische Aktivistin und ist jetzt, kaum zu verstehen, Christin.«

»Meine Güte, du weißt ja mehr über sie als ich!« staunte Thomas.

»Vielleicht, weil sie für viele Frauen eine Ikone ist.«

»Sie ist mir am besten als *Barbarella* in Erinnerung«, erklärte Thomas.

»Aber da hatte sie doch pausenlos Sex«, sagte Annika verlegen und errötete.

»Sie ist jedenfalls ein Freiheitsideal«, sagte Elisabeth.

»Vielleicht für Mildred Låtefoss indirekt ein Vorbild?« fragte Annika.

»Wer weiß«, sagte Thomas. »Sie gehört zu der Kategorie, von der ich gesprochen habe. Nennen wir sie die Unsterblichen.«

»Ich möchte, daß wir alle dazu gehören!« Annika rief es fast.

»Und vielleicht ist es so«, sagte Thomas. »Wir bewegen uns auf eine Altersphase zu, die dauert und dauert. In meiner Arztpraxis sehe ich das immer deutlicher. Die Alten leben und leben.«

»Aber manche sterben ja auch«, sagte Annika fast böse. »Mitten im Leben. Jünger als ihr.«

»An wen denkst du?«

»An die von den Todesanzeigen. Junge Frauen mit Brustkrebs, oft mit drei Kindern, die ständig in den Bergen Ski laufen waren und immer gesund lebten. Ich ertrage das einfach nicht!« Fast flehend schaute sie ihre Mutter an.

»Ich werde nicht an Brustkrebs sterben«, sagte Elisabeth ruhig und strich der Tochter über die Wange.

»Das kannst doch nicht *du* bestimmen«, sagte die Tochter, den Tränen nahe.

»Es gibt ständig neue Behandlungsmethoden«, sagte Thomas. »Früher starb man an Krebs. Jetzt lebt man damit.«

»Das ist eine Floskel«, sagte Annika. »Es sterben doch andauernd Leute. Jeden Tag steht es in der Zeitung. Sogar ich hatte Freunde, die jetzt tot sind! Herausgerissen aus dem Leben. Da wird einem übel, wenn man liest, daß Jane Fonda mit zweiundsiebzig Jahren ihr Sexleben genießt!«

»Und es wird noch schlimmer werden«, sagte Thomas. »Wir erzeugen eine Welt von Behinderten und halten sie künstlich am Leben.«

Annika sinnierte. »Erinnerst du dich noch, Papa? Großmutter sagte immer, daß wir zu alt werden. Glaubst du, sie denkt jetzt auch so? Weil sie ins Pflegeheim soll? Glaubst du, sie glaubt wirklich, daß sie zu alt ist, daß sie lieber sterben möchte?«

»Nein«, sagte Thomas. »Ich kenne sie gut. Sie ist beinahe neunzig, aber sie möchte nicht sterben.«

»Keiner von uns möchte sterben«, sagte Annika. »Und wenn ihr sterbt, werde ich euch gewaltig vermissen.«

Sie starrte vor sich hin. Thomas fing den Blick einer grauhaarigen Dame am Nachbartisch auf. Der Mann sah alt und krank aus. Hatte sie das Gespräch mitbekommen? dachte er. Hatte sie sie beobachtet, und wenn, was hatte sie gesehen? Eine Familie, die hoffnungslos verstrickt war in ungelöste Konflikte, in untergründige Spannungen? Ihm kam es vor, als könne er sie alle drei von außen betrachten, so wie er Familien in seiner Arztpraxis sah, die nach außen ebenso charmant wie hoffnungslos wirkten. Obwohl Annika erwachsene und reflektierte Ansichten vertrat, war sie immer noch ein Kind, und im Alter von sechsundzwanzig Jahren zeigte sie keinerlei Anzeichen, in ihrer Entwicklung einen Schritt nach vorne zu machen.

In diesem Moment griff Annika zu ihrem iPhone, das sie zum Geburtstag bekommen hatte. Das war das Zeichen, daß sie sich aus dem Gespräch abmeldete. All das Gerede über den Tod wurde ihr sicher zuviel. Er wechselte einen vielsagenden Blick mit Elisabeth.

Sie wußten beide, wohin Annika jetzt verschwand, auf ihre eigene Facebookseite, wo sie dreiundzwanzig Freunde hatte, darunter all die Cava-Trinker von den Ausstellungseröffnungen oder Leute, mit denen sie gechattet hatte, ohne sie jemals gesehen zu haben. In Sekundenschnelle verwandelte sie sich in eine Achtjährige, eine ewige Achtjährige, dachte er, wie so viele der heutigen Jugendlichen kindlich wirkten, aber das waren sicher nur seine Altmännergedanken. Bald würden sie Line im Tanzinstitut sehen. Die Sprache dieser Generation konnten weder er noch Elisabeth dechiffrieren, das war ihm schon lange klargeworden. Aber auf einmal ärgerte es ihn gewaltig, daß seine Tochter hier saß und mit diesem Ding spielte. Sie wirkte dann noch hoffnungsloser. Und er wollte ja nicht, daß sie hoffnungslos war! Schwach und ängstlich wie so oft. Er wollte, daß sie lachte und ihren befreienden Sarkasmus zeigte.

Er schaute auf die Uhr. Die Zeit für das Tanzinstitut rückte näher. Vielleicht war jetzt eine günstige Gelegenheit, zu erzählen, was Mildred Låtefoss eigentlich gewollt hatte. Es würde ihm nicht gelingen, das sehr lange geheimzuhalten. Vor diesen zwei Frauen hatte er keine Chance, etwas zu verbergen. Die Familie stand ihm am nächsten, das war immer so gewesen. Bei Saufabenden mit Kollegen kamen keine Wahrheiten ans Licht. Die Wahrheit mußte daheim im Dahl-Haus gesagt werden, aber auch dort hatte sich dieses unbefriedigende Gefühl aufgebaut, daß immer etwas unter den Teppich gekehrt wurde. Daß Annikas Situation, die auf Dauer unerträglich war, und das schon seit Jahren, nicht thematisiert wurde, weder von Elisabeth noch von ihm oder von den Alten in der oberen Etage. Vor allem, um Annika aus ihrer Facebook-Hölle zu holen, sagte er:

»Es sieht so aus, als sollte ich eine Auszeichnung bekommen.«

»Was sagst du da, Papa?«

»Eine idiotische Auszeichnung. Einen Orden. Völlig unverdient.«

Er erzählte, warum Mildred Låtefoss eigentlich gekommen war. Oder was sie zum Vorwand nahm, wie Elisabeth Sekunden später sagen sollte, als sie verstanden hatte, worum es bei dem Gespräch in der Arztpraxis gegangen war. »Aber ich verdiene ihn ja nicht«, sagte er. »Das ist völlig absurd. Und ich möchte nur raus aus dieser Sache. Schon der Gedanke, eine Dankesrede halten zu müssen, weil einem der königliche Verdienstorden in Gold oder Silber verliehen wird, erscheint mir nur peinlich und idiotisch. Ich weiß ja nicht, wofür ich ihn bekomme, und ich weiß nicht, wofür ich danken soll.«

Annika legte das iPhone beiseite und schaute ihren Vater vielsagend an. »Bist du blöd oder was?« sagte sie. »Man will sich doch nur schmücken mit dir. Natürlich nimmst du ihn an. Und in der Zeitung wird es sicher auch stehen.«

»Als kleine Notiz«, sagte Elisabeth, die offenbar die Ambivalenz ihres Mannes besser verstand. Die Tochter warf der Mutter einen skeptischen Blick zu. »Eine Notiz ist besser als nichts.«

Er unterbrach sie mit einer Handbewegung. »Die Sache ist einfach zu blöd. Warum sollte ich öffentlich geehrt werden?«

»Und warum müssen wir Mamas sechzigsten Geburtstag feiern?« sagte Annika frech.

Thomas Brenner zuckte zusammen. Die Tochter hatte die Fähigkeit, den Nagel auf den Kopf zu treffen.

»Weil wir sie lieben«, sagte er.

»Einige da draußen lieben *dich*«, sagte Annika lakonisch.

Elisabeth Dahl senkte den Kopf. Sie sah besonders schön aus, wenn sie verlegen war, dachte er. »Das ist Thomas' Idee. Ich persönlich kann auf diese besonderen Ehrungen verzichten.«

»Es geht ebensosehr um die anderen«, sagte er, »um die, die dich feiern wollen.«

»Und wieder andere wollen dich feiern«, sagte Annika.

»Zum Beispiel eine, die sich scheiden lassen möchte«, spottete Thomas.

»Papa, hör jetzt auf! Das gehört nicht hierher. Natürlich mußt du gefeiert werden! Natürlich muß Mama gefeiert werden! Was seid ihr bloß für Langweiler. Könnt ihr euch nicht wie normale Menschen benehmen?«

»Nein«, sagte Thomas. »Ab jetzt werde ich mich wie Präsident Barack Obama benehmen. Er war völlig verwirrt, als man ihm mitteilte, daß er den Friedensnobelpreis bekommt.«

»Weil er noch nichts für die Menschheit geleistet hatte.«

»Aber du hast etwas geleistet, Papa!«

»Was denn?«

»Du hast alten, grauhaarigen Männern Viagra verschrieben!«

»Ich verstehe, ich muß meine Haare färben«, sagte Elisabeth Dahl lapidar.

Sie lachten alle drei. Diese Diskussion war bereits eine Totgeburt, dachte Thomas Brenner. »Bitte die Rechnung«, sagte er zu dem Kellner. Zum ersten Mal zog Elisabeth nicht ihre Kreditkarte heraus.

Sie gingen ins Tanzinstitut. Es lag auf der anderen Straßenseite auf einem alten Brauereigelände. Ein kalter, herbstlicher Wind fegte die Pilestredet herunter.

»Der erste Vorbote des Winters«, sagte Elisabeth Dahl. Sie hatte immer ein besonderes Gefühl für die Jahreszeiten.

Thomas Brenner nickte. Er mochte nicht, was sie ankündigte. Sein Herz machte einige harte Schläge. Er atmete tief in der Hoffnung, einen erneuten Anfall zu vermeiden, obwohl er wußte, daß Flimmerherzen gewöhnlich nicht so rücksichtsvoll waren.

»Warum atmest du so schwer, Papa?«

Er legte seinen Arm um die Schultern der Tochter und ging mit ihr zusammen über die Straße und zu den roten Ziegelsteingebäuden. Von allen Seiten liefen Jugendliche an ihnen vorbei. Er sah geschminkte Gesichter und grellgefärbte Haare. Die Vorstellung, daß das wirklich Studenten waren, fiel ihm schwer.

Elisabeth drückte kurz seine freie Hand und ging dicht neben ihm. Ein plötzliches ungutes Gefühl. Das, was ihm morgen bevorstand, würde ernste Konsequenzen für sie haben, dachte er. Viele Jahre lang hatte es in der Beziehung zwischen dem Dahl- und dem Brenner-Haus einen bestimmten Rhythmus gegeben. Nun wird eine Verschiebung eintreten. Nun werden Gordon und Bergljot Brenner viel mehr Zuwendung brauchen als vorher. Aber war für sie überhaupt noch Zeit da? Solange auch Tulla und Kaare in der oberen Etage saßen und die alltäglichen kleinen Zuwendungen verlangten? Was sollte von ihrer Familie übrigbleiben, die jetzt so viele Jahre in einer Art von stillschweigendem Gleichgewicht des Terrors gelebt hatte: Montagvormittag putzte Elisabeth das Haus in Dagaliveien, während Thomas sich darum kümmerte, daß Gordon in seinen Bridgeclub kam. Dienstagnachmittag kaufte Thomas für seine Eltern ein und fuhr kreuz und quer durch die Stadt, um die gewünschten Produkte zu besorgen. Mittwoch fuhr Elisabeth ihre Mutter zur Physiotherapie, während Thomas sich darum kümmerte, daß sein Vater den obligatorischen Spaziergang hinauf zur Sprungschanze und zurück machen konnte. Donnerstag war der Tag mit den Töchtern *und* Tulla und Kaare. Freitagnachmittag war der Tag für den Großeinkauf, und den erledigten Elisabeth und Thomas zusammen, bevor der freie Pizzaabend für diejenigen der Familie begann, die dazu Zeit und Lust hatten. Aber Bergljot und Gordon waren nicht mobil genug, deshalb wurde ein Teil des Samstags bei ihnen verbracht. Nur der Sonntag war nicht verplant, wenigstens auf dem Papier. Aber da gab es meistens unvorhergesehene Ereignisse, eine Glühbirne, die in einem der Häuser ihren Geist aufgegeben hatte, ein Leck in einem der zahlreichen Heizkörper, Mäuse im Keller.

Ja, ein ungutes Gefühl, dachte Thomas Brenner und spürte plötzlich an jedem Arm eine Frau. So gingen sie gerne, wenn sie glücklich waren und Rotwein getrunken hatten, aber jetzt hatte Thomas dieses ungute Gefühl, und Elisabeth und Annika merkten es, denn sie hielten ihn besonders fest, als wollten sie ihn trösten.

Sie wußten, wo sie hinmußten, waren hier schon früher gewesen. Im Tanzinstitut fanden zahlreiche Aufführungen statt, die in der Szene wie Weltereignisse gesehen wurden. Thomas Brenner sah, daß andere Eltern zum selben Eingang unterwegs waren. Betuchte Eltern aus Oslos Vestkant mit einigen wenigen Ausnahmen, dazu die Neureichen aus den Vororten, die sich mit Wäschereien oder Taxiunternehmen hochgearbeitet hatten. Aber die Mehrzahl waren Ärzte, Rechtsanwälte und Makler, die sich dazu gezwungen sahen, den kreativen Bedürfnissen ihrer Kinder nachzugeben. Nicht wenige dieser jungen Leute hatten sich in ernsthafteren Studiengängen versucht, hatten aber abgebrochen und arbeiteten nun verbissen daran, Tänzer in Musicals oder bei Rap-Gruppen zu werden, oder versuchten sich in Breakdance. Manche verfolgten auch langfristige Ziele, wollte an die Oper oder in andere, freie Tanzgruppen.

Das Tanzinstitut hatte beengte, abgenutzte Räume, obwohl sie erst vor wenigen Jahren renoviert worden waren. Gleich beim Öffnen der Türen zu dem engen Vestibül be-

merkte Thomas Brenner einen unverkennbaren Schweiß-
geruch. Line stand zusammen mit einer Gruppe Studenten
etwas weiter hinten und winkte, als sie sie erblickte. Sie lief
ihnen entgegen und umarmte einen nach dem andern.

»Wie schön, daß ihr alle drei gekommen seid!«

Ihre Augen strahlten. Sie trug dunkelblaue Jogginghо-
sen und einen Kapuzenpulli oder wie die Dinger hießen.
Thomas konnte sich das nie merken.

Es freute ihn, daß sie glücklich aussah. Er machte sich
immer Sorgen über ihre Situation. Seit sie sich so sehr zurückgezogen hatte, gab es Grund genug, besorgt zu sein.
Er konnte nicht verstehen, daß der Berufsweg, den sie gewählt hatte, ihr jemals wirkliche Freude bringen würde.
War das nicht einfach nur Anstrengung und Mühe mit
gnadenlosen Choreographen und überzogenem Ehrgeiz?
Außerdem hat sie nicht den Körper dazu, dachte er schon,
als sie zur Schule ging und an Schulveranstaltungen teil-
nahm. Sie war untersetzt und nicht groß genug, keine
deprimierenden Bewertungen, die allerdings eine Rolle
spielten, wenn man in *Schwanensee* tanzen wollte.

Und ausgerechnet am klassischen Ballett hing Lines
Herz. Mit zwölf Jahren war es ihr gelungen, eine winzige
Rolle im *Nußknacker* an der Norwegischen Oper zu be-
kommen. Thomas hatte sie zwischen Dagaliveien und
Youngstorget hin- und herchauffiert. Sie hatte eine nette
kleine Rolle gehabt, mimte irgendein Spielzeug, und die
Leute klatschten speziell wegen ihr. Damals hatte sie den
Charme des Kindes und bekam viel Lob. Etwas von die-
sem Lob war ihr in den Kopf gestiegen.

Und seitdem gab es nur noch den Tanz für sie, auch
wenn Elisabeth und Thomas sie überreden konnten, nach
dem Abitur auf der künstlerisch ausgerichteten Fagerborg-
Schule ein vorbereitendes Studienjahr zu machen. Aber

gleich nachdem das, was sie den Eltern versprochen hatte, absolviert war, ging sie zum Vorspielen und bekam eine Tanzrolle in einem der erfolgreichsten Musicals am Norwegischen Theater, der *West Side Story*.

Sie machte ihre Sache gut, und Thomas Brenner gehörte nicht zu den strengen Vätern, die ihren Töchtern das Leben schwermachten, aber er verstand trotzdem nicht, wie Line auf lange Sicht Erfolg haben sollte, mit diesem Körper. War sie nicht etwas übergewichtig? Die Schenkel zu dick, die Arme zu kurz?

Derartige Überlegungen hatte er noch nie zu äußern gewagt, nicht einmal Elisabeth gegenüber, und die sagte auch nie etwas. Aber beim Blick auf die Bühne war unübersehbar, daß die Stars im Ensemble die Großen und Schlanken waren, die zudem die interessanteren Choreographien hatten. Line war meistens im Hintergrund und machte Bewegungen, die Thomas an die Gymnastikübungen der Schulzeit erinnerten. Er stellte fest, daß sie manchmal richtige Fehler machte, auf der Bühne ausglitt oder mit ihrem Partner zusammenstieß, was lächerlich aussah. Dann sah man deutlich den Ärger in ihrem Gesicht, und den, dachte Thomas, sollte sie lieber nicht zeigen.

All das führte nur dazu, daß seine Zuneigung zu ihr wuchs. Er gehörte nicht zu den Vätern, die ihre Nachkommen ständig kritisieren mußten, davon gab es schon genug. Zum Glück war das weder in der Brennerfamilie noch in der Dahlfamilie üblich. Sie flossen über vor Emotionen und lobten ihre Kinder bei jeder sich bietenden Gelegenheit.

Thomas bekam fast ein schlechtes Gewissen, wenn er an einige seiner Klassenkameraden aus der Gymnasiumszeit dachte, die zu Hause regelrecht unterdrückt wurden. Sie sollten sich vor allem nicht einbilden, jemand zu sein.

Hatten sie bei einer Shakespeare-Aufführung in der Schule wirklich gut gespielt, kamen immer sofort die Mutter oder der Vater mit Tadel und Kritik. War die Rolle nicht zu anspruchsvoll? Hatten sie nicht Schwierigkeiten mit ihren Einsätzen? War da nicht ein Fehler in dem berühmten Monolog? Bewußte, jahrelange Demütigungen. Das prägte diese Schüler, schnürte sie ein, machte sie zurückhaltend und unsicher.

Manchmal auf Festen platzten sie, zerbrachen beinahe physisch, drohten mit den Fäusten und verfluchten ihre Eltern, die sie zur Welt gebracht hatten, um an ihnen zu zweifeln und sie zu demütigen und zu schikanieren. Ständig wiederkehrende Geschichten über die begabtesten Schüler der Klasse. Mildred Låtefoss gehörte beispielsweise dazu. Sie hatte Eltern, die es nicht einmal billigten, daß sie auf das humanistische Gymnasium kam. Sie befürchteten, die Tochter würde »Schande über die Familie bringen«, wie sie sagten. Schande über die Familie. Mildred sollte das nie vergessen. Wenn sie eine Flasche Wein oder mehr getrunken hatte, brach es aus ihr heraus. Verbitterung, fast Haß, steckten in ihr und vergifteten ihre Gefühle.

So war es weder bei den Dahls noch bei den Brenners. Und deshalb bestärkten Elisabeth und Thomas ihre Kinder. Natürlich bestärkten sie Line, die jetzt in der entscheidenden Phase ihres Lebens war. Herrgott, dachte Thomas, es war ja die Phase im Leben, mit Anfang Zwanzig, in der die Weichen gestellt wurden. Genau *da* hatte Annika ihren Antrieb verloren und sich zurückgezogen, *da* war Thomas seine Verbindung mit Elisabeth eingegangen, und *da* hatte sich Line für das Tanzen entschieden.

Sie wissen ja nicht, wie schnell es geht, dachte Thomas, und man ist plötzlich achtundfünfzig und man kann sich ausrechnen, daß das aktive Berufsleben in neun Jahren beendet sein wird. Neun Jahre, weil irgendein Idiot siebenundsechzig Jahre als Grenze festgelegt hatte. Danach folgten Ferien, Resignation und Vorbereitung auf den Tod, falls man es nicht wie die Schwiegereltern und Vater und Mutter schaffte, diese Altersjahre zu einer fast transzendentalen Reise zu machen. Vielleicht sollten sich er und Elisabeth an Jane Fonda orientieren und noch mit über siebzig Jahren einenhalb Stunden Sex haben. Solche Gedanken gingen ihm durch den Kopf, während ihnen in dem kleinen Saal, in dem die Bühne den größeren Teil einnahm, die Plätze angewiesen wurden, eine Tanzwerkstatt eben. Line hatte ihr eigenes Stück choreographiert, die *Vestkantpakistani,* sie machte so etwas zum ersten Mal, und es war ungeheuer wichtig für sie, das wußten alle, und deshalb waren sie gekommen.

Neben all den Eltern waren Freunde der Studenten gekommen, sicher Tänzer von anderen Instituten oder Akademien, wie heutzutage diese Schulen hießen, in denen man sogar lernen konnte, Bücher zu schreiben. Früher hieß das einfach nur Kunst. Kunst- und Handwerksschulen, Tanzschulen, Malschulen. Schriftstellerschulen gab es nicht. Wie viele Akademien und Institute gab es eigentlich in Norwegen, überlegte er plötzlich, verunsichert darüber, daß er etwas instinktiv negativ beurteilte, was natürlich sehr positiv war; die Kunst und die Kultur auf ein höheres Niveau zu heben. Aber dann bestätigten sich seine Vorurteile, als er sah, wie sich die Leiterin des Tanzinstituts auf der Bühne produzierte, eine dieser Enthusiasten, wie sie zur Zeit überall herumwimmelten. Auch in der Gemeinschaftspraxis tauchten regelmäßig welche auf, mit Broschüren, mit Unterschriftensammlungen, Bittbriefen und Berichten über Projekte. Sie waren Enthusiasten, und sie hatten eine Botschaft, eine Berufung, und das, was sie machten, war das Wichtigste auf der Welt, sie sahen nichts anderes, sahen keine über ihre Aktionen hinausgehenden, tieferen Zusammenhänge. Sie leiteten Museen, Institute, Akademien, renovierten alte Gehöfte, richteten Fischerdörfer her, kämpften für oder gegen politische Entscheidungen. Es war unmöglich, sie nicht zu mögen. Die meisten von ihnen waren reizende Personen, meist mit etwas bunten Lebensläufen, wie sie bei Interviews in Radio und Fernsehen preisgaben. In der Regel hatten sie bisher mit *ganz anderen Dingen* zu tun gehabt, aber dann diese Halle gefunden, dieses Fischerdorf, dieses Gehöft und erkannt, daß hier der perfekte Ort war für ein Institut, ein Museum, einen Kontemplationstempel, eine Buchhandlung oder eine Akademie, und von diesem Moment an waren sie Enthusiasten, die sich in der einheimischen Bevölkerung für unentbehrlich hielten. Ihre Augen leuchteten, und sie redeten wie ein Wasserfall.

Hatte er selbst jemals geglaubt, daß das, was er machte, das Wichtigste war auf der Welt? Niemals. Er hielt sich meistens für ein kleines Rädchen im Getriebe, aber hier marschierte die Begründerin des Tanzinstituts in einer riesigen Toga auf die Bühne. Daß ausgerechnet der Tanz ihre Berufung darstellte, war schwer nachvollziehbar, aber Line hatte erzählt, daß sie an der Norske Opera als Coppelia Triumphe gefeiert hatte und daß sie außerdem Schülerin bei Birgit Cullberg gewesen war.

Weil diese Vorstellung die erste im neuen Semester war, hieß sie alte und neue Freunde des Tanzinstituts willkommen und erläuterte die schwierige Situation, in der sich das Institut den kommunalen und staatlichen Stellen gegenüber befand. Personen, die solche Institutionen leiten, führten mit den Politikern einen Kampf bis aufs Messer, und Marit Salvesen, die Leiterin des Tanzinstituts, war keine Ausnahme. Sie entschuldigte sich wegen der Semestergebühren, die sich deutlich erhöht hatten, war sich aber nicht zu schade, um Spenden zu bitten. Sie wußte, daß gutbetuchte Eltern im Publikum saßen. Außerdem all die Freunde, die sogenannte bunte Versammlung, die Tänzer aus Holmlia und Romsås, die es sich gewiß nicht leisten konnten, am Tanzinstitut zu studieren, die aber dort ihre reichen Freunde hatten.

Wie flott und modern sie waren, dachte Thomas Brenner. Sie waren zum Tanzen wie geschaffen, vielleicht mehr noch als die, die hinter Marit Salvesen auf der Bühne standen und nur darauf warteten, anfangen zu können. Aber Enthusiasten gaben nicht so schnell auf. Sie hatten viel zu sagen, und das endete auch diesmal in einer Laudatio auf sich selbst, als sie, indem sie allen andern dankte, eigentlich zum Ausdruck brachte, welche ungeheuere Leistung *ihr* zuzuschreiben war, wie knapp vor einer Schließung das Tanzinstitut gewesen sei, wie nahe der Konkurs usw.

Sie begann, Einzelpersonen zu danken, dem Oberbürgermeister von Oslo, dem einen oder anderen Stadtverordneten, einem früheren Kollegen vom Opernballett und einem Journalisten der *Aftenposten*. Sie hatte ein gutes Timing für ihre Danksagungen, so daß genug Applaus möglich wurde, aber Thomas merkte, daß die Tänzer hinter ihr anfingen, ungeduldig zu werden, besonders Line, die in dieser Positur ihrer Großmutter Bergljot und ihrer Schwester Annika auffallend ähnlich sah, die feine Nase, der trotzige Mund. Er merkte, daß er ihretwegen nervös wurde. Immerhin sollte sie ja etwas vorführen. Ihre erste Choreographie. Sie sollte die Show starten.

Aber schließlich war die enthusiastische Rednerin fertig. Der junge Typ mit dem Lockenkopf hinter dem Mischpult fuhr die Lautstärke hoch, und die Overtüre zu Wagners Rheingold erfüllte den Saal, das Licht wurde heruntergedimmt, und Marit Salvesen setzte sich auf ihren reservierten Platz in der ersten Reihe. Der Lichtdesigner hatte plötzlich alle Hände voll zu tun, und bald war die gesamte Truppe in einem Raumschiff weit weg, und ein DJ ganz links auf der Bühne saß im Punktscheinwerfer, begleitet vom stürmischen Applaus der Vorstadtgang, und Thomas ahnte, daß gleich Lines Nummer anfangen würde, denn es kamen Rapper auf die Bühne, zuerst als schwarze Schatten, dann im vollen Licht.

Die Musik wechselte abrupt zu Karpe Diem, und Thomas stellte überrascht fest, daß tatsächlich Karpe Diem auf der Bühne standen, leibhaftig, begrüßt von einem ohrenbetäubenden Applaus der Vorstadtgang und der eher verwirrten Eltern und Geschwister. Im Nu entwickelte sich eine gewaltige Power auf der Bühne: »Ey, laß dich mitnehmen, wo kein Haß ist, und adieu Hauslatschen und Telemark und Wanderung nach Kragerø.«

Thomas hörte, daß Annika zusammen mit den andern Jugendlichen begeistert aufheulte. Das waren bekannte Töne für sie. »Dort hat man noch nie etwas von Ramaramadan gehört / Und alle finden es idiotisch, kein Bier zu trinken.«

Aha, dachte Thomas. Jetzt verstand er, wovon Line vor einigen Wochen gesprochen hatte. *Vestkantpakistani.* Magdi Omar Ytreeide, Abdelmaguid, Cirag Rashmikant Patel und DJ Marius Thingvald – der auf der rechten Seite – brachten den Hit vom Vorjahr. Aber jetzt hatte Line, seine Line, in Jogginghosen und Kapuzenpulli, ihre eigene Choreographie dazu beigetragen und den Hip-Hop-Text mit Bendik, Henrik, Preben, Oda, Vibeke, Tea, Tobias Fredrik und Nora lebendig werden lassen. »Fräulein – atmen Sie ein, und entspannen Sie sich, da sind Mehdi Omar Muhammed Abdul Megid Mustafa …« Und dann kam der Refrain, die Vestkant-Stimme, die Holmenkoll-Stimme, so wie sie zur Zeit dort oben am Hügel reden: »Wo wohnste nu?« Line begleitete den Gesang mimisch und brachte die Holmenkoll-Distanziertheit auf den Punkt. »Ey, laß dich mitnehmen in meine Stadt, meine Sta-ha-hadt.« Und auf einmal verstand Thomas Brenner, welche Idee die Tochter verfolgte, sie wollte sichtbar machen, daß abstoßende und anziehende Kräfte zusammengehörten. Auf der Bühne herrschte eine wahnsinnig aufgeheizte Stimmung, die Mädchen und Jungs waren mehr als willig, und Lines Chorographie ging bis an die Grenze zum Unanständigen. Die Tänzer konzentrierten sich jeweils auf den Unterleib des Partners, die Mädchen schlugen die Beine um den Hals der Jungen, und alles war plötzlich ziemlich sexuell. »Wo wohnste nu?« Gleichzeitig war eine befreiende Stimmung in dem Tanz und ein gewaltiger physischer Überschuß. »Ey, laß dich mitnehmen in meine Stadt, meine Sta-ha-hadt.«

Als sie fertig waren, ebenso schnell, wie sie begonnen hatten, flippte der jüngere Teil der Zuschauer schier aus, und die gesamte Eröffnungsnummer mußte wiederholt werden, mit Wagner und allem, weil die Musik nicht abgeschnitten werden konnte. Thomas spürte, daß Elisabeth seine Hand nahm. Das war ihre Tochter, ihre Line. Woher hatte sie das bloß? dachte Thomas. All das Sinnliche. So verschieden von der Schwester wie nur möglich. Ehrgeizig. Extrovertiert.

Sie hatte noch ein Jahr am Tanzinstitut. Wovon um Himmels willen sollte sie danach leben? Er wußte, daß das auch

Elisabeth Sorgen bereitete. Wenn es mit seinem Herzjagen wirklich ernst würde, könnte er nur noch einen Bruchteil dessen leisten, was er gewohnt war. Stellte sich Line etwa vor, den Rest ihres Lebens versorgt zu werden? Rechnete sie mit dem Dahl-Haus, mit dem Erbe? Erst vor ein paar Monaten hatten Elisabeth und Thomas festgestellt, wie hoch verschuldet das Haus eigentlich war. Tulla und Kaare hatten all die Jahre über ihre Verhältnisse gelebt, ohne daß sich Elisabeth und Thomas darüber Gedanken gemacht hätten. Wenn sie Fernreisen unternahmen oder ihr Mobiliar erneuerten, dachten beide, das alte Ehepaar könne sich das leisten.

Aber in den letzten Jahren hatten sie eine neue Hypothek auf das Haus aufgenommen, und jetzt waren die Schulden derart angewachsen, daß es wahrscheinlich für keines der Dahl-Geschwister möglich sein würde, die beiden anderen auszuzahlen. Umgekehrt wußte Thomas, daß auch das Brenner-Haus sehr tief in der Kreide steckte, weil Gordon Brenner von seiner Bank hereingelegt worden war, der Bank mit dem einmal so vertrauenswürdigen Namen Den Norske Creditbank, als junge Berater es geschafft hatten, den alten und inzwischen unbeholfenen Unternehmer zu überzeugen, daß es für ihn lohnend sei, sein ganzes Privatvermögen in diversen Fonds anzulegen.

Das hatte er ganz auf eigene Faust gemacht, ohne sich mit jemandem zu beraten, und schon vor der letzten Finanzkrise hatte er zwei Drittel des Vermögens verloren, das er in einem langen Leben erarbeitet hatte und das zum Teil vom Großvater ererbt war. Aber darüber konnte Thomas Brenner mit seinem Vater nicht sprechen. Er wurde böse und mißtrauisch, wenn der Sohn vom Geld anfing. Insofern glich er durchaus seiner Enkelin Line: Was unangenehm war, darüber sprach man nicht.

Aber Thomas hatte an den vierteljährlichen Kontoauszügen gesehen, daß das Haus im Holmenkollveien mit einer sehr hohen Hypothek belastet war, eine Summe, die die Bank für seine gescheiterten Spekulationen verlangte.

In regelmäßigen Abständen las Thomas Brenner in der Zeitung, wie gerade diese Bank, die eigentliche Nationalbank neben der Bank von Norwegen, seit Jahren ältere Menschen hintergangen und ihnen das Geld abgeluchst hatte, so daß sie ihre Vermögen in unsicheren Fonds verloren. O diese Gier nach dem schnellen Geld, das diese jungen und entsprechend geschulten Bankangestellten einheimsen sollten, eine Habsucht, die sich inzwischen in ihrem Denken fest verankert hatte. Er begegnete ihnen in seiner Arztpraxis, wenn sie blutdrucksenkende Mittel verlangten. Der Kapitalismus hatte eine ungesunde, erregende Wirkung auf sie. Es gelang ihnen nicht, auf eine niedrigere Drehzahl zu kommen. Solange ein Arbeitstag die Möglichkeit bot, mehr Geld zu verdienen, waren diese jungen Männer, nur ausnahmsweise Frauen, zutiefst unruhig und panisch, hatten Angst, etwas zu versäumen. Einige davon saßen in seiner Nähe und applaudierten in diesem Moment. Sie waren Arbeitstiere. Sie waren Mittelfeldspieler oder Mittelsmänner, die nie ein Tor schossen und auch nie in der Lage waren, sich entsprechend zu verteidigen. Man hatte ihnen einige Spielregeln eingetrichtert, und sie waren ganz offensichtlich *Spieler*, während ihre Chefs, wie der gutmütige, etwas provinzielle Bankdirektor, oft über fünfzig Millionen Kronen als Bonus und Entlohnung erhielten und das Ganze so hinstellten, als handle es sich dabei um die gewohnte, alljährliche Weihnachtsgratifikation. Die Chefs beherrschten die Codesprache für das alte und das neue Norwegen. Sie saßen in den Freitags-Talkshows im Fernsehen und redeten wie der Kinderstundenonkel. Der Bankdirektor hatte in seinem Wesen etwas vom Sandmännchen, etwas unschuldig und beinahe besorgt, wodurch er schamlos diese fünfzig Millionen Dividende rechtfertigen konnte, und das in einer Zeit, in der das Alltags-Norwegen mit den größten Schwierigkeiten zu kämpfen hatte. Mittlere Betriebe mußten schließen, fristlose Kündigungen waren wieder an der Tagesordnung, Stichwort: Arbeitsplätze verlagern. Die Gewerkschaften wurden übergangen. Der Ruf nach Gewinnen machte es möglich. Größere Dividenden für die Aktionäre. Höhere Rendite für die Reichsten. Mehr und mehr setzten sich die neuen amerikanischen Methoden durch: »Zwanzig von euch werden in der nächsten Viertelstunde eine Mail erhalten. Geht in eure Büros und wartet. Wer keine Mail bekommt, kann bleiben. Die andern packen ihre Siebensachen und verschwinden.« Die Leute wußten, wie hart es geworden war. Sie wußten, daß es sie jederzeit treffen konnte. Deshalb trainierten sie ihre Widerstandskraft in der Hoffnung, den Herausforderungen, die sicher kommen würden, gewachsen zu sein. Diese Brutalität überstieg wirklich alles, dachte Thomas Brenner. Es ärgerte ihn gewaltig, wenn er für solche Typen, die verantwortlich dafür waren, daß ihre Mitarbeiter schlaflose Nächte hatten, egal ob es sich dabei um Chefs, Lakaien oder Mittelfeldspieler handelte, blutdrucksenkende Mittel verschreiben mußte. Er wünschte ihnen zwar nicht den Tod, aber etwas mehr leiden sollten sie.

Er hatte persönlich keine Probleme damit, daß sein Vater diese ungeheure Menge Geld verloren hatte, aber er wollte einfach, daß diese Menschen irgendwann einmal darüber nachdachten, was sie eigentlich trieben. Konnten sie nicht aufhören, jedenfalls ab und zu, und sich von außen betrachten, wie sie herumliefen und Gespräche an

ihren Handys führten, Frauen, Kinder und Hunde an-
brüllten und sich in einer Dauerstreßsituation befanden,
die auch die Gesellschaft prägte, von der sie ein Teil waren.
Sie hatten gelernt zu schreien, genauso wie sein Vater. Sie
schrien in der Börse, in der Langlaufloipe, auf dem Fahrrad, im Auto. Sie waren ständig hektisch unterwegs. Sie
konnten einem leid tun, dachte Thomas Brenner. Sie waren krank. Aber die Krankheit, an der sie litten, erzeugte
bei ihren Mitmenschen weder Sympathie noch Mitleid.
Es führte bei ihnen nur zu Verärgerung und Neid. Eines
schönen Tages würden sie wie die Hühner die Hackord-
nung praktizieren, dachte er. Und sie wüßten vielleicht gar
nicht, warum.

Line und die anderen Tänzer zogen sich von der Bühne
zurück, und ein neuer Choreograph übernahm. Aber Line
mußte noch mit den anderen auftreten. Nachdem sie einen Augenblick hinter den Kulissen verschwunden war,
erschien sie wieder in einem engen und eher klassischen
Ballettkleid. Er liebte sie, wenn sie selbstsicher war, war
aber nie imstande, sich von dem Mitleid zu befreien, das er
seit ihrer Geburt für sie empfand, ein Gefühl, das er auch
für Annika empfand, als stünde er mit ihnen zum erstenmal auf der Kunsteisbahn und sähe, wie wenig sie zurecht-
kamen, wie sie auf X-Beinen wackelten, wie sie förmlich
um Hilfe schrien.

Egal wie selbstsicher Line da auf der Bühne stand, mit
den Armen gestikulierte und Gebärden machte, so war sie
dennoch völlig abhängig von ihm, jedenfalls finanziell. Sie
war die kleine Schwester und tat so, als sei sie selbständig, als sei sie erwachsen. Aber mit ihren hochfliegenden
Plänen und ohne selbstverdientes Geld war sie noch mehr
von ihren Eltern abhängig als Annika. Und das war ein be-

unruhigender Gedanke. Was sollte aus ihr werden, wenn er sterben würde. Obwohl man mit sechzig Jahren nicht mehr jung war, wäre es schrecklich zu sterben, wenn die Kinder nicht auf eigenen Füßen stehen.

Ihm fiel die junge Mutter ein, die während seiner Zeit als Assistenzarzt an Krebs starb, als er Dienst hatte. Er wußte nicht viel von ihr, nur, daß sie noch keine vierzig Jahre alt war und daß sie drei Kinder hatte. Aus irgendeinem Grund hatte man ihr keine schmerzstillenden Mittel gegeben, und sie schrie und schrie, teilweise aus Todesangst, aber auch verzweifelt darüber, nicht mehr heim zu ihren Kindern zu können und allein im Krankenhaus sterben zu müssen.

Sie hatte ihn gebeten, ihren Mann anzurufen, sie wollte in dieser Nacht ihn und die Kinder um sich haben, aber als er anrief und dem Mann mitteilte, daß seine Frau im Bett sitze und schreie, antwortete er: »Dann stirbt sie heute nacht nicht.«

Aber genau das tat sie. Sie starb zwei Stunden später, schreiend, mit schreckgeweiteten Augen. Und er hielt ihre Hand und log sie schamlos an, erzählte, daß ihr Mann und die Kinder auf dem Weg zu ihr seien, daß sie keine Angst haben müsse. Den Todesaugenblick würde er nie vergessen, als sie seine Hand losließ und nach etwas in der Luft griff. Er würde nie vergessen, wie kurz der Weg ist vom lebenden zum toten Menschen. Es waren die Augen der Frau, die er in Erinnerung behielt. Die Grausamkeit der Schöpfung, ein lebendes Wesen, das sich in Sekunden in einen Leichnam verwandelte. Äußerlich blieb die Form erhalten, ihre Schönheit, fast auch die Hautfarbe, bis sie in die Kapelle überführt wurde. Der Schweiß, der in ihrem schönen blonden Haar klebte. Das Gesicht, das gezeichnet war von Trauer und Verzweiflung. Das würde man weder mit Waschen noch mit Schminken auslöschen können.

Als hätte sie in der Todessekunde an ein Fenster geklopft in dem Gefühl, daß sie allein und in großer Gefahr war, in der Hoffnung, daß da auf der anderen Seite jemand war, der sie retten würde. Doch das war nicht der Fall, da war nur seine hilflose Hand. Hätte er sie in den Arm nehmen können, als sei sie sein Kind. Aber das war sie nicht. Sie war mündiger als er, war älter als er und trotzdem so jung. Viel zu jung, um zu sterben.

Was ist das für eine dumme Ausdrucksweise. Viel zu jung? Als könne man mit dem Tod handeln, um Fristverlängerung bitten wie auf der Bank, die Tilgungsrate verschieben bis zur Pleite, beschwerdefrei sein und nur die Zinsen bezahlen. Und dann kamen am nächsten Morgen der Mann und die Kinder. Da war sie noch im Einzelzimmer. Drei Mädchen warfen sich über den Leichnam auf dem Bett, griffen nach der Hand, umarmten sie, versuchten sogar, sie aufzuwecken, während der Papa hinter ihnen stand und hemmungslos weinte. Thomas Brenner konnte sich nicht erinnern, etwas Schlimmeres erlebt zu haben.

Und warum dachte er jetzt daran, während seine Tochter auf der Bühne tanzte? War es der Knoten in Elisabeths Brust, der dieses Untergangsgefühl hervorrief? War es der Gedanke an seine Mutter und was sie erwartete? Er wußte es nicht. Er saß nur da in dem abgedunkelten Saal und versuchte sich auf den Tanz zu konzentrieren, die explodierenden, lebensbejahenden Bewegungen, die ein Muster bildeten, das ihm nur manchmal gefiel.

Nachdem die verschiedenen Auftritte vorbei waren, dachte er, daß Line bei weitem nicht die schlechteste gewesen war. Keineswegs. Sie war außerdem die einzige, die sich Unterstützung von außerhalb geholt hatte. Sich mit Karpe Diem zu verbünden war ein Geniestreich gewesen. Thomas würde ihr »meine Sta-ha-hadt« bis an sein Lebensende in Erinnerung behalten. Und die dusslige Frauenstimme im Holmenkoll-Slang mit ihrem ständigen »Wo wohnste nu?«, während der Tanz auf der Bühne olympische Höhen erreichte. So wünschte er sich seine Line: offensiv und selbständig, voller Lebensfreude.

Das Paradoxe der Elternrolle war ja, daß man mit jeder möglichen Fürsorge, die man den Kindern angedeihen ließ, sie so weit bringen wollte, daß sie keine mehr brauchten. Die größte Befreiung, das eigentliche Ziel, bestand also darin, nicht mehr gebraucht zu werden. Nach jahrelangen Bemühungen, bestimmt nur von dem einen Wunsch, allumfassend sichtbar zu sein, wollte man, ab einem bestimmten Zeitpunkt, fast nicht mehr dasein. Nichts von dem, was einmal wichtig war, sollte noch eine Bedeutung haben. Man möchte vergessen werden.

Aber fing man nicht in dem Moment an, das Leben einzupacken? Und welches Leben sollte man in diesem Fall leben? Die Alten waren ja absolut nicht bereit, zu sterben. Er hatte sie jeden Tag in seiner Praxis. Vielleicht hatten sie das Gefühl, immer noch gebraucht zu werden? Viele von ihnen waren stolz darauf, daß sie so alt geworden waren, daß fast alle der Schulfreunde tot waren, daß nur sie übrig waren. Diese Aussagen kamen oft in einer seltsamen Tonlage, als könnten sie sich nicht entschließen, ob sie Trauer oder Triumph artikulieren wollten. Sie wollten in jedem Fall leben. Sie waren genauso ängstlich wie Kinder, wenn sie krank wurden. Sie bewachten ihre Arzneien, als handle es sich um Goldschätze. Wenn etwas nicht normal war, fragten und bohrten sie. Sie wollten an die Hand genommen werden, beanspruchten immer die volle Aufmerksamkeit und wurden zornig oder bitter, wenn sie die nicht bekamen.

Er erhob sich von seinem Platz zusammen mit Annika

und Elisabeth und allen andern. Dieser rührende Drang, Bewunderung zu zeigen. Man erhob sich jetzt bei allen möglichen Anlässen, schlechten Weihnachtskonzerten, unverständlichen Vorträgen, schwachen Ballettvorführungen. Er wußte im tiefsten Innern, daß das, was er gesehen hatte, nichts Besonderes war, obwohl er aus vollem Hals »Bravo!« schrie.

Annika ging noch weiter. Sie rief: »Bravo, Line!« Sie wollte ihrer Schwester so viel Applaus geben wie möglich. Nur Elisabeth stand einfach da und klatschte. Das war typisch für sie. Elisabeth Dahl hatte nie die Beherrschung verloren. Sogar in Rußland bei den Wodkapartys bewahrte sie ihre Würde. Sie tanzte keinen Halling als Reaktion auf eine fantastische kaukasische Tanzeinlage. Wenn man sich zuprostete, hob sie nie das Glas am höchsten. Sie ließ sich höchstens zu einem Lied hinreißen, das sie mit glockenheller Stimme sang. Sie war nie sturzbetrunken, machte selten etwas, was sie bereute.

Trotzdem war sie ganz bei der Sache, wie jetzt. Sie klatschte für Line und all die anderen. Sie stand da solidarisch mit allen im Saal, aber ohne wilde Schreie auszustoßen wie die Börsenmakler und Mittelfeldspieler um sie herum. Und einer davon stieg tatsächlich mit einer Magnumflasche Champagner auf die Bühne. Er begann sie zu schütteln, wie es die Formel-1-Fahrer nach gewonnenem Rennen immer machen. Den Mittelfeldspieler sah man ihm deutlich an. Er umarmte seine Tochter, als wolle er die Rolle des amerikanischen Präsidenten spielen, um gleich darauf wieder zum Rennfahrer zu werden. Er schüttelte und schüttelte, hatte den Korken schon vorher gelockert, und plötzlich spritzte es, ohne daß die Tänzer, Line oder die Direktorin darauf gefaßt waren. Einigen der Mädchen spritzte der Champagner ins Gesicht, was sie gar nicht mochten. Sie schrien abwehrend, aber der ekstatische Papa lachte nur und legte den Arm siegessicher um seine Tochter, der Größten und Hübschesten des ganzen Ensembles. Thomas Brenner erkannte ihn plötzlich wieder. Er wußte, daß es irgendein Börsenmakler war und daß er ein Prostataproblem hatte, obwohl er erst vierzig Jahre alt war. Die jungen Tänzer, die der Champagnerstrahl nicht getroffen hatte, fanden es nur lustig. Sie gehörten einer anderen Zeit an. Bald machte die Flasche die Runde, und alle tranken, sogar Line. Schweinegrippe, dachte Thomas und wußte, daß es zwecklos war. Ja, so verrückt war die Welt geworden. Aus ihm war ein alter, mürrischer Mann geworden, unfähig, diese lustige Stimmung zu teilen. Und er sehnte sich nicht einmal danach, wollte keine Erneuerung oder das Gefühl, jugendlich zu sein.

Das Ensemble auf der Bühne löste sich auf. Einige der Tänzer packten ihre Sachen und gingen, aber Line kam mit ein paar Freunden an und wand sich vor Freude, wenn ihr von allen Seiten Komplimente zugerufen wurden. Sie wußte, daß sie gut gewesen war. Die Augen strahlten. Thomas Brenner machte sich von jeher Sorgen über den mentalen Zustand der Töchter, und Line neigte ebenso wie ihre Schwester dazu, himmelhoch jauchzend und zu Tode betrübt zu sein, vielleicht sogar in stärkerem Maße. Unmittelbar nachdem Line in die Wohnung im Parkveien gezogen war, hatte sie eine manische Periode gehabt, und da hatte er versucht, mit ihr zu reden. Sie solle doch vielleicht etwas Lithium nehmen, und die sind ja nicht gerade harmlos. Sie müßte in jedem Fall untersucht werden, müßte einen Psychiater konsultieren. Er erinnerte sich an ihre Augen, als er das gesagt hatte, obwohl er es eher gemurmelt und dabei in seiner Hosentasche gekramt hatte, um soviel wie möglich auf verbale Autorität zu verzichten. Seinen Angehörigen gegenüber war er hilflos. Line sah ihn erschrocken an, und er begriff, daß es zwecklos war und daß er sie überdies gekränkt hatte. »Du glaubst wohl, ich bin manisch-depressiv?« sagte sie. Er hätte genauso sagen können, daß sie Kinderlähmung hat. »Ich möchte nur, daß du dein Leben mit etwas mehr Ruhe angehst«, hatte er gemurmelt und sich dann entschuldigt. »Väter, du weißt ja«, hatte er gesagt. Es wurde nicht mehr darüber geredet, aber es blieb eine untergründige Spannung zwischen ihnen. »Warum schaust du mich so an, Papa?« sagte sie beispielsweise. »Schaust du mich mit deinen bipolaren Linsen an?« »Ich schaue dich nicht an. Ich freue mich über dich«, antwortete er dann und versuchte, lachend darüber hinwegzugehen.

Jetzt stand sie mit einigen ihrer Kollegen in der Runde. Die Leute von Karpe Diem waren bereits gegangen. »Bei mir zu Hause findet eine kleine Feier statt, in meiner Wohnung«, sagte sie. »Ich hoffe, ihr könnt auch kurz dabeisein?«

»Natürlich«, sagte Elisabeth und drückte ihre Tochter an sich. Thomas Brenner verspürte ein Gefühl von Traurigkeit. Herrgott, wer wollte seine Familie auf der Feier einer erfolgreichen Rap-Aufführung im Tanzinstitut dabeihaben? Annika konnte ja vielleicht mitkommen, aber er und Elisabeth?

Gleichzeitig schämte er sich seiner Gedanken. Als sei es ein Problem, wenn die Kinder ihre Eltern liebten. Thomas wußte, daß die Tochter das nicht aus Pflichtgefühl machte. Sie wollte ganz ehrlich, daß die Eltern dabei waren.

Sie begrüßten Lines sogenannte Freunde. Thomas war nicht davon überzeugt, daß diese Freunde, mit denen Line ankam, wirklich ihre Freunde waren. Vielleicht waren es Annikas Kontaktschwierigkeiten, die ihn in seiner Sicht auf Line beeinflußten. Keiner dieser sogenannten Freunde sah so aus, als sei er wirklich ihr Freund. Sie wirkten fremd und verkommen, und es mußte ihnen total unverständlich sein, daß zum Absacker, zu dem sie eingeladen wurden, auch die Eltern kamen.

Hätte er Lust, sich jemandem anzuschließen, der so unförmig war wie Annika? Und er selber und Elisabeth? Ein gewöhnliches, aber sicher todlangweiliges Ehepaar vom Holmenkollhügel, das zu allem, was man sagte, nur nickte und lächelte, hoffnungslos begeistert von Dingen, mit denen es nicht das Geringste verband, das aussah wie ein Fragezeichen, auch wenn es nickte. In kürzester Zeit waren Elisabeth und Thomas Brenner zu Oldtimern geworden. Sie paßten besser in den Jazz-Klub an der Smested-Kreuzung, als mit der Jugend bei einem lauwarmen Glas Cava über »unsere Sta-hadt« zu reden und die Aufführung des Abends. Und zu seinem Entsetzen merkte Thomas, daß er recht hatte. Die sogenannten Freundinnen zogen sich zurück, eine nach der anderen. Die eine hatte Kopfschmerzen, die andere mußte heim und schlafen. Er haßte sie, könnte sie vor Wut und Kränkung prügeln. Plötzlich war von der schnatternden Schar keine mehr da. Dafür tauchte plötzlich Marit Salvesen neben Line auf, besprüht mit dem widerlichsten Parfüm, das Thomas jemals gerochen hatte, nicht einmal Annika hätte ein schlimmeres finden können. Die Leiterin des Tanztheaters in voller Größe.

»Ich möchte gerne mitkommen zu einem Absacker!« sagte sie und umarmte Line auf mütterliche und gewaltsame Weise, überzeugt davon, daß Line sie dabeihaben wollte. Aber Thomas sah, daß die Augen seiner Tochter flackerten. Das war nicht gerade, was sie sich vorgestellt hatte.

Es blieb dabei. Kurz darauf schlenderten sie zusammen hinüber zum Parkveien, die Brennerfamilie in kompletter Ausführung und Marit Salvesen als Anhang.

»War Line nicht entzückend?« sagte Marit Salvesen enthusiastisch. Der Wind blies durch die Straße, und so ein Westwind klärt die Gedanken, dachte Thomas Brenner.

»Ja, das war fantastisch«, sagte Elisabeth aufrichtig. Er bewunderte sie, wenn sie so freundlich und großzügig war, obwohl er sie auch bewunderte, wenn sie arrogant war. Aber es bestand ja kein Grund, unfreundlich zu sein zu dieser Tanzschulleiterin, die zufrieden und stolz auf ihre Schule und die Schüler war. Sie schien glücklich darüber, zum Absacker eingeladen worden zu sein. Line schloß die Tür des Wohnblocks, in dem sie wohnte, auf. Ihre Wohnung lag im vierten Stock. Annika und Marit Salvesen nahmen den Aufzug, die anderen stiegen die Treppen hinauf.

Er stellte fest, daß Line nicht verstimmt war. Genügte ihr tatsächlich, daß nur die Familie und ihre Ballettlehrerin zum Absacker kamen? Beim Treppensteigen merkte Thomas, daß Elisabeth schnell außer Atem geriet. Ihm fiel wieder der Knoten ein. War der Krebs etwa schon in fortgeschrittenem Stadium? Saß er bereits in der Lunge? Im vierten Stock roch es intensiv nach gebratenen Zwiebeln, aber das mußte die andere Wohnung sein. Annika und Marit Salvesen standen schon da und warteten, und Thomas sah, daß die Tochter vor ihrer Wohnungstür eine alte Lampe stehen hatte. Nicht gut, dachte er. Sie sollte derlei nicht herumstehen lassen. Als würde sie seine Gedanken lesen, sagte sie: »Papa, kannst du diese Lampe gelegentlich für mich entsorgen?« Natürlich hatte keines der Mädchen einen Führerschein. Und es war traurig, festzustellen, daß das natürlich so war, dachte er. Vor all ihren Mänteln, Jakken und Umhängen mußte Lines winzige Garderobe kapitulieren. Wie hätte es ausgesehen, wenn auch noch ihre sogenannten Freunde mitgekommen wären?

Der Geruch von Line schlug ihm entgegen. Lines Seife, Lines Kleider, Lines Parfüm. Hier lebte sie ihr Leben, in einer fast fünfzig Quadratmeter großen Wohnung, die ihr gehörte, die aber die Eltern abzahlten.

Er zog die Schuhe aus wie die anderen auch und sah, daß die Tochter zwanzig Gläser bereitgestellt hatte, zwanzig Gläser auf der Anrichte. Also hatte sie damit gerechnet, daß viel mehr kommen würden. Übles Pack, dachte er. Gefühlloses, übles Pack. Dazu hatte sie haufenweise Chips und Erdnüsse in Schalen verteilt. Annika würde sicher hemmungslos zuschlagen, aber es war die Ballettlehrerin, die als erste zugriff und sich eine Handvoll Erdnüsse in den Mund stopfte und zerkaute. Sie war schlimmer als Annika, und so was sollte eine Balletteuse gewesen sein.

»Seid ihr hungrig?« sagte Line und starrte vielsagend auf Marit Salvesens Mund. »Ich habe leider nichts anderes als das hier.«

»Ist in Ordnung«, sagte die Ballettmeisterin mit so vollem Mund, daß die Erdnußkrümel auf das edle Parkett bröselten. Sehnsüchtig schaute sie auf die leeren Gläser. Line eilte zum Kühlschrank.

»Wirklich schön hast du es hier, Line!« sagte die Ballettmeisterin und ließ ihren Blick von den Erdnüssen am Boden durch das Zimmer schweifen. Thomas war es unerklärlich, daß die Tochter sich eingerichtet hatte wie die meisten ihrer Generation. Fast keine Sitzgelegenheiten, nur weiße Wände, die billige IKEA-Reproduktion einer

Photographie von New York, die unvermeidliche Klippan-Couch und einige Stühle, schamlose Bauhausimitationen. Ähnlich sah es in der Küche aus, und das Schlafzimmer wagte er sich nicht vorzustellen. Konnte man in dieser Umgebung leben? Mußte sie hier nicht ständig frieren? Solche Wohnräume wurden regelmäßig in den Wohnbeilagen der Wochenendzeitungen abgebildet. Kapitalismus als Konformität. Thomas Brenner fröstelte. Er wußte, daß Line wußte, was er dachte. Sie ist nicht so, dachte er. Aber sie war genau so. Genauso fantasielos. Genial waren ihre *Vestkantpakistani*. Sie hatte noch nie etwas so Lebendiges und Witziges gemacht.

Und das zu feiern waren sie hier, rief er sich zur Ordnung, während die Tochter den Kühlschrank öffnete und einen Cava herausholte. Er wollte ihr helfen, aber sie wehrte ab, löste den Korken und schenkte ohne weitere Umstände sofort die Gläser voll. Gleich darauf prosteten sie sich zu.

»Ein Hoch auf die *Vestkantpakistani*!«

Marit Salvesen ergänzte sofort: »Ein Hoch auf das Tanzinstitut!«

Aber die Brenners standen bereit, sie zu übertönen. Jetzt ging es um Line. Thomas verspürte das Bedürfnis, eine Rede zu halten. Aber das würde lächerlich wirken, eine Rede vor der eigenen Familie und einer Ballettmeisterin, dachte er. Er hätte Line nur so gern richtig gefeiert.

Der Cava war zu süß. Es gab Dinge, die würden Line nie gelingen, und dieser Abend bewies das auf groteske Weise, denn fachlich gesehen war er ihr größter Triumph, sozial gesehen aber offensichtlich eine Niederlage. Fünfzehn Gläser standen unbenutzt auf der Anrichte. Fünfzehn Freunde hatten im letzten Augenblick abgesagt. Ach, das war unerträglich. Aber jetzt wurde sie immerhin geehrt, wurde über die Vorstellung gesprochen, wie frisch und frech sie gewesen sei. Als Eltern konnten sie das Erotische der Choreographie nicht gerade hervorheben, aber Marit Salvesen betonte genau das, sprach über den Tanz als einem durchgängig sexuellen Phänomen. Das sei nicht zu leugnen, »wenn sich Körper ineinander verschlingen«, wie sie mit einem lauten, aufreizendem Lachen sagte. Diese Aussage schien sie in gewisser Weise physisch zu befriedigen. Line strahlte. Sie verschlang jedes Wort, und jetzt meldete sich Annika:

»Papa hat heute ein neues Wort erfunden«, rief sie.

Thomas Brenner schaute die Tochter verdutzt an. »Was meinst du?«

»Die *Unsterblichen*! Und das sind wir! Das bist du, Line. Denn die *Vestkantpakistani* sind unsterblich! Jedenfalls für uns! Wir werden sie nie vergessen! Prost auf die Unsterblichen!«

»Ja, Prost auf die Unsterblichen«, schloß sich die Ballettmeisterin an. »Das sind wir, das Tanzinstitut!«

Thomas Brenner merkte, daß Annika allmählich betrunken wurde. Sie neigte dann schnell zum Übereifer, dachte er, aber Line schien sich wirklich zu freuen über das nichtssagende Geschwätz. Verärgert versuchte sich Thomas Brenner zu erinnern, in welchem Zusammenhang er im Restaurant dieses Wort gesagt hatte. Es waren die Alten gewesen, die er beschreiben wollte, nicht einmal das begriff Annika. Für einen Augenblick wurde er wütend auf die Tochter, aber es sollte noch schlimmer kommen, denn plötzlich schaute Annika in die Runde und sagte triumphierend:

»Außerdem haben wir noch etwas zu feiern!«

Ihm fiel sofort ein, was sie meinte, und er hob abwehrend die Arme. »Nein, Annika! Nein, habe ich gesagt!«

Sie hörte nicht auf ihn. Sie schaute ihre jüngere Schwester mit einem merkwürdigen Lächeln an. »Papa wird den Verdienstorden des Königs in Gold erhalten, Line!«

Das war unerträglich. Er hätte seiner Ältesten am liebsten den Mund zugehalten und sie aus dem Zimmer befördert. »Hör auf, Annika! Außerdem ist auch Silber denkbar.«

»Natürlich wird es Gold sein!«

»Aber das Ganze ist noch gar nicht sicher!«

»Klar ist das sicher! Wenn diese Mildred …« Sie sah fragend ihren Vater an.

»Låtefoss« mischte sich Elisabeth munter ein. Für sie war es offenbar lustig, dachte er aufgebracht.

»… ja, Låtefoss sogar zu Papa ins Sprechzimmer kommt, dann ist es abgemacht.«

Thomas Benner fing den Blick der Ballettmeisterin auf. Er sah ein begehrliches Leuchten, als verbinde sie mit dieser Information neue Ideen für ihr Tanzinstitut. Sie war offenbar nicht in der Lage, an etwas anderes zu denken.

»Verdienstorden«, murmelte er. »Das ist doch nicht der Rede wert.«

Aber da wurde Marit Salvesen lebendig. »Sagen Sie das nicht«, sagte sie. »Ein Orden kann Dinge auf den Punkt bringen. Und das ist keineswegs unwichtig in unserer materiellen und zynischen Zeit.« Und während ihre Hand seine Schultern streifte: »Ich habe das Gefühl, daß Sie kein materieller und zynischer Mensch sind.«

Er hörte Elisabeth kichern, was ihn ein wenig kränkte, auch wenn er wußte, daß sie nicht seinetwegen kicherte. Es war so absurd, hier zu stehen und über einen hypothetischen Verdienstorden in Gold oder Silber zu reden, während es eigentlich darum ging, Line zu feiern. Aber Line schien sich ehrlich zu freuen und umarmte ihn spontan.

»Ach, Papa, ich freue mich so für dich!«

»Aber darüber wollen wir doch jetzt nicht reden!« schrie er beinahe. »Das ist Lines Tag.«

»Und der Tag des Tanzinstituts!«

Er merkte, daß er nicht übel Lust hatte, über Marit Salvesens toupiertes Haar und den fülligen Körper Cava zu kippen. Ein schlechtes Zeichen, dachte er. Fing er an, die Kontrolle zu verlieren? War er einfach überfordert? Die Verpflichtungen des nächsten Tages meldeten sich im Unterbewußtsein. Außerdem war sein Wort von den Unsterblichen mißverstanden worden.

Eine Stunde später standen sie immer noch da und prosteten sich zu, aber die Stimmung war bereits trostlos. Worüber sollte man noch reden? Marit Salvesen hatte sich an dem Verdienstorden festgebissen und wollte genauer wissen, welche Verdienste erforderlich waren, um ihn zu kriegen. Wirklich erstaunlich, dachte Thomas Brenner, wie manche Leute ihre geheimsten Wünsche und Ambitionen bloßlegten. Man konnte ja direkt ihre Gedanken sehen. Sie wollte nichts verbergen. Vielleicht hätte sie nichts dagegen, sich in durchsichtigem Kostüm auf der Bühne zu zeigen. Vielleicht sehnte sie sich danach.

Es war wie immer Elisabeth, die die Initiative zum Aufbruch ergriff. Sie gähnte, schaute auf die Uhr und stellte fest, daß es spät war.

Aber sie durften nicht gehen. Line wollte eine letzte Flasche aufmachen. Es bedrückte ihn, daß beide Töchter dazu neigten, zuviel zu trinken. Zugleich war es nett anzusehen, wie sie jetzt engumschlungen dastanden, wie zwei Freundinnen, und über irgend etwas redeten, was sie unmöglich gemeinsam haben konnten. Sie waren doch intelligente, moderne junge Frauen, dachte Thomas Brenner. Warum hatte keine von ihnen einen Freund? Line hatte mit einigen geschlafen. Das wußte er. Bevor sie auszog, waren mehrmals schleimige Typen im Brenner-Haus aufgetaucht, und die rhythmischen Geräusche in ihrem Zimmer waren unverkennbar. Sie hatte außerdem einmal geheult und Liebeskummer gezeigt. Aber jetzt? Kein männliches Wesen in weitem Umkreis. Wie schön wäre es, wenn sie wenigstens einen Freund hätte, der zu ihr hielt! Das wäre viel besser. Auch für Annika. Und nicht zuletzt für ihn und Elisabeth. Line war jetzt damit beschäftigt, die Flasche zu öffnen. »Verdammt!« rief sie, und es spritzte, aber da war es schon passiert. Der Flaschenhals war abgebrochen. Und in ihrer Verwirrung bohrte sich Line den spitzen Hals ins linke Handgelenk. Das Blut spritzte, und die Ballettmeisterin fiel mit einem dumpfen Laut ohnmächtig zu Boden. Aber niemand kümmerte sich um sie. Thomas Brenner sah sofort, daß der Schnitt nicht ungefährlich war. »Schnell, den Notarzt anrufen«, sagte er. Elisabeth reagierte sofort. Annika war wie gelähmt vor Schreck. Die Ballettmeisterin lag immer noch am Boden.

»Das wird schon wieder«, sagt er zu Line, die ihn ängstlich anstarrte. »Das ist nicht so schlimm, wie es aussieht.« Er holte den Verbandskasten, den er ihr zum Einzug geschenkt hatte, und behandelte die Wunde, die ihn unangenehm an Selbstmordpatienten erinnerte. Wie konnte die Tochter nur so ungeschickt sein. Warum hatte sie die Flasche nicht einfach fallen lassen. Dieser irrationale Ärger war lächerlich, aber er hatte schon früher immer wieder festgestellt, wie ungeschickt sich die Töchter benahmen. Er war deprimiert ihretwegen, aber nicht direkt besorgt, und legte einen straffen Verband an.

»Ich fahre mit ins Krankenhaus«, bellte er die andern an, ohne es unfreundlich zu meinen. Annika half nun der Ballettmeisterin. Sie stand auf und wußte nicht, wo sie war. Thomas Brenner stützte Line und warf Elisabeth einen Blick zu. So hatten sie sich häufig angeschaut, und er erinnerte sich daran, was zwischen ihnen war, ihre gemeinsamen Erlebnisse, die sie zusammengeschweißt hatten, so daß sie ihre Erinnerungen oft verwechselten. Das habe doch ich erlebt und nicht du! Sie verließen sich in allem völlig aufeinander. Sie wußte, daß er jetzt die nötige Verantwortung übernahm, daß Line in guten Händen war, weil er es gesagt hatte.

»Aber du hast den morgigen Tag mit deiner Mutter vor dir«, sagte sie. Daran wollte er jetzt nicht denken, und er sagte mit der Stimme des Arztes, der weiß, was er tut:

»Ich kümmere mich um Line. Danach werde ich zu euch nach Hause kommen.«

Sie hörten bereits die Sirene der Ambulanz unten auf der Straße. Etwas übertrieben, aber er war froh, daß sie kam. Er sah, daß Line blaß war. Obwohl er die Wunde versorgt hatte, wollte er sie im Krankenhaus anschauen lassen, ein besserer Verband war nötig und vielleicht ein Beruhigungsmittel.

»Wir nehmen den Aufzug«, sagte er zu seiner Tochter. »Das schaffen wir doch, oder? Dann müssen sie nicht mit der Trage die Treppen hinauf.«

Sie nickte abwesend, war in ihrer eigenen Welt. Die Ballettmeisterin winkte ihrer Schülerin dramatisch nach. Annika stützte sich auf Elisabeth. Das war kein Weltuntergang. Ein kleines Mißgeschick, was er auch zu Line sagte, als sie im Aufzug standen. Sie nickte.

»Ich bin so dumm. Das ist so typisch.«

»Mach dir keine Gedanken. Solche Dinge passieren alle Tage. Das wird schon wieder.«

Sie begann zu weinen. »Ohne dich bin ich nichts, Papa!«

»Du bist eine Menge«, sagte er und strich ihr über den Kopf. »Und heute war ein Festtag. Vergiß das nicht.«

»Haben sie dir wirklich gefallen? Die *Vestkantpakistani*?«

»Ich fand die Vorführung ausgezeichnet.«

»Und der andere Tanz?«

»Der war auch gut. Aber nicht so gut wie das, was du aufgeführt hast.«

Thomas Brenner öffnete die Aufzugtür und mußte die Sanitäter, die schon im ersten Stock waren, zurückrufen.

»Ich bin ihr Vater und außerdem Arzt«, erklärte er den jungen Kerlen mit ihren unschuldigen Gesichtern. Draußen vor der Haustür blinkte das Martinshorn des Krankenwagens.

Sie überprüften den Verband, und er berichtete, was passiert war. Die Gefahr neuer Blutungen war gering, aber nicht auszuschließen.

»Ich fahre mit«, sagte Thomas Brenner. Das war ein Befehl.

Sie lag jetzt auf der Bahre, etwas verwirrt von dem, was passiert war, und sicher erschöpft von der Tanzvorführung und dem Cava danach. Er saß neben ihr und strich ihr sanft über den Kopf.

»Das wird schon wieder«, sagte er.

»Aber ich kann vielleicht eine Weile nicht tanzen?«

»Natürlich kannst du tanzen. Mach dir keine Gedanken, du bist bald wieder auf den Beinen.«

In diesem Moment hatte er keine Angst um sie. Wenn nichts geschah, dann war er krank vor Angst, wenn er sie längere Zeit nicht gesehen hatte. Aber jetzt war er der Arzt, und da aktivierte er alle zerebralen Teile seiner Persönlichkeit. Jetzt war er der Fachmann, der einschätzte und beurteilte, wie er es Tag für Tag gewohnt war. Da fiel ihm ein: Line war nicht irgendeine seiner Patientinnen. Sie war seine Tochter! In dem Moment hielt der Krankenwagen vor der Notaufnahme. Er konnte nun nichts mehr tun, aber natürlich ließ er sie jetzt nicht allein, obwohl er sich plötzlich sehr müde fühlte und ihm von zuviel Chips und Cava auf das schwere indische Essen übel war. Er drehte den Kopf weg von der Tochter und rülpste. Der Geschmack nach halbverdautem Masala.

Das routinierte Personal der Notaufnahme stand bereit, die Verantwortung verteilte sich. Sie rollten Line in dieses Gebäude, das er so gut kannte. Er mochte die Atmosphäre in der Notaufnahme, das Gefühl, sofort etwas tun zu können, manchmal sogar Lebensretter zu sein. Ein iranischer Arzt gab ihm die Hand. Thomas Brenner sagte, wer er war. Der Arzt nickte respektvoll. Die Iraner sind in der Regel klar und direkt, dachte er. Kein unnötiges Gerede. Direkt zur Sache, ohne unhöflich zu sein. Er gab auch Line die Hand, die sich von der Trage aufrichtete. »Dummes Versehen«, sagte sie. »Nur eine harmlose Cavaflasche.«

»Die können ganz schön gefährlich werden«, sagte der Arzt und lächelte.

»Ich lasse euch allein«, sagte Thomas Brenner.

»Nein, bleib hier, Papa.«

Der Iraner verstand sein Handwerk, wußte, was er zu tun hatte. Sie waren sofort an der Reihe. Draußen im Wartezimmer saßen noch andere Patienten mit Schnittwunden. Das Gesundheits-Norwegen ist eine Klassengesellschaft.

Der Schnitt verlief quer und nicht längs wie bei den wirklichen Selbstmördern. Trotzdem merkte Thomas Brenner, daß der Arzt vorsichtig war, daß er die Stimmung zwischen Vater und Tochter erfassen wollte. Rasche Blicke.

Wiederholt die Frage, was eigentlich passiert sei. Dreimal erzählten sowohl Line wie Thomas Brenner von der Flasche und dem abgebrochenen Hals. Als der Arzt fertig und die Schnittwunde nach allen Regeln der Kunst versorgt war, nickte er und fragte, was die beiden jetzt vorhätten. Thomas erklärte, daß er seine Tochter nach Hause bringen werde.

Er fühlte sich plötzlich wie bei einem Verhör. Die verdächtige Tatsache, daß der Schnitt an der für Selbstmorde typischen Stelle saß. Wenn er überlegte, war es tatsächlich verwunderlich, daß die Flasche sie genau an der Stelle verletzt hatte. So wie sie die Flasche gehalten hatte, gab es keinen einleuchtenden Grund, daß der scharfe Flaschenhals genau dort traf.

Er spürte einige schnelle Doppelschläge seines Herzens. Erst jetzt dachte er an die Möglichkeit, daß es ein Selbstmordversuch gewesen sein könnte, in aller Öffentlichkeit, ein sogenannter Schrei der Verzweiflung, wie eben manche, die sich das Leben nehmen, Zeugen dabeihaben wollen, wenn das auch äußerst selten der Fall war. Trotzdem war es denkbar, daß Line so funktionierte. Wie er diese Ausdrucksweise haßte, obwohl er sie oft selbst benutzte! Funktionieren. Als wollte man Menschen zu Gegenständen machen. Ein Selbstmörder war keineswegs ein Gegenstand. Das Schlimme an diesen Überlegungen war, daß direkt vor einem Selbstmord häufig ein besonderes Ereignis stand. Gerade weil Line an diesem Abend mit den *Vestkantpakistani* ihre erste Choreographie gezeigt hatte, war es vorstellbar, daß sie, falls sie sich in einer destruktiven oder depressiven Phase befand, in den Stunden danach etwas Dramatisches einfallen ließ. Vielleicht erlebte sie diesen sogenannten Absacker als ebenso absurd wie er selbst. Ein akutes Gefühl der Verzweiflung! Ein plötzliches Erkennen der eigenen Situation. Dieser entsetzliche Augenblick existentieller Angst. Wie bei Annika, wenn sie mitten in der Nacht erwachte und zu weinen anfing, tief und trostlos, wenn alles nur schrecklich erschien, wenn alle, die sie liebte, tot waren und sie in einer fremden Welt, wo sie keiner kannte, keiner sich um sie kümmerte, allein übrigblieb. Dieser Tag war eben vergangen.

Er und Elisabeth hatten vor kurzem einen Roman von Joan Didion gelesen, in dem Didion den Tod ihres Mannes John Gregory Dunne beschreibt. Sie waren von einem Krankenhausbesuch der todkranken Tochter Quintana nach Hause gekommen. Didion hatte Feuer im Kamin gemacht, hatte mit dem Kochen begonnen und John gefragt, ob er einen Drink wolle. Sie hatte ihm einen Whisky gebracht. Er saß am Kaminfeuer und las in einem Buch.

Dann setzten sie sich zu Tisch. Sie hatte den Salat gemischt. Dann hatte er geredet. Warum der Erste Weltkrieg das prägende Ereignis für das 20. Jahrhundert gewesen sei. Dann hatte er nichts mehr gesagt. Joan Didion hatte vom Teller aufgeblickt.

Sie hatte gesehen, daß er seine linke Hand in die Luft streckte, sich aber nicht bewegte. Sie hatte geglaubt, es sei ein schlechter Scherz, und gesagt: »Hör auf damit.« Dann kam die schlimmste Stelle. Sie hatte versucht, ihn aufzurichten. Sie hatte gedacht, ihm sei etwas im Hals steckengeblieben. Aber dann hatte sie das Gewicht gespürt, als er fiel, zuerst auf den Tisch, dann auf den Fußboden. Natürlich war er tot, hatte Thomas Brenner gedacht, als er es las. Herzkammerflimmern. Die gefährlichste Form. Der Weg vom Herzflimmern zum Herzkammerflimmern war nicht weit. Und er wußte zudem, daß einige Medikamente, die man gegen Vorkammerflimmern einsetzte, Herzkammerflimmern auslösen konnten. Annika hatte natürlich recht.

Sie konnten tot sein, alle beide, ehe man sich versah. Aber das Schrecklichste, und darüber schrieb Didion nichts, war, daß auch die Tochter Quintana kurz darauf starb.

Alle zu verlieren. Ganz allein auf der Welt zu sein. War das Lines Absicht?

Sie war immerhin Annikas Schwester. In gewisser Weise dachten sie hier ganz ähnlich. Vielleicht steckte dieses tiefe, schmerzhafte, fast schluchzende Weinen, mit dem sie manchmal nach schlimmen Alpträumen wach wurden, immer noch in beiden Mädchen. Und gleichzeitig hatte er ein flaues Gefühl, wenn er sich vorstellte, daß er und Elisabeth so wichtig für das Leben der Töchter sein sollten. Vielleicht war es umgekehrt, daß sie im Grunde mehr Abstand wollten. Daß er für Line in diesem Moment eine Belastung war. Daß sie das mit der Schnittwunde am liebsten allein klären würde, aber nicht den Mut hatte, ihm das zu sagen, daß das ihr eigentlicher Wunsch war. Es ging ihr zutiefst auf die Nerven, wie sich die Fürsorgepersonen jahrelang gekümmert hatten, jahrelang mit dem Handy neben dem Bett geschlafen hatten und sich eigentlich nie entspannen konnten. Daß sie ihre Kinder in ihrem eigenen Netz aus Ängsten gefangen hatten, sich benommen hatten wie Monster, Gefühlsungeheuer, die mit ihrer Gesinnung zwei prachtvollen Töchtern die Flügel stutzten, die beide, bevor sie zerstört wurden, bereit waren, zu fliegen. Herrgott, er sah es ja oft in seiner Arztpraxis, wie Eltern und Kinder so schmerzhaft aneinandergebunden waren, wie die Mutter oder der Vater ihre eigenen Schwächen auf die Kinder übertrugen, Fettsucht, Angst, Arroganz, alles, was menschlich war.

Aber gerade das wollten sie, Annika und Line, fliegen! Thomas Brenner konnte nie vergessen, was er als Kind am Övreseter-See gesehen hatte, wie der unvorsichtige Mann mit dem ferngesteuerten Modellflugzeug im März mitten auf dem zugefrorenen See gestanden hatte, etwa um die Zeit der Skirennen am Holmenkollen, und das Eis für sicher gehalten hatte, dann aber eingebrochen und ertrunken war, während sein Modellflugzeug weiter Kapriolen in der Luft vollführte, bis es mit einem Knall abstürzte. Er erinnerte sich an das Bild in der Zeitung, das zerbrochene Flugzeug, das überdies direkt neben dem Loch im Eis zerschellt war.

Dieses Ereignis hatte den jungen Brenner tief beeindruckt. Erschütternd, wenn ein erwachsener Mensch, von dem man annimmt, daß er Vernunft hat, beim Spielen ums Leben kommt. Als sie Teenager waren, hatte er seine Töchter manchmal so gesehen, als ferngesteuerte Modellflugzeuge, froh und leicht oben in der Luft und vollkommen in Abhängigkeit von den erwachsenen Personen, die unten auf dünnem Eis standen, den Kurs bestimmten, aber jederzeit ertrinken konnten.

Thomas Brenner brachte seine Tochter zur Notaufnahme. Er hatte als junger Arzt hier gejobbt, um Geld zu verdienen. Er hatte die Kollegen immer bewundert. Sie arbeiteten ständig auf Hochtouren, flickten buchstäblich Menschen und Wirklichkeiten zusammen. In Oslo herrschte ja ein ziemlich hohes Aggressionsniveau. Während der Iraner Lines Schnitt nähte, hatten sie draußen auf dem Korridor Rufe gehört: »Du verdammter Rassist!« »Du Anfänger. Hast hier nichts zu suchen!« »Faß mich nicht an!« »Ich bin todkrank, kapiert?! Und dir ist das scheißegal!« Die Notaufnahme war ein Sammelbecken für all diese

Aggressionen. Es arbeiteten dort nicht nur Norweger. Der Rassismus drang durch alle Wände, und Thomas ertappte sich dabei, daß ihn der forschende Blick des Iraners gestört hatte, weil er ein Iraner war. Als sei es nicht sein klares Recht, *ihn,* den Norweger, kritisch zu prüfen und das, was er gesagt hatte, in Zweifel zu ziehen.

Er merkte, daß sich Line umschaute. Sie kannte diese Gesellschaft von der anderen Seite. Sie war öfter unten in der Stadt, verkehrte mit Leuten, bei denen Konflikte entstanden. In seiner Arztpraxis entstanden keine Konflikte. Und wenn, dann war es die Ausnahme. Die vietnamesische Frau hinter dem Tresen lächelte müde und rief ihnen ein Taxi.

»Möchtest du nicht mit nach Hause kommen?« fragte er. »Das wäre für uns alle beruhigender.«

Line schüttelte den Kopf. »Ich schlafe im Dahl-Haus immer so schlecht«, sagte sie und küßte den Vater entschuldigend auf die Wange.

»Ich bringe dich jedenfalls in deine Wohnung, helfe dir, nach dem Fest aufzuräumen.«

Sie nickte dankbar. Er fühlte sich sehr unsicher, als er die Tochter ansah. Kannte er sie? Wußte er eigentlich, was sich hinter der Stirn und dem jungen, anmutigen Gesicht verbarg, bei dessen Anblick er nach wie vor nicht verstand, daß sich nicht alle Welt in sie verliebte? Warum schlief sie schlecht im Dahl-Haus? Das hatte sie noch nie gesagt. Inzwischen übernachtete sie äußerst selten dort. Vielleicht steckte eine Kindheitserinnerung dahinter. Vielleicht hatte sie die ganze Kindheit schlecht geschlafen, wach gelegen, ohne daß sie es merkten? Lag es an ihren Schlafproblemen, daß sie psychisch instabil war? Dann müßte ja Annika ebenfalls darunter leiden.

Sie setzten sich ins Taxi. Der pakistanische Fahrer roch intensiv nach Schweiß, und der Wagen hatte die Ausdünstung eines ungewaschenen Körpers. Herrgott, wurde er jetzt auch zum Rassisten? dachte er.

Sie fuhren zum Parkveien. Line lehnte sich an die Nakkenstütze am Rücksitz.

»Wie fühlst du dich?« fragte er und drückte kurz ihre Hand.

»Gut. Das Ganze war wirklich eine dumme Ungeschicklichkeit.«

Sie schielte hinauf zu ihm. Dann schloß sie die Augen wieder.

»Da mache ich mir eher Sorgen um Mama«, sagte sie.

»Mama?«

»Ja«, sagte sie und nickte mehr für sich. »Sie sieht nicht ganz fit aus.«

»Nicht fit? Wie meinst du das? Sieht Mama nicht fit aus?«

Er hörte seine Stimme, und es fehlte nicht viel zu einem hysterischen Ton, deshalb versuchte er, sich zu beruhigen.

»Mit ihrem Gesicht ist etwas. Und ihr Blick. Sie ist früher nicht so gewesen.«

In seinem Magen verknotete sich etwas, als sie das sagte. Er hatte das Gefühl, sich bei nächster Gelegenheit übergeben zu müssen. Auf was wollte ihn Line aufmerksam machen? Auf etwas, das ihm nicht aufgefallen war? Diese Mädchen hatten eine besondere Beobachtungsgabe. Dabei war es untypisch für Line, über Probleme zu reden.

»Das ist mir nicht aufgefallen«, sagte er. »Ich habe nicht darüber nachgedacht.«

»Schon in Ordnung, Papa«, sagte sie und lächelte mit offenen Augen. »Vielleicht irre ich mich ja.«

Aber was sie gesagt hatte, setzte sich fest. Er würde es

nicht loswerden. Der Gedanke, Elisabeth könnte etwas fehlen, war nicht zu ertragen. Die Angst vor einem plötzlichen unersetzlichen Verlust war typisch für diese übersensible Familie. Obwohl, Elisabeth hatte nicht solche Vorbehalte wie die Töchter. Vielleicht, weil Elisabeth stärker war. Sie hatte die Mädchen aufgezogen, besser als er dazu fähig gewesen wäre. Jedenfalls empfand er das so.

Er war immer voller Panik, wenn sie auf den zugefrorenen Tryvannsee gingen, aber Elisabeth erlaubte es den Mädchen. Er hatte Panik, sie könnten sich beim Schlittschuhlaufen den Hals brechen. Aber Elisabeth war in rasender Geschwindigkeit mit ihnen übers Eis gefahren. In all den Jahren hatte sie ihn gehänselt wegen seiner Übervorsichtigkeit. Ein Charakterzug, den er von Bergljot hatte. Als Mutter war sie genauso, hysterisch ängstlich wegen des Autoverkehrs auf der engen Holmenkollstraße. Die andern in der Klasse durften überallhin mit dem Fahrrad fahren, bis Smestad. Nicht so die Brenner-Kinder.

Und obwohl ihn diese Ängstlichkeit sehr geärgert hatte, deutete er sie zugleich als Bestätigung dafür, daß ihn die Mutter liebte. Sie kümmerte sich um ihn. Das war nicht wie bei den Nachbarn, den Holtums, bei denen sich die Eltern nicht um die Kinder kümmerten. Als der Vater einmal den Sohn zu einem Abschlußfest in die Schule fahren mußte, kam er Minuten später zurück und mußte seine Frau fragen, in welche Schule der Junge ging. Thomas dachte später noch oft an diese Situation. Nicht zu wissen, in welche Schule die eigenen Kinder gehen. Er betrachtete das als eine Art Krankheit. Für solche Menschen empfand er nur Verachtung. Sie tauchten auch fast täglich bei ihm in der Praxis auf.

Ihm fiel die Mutter ein, die an diesem Tag bei ihm gewesen war. Hatte er richtig gehandelt, als er ihr das Schlafmittel verschrieb? Eigentlich konnte man dieser Frau nicht vertrauen. Genauso wie bei Line. Plötzlich konnte etwas passieren.

Er erinnerte sich an den Fall der kleinen Madeleine. Die portugiesische Polizei hatte vermutet, daß die Eltern der Kleinen ein Schlafmittel gegeben hatten, damit sie nicht aufwachte. So konnten die Eltern in das nahe gelegene Restaurant gehen. Die Polizei war davon ausgegangen, daß das Kind an einer Überdosis gestorben war. Aber die Eltern verlangten von aller Welt Mitleid. Es gab keine Grenzen für ihre Trauer. Sie besuchten sogar den Papst und gaben Pressekonferenzen. Sie weinten vor laufender Kamera. Ihr Ersuchen richtete sich an jedermann. Sie entlarvten sich ja direkt in ihrer Selbstbezogenheit! hatte Thomas Brenner gedacht. Sie sahen nur sich. Nur sie waren wichtig! Der Fall nahm bereits einen Tag nachdem das Mädchen aus dem Hotelzimmer verschwunden war, ungeheure Dimensionen an. Und so war es auch mit den Holtums. Sie erschienen nie zu gemeinsamen Veranstaltungen, luden nie die Brenner-Kinder ein, auch wenn sie in dieselbe Klasse wie ihre Kinder gingen. Sie beschränkten sich auf ihre kleine Holtum-Welt, schnitten die Holtum-Hecke und ernteten die Äpfel der Holtum-Bäume. Sie fuhren in ihrem Holtum-Auto und wanderten hinauf zur Holtum-Hütte. Die Mutter war eine Parodie auf die Gesellschaft am Holmenkollen. Als die Kinder noch klein waren, war sie ständig in den exklusiven Boutiquen Oslos unterwegs und kam mit immer neuen Kreationen nach Hause. Es hätte Thomas Brenner nicht gewundert, wenn sie es gewesen war, die seinerzeit die Davy-Crockett-Mützen eingeführt hatte.

Im Sommer veranstaltete sie mit den Frauen der Nachbarschaft Cocktailpartys im Garten. Bergljot Brenner wurde nie eingeladen, sicher deshalb, weil sie nicht so war wie die anderen. Sie zog nie einen Bikini an, setzte nie eine Davy-Crockett-Mütze auf. Sie trug im Winter nie hochhackige Schuhe. Sie war eine altmodische Frau aus Sandefjord, die bei Schnee feste Schuhe mit Profilsohlen anhatte. Und zu jeder Jahreszeit rief sie ohne perfektes Make-up die Kinder zum Essen. Als Thomas Brenner dann Elisabeth Dahl kennenlernte, war für ihn klar, daß die Dahl-Eltern zur Mittelschicht der eingebildeten Holmenkollen-Bewohner gehörten. Sie hoben sich nicht so deutlich ab, wie das bei seiner Mutter der Fall war, aber sie gehörten auch nicht zu den Schlimmsten. Sie hatten ein gewisses Sozialverhalten. Sie nahmen nicht an den Gartenpartys der anderen teil und waren nicht so selbstherrlich wie die Holtums.

Außerdem umgab Tulla eine Aura des Abenteuerlichen. Als eine der ersten Stewardessen war sie beinahe ein Filmstar. Die empathischen, sinnlichen Augen. Das Lächeln. Die Ausstrahlung als Stewardeß: Hier wollen wir feiern. Auf diesem Flug soll es uns gutgehen. Die türkisfarbene SAS-Uniform, die nach blonden Frauen wie Tulla Dahl rief. Sie war keine trippelnde italienische Primadonna. Sie war dazu geschaffen, mit Flugkapitänen und Stewardessen der ganzen Welt in Anchorage zu sitzen und den nächsten Ausflug zum Fuße des Mount McKinley zu planen. Sie war dazu geschaffen, mit Kollegen der Lufthansa in Bangkok Aquavit zu trinken. Sie roch sozusagen ständig nach Kaviar und Champagner. Wenn sie Thomas umarmte oder küßte, und das tat sie oft, wurden Klischees auf den Kopf gestellt. Nicht er war der Traum der Schwiegermutter. Sie war es, die den Schwiegersohn erotisch reizte.

Er dachte manchmal an sie in Situationen, in denen er nur an Elisabeth hätte denken sollen. Sogar am Ende ihres langen Lebens hörte Tulla Dahl nicht auf, andere Männer zu lieben. Sie hatte die ganze Welt gesehen und ihre Abenteuer gehabt, und ihr Mann Kaare hatte am Fenster der Bibliothek gesessen und sie bewundert, egal was sie anstellte. Sie war damals immer noch auf Langstreckenflügen unterwegs. Und oft brachte sie dem jungen Liebespaar Champagner und Schokolade mit. Elisabeth fand das eher peinlich, aber Thomas war begeistert.

Vor dem Wohnblock im Parkveien half er seiner Tochter aus dem Taxi. Er merkte, daß sie müde war, daß die überschäumende Energie des Abends verschwunden war. Als er ihr wieder den Arm um die Schulter legte, ließ sie ihren Kopf auf seinen Arm sinken. Sie nahmen den Aufzug hinauf zur Wohnung. Sie schloß auf. Es war dunkel.

Als Line das Licht anknipste, sah er, daß Elisabeth und Annika aufgeräumt hatten, die Gläser waren gespült und die Chips mit Folie bedeckt auf die Anrichte gestellt. Er dachte, daß Elisabeth hätte anrufen können, um zu hören, wie es gegangen war. Aber so war sie nicht. Sie ging in solchen Fällen eher pragmatisch vor. Das hieß nicht, daß sie gleichgültig war. Sie verließ sich einfach auf ihn, ging davon aus, daß er *sie* anrufen würde, wenn ein Problem entstand. Wahrscheinlich hätte Annika gerne angerufen, aber Elisabeth hatte ihr sicher davon abgeraten.

Er blickte sich um. Es machte ihn traurig, daß Line überhaupt nichts Persönliches in der Wohnung hatte. Es waren die gleichen Möbel, wie sie in der Werbung angeboten wurden. Als seien diese jungen Leute unfähig, so etwas wie eine persönliche Note zu finden. Er dachte daran, wie es in seiner Jugend gewesen war. Damals strich man die Wände knallblau, rosa, dunkelbraun und grün. Man hängte riesige japanische Papierballons auf und durchstöberte die Ecke mit den billigen Restposten bei IKEA. Dort war immer etwas zu holen. Sogar die Jugend vom Holmenkoll kaufte damals bei IKEA ein. Eine überraschende und plötzliche Aufhebung der Klassenunterschiede. Aber nur für eine Weile. Das Verbindende war in erster Linie die Musik. The Doors hörte man am reichen Holmenkoll-Hügel ebenso wie im ärmlichen Stadtteil Stovner. Man saß unter den Papierlampen, die es überall in der Stadt gab, und hörte die Beatles, die Rolling Stones und die Kinks. Man strich eine Wand in einer schrillen Farbe und drehte sich einen Joint. Man trank Rotwein aus schweren Keramikbechern, die von Blei verseucht waren. Man backte riesige Apfelkuchen und kochte Eintopfgerichte. Man studierte und führte hitzige Diskussionen über Politik.

Alles war sehr sinnlich, dachte Thomas Brenner. Und jetzt lebte Line ihr Leben in diesem Katalogzimmer. Als interessiere es sie nicht, ihre Umgebung freundlich zu gestalten. Nur dieser dumme Cava und die erbärmlichen Chips. Er merkte verärgert, daß er trotzdem Lust auf Cava verspürte, und er fragte Line, ob sie vielleicht noch eine Flasche davon im Kühlschrank habe. Er wollte sie nicht sofort wieder allein lassen. Vorher mußte er unbedingt noch von ihr erfahren, wie sie sich fühlte. Aber er sah, wie müde sie war, als sie den Kühlschrank öffnete und die sechs ungeöffneten Flaschen, die da lagen, herausholte. »Ich möchte auch noch etwas trinken«, sagte sie und gähnte. Mißmutig starrte sie auf den Verband an ihrem Handgelenk und gab dann ihrem Vater eine Flasche. Er nahm sie mit einem Gefühl der Beschämung.

»Machst du dir Sorgen wegen Mama?« sagte er.

»Du bist doch der Arzt«, antwortete sie.

Sie setzten sich jeder auf einen der Barhocker am hohen Küchentisch. Thomas Brenner verstand diesen Drang, hoch sitzen zu wollen, nicht. Saß Line wirklich jeden Morgen hier beim Frühstück? Und bei den anderen Mahlzeiten? Mutterseelenallein?

Er musterte sie, fand in ihren Zügen Ähnlichkeiten mit Elisabeth, aber auch sehr viel Ähnlichkeiten mit ihm, und das beunruhigte ihn. Er war seinem ganzen Wesen nach ein Falschspieler, dachte er. Er hatte nichts von der Autorität, die er gewöhnlich nach außen zeigte.

Aber die Gesellschaft verlangte selbstsichere Ärzte, kategorische Ärzte, und wenn sie unsicher waren und ab und zu Fehler machten, prangerte man sie in der Presse an, und davor hatte er Angst. Genau dieses Überdiagnostizieren war Elisabeths Thema. Deshalb hatte sie davon gesprochen, nicht mehr zur Mammographie zu gehen. Sie hatte ja durchaus recht, daß es sinnlos viele Fehldiagnosen gab. Daß man Geschwulste operativ entfernte, die ungefährlich waren. Grundlos wurden Brüste entfernt. All das wußte er natürlich. Aber was half es? Wie gerne hätte er Line von dem Knoten erzählt, den er bei Elisabeth gespürt hatte, und seine Befürchtungen mit ihr geteilt. Aber das war unmöglich. Elisabeth hätte ihm das nie verziehen.

Er mußte mit Elisabeth reden! dachte er verzweifelt und erzählte dabei seiner Tochter, daß es keinen Grund gab, sich wegen Mama Sorgen zu machen, daß sie so fit war wie nie zuvor, daß sie sich auf ihren sechzigsten Geburtstag freute.

»Und was wird aus Chicago?« frage Line.

»Natürlich fliegen wir nach Chicago, alle zusammen«, antwortete er.

»Ich habe ein ungutes Gefühl beim Gedanken an diese Reise«, sagte sie und starrte mit leerem Blick auf den Fußboden.

»Warum denn das?«

»Ich weiß es nicht. Nur so ein Gefühl.«

Er wußte nicht, was er sagen sollte. Die Töchter hatten so eine Art, die ihn verstummen ließ. Außerdem war es sinnlos, mit Line über Gefühle zu reden. Nicht jetzt. Nicht an diesem Abend, nach allem, was passiert war. Sie mußte schlafen. Sie war sicher todmüde.

»Du willst also wirklich nicht mit mir nach Hause kommen?« Sie schüttelte den Kopf. »Ich bin lieber hier. Keine Angst, Papa, ich werde im Nu eingeschlafen sein.«

»Davon bin ich überzeugt«, sagte er und erhob sich.

Er küßte sie auf die Wange und ging zum Aufzug. Sie schaute ihm nach, bis er drinnen war. Sie stand in der Wohnungstür und hielt seinen Blick fest, bis sich die Türen schlossen und er nach unten verschwand mit dem immer wieder gleichen, schmerzhaften Gefühl wie damals, als die Mädchen klein waren und er sie bei einem schlechten Babysitter ließ oder bei Tulla und Kaare im oberen Stockwerk. Damals lag ein Vorwurf in ihrem Blick. Hatte sie ihm jetzt auch etwas vorzuwerfen? Er wußte jedenfalls nicht, was es sein könnte. Die Mädchen hatten allerdings beide eine unbestechliche Erinnerung. Line erinnerte sich an Vorfälle, die stattgefunden hatten, als sie vier Jahre alt war. Sie vergaß keine Ungerechtigkeit, die man ihr angetan hatte. Auch die kleinste Benachteiligung war für alle Zeit archiviert. Genauso war es bei Annika. Aber Line war diejenige, die ihre Gefühle so lange versteckte, bis sie es schließlich nicht mehr aushielt. Dann explodierte sie. Sie vergaß nie, daß sie nicht genauso selbstverständlich ins Elternschlafzimmer gedurft hatte wie ihre große Schwester. Zwischenzeitlich steigerte sie sich in ein »Ich-bin-allein-auf-der-Welt-und-niemand-versteht-mich«-Gefühl, das sowohl Elisabeth wie auch ihn verrückt machte. Deshalb war es auch so schwierig für ihn, finanzielle Angelegenheiten zu besprechen, wieviel sie für die Wohnung bezahlen sollte, wie man die ungeklärte Situation in Zukunft behandeln wollte.

Sie redete zwar selten über Gegenwartsprobleme, erinnerte sich dafür aber ständig an irgendeine *gravierende Situation*, mit acht, zwölf oder fünfzehn Jahren. Ein Ereignis in den Ferien oder an Weihnachten oder an irgendeinem Wochentag, das völlig ungeahnte Proportionen angenommen hatte und sich in massive und meist völlig unerwartete Vorwürfe gegen ihn oder Elisabeth verwandelte. Diese Episoden kamen immer wieder. Daß sie irgendwann nach dem *Nußknacker* nicht von der Oper abgeholt worden war. Daß niemand sie zum Zahnarzt begleitet hatte, als ihr ein Weisheitszahn gezogen wurde. Daß Elisabeth im Auftrag von Telenor in Moskau gewesen war und Thomas auf einem Ärztekongress in London, als sie eine wichtige Schultheateraufführung gehabt hatte. Daß sie ein viel minderwertigeres Geschenk bekommen hatte als Annika an dem Weihnachten, als die große Schwester ihr erstes Fahrrad bekam. Wenn sie sich viele Jahre später daran erinnerte, entstanden erregte Wortwechsel. Elisabeth und Thomas beteuerten dann jedesmal, daß sie derartige Probleme niemals bedacht hatten. Dann schnaubte sie, als sei die Zeit stehengeblieben, seit sie neun Jahre alt war, und erklärte, daß das um so mehr darüber aussage, wie gedankenlos und desinteressiert sie gewesen waren. Aber waren Elisabeth und er wirklich gedankenlose und desinteressierte Eltern? Selbst in diesem Moment, im Taxi auf dem Heimweg, begriff er nicht, welches Unrecht sie Line angetan haben sollten.

Das Taxi schlängelte sich den Holmenkoll-Hügel hinauf. Obwohl er dort sein ganzes Leben gewohnt hatte, fühlte er sich dort nicht zu Hause. Er konnte sich jederzeit vorstellen, in Majorstuen auszusteigen, um eine mittelgroße Wohnung zu beziehen, gemeinsam mit Elisabeth und all ihren Mitbringseln aus Rußland und mit Annika im Schlepptau. Das wäre ein schönes Leben und wesentlich praktischer. Die Menschen waren ja völlig verrückt, wenn es um einen Panoramablick ging. Sie waren total fixiert darauf, ein Stückchen Fjord zu sehen. Als verberge sich das Glück in dieser Aussicht, als hinge der Sinn des Lebens allein davon ab, daß man eine Birke fällte. Der Fahrer bog in den Dagaliveien ein. Er gehörte nicht zu den gesprächigen Typen. Sicher ein Osteuropäer mit schwieriger Vergangenheit. Was würde mit diesem Land geschehen, dachte er, in das immer mehr Kriegsopfer kamen, vergewaltigte Frauen, Männer, die Mörder waren, und Kinder, die nie erlebt hatten, was Sicherheit ist. Vor einem Jahr waren rumänische Einbrecher bis in den oberen Stock zu Tulla und Kaare vorgedrungen, aber Tulla hatte ihre Erfahrung als Stewardeß genutzt und die beiden, es waren blutjunge Burschen, derart angebrüllt, daß sie die Flucht ergriffen. Er bezahlte das Taxi und ging hinauf zum Haus, das in der Herbstnacht abgesehen von einem Licht im oberen Stockwerk dunkel dalag, Tulla und Kaare waren sicher schon zu Bett gegangen.

Er hoffte, daß Elisabeth noch auf war. Es war trostlos, der letzte zu sein, der zu Bett ging, obwohl, Annika schlief ja nie. Als er im Flur stand, sah er, daß Annika an dem kleinen Erkerfenster saß und ein Buch las. Sie schaute auf, als er die Tür hinter sich schloß, und fragte sofort, wie es gegangen sei. Er warf einen Blick auf den Buchtitel, es war einer dieser seltsamen Krimis mit Serienmördern, die den

Markt überschwemmten und nicht grausam genug sein konnten.

»Line wurde professionell zusammengenäht«, lächelte er. »Der Schnitt war zum Glück nicht kompliziert.«

»Wie sie nur so ungeschickt sein konnte«, sagte Annika kopfschüttelnd.

»Es kommt ja auch nicht jeden Tag vor, daß eine Flasche auf diese Weise zerbricht«, antwortete er. »Wo ist Mama?«

»Sie hat sich hingelegt«, sagte Annika und schaute ihn traurig an.

»Findest du, daß Mama zur Zeit müde aussieht?« sagte er und setzte sich für einen Moment zur Tochter.

»Wenn du das so sagst«, sagte Annika. »Sie wird schneller müde als früher. Woran liegt das, Papa?«

Er setzte sich in Arztposition, leicht nach vorne gebeugt, Handbewegungen, die Autorität ausdrückten. »Das ist nichts Ungewöhnliches im Herbst«, sagte er. »Besonders, wenn der Sommer schlecht war.«

Und dieser Sommer war ja in der Tat gräßlich gewesen. Drei Wochen in einem zugigen Sommerhäuschen und kein Tag Sonne. Er hatte zum ersten Mal nicht im Meer gebadet und nachts gefroren. Annika und Line waren mitgekommen. Eigene Pläne für die Sommerferien hatten sie beide nicht, und keine hatte jemals versucht, einen Ferienjob zu kriegen. Sie benutzten die Sommer, um alte Rituale zu beleben, endlose Yatzy-Turniere, Federball auf dem kleinen Grasplatz, Wanderungen am Ufer entlang zu den üblichen Orten bis hinaus zu den glatten Küstenfelsen, zum Leuchtturm, zu den alten Schützengräben aus dem Krieg. Ja, wenn er zurückdachte, hatte Elisabeth einen müden Eindruck gemacht.

Oft hatte sie einfach an dem großen Fenster gestanden, den Blick hinaus auf die Brandung und die Wellen gerichtet. »Woran denkst du?« hatte er gefragt. Sie hatte sich zu ihm umgedreht und gelächelt. »Ich denke daran, wie glücklich ich bin, daß ich euch habe«, hatte sie gesagt, und er hatte ihr geglaubt, vielleicht, weil sie wieder angefangen hatten, miteinander zu schlafen, weil für ihn das, was die Mädchen als Müdigkeit wahrgenommen hatten, ein Ausdruck von Ruhe und Harmonie war. Sie war schließlich in einem Alter, wo man sich mehr Ruhe gönnen durfte.

Er verlangte nichts von ihr. Die Kinder auch nicht. Bis zu diesem Abend hatte er geglaubt, sie genieße das. Aber jetzt beunruhigte ihn, was die Mädchen sagten, und er sah an Annikas Gesicht, daß er sie nicht hatte überzeugen können.

»Vielleicht ist sie hin und her gerissen, ob sie sich auf ihren sechzigsten Geburtstag freuen soll oder ob ihr davor graut«, meinte er leichthin.

Annikas Gesicht hellte sich auf. Damit konnte sie etwas anfangen.

»Natürlich«, sagte sie erleichtert. »Das könnte stimmen. Ich erinnere mich, wie unerträglich sie vor ihrem fünfzigsten Geburtstag war. Natürlich graut ihr davor!«

»Und ich gehe jetzt schlafen«, sagte Thomas Brenner, erleichtert darüber, daß die Tochter damit zufrieden war, ohne weiter darüber zu reden, was am nächsten Tag geschehen würde.

Sie stand auf. Er nahm sie kurz in den Arm und wünschte ihr gute Nacht. Dann ging er ins Bad und duschte ausgiebig. Er verstand die Leute nicht, die sich ungewaschen ins Bett legten, mit dem Tagesschmutz im Pyjama, auf dem Laken und der Decke. Als er ins Schlafzimmer kam, hörte er einen Laut von Elisabeth. Ein Zeichen, daß sie wach war. Und als er sich leise, man konnte ja nie wissen, neben sie gelegt hatte, hörte er, wie sie fragte:

»Wie ist es gegangen?«

»Keine Probleme«, erwiderte er. »Die Wunde war einfach zu verarzten.«

»Gut, dann schlafe ich weiter«, sagte sie und drückte seine Hand. »Ich bin sehr müde.«

Er küßte sie leicht auf die Wange. Sie war im Halbschlaf und reagierte nicht wie sonst. Er lag wach und hörte auf ihre Schlafgeräusche. Als wollte er eine besondere Art des Schnarchens erkennen. Idiotisch. Gab es einen Unterschied zwischen gesundem und krankem Schnarchen? War sie wirklich müder als sonst? Sorge und Angst wechselten sich ab in seinen Gedanken. Vielleicht sollte er sich wieder ein Boot kaufen. Einfach davonsegeln. Weit weg. Wo ihn niemand finden konnte.

2

Er wurde zuerst wach. Das war auch neu, dachte er. Sonst weckte sie ihn, strich ihm sanft über die Wange, aber in den letzten Wochen war es nicht so gewesen. Sie hatte länger geschlafen als er, wenn sie nicht zur Arbeit mußte, denn da hatte sie ihren eigenen Wecker. Sie hatten nicht darüber geredet. Solche kleinen Schwingungen im Zusammenleben ließen sie meistens auf sich beruhen. Wenn er spät nach Hause kam, entweder von einer Sitzung mit Kollegen oder wenn er, um alte Kontakte nicht einschlafen zu lassen, mit Freunden unterwegs war, auch wenn das immer seltener vorkam, ließ sie ihn schlafen, bis er selbst aufstehen wollte. Sie vertraute darauf, daß er seinen Zeitplan einhielt und keine Dummheiten machte. Selbst mit rotgeränderten Augen und nach Alkohol riechend war er immer pünktlich in der Praxis. Derartige Ausschweifungen erlaubte er sich allerdings nur selten. Das Leben hatte seinen Rhythmus gefunden. Aber er hatte unruhig geschlafen. Die Gedanken, die er beim Einschlafen hatte, weckten ihn wieder auf. Außerdem hatte etwa um vier Uhr morgens das Herzjagen wieder eingesetzt, bekanntlich die übliche Zeit für Menschen, die darunter litten. Es gefiel ihm nicht, daß sich die Beschwerden so rasch wieder meldeten. Das war ungewöhnlich. Meistens vergingen zwischen den Anfällen mehrere Wochen. Aber schon während der Sommerferien hatte er gemerkt, daß die Anfälle häufiger kamen, hatte sich aber kaum Gedanken darüber gemacht. Seine eigene Gesundheit war ihm nie besonders wichtig gewesen. Er hatte sich auf seinen Körper verlassen, hielt sich einigermaßen in Form, spielte Squash und Tennis. Andererseits wußte er, daß die Art seiner Herzbeschwerden streßbedingt war. Das waren keine Beschwerden, die man auf Sport oder Training zurückführen konnte wie bei Leuten, die am Wasalauf teilnahmen oder beim Birkebeinerrennen mitmachten. Der Sommer war der Wendepunkt gewesen. Vielleicht hatte auch er unbewußt gedacht, daß Elisabeth dort in der Sommerhütte im Regen etwas ausgestrahlt hatte, was ihm erst jetzt bewußt geworden war, nachdem er den Knoten in ihrer rechten Brust gespürt hatte. Oder war es die linke? Er konnte sich nicht mehr erinnern. Und das schockierte ihn. Jeder normale Mensch würde doch in der Lage sein, sich zu merken, in welcher der Brüste seiner Liebsten der Knoten saß, wenn er in einer Situation gewesen wäre, in der man das spüren konnte. Und Thomas Brenner war das ganz eindeutig gewesen. Konnte er sich wirklich nicht mehr erinnern, ob er sich rechts oder links von ihr befunden hatte, als seine Hand ihre Brust gestreichelt hatte? War er tatsächlich nicht in der Lage, etwas nachzuempfinden, was vor einem Tag geschehen war? Darüber grübelte er auf dem Weg ins Bad, wo er im Spiegel seinem Blick begegnete, ein Bild, das jedesmal ein eher unangenehmes Gefühl hervorrief, besonders, wenn er daran dachte, daß er auf Fotografien noch schlechter aussah. Aber Herrgott noch mal, dachte er, an einem Tag wie diesem sollte er weder an sich noch an Elisabeth denken. Dies war der große und schwierige Tag seiner Mutter. Bergljot Brenners endgültiger Abschied von der Wohnung, in der sie den größten Teil ihres Lebens verbracht hatte. Nun ja, seine Mutter hatte ein gutes Leben gelebt. Sie mußte zwar ihre Kämpfe durchstehen, aber im großen und ganzen war sie von jeher ein Sonntagskind. Trotzdem war es unvorstellbar, sich an einem Tag wie diesem nicht in die Situation von Bergljot Brenner zu versetzen. Der Umzug ins Pflegeheim bedeutete ja nicht nur die Trennung von ihrer Wohnung, sondern zugleich die Trennung von ihrem Mann. Wie groß war die Wahrscheinlichkeit, daß sie jemals wieder zusammenwohnen würden? Gering. Äußerst gering. Und deshalb würde dieser Tag auch für Gordon, seinen Vater, eine einschneidende Veränderung sein. Aber während er sich ankleidete, um dann hinunter zum Frühstücken zu gehen, quälte ihn der Gedanke, daß er sowenig fühlte. Daß er innerlich seltsam tot war, so wie ihm einige Chirurgen erzählt hatten, daß sie bei besonders schwierigen und entscheidenden Operationen, bei denen das Leben des Patienten auf dem Spiel stand, gefühlsmäßig ziemlich gleichgültig waren.

In der Küche war niemand außer der Katze. Sie hieß nur Katze. Sie kam nach Lines Auszug ins Haus. Elisabeth hatte sich eine Art Kompensation für die Abwesenheit der Tochter gewünscht. Niemand fand einen passenden Namen. Deshalb blieb es dabei, daß das Tier Katze hieß. Als Thomas Brenner sie erblickte, dachte er sofort, daß die Katze immerhin Elisabeths buddhistischen Imperativ begriffen hatte: Achtsamkeit. Niemand war geschickter darin, Achtsamkeit hervorzurufen, als die Katze, wenn sie, graugetigert und naß, hereinkam, um sich nach einem plötzlichen morgendlichen Regenschauer trockenreiben zu lassen. Das wirkte immer. Obwohl alle sie längst durchschaut hatten, nahm sich jeder die Zeit, sie zu streicheln, wenn sie miaute und mit ihrer aufmerksamen Nähe alle in der morgendlichen Hektik störte. Thomas liebte es, wenn sie um seine Beine strich. Es erinnerte ihn an das, wovon Elisabeth in letzter Zeit soviel sprach, daß der Wunsch, einfach nur zu existieren, genügen sollte. Die Katze war schlau. Sie lief in diesen wenigen Minuten, sobald sich Thomas mit oder ohne Elisabeth in der Küche aufhielt, durch die Katzenklappe aus und ein, während Annika wie üblich noch schlief.

Früher hatte Thomas diese Zeit vor der Hektik der täglichen Arbeit geliebt. Er stand am Fenster, blickte durch die Bäume im Nachbargarten hinunter zum Fjord und sah, wie irgendwo über Ekebergåsen die Sonne aufstieg. Ein schöner Anblick, dachte er. Und obwohl es früher Morgen war, dachte er wieder an Edvard Munch. Was hatte der doch damals geschrieben: *Ein großer, unendlicher Schrei durch die Natur*. Dann kam Elisabeth im Morgenmantel und schmiegte sich an ihn. Wie die Katze. Der Geruch nach Schlaf und Nachtcreme an ihrem Hals. Er könnte ihr den Morgenmantel abstreifen. So war es in letzter Zeit manchmal gewesen, ohne daß er wirklich glauben konnte, daß sie es ernst meinte, die seltenen Male, als er sie wieder ins Schlafzimmer schob. Vielleicht war es vor allem sein Bedürfnis, Stärke oder Verfall zu testen.

»Hast du gut geschlafen?« fragte sie und suchte in seinen Augen nach einer Antwort.

»Ich war zeitweise etwas unruhig«, gab er zu. »Aber das ist ja nicht verwunderlich.«

»Fährst du direkt hinauf zu ihr?«

Er schüttelte den Kopf. »Ich habe vor zehn Uhr noch einige Patienten.«

»Du arbeitest zuviel«, stellte sie fest und schenkte sich von dem Kaffee, den er gekocht hatte, ein. Er wurde ärgerlich. Einer in dieser Familie mußte schließlich arbeiten. Manchmal dachte er, sie hielt das Geld für selbstverständlich. Aber er sagte nichts. Er hatte es noch nie fertiggebracht, sie zu kritisieren, egal aus welchem Grund. Und der Ärger verschwand so schnell, wie er gekommen war.

Er nahm den Wagen hinunter zur Praxis. Jedesmal dasselbe Spiel. Die BMWs, die aus ihren Garagen schossen. Warum hatten es diese BMW-Fahrer immer so eilig? dachte er, während er mit dem Volvo hinunter nach Midtstuen kurvte.

Er hatte Sodbrennen, Magenschmerzen. Er dachte an seine Mutter. Es mußte ihr schwerfallen, das Bevorstehende zu akzeptieren. Der Gedanke, Elisabeth und ihm könnte in einigen Jahren dasselbe passieren, war unerträglich. Aber solange die Menschen nicht mehr sterben wollten, war das nun mal die Realität, daran ließ sich nichts ändern. Die wenigsten glaubten noch an die Seele, egal wie christlich sie waren. Und die Seele war das, was den Körper überlebte. Das hatte er so manches Mal erfahren. Körper voller Krebsgeschwüre, innere Organe, die nicht mehr funktionierten. Amputationen, Bestrahlungen, Chemo, Digitalis. Schließlich gab es nur noch die Augen. Ein Aufblitzen darin. Die Seele, die sich für Sekunden zeigte. Aber auch wenn die Seele in dieser Phase stark war, gaben die inneren Organe den Ausschlag. Ein krankes Herz. Ein Gehirn in Blut getaucht. Eine Leber voller Knoten. Plötzlich war Schluß.

Er war wie immer der erste in der Gemeinschaftspraxis. Nachdem er die Heizung kontrolliert und die Kaffeemaschine in Gang gesetzt hatte, kamen die Sprechstundenhilfen.

Er schätzte sie alle drei. Sie waren seit zehn Jahren bei ihm. Sie kannten seine Stärken und Schwächen. Zum Ärzteteam verhielten sie sich wie freundliche und manchmal standhafte Feen. Sie behandelten die Patienten psychologisch einfühlsam. Sie machten EKGs und nahmen Blutproben, kassierten Gebühren und vereinbarten Termine, hielten die Praxis offen für die Umwelt. Es schnitt ihm ins

Herz, wenn er sah, wie unterwürfig sie waren, aber der Arzt galt als die Autorität. Er hatte nie verstanden, warum das so war.

Das war einfach lästig, wie Annika es auszudrücken pflegte. Äußerst lästig. Er saß Wand an Wand mit einem Arzt, der kein Hehl daraus machte, daß er diese Hierarchie in vollen Zügen genoß. Dr. Vigernes. Janken Vigernes. Als Arzt wurde Vigernes hier so ernst genommen wie zu Hause nie. Das betonte er auch bei jeder Gelegenheit, sogar im Beisein der Sprechstundenhilfen. Dieser Arzt, der zehn Jahre jünger war als er, schrieb, während er Patienten hatte. Thomas Brenner hatte es selbst erlebt, als er aus irgendeinem Grund an seiner Tür klopfte. Der Kollege hatte »Herein!« gerufen, und da sah er Vigernes großspurig am Schreibtisch sitzen, halb zurückgelehnt und die arme Patientin scharf fixierend. Als würden ihn diese wenigen Quadratmeter Macht erregen. In diesem Raum war Vigernes König. Erstaunlicherweise war er ein fähiger und verantwortungsvoller Mediziner, auch wenn er die Patienten gerne erniedrigte. Und er ließ sich gerne bezahlen. Thomas Brenner mußte einmal zu ihm, etwas mit seinem Magen war nicht in Ordnung. Janken Vigernes war hier Spezialist.

Auch damals hatte Vigernes geschrieben und benahm sich ihm gegenüber derart arrogant, daß Thomas vor Ärger die Brieftasche gezogen und ihm eher im Spaß einige Scheine als Bezahlung für die Behandlung gegeben hatte. Und Janken Vigernes hatte das Geld nach wie vor schreibend und in zurückgelehnter Haltung angenommen.

Dieser Vorfall hatte Thomas nachhaltig schockiert. Die Bestechung war ein Fehler gewesen, aber Vigernes hatte eindeutig signalisiert, daß er bestechlich war. In der Mittagspause saß Janken Vigernes gewöhnlich am Tisch und schrieb und gab Krankheitsgeschichten von Patienten zum Besten. So ist das mit schreibenden Menschen. Sie tendieren auch dazu, laut zu reden.

Trotzdem ertappte sich Thomas Brenner dabei, daß er ihn mochte. Gordon, sein Vater, hatte ihm eingebleut, sich Personen, die eine größere Autorität hatten als er, unterzuordnen. Und deshalb ordnete er sich Elisabeth unter, und er dachte an sie, während er durch die Praxisräume ging und dafür sorgte, daß alles an seinem Platz war. Er hatte Janken Vigernes gebeten, in der Zeit seiner Abwesenheit die Patienten, die unangemeldet kamen, zu übernehmen. Er hatte sich überlegt, daß die Aktion mit seiner Mutter etwa zwei Stunden dauern würde. Was für eine groteske Zeitberechnung, dachte er jetzt. An solchen Tagen mußte man mit allem rechnen.

Die Sprechstunde begann. Die Kollegen und die Arzthelferinnen waren an ihren Plätzen. Eine ängstliche alte Dame kam als erste an die Reihe. Sie brauchte ein anderes Abführmittel, obwohl er ihr beim letzten Mal eine Klinikpackung des stärksten Mittels verschrieben hatte. Und das erst vor wenigen Wochen. Das ungeheure Bedürfnis alter Menschen, sich zu entleeren, offenbar ein Gefühl der Reinigung, Katharsis, neue Hoffnung. Diese feine Dame, die ihr ganzes Leben viel Zeit auf ihr Äußeres verwendet hatte, um hübsch und anziehend auszusehen, saß jetzt stundenlang gekrümmt auf der Klosettschüssel, verzweifelt und zornig, weil selbst die besten Mittel nichts mehr bewirkten. Beharrlich sehnte sie sich nach Befreiung.

»Was kann ich für Sie tun?« sagte er.

Sie schüttelte den Kopf. »Meine Verdauung wieder in Gang bringen!«

Er nickte. Es gab kein besseres Mittel als das von ihm

verschriebene, aber das war offenbar wirkungslos. Sie stand sozusagen auf verlorenem Posten. Eines Tages würde es vielleicht endgültig aus sein. Das war das Schlimmste für ihn, daß so viele von diesen Behandlungen eigentlich sinnlos waren. Er war nicht der Wunderheiler, den sie erhofften. Die meisten Krankheiten konnte er einigermaßen hinkriegen, mit lindernden Arzneien, die keine Probleme lösten. Trotzdem war für viele dieser Patienten der Arztbesuch ein wesentliches Ereignis. Thomas Brenner sah, wie die Hoffnung in ihren Augen aufleuchtete, sobald er ein neues Medikament erwähnte. Sie wiederholte den Namen fast andächtig, ließ ihn sehnsuchtsvoll wie ein Bonbon aus einer vergessenen Kinderzeit im Mund zergehen. Jedenfalls gelang es ihm, sie zu beruhigen. Das neue Medikament würde jetzt ihre Gedanken okkupieren. Sie würde es zunächst lieben und davon überzeugt sein, daß es, verglichen mit dem alten, eine Verbesserung darstellte. Dann würde sie langsam merken, daß sich nichts geändert hatte, und dann würde sie wieder bei ihm erscheinen.

Er strich ihr sanft über die Schulter, bevor er sie hinausschickte. Das Schlimmste war, daß sie so dankbar waren, ohne Grund. Diese Dame brachte ihm jedes Jahr zu Weihnachten eine Flasche Rotwein. Als habe er sich um sie verdient gemacht. Aber er brachte es nicht übers Herz, sie zu enttäuschen. Es war wichtig für sie, daß sie etwas hatte, für das sie dankbar sein konnte.

Er rief den nächsten Patienten herein, danach mußte er fahren. Der schnelle Puls kam in gewaltsamen Stößen. Er merkte, daß ihm der Schweiß auf der Stirn stand, und er fühlte sich krank. Er überlegte, einen Betablocker zu nehmen. Danach würde er zwar ruhiger sein, aber auch müde. Er verschob die Entscheidung auf später. Der Patient war ein bedauernswerter Alkoholiker, dessen Hoffnung darin bestand, alte Beschwerden verantwortlich zu machen, eine Ischialgie vor fünfzehn Jahren, etwas mit dem Fuß. Er setzte sich neben den Schreibtisch. »Was kann ich für Sie tun?« sagte Thomas Brenner und versuchte, nett und entgegenkommend zu wirken.

»Ach, ich weiß nicht«, sagte der Mann und starrte auf den Boden. Alkoholiker sind immer voller Schuldgefühle.

»Irgend etwas wird Sie doch hergeführt haben?« sagte Thomas Brenner freundlich.

»Vielleicht das mit den Schmerzen im Fuß«, sagte der Mann verlegen.

Thomas Brenner nickte. Bei diesem Kerl ist es immer der Fuß. Aber man mußte es jedesmal wie eine Zeugenaussage aus ihm herauslocken. Die meisten Patienten könnten auch ohne Medikamente etwas gegen ihre Krankheit tun. Dieser Mann könnte seinen Kreislauf anregen, wenn er jeden Tag einen kleinen Spaziergang machen würde. Statt dessen saß er zu Hause und trank, Jahr für Jahr, und nahm zusätzlich die von Thomas verschriebenen Medikamente. Er wollte den Fuß untersucht haben, was vor drei Monaten auch der Fall gewesen war. Nichts hatte sich verändert. Dieses Unveränderliche und Wiederkehrende im Leben war es, das Thomas Brenner jetzt mehr und mehr erschreckte, daß das Leben wie eine endlose Trasse verlief, so wie auch bei ihm, Elisabeth, Annika und Line. Daß sich bei seinen Töchtern nichts Wesentliches veränderte, um das Leben endlich in Angriff zu nehmen, daß nichts mit Elisabeths Knoten geschah, daß seine Mutter ab heute und dann vielleicht jahrelang im Rollstuhl in einem Pflegeheim leben würde.

Er roch den abgestandenen Geruch dieses gutmütigen, unsicheren, alternden Säufers. Zigarettenqualm drang aus allen Poren seines Körpers, vermischt mit dem allmorgendlichen Schnaps- und Bierdunst.

»Wirken die Tabletten nicht mehr?« fragte er.

Der Patient rutschte auf dem Stuhl hin und her. »Ich habe immer noch Schmerzen«, sagte er.

Thomas Brenner überlegte. Sollte er ein stärkeres Schmerzmittel verschreiben? Eine Moralpredigt führte jedenfalls zu nichts. Er griff zum Rezeptblock und fühlte sich mies dabei. Dieses Präparat würde den Mann noch apathischer machen. Der Mann erhob sich und wirkte genauso dankbar wie die alte Dame. Vielleicht kam er zur Weihnachtszeit mit einer Flasche Cognac an.

Thomas Brenner konnte es nicht länger hinausschieben. Er schaute auf die Uhr und spürte, wie das Herz mit heftigen Schlägen seine Rippen attackierte, wie ein außer Kontrolle geratenes Fußballmatch, bei dem die Spieler den Ball wild in alle Richtungen schossen. Er stöhnte und mußte für einen Moment nach Luft schnappen. Dann schlüpfte er in den Mantel und ging hinaus zu den Arzthelferinnen. Sie wußten, was ihn erwartete, und wünschten ihm alles Gute.

Er steuerte den Volvo das kurze Stück hinauf zum Holmenkollveien und bog in die Toreinfahrt ein, die schon seit Jahren offenstand, weil seine Eltern nicht mehr in der Lage waren, das Tor zu schließen. Mit seinem Schlüssel öffnete er nun die Haustür der Villa. An der offenen Tür zum Wohnzimmer rief er, um sich anzukündigen. »Ich bin es!«

Als er eintrat, saßen sie wie üblich jeder in seinem Sessel am Erkerfenster. Er sah sofort, daß niemand irgendwelche Vorbereitungen für den Umzug unternommen hatte. Keine Tasche mit den Kleidungsstücken der Mutter war gepackt, obwohl er dem Pflegedienst schon vor einer Woche Bescheid gesagt hatte. Bergljot lächelte ihm freundlich entgegen. Die Mutterliebe leuchtete jedesmal aus ihren Augen, wenn sie eines ihrer Kinder sah. Das rührte ihn immer wieder. Er kannte keinen Menschen, der seine Kinder so vorbehaltlos liebte und deren Eskapaden all die Jahre akzeptiert und unterstützt hatte.

»Wie geht es dir, Mutter?«

Sie zuckte die Schultern. »Ach, geht schon.«

Gordon Brenner, der genau aufpaßte, rief plötzlich: »Du mußt dafür sorgen, daß sie ihre Uhr mitnimmt! Sie ist völlig abhängig von der Uhr!«

Das war eine der fixen Ideen seines Vaters, dachte der Sohn. Bergljot hatte längst die Zeit hinter sich gelassen, wenn auch nicht im wörtlichen Sinn. Und trotzdem war sie noch sehr Bergljot. Doch je mehr sie zunehmend aus dieser Welt verschwand und die verschiedenen Räume in ihrem Gehirn schloß, die den jeweiligen Seiten ihrer Fürsorge vorbehalten gewesen waren, um so beharrlicher versuchte Gordon sie daran zu erinnern, was gewesen war, was für sie einmal Bedeutung gehabt hatte. Und das war vor nun fünfzig Jahren die Uhr gewesen. Denn damals waren die Kinder klein und mußten geweckt werden, um in die Schule zu gehen. Herrgott, ein halbes Jahrhundert! dachte Thomas Brenner und setzte sich auf den freien Stuhl, um auf bestimmte und trotzdem schonende Weise den Grund seines Kommens zu erklären. Zuerst versuchte er herauszufinden, ob sie verstanden, worum es ging, daß jeden Moment ein Taxi mit einer Mitarbeiterin des Pflegeheims kommen und die fast neunzig Jahre alte Mutter nach *Death Row* bringen würde, wie er diese Institution insgeheim oft nannte. Natürlich hätte er sie auch in seinem Volvo fahren können. Aber als die Pflegeheimleitung das vorgeschlagen hatte, war ihm schlagartig klargeworden, daß er unmöglich zu seiner Mutter sagen konnte: »Na Mutter, jetzt ist es soweit, wir fahren los.«

Er wollte auf keinen Fall, daß Bergljot und Gordon das Gefühl bekamen, daß er all das gewollt hatte. Und wieder verfluchte er seine Geschwister, die weit genug weg lebten, um keine Verantwortung übernehmen zu müssen. Sie kümmerten sich nie! Aber das Haus wollten sie haben. Auf beinahe krankhafte Weise waren sie vom Erbe besessen. Und als er sich gezwungen sah, ihnen mitzuteilen, daß die Angelegenheit gar nicht so rosig aussah, wie sie sich das vorstellten, daß vermutlich wegen einiger Fehlinvestitionen ihres Vaters nichts mehr da war, hatten sie am Telefon fast zu heulen angefangen.

Sie haben sich nie Gedanken über die Eltern gemacht, die waren einfach da, dachte Thomas. Ebenso wie für Annika und Line er und Elisabeth einfach da waren, um für sie das Eis der Curlingbahn zu fegen, bis sie starben, und wenn sie starben, sollte ihnen ein Erbe zustehen, der Erlös aus dem Brenner- und dem Dahl-Haus.

Ach, was für erzkonservative Holmenkoll-Schnösel waren sie alle geworden! Thomas Brenner nahm die kalte Hand der Mutter und wärmte sie in seiner. Zu verwöhnten, kaputten Individuen hatten sie sich im Laufe der Jahre entwickelt. Als das Alter und die Gebrechlichkeit einsetzten, verwischten sich die Klassenunterschiede weitgehend. Er wußte, daß es Tausende von Frauen in der Situation seiner Mutter gab, die nie einen Platz im Pflegeheim bekamen, die in die Hose machten, ohne daß eine Schwester kam, die in der Küche stürzten und sich den Oberschenkelhals oder das Genick brachen, ohne daß jemand bei ihrem Begräbnis auch nur eine Träne vergoß. Trotzdem war es seine Mutter, die an diesem Tag vor ihm saß und mehr als je zuvor seine Hilfe brauchte.

»Die Uhr«, rief der Vater. Thomas Brenner nickte. »Ich vergesse es nicht«, sagte er. »Aber es gibt schließlich noch ein paar andere Dinge, die sie ins Pflegeheim mitnehmen muß.«

»Nicht viel«, rief der Vater. »Sie braucht nichts Großes mehr.«

»Du willst also, daß das meiste hierbleibt?«

Der Vater nickte. »Hast du gestern nicht ferngesehen? Sie bestehlen uns Alte inzwischen! Sie plündern uns aus! Ohne Skrupel!«

Da saß er, der ehemalige Unternehmer. Gewöhnt, Befehle zu erteilen. Saß da in der alten, burgunderroten Cordhose, dem hellblauen Hemd und den breiten Hosenträgern und sah aus wie ein resignierter, starrköpfiger, gestrandeter Amerikaner, ein früherer republikanischer Senator mit *echten* Werten. Genau wie in dem Animationsfilm, den sich Elisabeth und er auf Drängen von Annika unbedingt zusammen mit ihr anschauen mußten.

Und das hatten sie gemacht, sogar in dem anstrengenden 3-D-Format, bei dem die Figuren aus der Leinwand sprangen und plötzlich mitten im Kinosaal standen. Bereits in der Eingangsszene des Films begann Thomas Brenner sich unwohl zu fühlen. Aber dann entwickelte sich aus dieser überzogenen Hollywood-Idee eine Liebesgeschichte, bei der ihm beinahe die Tränen kamen. Und Annika hatte das gemerkt, denn sie hatte seine Hand gedrückt. Diese eiskalt berechnenden Drehbuchautoren, die genau wußten, wie sie eine Intrige aufbauen mußten, um dann ihren haarsträubenden und meistens pervertierten Schwachsinn über die Zuschauer zu gießen, die in diesem Moment gefangen waren in konzentrierter Achtsamkeit. Und während er dasaß und mit den Fingern über die Adern unter der dünnen Haut seiner Mutter strich, fiel ihm diese Liebesgeschichte ein, so knapp und unsentimental erzählt und trotzdem so geistreich und bewegend.

Begonnen hatte es mit dem Übermut des kleinen Junge und des Mädchens, die sich in ihrer Begeisterung für Märchen fanden. Keiner der beiden war hübsch, aber als Zuschauer begriff man schon nach wenigen Sekunden, daß sie füreinander geschaffen waren. Und so kam es. Man begleitete sie durchs Leben, Schritt für Schritt, von Lebensabschnitt zu Lebensabschnitt. Man sah, wie sie mehr und mehr miteinander verschmolzen, sich immer ähnlicher wurden, eine Zweisamkeit lebten, wie sie nur ganz wenigen gelingt.

So war es auch bei Bergljot und Gordon gewesen, dachte Thomas Brenner. Als sie sich zum ersten Mal in Sandefjord bei Anders Jahre begegneten, war es Liebe auf den ersten Blick gewesen. Noch viele Jahre später umgab sie diese Aura. Die alten Geschichten blieben lebendig. Wie oft mußten sich Thomas, Vigdis und Johan die Geschichte von der stillen Sommernacht auf dem Fjord anhören, als Gordon beide Ruder ins Wasser fallen ließ und sie weit draußen auf dem Wasser trieben, bis sie von einem Fischerboot gerettet wurden. Oder von dem Ball im Atlantic-Hotel, auf dem sich Bergljot um ein Haar mit einem andern verlobt hätte und Gordon alle seine Freunde aufgefordert hatte, sie so abzuschirmen, daß der Nebenbuhler nicht zu ihr gelangen konnte.

Es war Gordon gewesen, der Bergljot vom ersten Augenblick an geliebt und sie all die Jahre angebetet hatte. Nach seinen Erfahrungen aus der Arztpraxis sah Thomas Brenner nur zu deutlich, welches Geschenk das war, mit einer Mutter und einem Vater aufzuwachsen, die einander liebten. Während der ganzen Kindheit hatte es so viele Momente gemeinsamen Glücks gegeben, Bestätigungen dafür, daß sie sich mochten, ein plötzliches Lachen in der Küche, Rosensträuße an der Haustür. Genau das hatte auch dieser Film geschildert. Ein Mann und eine Frau, die einander ein langes Leben geliebt hatten. Aber dann wurde die Frau krank.

Die Geschichte hatte Thomas zu Tränen gerührt, und das hatte Annika natürlich gesehen. Die Frau würde sterben. Annika hatte laut zu schluchzen begonnen. Sogar Elisabeth mußte zum Taschentuch greifen, als die Frau starb und der Mann allein zurückblieb. *Vom Winde verweht* und *Casablanca* fielen ihm ein. Und jetzt, zusammen mit den Eltern im Erker, dachte er, daß sie höchstwahrscheinlich das letzte Mal so zusammen waren. Aber es gab kein begeistertes Publikum wie im Film. Keine gute Musik. Die Handlung war nur für die Akteure. Und er sah, daß das alte, blaugeblümte Baumwollkleid, das Bergljot trug, voller Flecken war.

In dem Augenblick klingelte es an der Tür.

»Wer kommt da?« rief der Vater mit flackernden Augen.

»Das müssen die vom Pflegeheim sein«, sagte Thomas und nahm die Hand des Vaters mit seiner freien Hand. Jetzt bildeten sie einen Ring, wie kleine Kinder auf dem Schulhof.

Da klingelte es zum zweiten Mal.

»Ich muß ihnen aufmachen«, sagte Thomas und mußte sich beinahe losreißen vom festen, zitternden Griff des Vaters. Mit der Mutter war es leichter. Sie hatte keine Kräfte mehr.

Er ging zur Eingangstür und öffnete. Eine Frau im dicken Wintermantel stand mit einem pakistanischen Fahrer wartend vor ihm. Er gab ihnen die Hand. Sie war noch kalt nach der Berührung mit der Mutter. »Wir kommen vom Pflegeheim«, sagte die türkisch aussehende Frau im falschen Pelz und stellte sich als Leila vor. Der Mann hieß Hussein. »Ich weiß«, sagte Thomas Brenner. »Sie werden erwartet. Aber meine Mutter hat ihre Sachen noch nicht gepackt.«

Er ging voraus, und es herrschte eine verständnisvolle Stimmung, als sie die riesigen Zimmer durchschritten. Verfallener Luxus, Möbel, die vor dreißig Jahren hätten aufpoliert werden müssen. Familienporträts an den Wänden, die längst ihre Bedeutung verloren hatten. Thomas wußte nicht einmal, wer sie waren.

»So eine Aussicht«, sagte Leila. Hussein nickte nachdrücklich. Thomas merkte, daß sie ein Team waren.

»Mutter hat es hier gut gehabt«, sagte er.

Sie gingen in den Erker, wo Gordon Brenner die Neuankömmlinge sofort mißtrauisch musterte. Bergljot schaute gar nicht auf. Sie starrte vor sich hin, als würde sie das, was hier passierte, nichts angehen. In einem fast nicht nachvollziehbaren Maß hatte sie es all die Jahre verstanden, alle Probleme auf einfache Weise zu lösen. Sie hatte Gordons ungeduldiges Verhalten gedämpft. Sie war pragmatisch, aber bestimmt unfähigen Lehrern begegnet, wenn die meinten, die Brenner-Kinder machten zuwenig Hausaufgaben. Sie hatte in all den Jahren eine Pufferzone gebildet zwischen ihnen und der Welt. Ja, dachte Thomas Brenner, sie hatte alles für die Familie geopfert. Und selbst jetzt, in dieser äußerst schwierigen Situation, wollte sie nichts für sich. Davon war er überzeugt. Jetzt wollte sie nur, daß alles mit möglichst wenig Aufwand ablief. Leila wollte sich verantwortlich zeigen. Sie faßte Bergljots Hand, die schlaff und verwelkt zwischen ihren Oberschenkeln lag.

»Ich heiße Leila«, sagte sie. »Ich komme vom Pflegeheim.«

»Bergljot Brenner«, sagte die Mutter freundlich. Thomas kannte niemanden, zu dem die Mutter nicht spontan offen war. Im Gegensatz zum Vater, der trotz seiner philanthropischen Gesinnung oft mit Menschen, die sich nicht ordentlich verhielten, in Streit geriet. Jetzt saß er mit einem entsprechend feindlichen Gesichtsausdruck da. Thomas Brenner schaute die Eltern an und überlegte, wann die beiden aufgehört hatten, bei Besuchern aufzustehen. Der Vater hatte ja noch Kraft. War es, weil er mit Bergljot solidarisch sein wollte? »Gordon Brenner«, sagte er unwirsch. Leila und Hussein wiederholten ihre Namen.

»Was will Frau Brenner in das Pflegeheim mitnehmen?« fragte Leila und blickte sich um.

»Sie hat nicht gepackt«, sagte Thomas Brenner entschuldigend. »Geben Sie mir ein paar Minuten. Was brauchst du, Mutter?«

»Es ist doch nur vorübergehend«, rief der Vater. »Hole ihr ein Nachthemd, die Zahnbürste und eine zweite Bluse!«

Laila zuckte bei seinem Stimmvolumen zusammen, bei der plötzlichen Aggressivität, die nicht zu seiner sonstigen Ausstrahlung paßte. Auf dieses Alter war er nicht vorbereitet gewesen. Er hatte bisher glücklich und bevorzugt gelebt, bis hoch in seine Siebzigerjahre, hatte in keiner Weise daran gedacht, daß ihn der Körper im Stich lassen könnte, und Bergljot noch weniger. Wenn Thomas zurückdachte, schien es eine Ewigkeit her, seit Gordon Brenner zu arbeiten aufgehört hatte. Er übte keinen Druck auf Thomas aus, obwohl er einmal spätabends nach viel Rotwein auf seine höfliche Weise sein Bedauern darüber ausgedrückt hatte, daß weder er noch Johan in seine Fußstapfen treten wollten. Dabei hatte Johan die technische Hochschule absolviert, und der Vater hatte sich kurzzeitig den Sohn als Nachfolger vorgestellt. Aber das zu bestimmen, hatte er keinerlei Befugnis. Gordon Brenner war ein sogenannter leitender Angestellter, der beteiligt war, wenn der Betrieb gut lief, sonst aber keinerlei Verfügungsgewalt besaß. Thomas Brenner war schockiert gewesen, als er das entdeckt hatte, der Vater hatte so getan, als habe er eine Machtposition. Zum Glück hatten diese Dinge in der Familie nicht zu unschönen Szenen geführt, obwohl Johan zeitweise die Türen geknallt hatte. Er hatte sich allerdings schon seit Kindesbeinen nicht für seine Eltern interessiert. Er hatte sie genauso wie Vigdis als notwendiges Übel betrachtet, von dem man sich nicht früh genug trennen konnte. Ganz im Gegensatz zu dem, was Thomas für Bergljot und Gordon empfand. Er fühlte sich ehrlich verbunden mit ihnen, auch als er Medizin studierte und seine Gedanken woanders haben sollte. Vielleicht hing es auch mit seiner Beziehung zu Elisabeth zusammen, die ihre Eltern so offensichtlich schätzte, die sogar zu allen Klassenkameraden sagte, sie wolle lieber mit Tulla und Kaare in der Bibliothek im oberen Stock zusammensein, als beim Ball der Schule zu erscheinen. Sie mochte ihre Geschichten, ihren Witz. Sie mochte es ganz einfach, mit ihnen zusammenzusein.

»Kann ich helfen?« fragte Leila.

»Vielleicht«, sagte Thomas aufrichtig. Leila war eine Frau und wußte besser, was Bergljot brauchte, als er, der das mühsam erraten mußte. »Kommen Sie mit hinauf in ihr Schlafzimmer.«

Und trotzdem ein eindringlicher Blick zur Mutter: »Gibt es gar nichts, was du gerne mitnehmen möchtest?«

Bergljot Brenner schielte hinauf zu ihrem Sohn, schüttelte entschieden den Kopf, schaute ihn wieder an, als wolle sie ihn zu ihrem einzigen Verbündeten machen, obwohl Gordon direkt neben ihr saß. »Da ist nichts, was ich gerne mitnehmen möchte«, sagte sie.

Die Worte trafen ihn wie eine Ohrfeige. Meinte sie das ernst? War sie sich im klaren darüber, was sie sagte? Er schaute den Vater an, aber der hatte offenbar nicht gehört, was sie gesagt hatte, sondern starrte Hussein an, als würde er überlegen, ob dieser Fahrer vielleicht der neue Ehemann seiner Frau werden könnte.

»Wir müssen jedenfalls einige Kleidungsstücke mitnehmen«, sagte Thomas. »Ich gehe mit Leila hinauf ins Schlafzimmer.«

Die Mutter wurde hellwach. Sie hatte immer einen Sinn für Details gehabt.

»Packt meine Wollstrumpfhosen ein«, sagte sie. »Die Zahnbürste natürlich. Und das Nachthemd. Einige Ersatzunterhosen?«

Sie schaute ihn fragend an, als sei jetzt er der Verantwortliche.

»Natürlich, Mutter«, sagte er nur.

Leila begleitete ihn in die obere Etage. Hussein blieb bei Gordon sitzen.

»Ich weiß, wie schwierig das ist«, sagte Leila mitfühlend.

»Dabei hat sie noch Glück«, antwortete Thomas, »daß sie einen Platz im Pflegeheim bekommen hat.«

Leila nickte, öffnete den Schlafzimmerschrank und fand mit geübtem Blick das Nötige. »Das sollte sie mitnehmen, und das braucht sie ebenfalls.«

Thomas Brenner merkte, daß sie mit der gleichen Bestimmtheit vorging wie früher Bergljot, wenn praktische Lösungen verlangt wurden.

»Wenigstens sind die Schränke im Pflegeheim groß genug«, sagte Leila mit einem resignierten Lachen. Er versuchte einzustimmen.

»Vielen Dank für die umsichtige Hilfe«, sagte er.

»Gern geschehen.«

Sie kehrten mit zwei Plastiktüten zurück. Es zeigte sich, daß alles darin Platz hatte. Die Alten saßen wie versteinert im Erker, hielten sich an den Händen. Thomas Brenner fühlte sich wie ein Eindringling. Der Vater zeigte jetzt einen bitteren, fast wütenden Gesichtsausdruck, als könne er jeden Augenblick explodieren.

»Ich glaube, es ist Zeit«, sagte der Sohn vorsichtig.

»Ja, so ist das, mein Freund«, sagte Bergljot und löste ihre Hand von seiner. »Ich muß jetzt gehen, Gordon«, sagte sie und machte Anstalten, sich zu erheben. Thomas verspürte eine ungeheure Dankbarkeit, weil sie es ihm so leichtmachte.

»Was geschieht nun mit dem Ehemann?« fragte Leila als sie sah, wie hilflos er wirkte. Thomas wußte nicht, was er antworten sollte. Es war gewissermaßen Gordon Brenners Schuld, daß diese Situation entstanden war. Er hatte alles darangesetzt, alt zu werden und möglichst in diesem Haus zu sterben, und vielleicht würde sich dieser Wunsch für ihn erfüllen, denn solange er aus eigener Kraft zur Toilette gehen konnte, hatte er kein Anrecht auf einen Platz im Pflegeheim. Und obwohl er inzwischen auch begonnen hatte, Windeln zu tragen, würde die Stadtverwaltung es aus finanziellen Gründen unterstützen, daß er weiterhin zu Hause lebte.

»Er kommt erstaunlich gut in diesem Haus zurecht«, sagte Thomas, überzeugt, daß der Vater das hören wollte. *Er* war es schließlich, der es abgelehnt hatte, sich um einen Platz im Pflegeheim zu kümmern. *Er* hatte die Türschwellen entfernen lassen und das Haus zu einem Vorzeigemodell für den ambulanten Pflegedienst umgestaltet. Alle täglichen Hilfsmittel waren ausgetauscht worden, waren größer und funktioneller. Die Stühle hatte man mit Klötzen erhöht, die Telefone waren riesige Spielzeugapparate, und wenn sie klingelten, schien das Haus zu erzittern von all dem Läuten auf dem Gang, in der Küche, in den Zimmern und im Bad, das Ganze begleitet von einem hektischen Blinken roter und weißer Lampen. Thomas Brenner erschrak jedesmal von neuem. Und jetzt läutete es. Auch Leila und Hussein zuckten bei dem Lärm und der Lichtorgel zusammen.

»Das ist nur das Telefon«, beruhigte Thomas. Der Vater griff nach dem Hörer und rief: »Hallo? Wer ist da?« Es war eine von Bergljots wenigen Freundinnen. »Nein«, sagte der Vater. »Das paßt jetzt nicht. Sie muß ins Pflegeheim. Was? Nein. Hörst du nicht? *Pflegeheim!* sagte ich.« Er schrie noch lauter. »Nein, nicht zu Besuch! Verstehst du nicht? Jetzt. Ins Pflegeheim!«

Die Mutter stand schon auf wackligen Beinen, machte aber eine ungeduldige Handbewegung und wollte den Hörer. »Gerda, bist du es? Ja, ich muß ins Pflegeheim. Wie lange ich dort bleiben werde? Bis ich sterbe, Gerda.« Sie gab Gordon den Hörer zurück. Er starrte sie hinter den Brillengläsern mit großen Augen an.

Bergljot wurde in den Rollstuhl gesetzt, der schon seit Monaten im Brenner-Haus bereit gestanden hatte, aber nie benutzt worden war, weil Gordon darauf bestand, daß sie neben ihm im Lehnstuhl saß. Es war Sache des Pflegedienstes, sie zur Toilette zu bringen oder die Windeln zu wechseln, wie auch bei ihm mehrmals täglich die Windel gewechselt werden mußte, weil er es nie rechtzeitig auf die Toilette schaffte, auch wenn er es jedesmal versuchte.

Wie würdelos alles geworden war. Ihre schönsten Jahre, die die Eltern in ihren Siebzigerjahren gehabt hatten, waren jetzt Vergangenheit. Damals stand die Zeit still. Sie hatten so glücklich gelebt, waren mit dem Auto in der Stadt unterwegs gewesen, um sich in ihren bevorzugten Geschäften all die Kleinigkeiten zu kaufen, die sie für unentbehrlich hielten, waren hinein ins Sörkedalen und Maridalen gefahren, wo sie ihre kleinen Spaziergänge machten, hatten oben im Frognerseteren gesessen, den Vögeln zugehört und Apfelkuchen gegessen, waren mit Tulla und Kaare ins Theater gegangen und auf Kreuzfahrt in die Karibik. Ja, die Zeit war für sie stillgestanden, dachte Thomas. Er hoffte, daß das auch Elisabeth und er erleben durften, wenn sie in dem Alter waren. Nachdem Elisabeth demnächst sechzig Jahre wurde, würden auch sie in eine neue Phase eintreten.

»Ich komme morgen und besuche dich!« rief Gordon. Er hatte versucht, aufzustehen, war aber in den Sessel zurückgesunken.

»Mach dir keine Mühe mit einen Besuch«, sagte Bergljot, »wir können doch am Telefon miteinander reden.« Thomas Brenner fiel auf, wie mütterlich sie seit einigen Jahren mit ihrem Mann redete. Sie hatte es immer besser verstanden, ihrer beider Situation einzuschätzen, während Gordon derjenige war, der die Umstände nicht akzeptieren konnte, weder die nachlassende Gesundheit noch all die fehlgeschlagenen Investitionen. Für Thomas war es erschreckend zu beobachten, wie der Vater Jahr für Jahr zunehmend die Kontrolle über sein Leben verloren hatte. Er war so stolz gewesen, als er das erste Mal seinen Altersplan vorstellte; daß Bergljot und er in die untere Etage ziehen würden, wo für sie alles altersgerecht eingerichtet worden war.

Wie abhängig Gordon Brenner von seiner Frau war, begriff Thomas erstmals bei einem Familienausflug zu einer Hütte in der Hardangervidda. Er war damals noch ein Kind. Mit dem alten Ford waren sie hinaufgefahren bis zum Parkplatz. Bereits im Auto war Bergljot klargeworden, daß der Fußmarsch zur Hütte viel länger sein würde, als Gordon ursprünglich gesagt hatte. Das war eine der seltenen Gelegenheiten, bei denen sie wütend geworden war. Thomas war damals noch zu klein gewesen, um völlig zu verstehen, warum sich die Eltern eigentlich stritten, denn während des Streits kam eine Menge anderer Dinge zutage. Die Kinder hatten mäuschenstill auf der Rückbank gesessen, während das Gespräch auf den Vordersitzen immer hitziger wurde. Thomas schnappte auf, daß Bergljot ihren Mann beschuldigte, sie mehrmals angelogen zu haben. Auch von einer anderen Frau war die Rede. Er hörte das Wort *untreu,* und er stutzte, weil er nicht wußte, was es bedeutete.

Bergljot hatte jedenfalls Gordon mit ihren Vorwürfen derart zermürbt, daß der Vater schließlich kein Wort mehr zur Verteidigung vorbrachte. Die Mutter war so außer sich gewesen, daß sie einfach mit Vigdis und Johan an der Hand zur Hütte aufbrach. Thomas wußte nicht mehr, warum er beim Vater blieb, der fünfzig Meter hinter den anderen ging. Vielleicht hatte er gespürt, daß der Vater Trost brauchte, und das war richtig, denn der Vater begann kurz darauf zu weinen. Ein stilles Weinen, während er mit dem schweren Gepäck auf dem Rücken dahinstapfte. »Fehlt dir etwas, Vater?« hatte er gefragt, aber der Vater schüttelte nur den Kopf, ohne mit dem Weinen aufzuhören, und in ihm stieg eine unendliche Traurigkeit auf. Als würde ihm die Unschuld genommen, als wäre das Leben von nun an gefährlicher.

Er war immer ein Muttersöhnchen gewesen. Aber dieses Weinen weckte ganz neue Gefühle in ihm. Der Vater wurde von da an wichtiger, aber zugleich auch rätselhafter.

Während seiner Kindheit war der Vater selten zu Hause, hatte viel gearbeitet, was ihm Bergljot in regelmäßigen Abständen vorwarf. Später hatte Thomas gedacht, daß der Vater das vielleicht wiedergutmachen wollte, indem er alles unternahm, damit Bergljot im Brenner-Haus alt werden konnte.

Thomas führte seine Mutter aus dem Haus und dachte, daß sie dieses Zuhause nun zum letzten Mal sah. Als er sich einmal kurz zum Vater umdrehte, saß dieser verlassen und hilflos im Erker. Was da geschah, war eine ungeheure Niederlage für Gordon Brenner, war ein ganz anderer Schlußpunkt ihres Zusammenlebens, als er erwartet hatte. Jetzt würde er Tag für Tag allein dort sitzen und ein Haus bewohnen, das für ihn keinen Sinn mehr hatte, das er aber auch nicht aufgeben konnte. Immer wieder hatten Thomas und auch seine Geschwister versucht, den Vater zu überreden, sich nach einer Altenwohnung umzusehen, bevor es zu spät war. Aber er hatte nur geschnaubt, obwohl die Mutter genickt hatte, fast träumerisch, und von einer Tante erzählt hatte, die vor vielen Jahren in ein sogenanntes Seniorenstift gezogen war und so schön von *Altersruhe* geschwärmt hatte. Und Thomas merkte jetzt, als er neben seiner Mutter ging, daß sie vor dem, was auf sie zukam, keine Angst hatte, als wüßte sie viel besser als ihr Mann, daß sie einen Preis dafür bezahlen mußte, so alt zu werden. Und ihm fiel einer ihrer Sprüche ein: »Wir werden zu alt.« Und dabei lebte sie vielleicht noch zehn Jahre! Und Gordon ebenfalls.

Sie gehörten tatsächlich zur ersten Generation der Unsterblichen, die wirklich alt wurde.

Und das Alter ließ sich nicht mehr leugnen, obwohl Gordon sich sehr bemühte, sauber und ordentlich zu sein. Das machte Bergljot übrigens auch. Thomas wusch ihnen regelmäßig die Haare. Der Vater hatte herausgefunden, daß es am besten war, dafür den Sohn einzuspannen, der Pflegedienst war ja unfähig.

Einmal in der Woche hatte deshalb Thomas Brenner die Köpfe seiner Eltern in den Händen, spürte, wie das Wasser und das Shampoo sie zu Kindern werden ließ, empfindlich bei jeder abrupten und unbedachten Bewegung. Er mußte behutsam sein, mußte aufpassen, daß ihnen kein Wasser in die Ohren lief. Beim sanften Massieren ihrer Kopfhaut stießen sie leise Grunzlaute aus oder ein unbewußtes Stöhnen, dem eines Säuglings zum Verwechseln ähnlich.

Sie waren jedesmal so dankbar, wenn er sie wusch, und dabei entstand eine besondere gegenseitige Abhängigkeit. Einmal im Monat schnitt er ihnen auch die Haare. Zuerst hatte er sich geweigert, der Mutter die Haare zu schneiden, denn auf ihr Haar hatte sie immer sehr viel Wert gelegt und war häufig zur Friseuse gegangen, obwohl sie nie das affektierte Verhalten der Holmenkoll-Damen annahm. Aber da war sie resolut geworden und hatte ihm beinahe befohlen, es zu tun.

Er fand, daß er es nicht gut machte. Oft wurde es zu kurz oder zu eckig, so daß sie strenger aussah, als sie war. Aber Bergljot war immer zufrieden. Genauso wie Gordon wollte auch sie diese fürsorgliche Behandlung nicht mehr missen.

Hussein und Thomas trugen die Mutter zum wartenden Auto. Er merkte, wie leicht sie war. Einen alten Menschen zu tragen, empfand er als bedrückend. Das war so ganz anders, als ein Kind zu tragen. Sie klammerte sich an ihn, als befürchtete sie, ihm zu entgleiten. Nach kurzer Widerrede wurde sie auf den Beifahrersitz bugsiert, obwohl sie mit Thomas auf der Rückbank sitzen wollte. Aber das Auto war zu eng.

Dann fuhr er zum letzten Mal mit seiner Mutter weg vom Brenner-Haus, weg von seinem Vater, der jetzt weiß Gott was machte. Wie trostlos.

Auf der Rückbank neben Leila konnte Thomas sehen, wie klein und gebeugt die Mutter aussah, sie verschwand fast im Beifahrersitz. Die grelle Oktobersonne schien ihr erbarmungslos in die Augen. Sie hob eine Hand, graubleich und mit deutlich sichtbaren Adern, und sagte: »Ich habe sicher meine Sonnenbrille vergessen.«

»Ich werde sie dir holen«, sagte Thomas. »Mach dir keine Gedanken.«

Schweigend fuhren sie bis Majorstuen.

Sie hat kein einziges Mal zurückgeschaut, dachte Thomas.

»Sind Sie für meine Mutter die entscheidende Kontaktperson?« fragte er Leila.

Sie nickte. »Keine Sorge. Ich werde gut auf sie aufpassen.«

Man hörte ein Schnauben auf dem Beifahrersitz. Thomas wagte die Mutter nicht zu fragen, was sie damit meinte. Vielleicht war es Zufall. Er spürte wieder sein Herz, den irrsinnigen wellenartigen Rhythmus, und dachte daran, daß Elisabeth jetzt mit ihrer Mutter unterwegs war. Wollten sie nicht zum Friseur?

Er hätte sie jetzt gerne neben sich im Auto gehabt und bereute es, diese Aufgabe allein übernommen zu haben. Er betrachtete seine Mutter und konnte sich nicht vorstellen, wie sie ihre Tage im Pflegeheim ohne Gordon ausfüllen sollte. Sie hatten immer miteinander reden können, über das, was in der Zeitung stand, über Bücher, die sie gelesen hatten, über ein Musikstück, das sie im Radio gehört hatten.

Aber beide hatten aufgehört, Bücher zu lesen und Musik zu hören. Sie schoben es darauf, daß sie schlechter sahen und hörten. Sie weigerten sich aber, zum Arzt zu gehen, wenn er sie dazu aufforderte. Als wollten sie verfallen, rein physisch. Das überraschte und irritierte ihn. Und nach mehreren vergeblichen Versuchen, sie zu überreden, gab er auf.

An der Majorstuen-Kreuzung bogen sie ab zum Pflegeheim. Er schüttelte sich, zu gut kannte er dieses Pflegeheim, einige seiner Patienten hatten es geschafft, sich auch hier von ihm versorgen zu lassen, sie vertrauten keinem anderen Arzt. Von außen sah das Gebäude neu aus, aber kaum hatte man einen Fuß hineingesetzt, merkte man, wie heruntergekommen alles war. Der Geruch nach aufgewärmtem Essen und frischem Urin. Das bedrückende Gefühl, das einen bis in die Zimmer verfolgte. Und trotzdem war das hier gewissermaßen das pure Luxushotel, in das Thomas Brenner seine Mutter an diesem Tag brachte, verglichen mit dem, was Elisabeth in Murmansk gesehen hatte. Aber alte Menschen sind alte Menschen, egal wo auf der Welt. Es war ein Wunder, daß weder Elisabeths Eltern noch seine irgendwelche Anzeichen von Verwirrtheit zeigten. Immer noch wußten sie, wer sie waren, wo sie sich befanden und zu welcher Zeit.

Merkwürdigerweise war es Tulla, die lebendigste und aufgeweckteste von ihnen, die zur Vergeßlichkeit neigte, die die Namen der Enkel durcheinanderbrachte, die nicht mehr wußte, daß sie vor einigen Jahren mit Kaare auf einer Kulturreise in Südafrika gewesen war. Das waren kleine, aber besorgniserregende Signale, für die es, wie Thomas wußte, nur die eine Prognose gab: Es würde schlechter und schlechter werden.

Bergljot hatte bisher keinerlei derartige Tendenzen gezeigt. Deshalb war es besonders schlimm für ihn, sich vorzustellen, mit wem sie ab jetzt in den kleinen Speiseräumen zusammensitzen würde, die den Bewohnern des Pflegeheims zur Verfügung standen, wenn sie sich nicht das Essen ins eigene Zimmer bringen ließen, Frauen und Männer, die jeden Kontakt zur Wirklichkeit verloren hatten, die rastlos auf den Korridoren auf und ab liefen und nach Mama riefen, die ihn am Revers packten und flehentlich darum baten, ihnen den Weg zur nächsten Bushaltestelle zu erklären. Beunruhigend viele dieser Menschen fühlten sich fremd, sehnten sich danach, *heim*zukommen, einen Ort der Ruhe zu finden. Er wagte nicht sich vorzustellen, wie er damit zurechtkommen würde, wenn Bergljot anfinge, durch die Gänge zu wandern und ihn anzuflehen, ihr zu helfen, zurück zum Holmenkollen zu kommen.

Hussein fuhr vor den Eingang des Pflegeheims. Thomas Brenner sprang aus dem Auto und öffnete der Mutter die Wagentür. Es würde schwierig sein, sie aus dem Sitz herauszuholen, so lächerlich tief wie diese Fahrzeuge waren. Er mußte vorsichtig sein und sie nicht zu fest am Arm pakken. Nach dem letzten Bruch hatte man festgestellt, wie porös ihre Knochen waren. Es war nur eine Frage der Zeit, und sie würde sich bei einem Sturz etwas brechen, wenn sie nicht bereit war, den Rollator zu benutzen oder den Rollstuhl.

Sie jammerte, als er sie unter den Armen anfaßte und vorsichtig hochzog, während Leila ihre Beine über den unteren Türrahmen hob. Einen Augenblick baumelten ihre Beine wie bei einem Schulmädchen. Jetzt ging es darum, daß sie nicht zu hart auf dem Asphalt landete. Er bugsierte sie immer näher an die Kante des Autositzes. Schließlich hatten ihre Schuhspitzen Kontakt zum Boden.

»Jetzt kannst du stehen, Mutter«, sagte er zu ihr.

»Danke, mein Junge«, sagte sie. »Jetzt komme ich selbst zurecht.«

Aber sie kam nicht selbst zurecht. Sie brauchte jede Hilfe, die möglich war, und wer in dieser unterbesetzten und verwahrlosten Einrichtung konnte ihr durch die Zeit, die jetzt vor ihr lag, helfen?

Allerdings wußte er, daß es in diesem System einzelne Menschen gab, die bereit waren, ein besonderes Engagement zu zeigen, trotz der schlechten Bezahlung. Menschen mit einer angeborenen *aufmerksamen Nähe*, die nicht imstande waren, etwas halbherzig oder schlecht zu machen. Man erkannte sie von weitem, und die Alten liebten sie. Deshalb wuchsen ihnen die Aufgaben oft über den Kopf, und sie übernahmen nach wenigen Jahren weniger anstrengende Posten. Vielleicht war Leila so ein Mensch.

Sie verflocht ihren Arm mit seinem, um Bergljot Brenner bei dem unsicheren Manöver vom Autositz in den Rollstuhl Halt zu geben.

»Stützen Sie ihre Schultern?«

»Ja, ich halte sie fest.«

Endlich saß sie im Rollstuhl.

Thomas roch den scharfen Geruch eines Furzes, sagte aber nichts. Es hätte ja auch Leila sein können. Hussein verabschiedete sich, und Thomas Brenner schob seine Mutter durch den Haupteingang des roten Backsteingebäudes. Leila ging neben ihm. Kaum waren sie drinnen, rief Leila nach einer der Pflegekräfte. »Zeta! Zeta!«

Eine kleine afrikanische Frau drehte sich um und kam zu ihnen. Thomas tippte auf Äthiopierin, obwohl, bei Afrikanern irrte er sich oft.

»Das Frau Brenner?« sagte sie.

Er sah, daß die Mutter freundlich nickte und die Hand ausstreckte.

»Ja, hier habt ihr mich«, sagte sie und lächelte.

»Willkommen im Heim!« sagte Zeta und lächelte ein strahlend weißes Lächeln. »Wollen gleich das Zimmer zeigen.«

Er reichte ihr ebenfalls die Hand. »Der Sohn, nicht wahr?«

»Ja«, sagte Thomas. »Ich bin ihr ältester Sohn.«

Warum in aller Welt sagte er das? Hatte er als Ältester mehr Autorität?

»Immer gut, Ältester zu sein«, sagte Zeta mit einem Lächeln.

Er mochte sie. »Sind Sie zuständig für meine Mutter?«

Sie nickte. »Ja, zuständig. Werde gut aufpassen auf die Mutter!«

Für einen Moment war Thomas beruhigt. Diese beiden Frauen würden mit der erforderlichen *aufmerksamen Nähe* handeln. Zeta dirigierte sie bereits zum Fahrstuhl. Sie mußten einen Bogen machen um einen Mann in weißem Hemd und altmodischer Schleife, der im Rollstuhl saß, vor sich hin sabberte und wirres Zeug murmelte.

»Hei, Gotfred«, sagte Leila vertraut und klopfte dem alten Mann auf die Schulter. »Na, heute gut gelaunt?«

Er antwortete nicht. Leila wischte ihm mit dem Tuch, das er auf dem Schoß liegen hatte, den Mund ab. Dann tätschelte sie ihm die Wange und ging weiter.

151

Thomas Brenner merkte, daß die Mutter das alles beobachtete. Das Leben alter Menschen war ihr keineswegs unbekannt. Sie hatte seit über zehn Jahren regelmäßig verschiedene ihrer Bekannten in dieses und andere Heime begleitet. Es war eine für sie wie auch für Gordon typische Eigenschaft, daß sie sich immer *gekümmert* hatten. Sie waren nicht so selbstbezogen wie Tulla und Kaare, die unbeirrt auf ihre egoistischen Zerstreuungen Wert legten. Bergljot und Gordon dagegen hatten ohne weiteres eine Reise abgesagt, wenn ein naher Freund erkrankt war. Gordon hatte Arbeitskollegen besucht, die nach einem Schlaganfall im Altenheim gelandet waren, Woche um Woche, Jahr um Jahr. Tulla dagegen war nicht auf dem Begräbnis der eigenen Schwester gewesen, weil sie und Kaare eine sogenannte Kulturreise nach Mexiko gebucht und bereits bezahlt hatten. Die quirlige Stewardeß feierte, wo sie ging und stand, besaß aber nicht die Empathie, die Bergljot und Gordon bei vielen Gelegenheiten ausgezeichnet hatte. Sogar für ziemlich entfernte Bekannte waren sie dagewesen, Gordon mit vielen Besuchen in Krankenhäusern und Pflegeheimen, Bergljot mit all ihren Päckchen und Sendungen, selbstgebackene Kokosmakronen, ein Roman, den sie zu lesen empfahl, eine Wolljacke, die sie in der Stadt gekauft hatte und zusammen mit einem langen Brief oder ausgeschnittenen Zeitungsartikeln verschickte.

Aber jetzt ging es um Bergljot, und Thomas fiel keiner aus dem Bekanntenkeis der Eltern ein, der sich jetzt um sie kümmern würde. Auch Vigdis und Johan würden sich erst einmal nicht die Mühe machen, die Mutter zu besuchen. Wahrscheinlich würden sie erst in der Weihnachtszeit im Pflegeheim erscheinen und dann nur für eine oder zwei Stunden.

Sie schoben die Mutter im dritten Stock aus dem Aufzug.

»Hier bin ich schon gewesen«, sagte sie zu Thomas.
»Åsta wohnte hier. Du wirst sehen, ich bekomme Åstas Zimmer«, sagte sie und schüttelte fast belustigt den Kopf.

Thomas versuchte sich zu erinnern, wer Åsta war, fand sie aber nicht in der Vielzahl von Bekannten, zu denen die Mutter und der Vater mit zunehmendem Alter Beziehungen hergestellt hatten. Diese Freundschaften beruhten auf Krankheiten. Je mehr jemand an einer Krankheit litt, um so öfter waren Bergljot und Gordon zur Stelle. Zeitweise wurde im Brenner-Haus über nichts anderes als Krankheiten gesprochen. Und die Mutter und der Vater hatten volles Mitgefühl gefordert. Für Menschen, die Thomas nicht kannte, die einen Schlaganfall, einen Herzinfarkt oder Krebs hatten, das war abendelang Gesprächsthema. »Und stell dir vor, Thomas, sie konnten tatsächlich die Geschwulst in Frau Bergers Hals operieren.« Sie redeten mit einer Anteilnahme, als handelte es sich um ganz enge Freunde.

Aber je mehr Krankheitsbekanntschaften die Eltern machten, um so mehr wurde Thomas klar, wie wenige Freunde sie eigentlich hatten. Sie hatten füreinander gelebt, und Thomas wußte mit Sicherheit, daß es in ihrem Bekanntenkreis niemanden gab, der sie genauso aufmerksam und regelmäßig besuchen würde, wie sie es getan hatten. Sie hielten vor einem Zimmer an. Zeta öffnete die Tür.

»Willkommen zu Haus, Frau Brenner.«

»Åstas Zimmer«, stellte die Mutter fest.

In diesem Zimmer war vor kurzem jemand gestorben oder hatte seine letzten Tage gelebt. Die Bilder waren abgenommen worden. Die Nägel steckten noch in der Wand, vor den Fenstern hingen die alten Gardinen.

Das Linoleum war voller Flecken. Das Bad mit Dusche und Toilette war so eng, daß man sich kaum umdrehen konnte. Der Duschvorhang hing ungereinigt, wo er immer hing.

»Wann starb Åsta?« fragte Thomas.

»Ach, das ist schon lange her«, erwiderte die Mutter. »Seit sie starb, waren sicher schon viele hier drinnen.«

Das wollte er nicht kommentieren. Statt dessen warf er den beiden Altenpflegerinnen einen fragenden Blick zu. Wo sollte der Rollstuhl stehen?

»Wir setzen sie in Lehnstuhl dort«, sagte Zeta.

Sie verfrachteten die Mutter auf die einzige Sitzgelegenheit im Zimmer. Sie jammerte laut. Er dachte an die Verschütteten, die nach einem Erdbeben befreit wurden. Für eine Weile gehörte sie zu den Überlebenden.

Nachdem sie im Stuhl saß, nahmen sich die Frauen die Plastiktüten vor. Erst da wurde Thomas bewußt, unter welchem Zeitdruck sie standen. Diesen Einzug von Frau Brenner mußten sie zügig und schnell abwickeln.

Aber sie hängten die Kleidungsstücke der Mutter ebenso sorgfältig in den Schrank, wie er es getan haben würde. Und sie fragten, wo sie ihre Sachen haben wollte. Sie antwortete freundlich und deutete. Solange etwas um sie passierte, war sie wach und aufmerksam.

In zwei Minuten war alles erledigt. Leila schaute die Wände an, die hellen Flecken von den Bildern, die da gehangen hatten. »Frau Brenner möchte sicher das Zimmer so einrichten, wie sie möchte.«

Thomas sah, daß die Mutter nickte. »Das eilt nicht«, sagte sie. »Eins nach dem andern. Erst mal bin ich hier.«

Ja, bei Gott, sie war hier, dachte er. Bald würden die beiden Frauen und er dieses Zimmer verlassen. Sie würde allein zurückbleiben und die Wände anstarren. Und als

Leila und Zeta sich einige Minuten später zurückzogen, lächelnd und sich entschuldigend, um sich um andere Bewohner zu kümmern, nachdem sie ihr erklärt hatten, daß sie mit dem roten Knopf jederzeit Hilfe herbeirufen konnte, dachte Thomas Brenner, daß das zu trostlos war. Er konnte jetzt nicht einfach gehen. Er mußte sie auf irgendeine Weise aufmuntern. Sie mußte etwas Schönes haben, an das sie denken konnte.

Er überlegte zu sagen, daß Line und Annika bald einen Besuch machen würden, aber er hatte ja keinerlei Überblick über die Pläne der Töchter und unterließ es deshalb lieber, sie anzukündigen. Da fiel ihm der Verdienstorden ein. Nichts mochte Bergljot lieber, als zu wissen, daß es allen in der Familie gutging. Diese idiotische Idee von Mildred Låtefoss war also nicht so schlecht, um für etwas gut zu sein. Trotzdem widerstrebte es ihm, davon zu erzählen. Er war nicht für Selbstlob geschaffen. Aber diese Neuigkeit, das wußte er, würde die Mutter freuen. Sie würde etwas haben, an das sie denken konnte, auf das man zurückkommen konnte. Wenn es den Kindern gutging, fehlte auch ihr nichts. So dachte sie. Deshalb sagte er es.

»Mutter, ich werde den Verdienstorden des Königs bekommen.«

Sofort ging ein Strahlen über ihr Gesicht. »Was du nicht sagst, Thomas. Das ist ja fantastisch!« Sie schaute ihn begeistert an. Er zuckte die Schultern.

»Ich weiß ehrlich gesagt nicht, womit ich ihn verdient habe.«

Sie streichelte seine Hand. »Du? Du verdienst den besten Orden, du hast immer an andere gedacht.«

»Nicht so wie du«, sagte Thomas Brenner. »Für dich ist die Fürsorge ein Lebensprinzip. *Du* solltest diesen Orden bekommen!«

Bergljot Brenner lachte. »Dann müßten ihn viele von uns bekommen.«

Er nickte. Preise gingen oft an die falschen Personen. Warum mußte Ulrik Meidel überhaupt eine Auszeichnung bekommen, wenn auch in Silber? Bei der Ordensverleihung hatte er nachdrücklich demonstriert, was für ein Ekel er war. Orden und Auszeichnungen tendierten dazu, an solche Leute zu gehen, die diese Art von Anerkennung erwarteten. Er gehörte zu den Abweichlern, die nicht darauf vorbereitet waren. Egal. Wichtig war im Moment nur, daß es ihm mit der Ordensgeschichte leichterfallen würde, seine Mutter allein im Pflegeheim zurückzulassen. Zuerst sich hemmungslos selbst loben und dann verschwinden. Ihn schauderte. Aber nun war es gesagt. Dies war die richtige Stimmung, um sich zu verabschieden. Bergljot saß lächelnd in ihrem Lehnstuhl. Er schaute auf die Uhr. Bald war Mittagszeit. Alte Menschen, die ihr Leben lang um fünf oder sechs Uhr nachmittags ihre Hauptmahlzeit eingenommen hatten, mußten jetzt pünktlich um ein Uhr essen. Wer dachte sich so was aus? Ein Bürokrat, der entweder auf einem Bauernhof oder im Ausland groß geworden war und glaubte, daß man in Norwegen mitten am Tag warmes Essen zu sich nahm?

»Das Essen ist sicher gut hier«, sagte Thomas und küßte die Mutter auf die Stirn.

»Das glaube ich auch«, sagte die Mutter. Sie hatte schon lange aufgegeben, selbst zu kochen. Der Pflegedienst hatte im letzten Jahr für sie und Gordon das Essen gebracht. Vergessen waren die Kohlrouladen und die Bohnen- und Erbsengemüse, das gute Fleisch und die feinen Saucen.

»Ich gehe jetzt«, sagte Thomas. »Aber ich komme heute abend wieder.«

»Das brauchst du nicht, mein Junge.«

Aber er hatte das Gefühl, das tun zu müssen. Er wollte sehen, wie es ihr ging an ihrem ersten Abend. Beim Vater mußte er ebenfalls reinschauen. Da blieb ihm nichts anderes übrig.

»Danke, daß du immer an mich denkst«, sagte Bergljot Brenner plötzlich.

Er zuckte zusammen, erinnerte sich, daß sie das schon einmal gesagt hatte. Da war es ebenso überraschend gewesen.

»Das versteht sich doch von selbst«, sagte er liebevoll. Aber das traf nicht zu. Er dachte keineswegs immer an sie. Er dachte meistens an Elisabeth. Dann kamen die Töchter. Und danach erst die Mutter und der Vater, gleich verteilt. Und das wußte sie sicher auch. Sie war nicht dumm. Warum sagte sie es dann? Um sich selbst zu trösten oder um ihn auf listige Weise zu zwingen, es zu tun, weil sie wußte, daß ein solcher Satz bei ihm ein schlechtes Gewissen hervorrief?

Er schloß die Tür und hätte beinahe eine alte Dame mit Rollator über den Haufen gerannt, die verbittert vor sich hin murmelte: »Aber ich bin gar nicht hier. Ich bin doch nicht *hier*.«

Er hatte vergessen, daß er kein Auto hatte. So mußte er ohnehin noch mal zum Vater. Er ging hinunter zur Straßenbahn. Als er an der Haltestelle stand und wartete, merkte er, wie erschöpft er war. Wie lange dauerte der Anfall nun schon? Er zählte die Stunden. Dann fuhr die Bahn ein. Ihm blieb noch eine Stunde, bis er in der Praxis zurückerwartet wurde. Sogar an so einem ungewöhnlichen Tag wie diesem mußte der Zeitplan eingehalten werden. So war das Leben inzwischen, ein einziger Streß. Das war es, wogegen Elisabeth kämpfte. Man sollte im Hier und Jetzt sein. Aber welches Hier und Jetzt? Mutter im Pflegeheim? Kammerflimmern? Er konnte daraus ohnehin kein positives Gefühl machen. Er hatte keine Kraft mehr, um das Positive und das Negative gegeneinander aufzurechnen. Alles vermischte sich zu einem einzigen Brei. Ihm war übel. Das beunruhigende Gefühl von Untergang, das ihn befiel, wenn er eine schlimme Diagnose stellen mußte oder wenn er sich Sorgen machte um Elisabeth oder die Töchter. Das Gefühl, jederzeit alles zu verlieren. Sein ganzes Leben lang hatte er Angst davor gehabt, allein gelassen zu werden. Als Kind hatte er ebenso wie Annika darum gebettelt, bei Bergljot und Gordon im Bett liegen zu dürfen.

Mit der psychologischen Spürnase des Kindes hatte er gemerkt, daß Bergljot nichts dagegen haben würde. Aber das waren damals andere Zeiten. Eine andere Art von Erziehung. Gordon hatte ihm Abend für Abend freundlich, aber bestimmt erklärt, daß das natürlich nicht in Frage komme. Wenn er daran dachte, konnte er immer noch auf den Vater böse sein. War Line vielleicht auch böse auf ihn? Warum hatten er und Elisabeth keine klare Regelung gefunden, so daß nicht nur Annika bevorzugt wurde? Mit dem Gefühl des Untergangs kam immer das schlechte Gewissen. Und dagegen ließ sich nichts machen. Die einzige, auf die er möglicherweise einwirken konnte, war Elisabeth. Zu all den Gedanken und traurigen Ereignissen dieses Tages kam der Gedanke an den Knoten in Elisabeths Brust. Spätestens heute abend mußte er mit ihr darüber reden.

Er ging langsam den Hügel hinauf zum Brenner-Haus. Das Haus zum erstenmal ohne Bergljot. Wie nach einem Todesfall oder einem Begräbnis, dachte er. Ein Gefühl der Leere.

Er hatte den Schlüssel griffbereit, aber die Tür stand offen. Er mußte dem Vater einschärfen, daß er besser zuschließen sollte, nachdem zur Zeit überall in der Stadt rumänische Banden ihr Unwesen trieben.

Er ging durch die Wohnräume und fand seinen Vater am selben Ort, wo er ihn verlassen hatte. Er sah in dem grellen Herbstlicht noch grauer aus.

»Du mußt etwas für mich besorgen«, rief er.

»Nicht jetzt, Vater. In der Praxis warten sie auf mich. Was brauchst du denn?«

»Einen Kleiderbügel.«

»Aber Vater, du hast doch im Schrank oben Dutzende davon.«

»Ja, aber keinen Hosenkleiderbügel!« rief der Vater.

»Die gibt es nicht überall. Meinst du so einen altmodischen, in dem die Hosenbeine eingeklemmt werden?«

»Ja, genau!« Der Vater strahlte, als sähe er doch eine Hoffnung, daß sich der Sohn anders entschließen würde.

»Ich müßte dazu in die Stadt«, sagte Thomas. »Das schaffe ich heute nicht.«

Vater grunzte. Plötzlich standen ihm alle Niederlagen des Lebens ins Gesicht geschrieben.

»Warum bist du dann überhaupt gekommen? Wenn du nichts besorgen kannst, meine ich.« Gordon Brenner schaute seinen Sohn verständnislos an. Thomas konnte sich nicht erinnern, seinen Vater in den letzten Jahren jemals besucht zu haben, ohne etwas Praktisches erledigen zu müssen. Die Vater-Sohn-Beziehung hatte sich auf die Besorgung zahlloser Dinge reduziert, die dem Alten das Leben erleichtern sollten.

»Ich wollte dir berichten, wie es mit Mutter gelaufen ist«, sagte Thomas, überrascht über die Wendung, die das Gespräch nahm.

»Mutter wird es jetzt schlechtgehen«, sagte der Vater mehr zu sich selbst. »Und wir können nichts tun.«

Thomas wußte nicht, wo er anfangen sollte. Wollte der Vater wirklich nicht hören, wie es mit seiner Frau gelaufen war, oder versuchte er nur, sich vor Gefühlen zu schützen? Da brach ein Schluchzen aus dem alten, kompakten Körper. Er hielt sich krampfhaft an seinen Hosenträgern fest.

Abgesehen von der Episode auf dem Berg hatte Thomas den Vater nie weinen gesehen. Und er würde es auch jetzt nicht sehen, denn der Vater hatte den strengen Blick, den er gewöhnlich aufsetzte, um Festigkeit zu zeigen. Thomas hatte oft gedacht, welches Glück er mit diesem Vater gehabt hatte, der überhaupt kein Patriarch war, sondern eher ein lebendiger, netter und etwas chaotischer Mann, der sich sein Leben lang mit zu ehrgeizigen Projekten beschäftigt hatte, im tiefsten Herzen aber ein liebevoller und guter Vater und Ehemann war. Vor allem war er ein *begeisterter* Mann. Das war er nun nicht mehr. Dafür hatte das Alter gesorgt.

Aber den Großteil seines Lebens war er auf die Welt und die Menschen mit einem Enthusiasmus zugegangen, der grenzenlos war und manchmal kindlich echt. Selbst für unmögliche Bauherren, mit denen er als Bauunternehmer zu tun gehabt hatte, fand er schmeichelhafte Worte. Und mit diesen Leuten von der Bank, die ihm so übel mitgespielt hatten, telefonierte er oft stundenlang, verwikkelte sie in persönliche Gespräche und wußte am Ende die Namen ihrer Frauen und ihrer Kinder und welches Auto sie fuhren. Und er hatte Mitleid mit ihnen, wenn sie überarbeitet waren, obwohl *er* es war, den sie um sein Geld brachten.

Jeder neue Mensch war spannend für Gordon Brenner. Und das nicht, weil sich für ihn damit ein persönlicher

Vorteil ergab. Er war einfach so. Zutiefst fasziniert von der Welt und ihren Menschen. Männer dieser Art bekommen selten die Aufmerksamkeit, die sie verdienen, dachte Thomas. In Romanen und auf der Bühne dagegen sind fast alle Männer Vergewaltiger, Sadisten oder Egomanen. Aber das stimmt ja nicht! Man ist offensichtlich nicht bereit, die Männer so zu sehen und zu akzeptieren, wie sie meistens sind, nämlich Pantoffelhelden, wie man früher gesagt hatte.

Das Wort allein war eine Gemeinheit. Entwürdigend. Lächerlich. Aber mit genau dieser Art Männer hatte er es in seiner Arztpraxis meistens zu tun. Ja, auch die Mehrzahl der ökonomischen Mittelfeldspieler waren eigentlich im Grunde Pantoffelhelden. Und jetzt bemühte sich der Pantoffelheld Gordon Brenner, nicht die Fassung zu verlieren. Thomas beugte sich herunter zu ihm und umarmte ihn.

»Ich weiß nicht, was ich tun soll, mein Junge«, sagte der Vater. Thomas hätte sagen können, er sollte sich ebenfalls einen Platz im Pflegeheim suchen. Aber er sagte es nicht, es war zwecklos. Das neue Leben hatte begonnen. Gordon ganz allein im Brenner-Haus, solange das möglich war, denn soviel er wußte, konnte der Vater schon morgen rausgeworfen werden, denn er verlor täglich Geld an die Bank, und es war zu spät, um wirksam einzugreifen. Man konnte nur hoffen, daß der eine oder andere der Mittelfeldspieler bei Aktienspekulationen Glück hatte, aber Thomas machte sich keine großen Hoffnungen.

»Ich muß aufs Klo«, rief der Vater plötzlich. Das kam im rechten Augenblick, dachte Thomas. Nun blieb ihnen erspart, über das Wesentliche zu reden.

»Ich helfe dir«, sagte Thomas.

Aber es war gar nicht einfach, den Vater aus dem Sessel

zu holen, denn Gordon Brenner war um einiges schwerer als die Mutter. Thomas half von hinten nach, und schließlich stand er schwankend da, bis er ihm den Rollator gebracht hatte und der Vater glaubte, es jetzt selbst zu schaffen. Aber das war nicht der Fall. Er hatte häufig Schwindelanfälle und konnte jederzeit stürzen, genau wie seine Frau. Das Erschreckendste am Zustand beider Eltern war, daß ihnen eigentlich nichts fehlte, dachte Thomas. Abgesehen vom Alter. Sie hatten kein Parkinson, keinen Diabetes, keinen Krebs und keinen Herzinfarkt. Die Mutter hatte allerdings eine beginnende Osteoporose, und das war ernst genug. Aber medizinisch gesehen bestand das Hauptproblem darin, daß sie alt waren. Und höchstwahrscheinlich würden sie noch viele Jahre alt sein, und die einzigen Symptome ähnelten denen, die auch Thomas hatte: plötzliche Schwindelgefühle und Schweißausbrüche. Die entsprechenden Medikamente verhinderten die Schlaganfälle, die sie von einem Augenblick zum nächsten direkt in den Himmel befördern würden. Ach, so viele Krankheiten! Und so viele Krankheitsgeschichten. Ängste vor Leiden, die sie vielleicht nie bekommen würden. Im Verhältnis zu manch anderem war Gordon Brenner frisch wie ein Fisch, wie er jetzt unter ständigem Furzen mit dem Rollator Richtung Toilette davonstampfte. Es war inzwischen sein Geruch, der am schwersten zu ertragen war, dachte der Sohn. Obwohl der Vater sich Tag für Tag sorgfältig um sein Äußeres kümmerte, war in letzter Zeit eine Ausdünstung von seinem Körper ausgegangen, an der meistens die übervolle Windel schuld war. Vermutlich war auch jetzt seine Windel vollgesogen mit Urin. Thomas wußte, daß er ihn waschen mußte. Anfangs hatte der Vater das nicht gewollt, inzwischen verlangte er es geradezu. Er mochte es, gepflegt zu werden. Er ergab sich dem Kreislauf des Lebens. Nudus regressis. Nudus revertar. Nackt bist du gekommen, und nackt wirst du gehen.

Thomas Brenner dachte an den genialen Versuch John Donnes: Eine Landkarte nehmen und sich Osten und Westen als die zwei äußersten Punkte auf der Karte betrachten. Und dann: Die Karte krümmen, bis sie der Form der Erde gleicht. Da werden plötzlich Osten und Westen zusammentreffen. Aus den zwei Außenpunkten wird einer! Und so ist es ja auch im Leben. Das Neugeborene und der Sterbende treffen einander in der gleichen Form und benehmen sich ähnlich. Die Hilflosigkeit ist die gleiche. Das Verlangen nach Fürsorge ist gleich groß.

»Es ist dringend!« rief Gordon Brenner. Aber sie konnten nicht schneller. Der Vater wackelte steifbeinig mit kurzen Schritten vorwärts.

»Es besteht keine Lebensgefahr«, sagte Thomas mit einem Seufzer. »Doch!« rief der Vater wütend. »Ich muß aufs Klo!«

Und jetzt hörte er den unverkennbaren Laut, wenn etwas in die Hose geht oder genauer in die Windel. Und Thomas versuchte dem Vater zu signalisieren, daß er sich nicht mehr beeilen brauchte, aber der Vater stapfte unbeirrt weiter Richtung Toilette.

Im Bad war der Vater so erschöpft, daß er sich mit beiden Händen am Waschbecken abstützte. Jetzt merkte auch er, daß es zu spät war. Daß es zwecklos war, sich auf die Kloschüssel zu setzen. Noch vor einigen Wochen wäre das für ihn eine unerträgliche Situation gewesen. Aber er hatte jede peinliche Verlegenheit abgelegt. Deshalb machte es ihm nichts aus, daß Thomas ihm die Hose herunterzog, die Windel zwischen den Beinen herausholte. Der Vater blieb unbeweglich mit geschlossenen Augen stehen.

»Ich muß dich jetzt waschen, Vater.«

Thomas Brenner suchte nach einem Lappen im Schrank unter dem Waschbecken vor den Beinen des Vaters. Der Gestank des feuchten Stuhlgangs stieg ihm direkt in die Nase.

Im selben Moment spürte er, wie das Herzflimmern aufhörte, von einer Sekunde zur anderen schlug das Herz wieder regelmäßig, zuerst mit erhöhtem Puls, dann allmählich langsamer. Er hatte die Ursache dieser plötzlichen Herzrhythmusstörungen noch nie verstanden, doch jetzt war nicht die Zeit, sich darüber Gedanken zu machen. Er spürte nur eine enorme Erleichterung, wie immer nach einem solchen Anfall. Und weil er keinen Waschlappen fand, nahm er kurzerhand ein Handtuch, befeuchtete es mit Wasser, schmierte es mit Seife ein und wusch den Vater, so gut es ging, dankbar darüber, daß der Vater das schon öfter mitgemacht hatte, sowohl mit ihm wie mit dem Pflegedienst, und bereitwillig die Beine spreizte, um ihm die Arbeit zu erleichtern.

Als er mit dem Waschen fertig war, begleitete er den Vater zurück in den Erker, um dann in der Küche eine Plastiktüte zu holen, in die er die volle Windel im Bad steckte und dort liegenließ. Der Pflegedienst würde später kommen und aufräumen, obwohl er einen Stich von schlechtem Gewissen hatte. Aber er mußte zurück in seine Praxis.

»Kommst du jetzt zurecht?« fragte er.

»Natürlich komme ich zurecht«, rief der Vater. Er hatte die Zeitung in Reichweite, dazu ein Buch über den Zweiten Weltkrieg und die Fernbedienung. Diese Dinge waren jetzt wichtig für ihn. Herrgott, dachte er. Er hatte sich gar nicht vergewissert, ob Bergljot ein Fernsehgerät in ihrem Zimmer hatte. Vielleicht hockte sie nur da und glotzte die Wände an? Aber dann fiel ihm ein, daß es in diesem Pflegeheim Fernsehen gab. Daran erinnerte er sich von früheren Besuchen. Trotzdem war es unverzeihlich, daß er sich nicht darum gekümmert hatte. Als wäre es nur darum gegangen, sie abzuliefern und danach zu verschwinden, wie bei den heutigen jungen, jobfixierten Männern üblich. Aber so einer war er schließlich nicht! dachte er, während er sich vom Vater verabschiedete und ihn bat, darauf zu achten, die Haustür zu verschließen, der Pflegedienst habe einen eigenen Schlüssel. Er merkte, daß seine Worte nicht ankamen, er hätte ebensogut mit der Wand reden können.

»Wann kommst du wieder, Junge?« fragte er, lächelte dabei aber das freundliche, nichtssagende Lächeln, an das sich Thomas immer erinnern würde.

»Vater, jetzt müssen wir zuerst an Mutter denken, nicht wahr?«

Der Vater nickte wie ein gehorsamer Schüler. »Du weißt, es gibt so vieles, was ich dazu sagen könnte …«, sagte er, diesmal mit leiser Stimme. Der Oberkörper sackte zusammen.

»Ich weiß es, Vater. Ich weiß, daß es für euch beide schwer ist.«

»Und du hast sicher genug um die Ohren, Thomas.«

»Ja, das habe ich in der Tat.«

»Wie geht es Annika? Und Line? Und Elisabeth?«

Er antwortete, daß alle wohlauf seien. Dann strich er dem Vater über die Stirn und stahl sich hinaus, wie er danach dachte. Sich hinausstehlen, als habe man etwas verbrochen. Dabei wünschte er sich nichts sehnlicher, als ohne diesen Druck zu leben und mit gutem Gewissen. Aber das hatte er in den letzten Jahren gelernt: je mehr Fürsorge, desto schlechteres Gewissen. Jetzt saß der Vater allein in seinem Erker. Er hatte niemanden, mit dem er reden konnte. Aber er hatte es selbst so gewollt und geplant.

Das war ein magerer Trost.

In der Arztpraxis schauten ihn die Sprechstundenhilfen fragend an. Sie wußten, was er hinter sich hatte. »Schlimm«, sagte er nur. »Einfach schlimm.«

Er warf einen Blick ins Wartezimmer. Noch keine bestellten Patienten, aber da saß doch tatsächlich die Mutter von gestern. Heute ohne Kind. Er ging in sein Sprechzimmer, immer noch erleichtert darüber, daß der Anfall vorbei war. Das war wie zwei verschiedene Leben, und merkwürdigerweise blieb nach diesen Anfällen keine Erinnerung. Waren sie vorbei, dann war es, als habe es sie nie gegeben. Genauso unmöglich war es, sich während eines Anfalls vorzustellen, daß das Herz jemals wieder seinen Rhythmus finden würde. Der Computer stand da und surrte. Das Leben ging weiter wie immer. Er wußte, daß im Laufe des Nachmittags ein Dutzend Patienten auftauchen würden. Aber noch hatte er eine Viertelstunde, die frei war. Er beschloß, sich in dieser Zeit anzuhören, was die Mutter, die ohne Kind gekommen war, wollte. Er war einfach neugierig. Über diese Familie wußte er wenig, obwohl auch der Mann sein Patient war. Aber er kam nicht mehr darauf, was ihm gefehlt hatte. Er drückte einige Tasten auf dem PC, und es erschien die Datei dieses Patienten. Da war er. Natürlich auch einer dieser Mittelfeldspieler. Ein gestreßter Manager in einer der großen Firmen. Sicher hoher Blutdruck. Oder Altersdiabetes. Die üblichen Zivilisationskrankheiten. Aber die Diagnose blinkte ihm entgegen. Chlamydien. O weh, dachte Thomas Brenner, eine Geschlechtskrankheit. Das war es gewesen! Einige Monate bevor seine bildhübsche Frau ihr erstes Kind bekommen sollte. Plötzlich fiel ihm das peinliche Gespräch im Arztzimmer wieder ein. Der Mann, der beteuerte, überhaupt nicht zu verstehen, wie er zu dieser unanständigen Krankheit gekommen sei. »Ja, unanständig«, hatte er wiederholt, als er brav in seinem korrekten Nadelstreifenanzug vor ihm saß und ihn beinahe anschrie, er sei doch ein Mann von Welt.

An den Rest des Gesprächs konnte sich Thomas Brenner nicht erinnern. Wer woran die Schuld hatte, war nicht sein Problem. Er stand auf und winkte die Frau dieses Mannes herein, neugierig zu erfahren, wo das Kind geblieben war. Es hatte hoffentlich eine Großmutter.

Die große blonde und schlanke Frau, die sogar ihren Hausarzt für einen Augenblick sündige Gedanken denken ließ, kam wie ein Model herein zu ihm, überzeugt von ihren Reizen. Während er sie anlächelte, fiel ihm ein, welche Panik ihr Ehemann gehabt hatte, daß sie nichts davon erfahren dürfe, was bei Geschlechtskrankheiten fast unmöglich war. Wahrscheinlich hatte er sie auch herbestellen wollen, unter dem Vorwand einer Routineuntersuchung. Aber der Ehemann hatte ihn davon abgebracht oder die Entscheidung so weit hinausgeschoben, daß Thomas Brenner die ganze Angelegenheit vergaß. Das ist ja das Problem aller Ärzte, dachte er, daß sie ständig Dinge vergaßen. Die Leute saßen im Wartezimmer und dachten, sie würden wiedererkannt, rechneten damit, daß ihr Hausarzt ihre Krankengeschichte sofort präsent hatte. Aber das war nicht der Fall. Menschen und Krankengeschichten vermischten sich. Der Computer mußte sich für ihn erinnern. Wie hat das bloß früher geklappt, als der Arzt den Zeigefinger befeuchtete und die Patientenkartei durchblätterte. Eine Zeit, die zum Glück vorüber war, er selbst hatte sich geschworen, professionell zu arbeiten. Er wollte sich sowohl fachlich wie mental ständig auf den neuesten Stand bringen. Er wollte ganz einfach ein *guter* Arzt sein, mit einer guten Datenverarbeitung. Und als ein dementsprechend *guter* Arzt begrüßte er jetzt diese bezaubernde, selbstbewußte, frischgebackene Mutter in seinem Sprechzimmer. Zum Glück erinnerte er sich daran, warum sie das letzte Mal bei ihm gewesen war. Das war allerdings erst gestern, dachte er.

»Wie funktioniert das mit Ihrem Mädchen und dem Schlafmittel?« sagte er mit dieser Mischung aus Vertraulichkeit und fachlichem Ernst, wie es diese Generation mochte.

»Das funktioniert ausgezeichnet«, lächelte die Mutter und setzte sich auf den Patientenstuhl. »Deshalb bin ich aber jetzt nicht gekommen. Ich brauche nur ein neues Rezept für die Pille.«

Die Pille. Nun, die verschrieb er ständig. Auch wenn ihr Mann Chlamydien hatte, gab es keinen Grund, seiner Frau nicht die Pille zu verschreiben. Die Welt war unbegreiflich geworden. Er musterte die junge Frau einen Augenblick. Hatte sie wirklich momentan Lust auf Sex? Während dieser ersten kritischen Monate, in denen sich alles um das Stillen drehte? Aber dann wurde ihm klar, daß diese Frau nicht stillte. Sie mußte auf ihre Brüste achten. Natürlich. Kaiserschnitt und Milchpulver. Die ultimative Lösung für alle, die zeitig den Kampf gegen das Altern aufnahmen. »Intakte Mösen, marmorierte Brüste«, wie es Janken Vigernes einmal in der Mittagspause ausgedrückt hatte, im Beisein der Arzthelferinnen. Er liebte die derbe Art. Aber die Frauen hatten nur gelacht. Vage erinnerte sich Thomas, daß er dieser Frau mit einem Antrag auf plastische Chirurgie behilflich gewesen war, ohne daß er die Details behalten hätte.

»Die Pille geht in Ordnung«, sagte er in der lockeren Art, mit der das Geschäftsmäßige seines Berufs betont wurde. Letztlich glich das, was er machte, einem Kolonialwarenladen. Verkauf von Medikamenten im großen Stil. In Packungen und Schachteln und Fläschchen. Auch an einem mittelguten Tag ging einiges weg.

Er suchte die Datei, um zu sehen, welche Pille sie nahm. Dabei konnte er sich nach der kleinen Tochter erkundigen.

»Das süße kleine Ding hat also eine ruhigere Nacht gehabt?«

»Es war, als würde ein neues Leben anfangen«, sagte die Frau dankbar.

»Und jetzt paßt die Großmutter auf die Kleine auf?« fragte er.

»Nein, sie ist allein daheim und schläft wieder. Ein neues Leben wie gesagt. Früher konnte ich sie ja nicht einfach so allein lassen.«

Thomas Brenner merkte, wie sich seine Gesichtshaut straffte. Der haarfeine Übergang vom Lächeln zur Grimasse.

»Sie schläft?« wiederholte er. »Allein daheim?«

Sie schien die klangliche Veränderung seiner Stimme gar nicht wahrzunehmen. Etwas in ihrem Blick brachte ihn auf die Vermutung, daß sie vorhatte, jetzt gleich shoppen zu gehen.

»Natürlich«, sagte sie. »Und ich halte mich genau an die Dosierung, die Sie angegeben haben. Ein bis zwei Tabletten bei Bedarf. Da nehme ich zwei auf einmal, das wirkt am besten.«

Er starrte sie an. Lange. War sich bewußt, daß er in diesem Moment seinem Vater glich. Wenn Gordon Brenner diesen müden, etwas verärgerten Gesichtsausdruck bekam.

»Sie haben da offenbar etwas mißverstanden«, sagte er so ruhig er konnte. »Sie wollten ein Mittel für die Nacht. Sie können das nicht auch tagsüber anwenden. Wann soll denn das Kind wach sein? Wann? Zum Kinderfernsehen, was? Haben Sie schon einmal vom Madeleine-Fall gehört?«

Er merkte, wie ein Wort das andere gab. Er hatte vorgehabt, den forschen, fast spaßenden Ton beizubehalten. Deshalb überraschte es ihn, wie schnell er die Kontrolle über seine Stimme verlor. Plötzlich ein cholerischer Klang. Da fiel vor ihrem Gesicht sozusagen eine Klappe herunter. Sie starrte ihn wie aus weiter Entfernung an. Ah, dachte er, Mütter in ihrem Stadium ertragen keine Zurechtweisungen. In diesem Zustand entzweien sie sich gewöhnlich mit den Schwiegermüttern.

»Der Madeleine-Fall«, wiederholte sie. »Wollen Sie mir etwa unterstellen …?« Ihre Stimme zitterte.

In Sekundenbruchteilen war die Stimmung im Raum giftig geworden. Er konnte sich nicht erinnern, jemals einen so abrupten Stimmungsumschwung erlebt zu haben. Dabei war er überzeugt, recht zu haben, fachlich abgesichert zu sein.

»Ihrem Kind ein Schlafmittel zu verabreichen, um es allein lassen zu können?« Ihm wurde einen Moment schwarz vor Augen. »Das hätte ich wohl Ihrer Meinung nach mit auf das Rezept schreiben sollen? *Einnehmen, wenn die Mutter ihr Kind verlassen will?*«

»Ich verbitte mir …«

»Gar nichts, junge Frau. *Ich* bin es, der sich verbittet, ein Rezept zu mißbrauchen. Für einen derartigen Mißbrauch kommen Ärzte wie ich in die Schlagzeilen. Da fehlt nicht viel bis zur Überdosis, wenn es sich um Säuglinge handelt, die noch kein Jahr alt sind, und was Sie Ihrer Kleinen gegeben haben, ist eine Überdosis. Ich werde das Rezept zurückziehen müssen.«

»Für die Pille?« Sie schaute ihn erschrocken an.

»Nein, für das Schlafmittel.«

»Diese Freiheit werden Sie mir nicht nehmen!« Sie war jetzt wütend. Das brachte ihn noch mehr in Rage. So eine glattgeschminkte, eingebildete Westendmöse, wie es Janken Vigernes ausgedrückt hätte. Thomas Brenner versteckte sich immer hinter seinem Kollegen, wenn er auf diese derbe Art dachte oder redete.

»Freiheit wozu?« rief er. Jetzt hörte er sich auch noch an wie sein Vater. Aber das war ihm egal. »Die Freiheit, mit seinem Mann Verkehr zu haben, der sich zu allem Überfluß eine Geschlechtskrankheit eingefangen hat?«

Er sah zu seiner Zufriedenheit, wie sie zusammenzuckte.

»Was reden Sie da?« sagte sie. »Sie haben kein Recht …«

»Sie haben es herausgefordert«, sagte Thomas Brenner. »Sie können sich hier am Bildschirm selbst davon überzeugen.«

»Gibt es nicht eine Schweigepflicht?« sagte sie eiskalt und bewegte sich nicht.

»Nicht innerhalb der Familie. Und besonders nicht, wenn die Krankheit ansteckend ist. Und das sind Chlamydien. Ich hätte Sie längst herbestellen sollen.«

»Das ist eine Unverschämtheit«, rief sie, rot im Gesicht, und sprang auf. »Und dafür werden Sie in die Schlagzeilen kommen! Sie verstehen gar nichts! Sie werden von uns hören!«

»Gehen Sie besser heim zu Ihrem Kind. Sollte es verschwunden oder an der Überdosis gestorben sein, werden eher Sie Thema des Leitartikels.«

Wie böse sie miteinander umgingen, dachte er schokkiert. Ganz plötzlich hatte ein Krieg angefangen. Es war das erste Mal in seinem Berufsleben, daß er sich mit einem Patienten angelegt hatte. Es überraschte ihn, daß das ohne Vorwarnung geschah. Er konnte es darauf schieben, daß es ein ungewöhnlicher Tag für ihn war, aber das brauchte er gar nicht. Er wußte, daß er fachlich auf der sicheren Seite war. Falsch verhalten hatte sich eindeutig sie. Unerhört! Unerhört! schrie es in ihm. In diesem Moment öffnete die junge Mutter die Tür und rief, daß es das ganze Wartezimmer und alle Arzthelferinnen hören sollten:

»Verdammter Scheißarzt!«

Und nach einer Kunstpause: »Arschloch!«

Sie knallte die Tür hinter sich zu. Er saß wie gelähmt hinter seinem Schreibtisch. Rasch rekapitulierte er, was gesagt worden war, wie sich das Gespräch Wort für Wort entwickelt hatte. Er fand keinen Bruch in seiner Logik. Er bereute es nicht einmal, die Geschlechtskrankheit erwähnt zu haben. Auch die äußere Tür hörte er sie noch zuknallen. Er wartete fünfzehn Sekunden, dann erhob er sich und ging ins Wartezimmer, blickte kurz die dort sitzenden Patienten an und ging hinüber zu den Arzthelferinnen, die ihn erschrocken anschauten.

»Was war denn mit der los?« fragte eine von ihnen leise und verdrehte solidarisch die Augen gen Himmel.

»Sie hat ihren Säugling allein daheimgelassen«, antwortete er so laut, daß es alle hören konnten. »Am Tag eingeschläfert mit unseren Schlaftabletten.«

Er sprach bewußt von »unsere«. Damit waren sie eingeschlossen. Sie schätzten es, wenn er in der Wir-Form sprach. Der unverkennbare Hinweis auf Autorität.

»Von ihr werden wir wohl noch hören. Oder von ihrem Mann.«

Janken Vigernes kam aus seinem Sprechzimmer. »Was geht denn hier vor?«

»Krach mit einer Patientin«, sagte Thomas Brenner.

»Das war höchste Zeit«, grinste Janken Vigernes und winkte einen Mann herein, der schon lange gewartet hatte. Und das mußte er nun auch tun. Er hatte noch drei zu behandeln. Wie er den Kollegen um seine psychische Robustheit beneidete. Jetzt spürte er, daß er zitterte. Wenn sie nun tatsächlich die Presse einschaltete? Oder die Ärztevereinigung? Er befand sich zwar in einem Berufszweig, in dem man sich in hohem Maße gegenseitig schützte, aber es könnte Unannehmlichkeiten mit sich bringen. Und das wäre unangenehm für Elisabeth, Annika und Line. Wenn er gekonnt hätte, wäre er ihr gefolgt. Hätte es genauso gemacht wie sein Vater. Hätte ihr seine Wut nachgerufen. Hätte gerufen, um gehört zu werden, um ernst genommen zu werden. Um eine Sündenvergebung zu bekommen.

Er besann sich und rief den nächsten Patienten auf. Zum Glück eine einfache Sache. Eine Dame, die nur ein neues Rezept für ihr Kreislaufmittel brauchte.

An den Rest des Nachmittags erinnerte er sich wie im Nebel. Er bekam keinen neuen Anfall. Das Herz verhielt sich sozusagen nicht rational. Andererseits gab es nach dem Ende eines Anfalls immer zeitlich einen Freiraum. Als ertrage die linke Vorkammer kein weiteres Kicken und müsse verschnaufen. Der letzte Patient war längst gegangen, und er wollte entmutigt und voller banger Ahnungen gerade den Mantel anziehen, um zu gehen, da läutete das Telefon.

Es war Mildred Låtefoss.

Er stöhnte innerlich. Es gab nichts Anstrengenderes als Menschen, die ein Interesse an einem bekundeten, das man nicht erwiderte. Je besser es gemeint war, desto gefangener fühlte sich Thomas Brenner. Er war schließlich zur Höflichkeit erzogen worden. Es paßte ihm wirklich überhaupt nicht, daß Mildred Låtefoss nach so vielen Jahren den Blick wieder auf ihn geworfen hatte. Natürlich war da einmal etwas gewesen, ein süßes Prickeln, unbeholfene, fast zärtliche Episoden. Aber das war fast ein halbes Jahrhundert her! Sie konnte nicht erwarten, daß er mit derselben Leidenschaft wie damals auf sie reagierte. Damals waren sie alle leidenschaftlich und gierig auf das Leben gewesen. Und genau diese Leidenschaft war mit den Jahren mehr und mehr abgeklungen, egal wie bedauerlich das war. Als habe der Körper ein eingebautes Arsenal an Betablockern, die alle Höhen einebneten und dem Leben die Unrast und den Zauber nahmen. Obwohl, die Unrast blieb oft, wie in seinem Fall. Aber der Zauber war weg. Jedenfalls beinahe. Und wenn er es erleben sollte und so alt wurde wie Bergljot und Gordon, Tulla und Kaare, würde der Zauber vollends verschwinden, und das erschreckte ihn. Er befand sich bereits in einer Art Vor-Depression, die in Wellen kam wie an diesem Tag, an diesem total idiotischen Tag. Er war keiner dieser ungewöhnlichen Situationen gewachsen gewesen. Mildred Låtefoss merkte es an seiner Stimme.

»Ist etwas nicht in Ordnung?«

Er hatte keine Lust, über die Eltern zu reden, und erzählte lieber über das letzte Ereignis, vielleicht auch, um eine kritische fachliche Einschätzung dieser Auseinandersetzung mit der jungen Mutter zu bekommen. Er schilderte den Verlauf des Gesprächs so gewissenhaft wie möglich. Sie stellte ab und zu einzelne Kontrollfragen, hörte aber meistens zu. Und als er fertig war, wurde es ganz still im Telefonhörer.

»Und nun?« sagte er nach einigen Sekunden. Es war unüblich, daß Mildred Låtefoss nichts sagte.

»Ich denke nach«, sagte sie. »Natürlich war dein Verhalten absolut korrekt. Zu Zeiten von Henrik Ibsen waren wir Ärzte die Tugendwächter. Wir tauchten sogar in seinen Theaterstücken auf. Wir waren nicht nur für Pillen und Behandlungen zuständig. Wir hatten ein Wissen über ganzheitliche Zusammenhänge. Das hat heute kaum noch jemand von uns. Du hast einen ehrlichen Versuch gemacht, für diese Frau ganzheitlich zu denken. Das war edel von dir und durchaus verständlich. Aber es war natürlich unglaublich dumm von dir, die Geschlechtskrankheit des Ehemanns zu erwähnen.«

»Dann wird mich die Schiedskommission der Ärztevereinigung wohl an den Pranger stellen?«

Sie lachte. »Im Gegenteil. Wir verleihen dir den Verdienstorden des Königs in Gold. Ich habe eben die offizielle Bestätigung aus dem Schloß erhalten. Du kannst dir denken, daß einige deiner Kollegen neidisch sein werden.«

Herrgott noch mal, dachte er. Das nicht auch noch. Nicht heute. Als ihm einfiel, daß er es bereits seiner Mutter gesagt hatte, stieg ihm die Schamröte ins Gesicht. Und Mildred Låtefoss fuhr unbeirrt fort. »Wir haben inzwischen auch den Termin für die Jahresfeier festgelegt. Vorgesehen ist der …« Sie sagte das Datum. Er dachte: Es ist einen Tag nach Elisabeths sechzigstem Geburtstag. Das war unmöglich.

»An diesem Tag kann ich nicht«, sagte er.

»Du kannst nicht? Was hast du Unaufschiebbares? Tennistraining? Einladung bei McDonald's? Ich glaube dir nicht, lieber Freund. Du versuchst nur, dich zu drücken, wie du es immer gemacht hast.«

»Es ist der Tag nach Elisabeths sechzigstem Geburtstag«, sagte er.

»Um so besser«, sagte sie begeistert. »Doppelfeier!«

Aber das war doch unmöglich. Schließlich sollte Elisabeth im Mittelpunkt stehen! Frauen wie Mildred würden das nie verstehen. Tulla auch nicht. Sie liebten Festveranstaltungen. Konnten gar nicht genug davon haben. Als sei die äußere Form wichtiger als der Inhalt. Daß mit viel Tamtam und möglichst vielen spannenden Menschen gefeiert wurde, denen man zuprosten konnte. Sie organisierten und gestalteten, und alles mußte an seinem Platz sein. Als würden sie ihr Leben lang Lego spielen.

»Das geht nicht«, sagte er. »Das ist ausgeschlossen. Außerdem wollen wir am nächsten Tag nach Chicago fliegen.«

»Paßt wunderbar«, lachte sie entzückt. »Dann kannst du den Orden mitnehmen und im Hotel herzeigen. Da drüben lieben sie derartige Auszeichnungen. Du wirst auf der Lokalseite der Zeitung erscheinen! Was willst du übrigens in Chicago?«

»Es ist mein Geschenk für Elisabeth.«

»Chicago?«

»Ja, sie hat es sich gewünscht. Du kennst doch Saul Bellow. Ihr ganzes Leben war sie von ihm fasziniert. Außerdem das Art Institute. Das große Gemälde von Seurat. Wie heißt es noch mal?«

»Elisabeth war schon immer versnobt«, sagte Mildred Låtefoss. Er hörte plötzlich Spott in ihrer Stimme.

»Daß du sie so gut kennst, ist mir neu«, meinte er kurz angebunden.

»Die Eindrücke, die man in der Jugend bekommen hat, verschwinden nicht, Thomas. Überleg doch mal. Der erste Eindruck verändert sich nicht. Du warst doch auf genügend Klassenfesten, um das zu wissen? Einmal Ekel, immer Ekel.«

»Sprichst du jetzt von Elisabeth?«

»Natürlich nicht. Trotzdem bin ich nicht ganz blöd. In den Kreisen, in denen wir verkehrten und zu denen sie bald gehörte, als sie ein Auge auf dich geworfen hatte, galt sie als relativ versnobt. Sie wollte durchaus zeigen, daß sie in allem die fundiertere Meinung hatte. Als hätte sie in dem Punkt einen Komplex. Weißt du nicht mehr, wie kritisch ihre Geschmacksurteile waren? Mich jedenfalls verspottete sie, weil mir Kurt Vonnegut jr. gefiel. Ihr war er viel zu gewöhnlich. Später, als sie ihre Karriere als Schriftstellerin aufgab, dachte ich, daß es typisch für sie war, bei Telenor anzufangen. Was zum Teufel war Telenor damals? Sie hatte einfach das zwanghafte Bedürfnis, anders zu sein. Unberechenbar. The need to be special.«

»Jetzt bist du gemein, Mildred.«

»Nein, ich bin nicht gemein. Ich möchte nur, daß du dich nicht vollständig aufgibst. Sechzigster Geburtstag und Flug nach Chicago. Da ist dazwischen Platz genug für einen Verdienstorden. Aber dieses Chicago, ich begreife es nicht. Das ist doch genauso wie Hamar, Thomas!«

»Ich liebe Hamar«, sagte Thomas und fing an zu lachen. Er hatte immer eine Schwäche gehabt für Mildreds verbale Frechheiten. Es war sogar akzeptabel, daß sie ironisch über Elisabeth herzog, allerdings nur in vorsichtiger Dosierung.

»Ja, aber das ist das amerikanische Hamar. Läuten da nicht die Alarmglocken bei dir? Und ihr fliegt zu Beginn des Winters dorthin, wenn eisige Winde über den Lake Michigan fegen und man kaum aufrecht stehen kann.«

»Erstaunlich, wie gut du eine Stadt kennst, die du auf diese Weise schlechtmachst«, sagte Thomas. »Aber du wirst mich nicht von dieser Reise abhalten. Meine Lust, hinzufliegen, wird nur größer.«

»Du bist hoffnungslos, Thomas. Und am schlimmsten ist, daß du es weißt.«

Sie lachten beide. So hatten sie einander gehänselt, als sie jung waren. Warum hatten sie an dieser Freundschaft im späteren Leben nicht festgehalten? dachte er. Weil da trotzdem zu viele starke Gefühle zwischen ihnen bestanden? Sie hatte ja mit ihren kleinen Aufmerksamkeiten und den Postkarten den Kontakt zu ihm aufrechterhalten. Aber er reagierte darauf nur unwillig. Wenn er einen langen Weihnachtsbrief von ihr erhielt, schickte er spät im Januar eine Karte mit irgendeinem witzigen Motiv. Und das, obwohl er wußte, daß Elisabeth nicht eifersüchtig war, nie auf Mildred Låtefoss eifersüchtig sein würde. Sie dachte nicht in diesen Bahnen. Als bestünde für sie im tiefsten Innern nicht der geringste Zweifel, daß sie für ihren Mann immer die erste Wahl sein würde. Ja, dachte Thomas Brenner, Elisabeth zeigte nur selten Zweifel, während er immer mehr von Zweifeln geplagt wurde. Und jetzt saß er am Telefon, und Zweifel stiegen in ihm auf, ob er es nicht versäumt hatte, über die Familie hinaus einen Freundeskreis zu haben. Wäre das für ihn nicht eine Bereicherung gewesen? War er nicht im Grunde unterernährt, was solche Gespräche betraf, wie er sie im Moment mit Mildred Låtefoss führte? Wie viele Menschen gab es, bei denen er eine Menge Kraft und Zeit aufgewendet hatte, sie zu *meiden*. Klassenkameraden aus der Kindheit. Kollegen, die ihm begeistert entgegengekommen waren und ihn eingeladen hatten zum Essen, zur Elchjagd, zum Angeln, zu Herrenabenden. Er hätte jede Menge Freunde haben können, die ihm jetzt eine Hilfe gewesen wären, die ihn aus diesem Denkmuster befreit hätten, das ihn von Jahr zu

Jahr mehr in einen bekümmerten Menschen verwandelte, einen Familienvater, für den die Familie das Hauptanliegen war, der genausoviel Zeit und Kraft auf seine nächsten Angehörigen verwendete wie ein Vater von kleinen Kindern. Und deshalb mußte er ständig so viele Menschen meiden. Höflich entgleiten, wie Elisabeth gerne sagte. Wie Seife. Obwohl er gar keine glatte Person sein wollte. Nicht in dieser Hinsicht. All die Menschen, die er abgewiesen hatte im Lauf der Jahre, hatten ihn inzwischen aufgegeben. Die früher so häufigen Einladungen zu Herrentreffen oder Rebhuhnessen in der Norske Selskap kamen nicht mehr. Der Inhalt des Briefkastens wurde immer magerer. Elisabeth dagegen pflegte die Geselligkeit und hatte nach wie vor einen großen Freundeskreis. Deswegen hatte sie schließlich eingewilligt, ihren sechzigsten Geburtstag richtig zu feiern. Sie hatte es geschafft, auch während ihrer Zeit bei Telenor, sich zwischendurch mit ihren Freundinnen in einem dieser neuen Cafés zu treffen, die in den achtziger Jahren wie Pilze aus dem Boden schossen. Sie mied niemanden. Sie hatte ein deutliches Bedürfnis nach einem Leben außerhalb des Dahl-Hauses. Und seltsamerweise hatte man das nicht weiter gemerkt. Diese zwanglosen Treffen verabredete sie, ohne daß die Familie jemals darunter litt. Thomas Brenner hatte umgekehrt sogar das Gefühl, daß Elisabeth mehr zu Hause war bei den Töchtern und seinen Eltern als er selbst, obwohl sie nie aufgehört hatte, ihren Alltag mit solchen Freundinnen-Lunchs, Tee-Kränzchen oder Pasta-Essen zu würzen. Sogar wenn sie nachweislich abwesend war, schien es, als würde sie mit ihrer Achtsamkeit auf alle wirken. Und die Reisen nach Rußland fanden nicht so häufig statt. Ab und zu war es ihr sogar gelungen, die ganze Familie mitzunehmen. Ausflüge, bei denen Annika und Line vor Angst fast gestorben wären, auch wenn sie dabei eine Menge gelernt hatten, davon war er überzeugt. Und eigentlich war es unverständlich, daß eine derart souveräne und selbständige Frau so unselbständige Töchter hatte.

Aber diesen Gedanken wollte er nicht weiterverfolgen. Das einzige, was er jetzt im Kopf hatte, war, das Gespräch mit Mildred Låtefoss rasch zu beenden und diese vermaledeite Ordensverleihung vorerst auf Eis zu legen.

»Egal was du sagst oder denkst, Mildred, ich bedanke mich sehr für deinen Einsatz, aber zu dieser Veranstaltung komme ich nicht. Du kannst es ebensogut gleich aufgeben.«

»Das sagt einiges darüber, wohin es führt, wenn man sein Leben ganz der Familie widmet«, sagte Mildred Låtefoss immer noch freundlich. »Ich bin froh, rechtzeitig den Absprung geschafft zu haben.«

»Vergleich das jetzt bloß nicht mit deiner Scheidung«, sagte Thomas Brenner in schärferem Ton.

»Dann sollen wir also im Schloß sagen, daß es leider nicht paßt, weil du dich nach einem sechzigsten Geburtstag ausruhen mußt.«

»Sag, was du willst. Ich habe nicht darum gebeten.«

Sie besann sich. »Ich mache mir Sorgen um dich«, sagte sie nach einer etwas zu langen Pause. »Du bist nicht glücklich mit dir, Thomas. Mir ist das schon gestern in deinem Sprechzimmer aufgefallen.«

»Was ist dir aufgefallen?«

»So einiges. Zum Beispiel, daß du geschwitzt hast. Hat es dich zum Schwitzen gebracht, nur weil du mich sahst? Ich kann mir nicht denken, daß es amouröse Gefühle waren.«

Er erschrak, weil sie diese Angelegenheit thematisierte. Es war nun ausgeschlossen, daß er Mildred Låtefoss von seinem Herzflimmern erzählte, gerade weil sie Kardiologin war. Sie würde die totale Herrschaft über ihn bekommen, ihn mit Medikamenten vollstopfen oder ihn direkt zur Ablation schicken. Und in dem Moment dachte er plötzlich an Elisabeth. Negierte sie aus ebendiesen Gründen den Knoten in ihrer Brust? Aus der Abneigung, jemand könnte über sie bestimmen? Wäre es in seinem Fall nicht das nächstliegende, einer befreundeten Ärztin, überdies Kardiologin, zu erzählen, daß er mit Herzflimmern zu tun hatte? Und weil die Antwort nein lauten mußte, würde diese Art von psychologischer Reaktion nicht eine verstärkende Wirkung haben, je ernster die Diagnose war? Mein Gott, seine geliebte Elisabeth, litt sie vielleicht unter Todesangst? Diesen Gedanken hatte er noch nie gedacht. Er traf ihn mit voller Wucht. Es gab niemanden, mit dem er darüber reden konnte. Nicht Line, nicht Annika und am wenigsten Elisabeth selbst. Aber mit Mildred Låtefoss hätte er darüber reden können, wenn er in den vergangenen Jahren ihr gegenüber offener gewesen wäre, auf ihre Kontaktversuche mit einem Minimum an Höflichkeit reagiert hätte. Sogar jetzt war er der Meinung, genug ist genug, und er wollte dieses Gespräch so rasch wie möglich beenden und nach Hause fahren, damit er später am Abend noch seine Mutter besuchen konnte. Er versuchte es auf die spaßhafte Tour.

»Das ist die Midlife-crisis, Mildred. Sie befällt auch Männer, wie du weißt.«

»Du bist wirklich ein totaler Dummkopf, Thomas. Ich fange an mich zu wundern, wie ich auf den Gedanken kommen konnte, du müßtest einen Verdienstorden erhalten. Es ist mir ein Rätsel.«

Sein Inneres zog sich zusammen, er hörte aber zu seiner Erleichterung, daß ihre Stimme noch freundlich war.

»Vergebt die Auszeichnung an jemanden, der sie wirklich verdient. Wie steht es mit den norwegischen Hamas-Ärzten im Gaza-Streifen?«

»Du meine Güte«, lachte sie. »Eine solche kollegiale Sympathie hätte ich von einem Holmenkoll-Arzt am wenigsten erwartet.«

»Laß uns das Gespräch beenden«, sagte Thomas Brenner mit einem Stöhnen. Das Herz schoß willkürlich einige Doppelschläge.

»Gut. Ich verstehe, daß ich so nicht weiterkomme. Aber du entwischst mir nicht. Verstehst du? Ich gebe nicht auf, ehe du stolz und krebsrot im Gesicht auf der Bühne stehst und den tollen Verdienstorden am Revers trägst. Auszeichnungen kleiden Männer. Denk nur an die vielen Generäle.«

»Du wirst immer schlimmer, Mildred! Kannst du mich jetzt entschuldigen?«

»Klar. Heim mit dir zu deiner Familie. Du bist lange genug von ihnen getrennt gewesen. Und was gibt es heute zu essen? Bouletten mit Kartoffelbrei?«

Mit einem gemurmelten Adieu legte er auf. Es war besorgniserregend, daß er die unkontrollierten Herzschläge so kurz nach einem längeren Anfall spürte. Das bewies, daß er in der akzelerierenden Phase war, in der die Anfälle häufiger kamen und immer länger wurden, um dann in die chronische, hoffnungslose Phase überzugehen, wenn er nichts unternahm. Gut, dachte er. Er mußte nach Hause zum Abendessen.

Zu Hause war nur Annika. Sie rief aus ihrem Zimmer. Es roch nach erhitztem Metall. Also arbeitete sie an etwas. Er ging hinein zu ihr. Sie mochte den Ansporn, den er ihr jedesmal gab: daß das, woran sie gerade saß, wirklich hübsch aussah, vielversprechend, daß er überzeugt war, daß sich für diesen Schmuck gewiß ein Käufer finden würde. Jedesmal lächelte sie zufrieden und gab ihm einen Kuß. Er merkte, daß sie unter den Armen schwitzte und aus dem Mund roch. Sie auf diese unangenehmen Ausdünstungen hinzuweisen, hatte er nie über sich gebracht. Auch Elisabeth, die es immer verstand, Dinge und Probleme beim Namen zu nennen, hatte der Tochter nie gesagt, daß sie schlecht roch. Statt dessen hatten Elisabeth und er, ohne sich abzusprechen, Deodorants und Toilettenartikel für sie besorgt. Und er hatte an einen strategisch günstigen Ort im Bad eine Packung Tabletten gegen Mundgeruch gelegt, ohne daß sie bisher etwas begriffen oder eine genommen hätte. Die Mischung aus Zigaretten, Kaffee und fehlendem Frühstück war die Ursache. Denn sie kam äußerst selten herunter zum Frühstück, und der übrige Tag verging mit Zigaretten und Kaffee, bis sie spät am Nachmittag die erste Mahlzeit zu sich nahm. Die fiel häufig mit dem Abendessen zusammen.

»Wo ist Mama?« fragte er.

»Oben bei den Alten«, antwortete sie geistesabwesend, schon wieder in ihre Arbeit versunken. Er hörte jetzt Schritte von oben. Sie half ihnen sicher bei der Zubereitung des Essens. Sie machte Licht für die beiden, stellte Kartoffeln auf, briet die Koteletts, erledigte das Wichtigste. Um den Rest kümmerte sich Tulla und merkte oft gar nicht, daß man ihr geholfen hatte. Denn sie hob immer wieder ausdrücklich hervor, daß sie trotz ihres hohen Alters noch in der Lage sei, für sich und Kaare zu kochen.

Im unteren Stockwerk lagen abgesehen von Annikas Zimmer alle Räume im Dämmerlicht. Die Sonne war untergegangen, und heute hatte der Westhimmel nicht dieselbe intensive Färbung wie am Vortag. Noch ein schlechtes Vorzeichen, dachte Thomas Brenner. Er ging in die

Küche, um die Abendmahlzeit vorzubereiten. Annika hatte noch nichts im Magen, und Elisabeth würde herunterkommen, sobald sie die Alten versorgt hatte. Er holte Spaghetti aus dem Schrank und griff zum üblichen Topf, als ihm plötzlich Line einfiel. Er hatte den ganzen Tag vergessen, sie anzurufen.

Mit einem Stich schlechtem Gewissen wählte er ihre Nummer. Sie antwortete sofort, klang etwas matt. Er fragte, wo sie gerade sei. Sie antwortete, sie sei in ihrer Wohnung. Dort mußte es noch trister sein als im Dahl-Haus, dachte er.

Er fragte nach der Wunde. Alles unter Kontrolle, antwortete sie, keine neue Blutung. Dann fragte er, was sie für den Abend vorhabe. Er hoffte natürlich, daß sie ins Tanzinstitut wolle. Aber das verneinte sie.

Der Gedanke, daß sie allein in der unfreundlichen Wohnung saß, war fast unerträglich für ihn. Aber er konnte sie auch nicht einladen, ins Dahl-Haus zu kommen. Da würde sie annehmen, er sei nicht ganz richtg im Kopf. Sie fragte, wie es mit Bergljot gelaufen sei. Er erzählte, was sich ereignet hatte, und sie hörte aufmerksam zu.

»Das war sicher nicht einfach für dich, Papa.« Er antwortete ihr mit heiserer Stimme, schockiert über die Emotionen, die plötzlich in ihm aufwallten, als er das Mitgefühl der Tochter hörte. Ihm fiel ein, daß Annika nicht nach der Großmutter gefragt hatte, obwohl sie am Abend vorher so besorgt gewesen war. Er machte ihr keinen Vorwurf, stellte nur für sich fest, wie sehr sie immer noch ein Kind war, das ganz in seiner eigenen Welt lebte.

Er beendete das Gespräch mit Line, sagte, daß die Spaghetti fertig waren, daß er mit Annika essen werde. Sie schickte ihm einen Schmatz durchs Telefon und legte auf. Gleichzeitig kam Annika aus ihrem Zimmer. Jetzt fiel ihr plötzlich die Großmutter ein. »War es schlimm, Papa?« Ihre Stimme klang hektisch, sie schämte sich vermutlich, weil sie zu fragen vergessen hatte. Die Mädchen waren ja noch so jung. Es ging ihnen sicher manchmal auf die Nerven, daß sich ständig alles um die Großeltern drehte. Nie davon frei sein, nie verreisen können, ohne daß ihre Eltern darauf achteten, das Handy in Reichweite zu haben. Schließlich konnte jederzeit eine der vier Personen sterben. Es war ein Wunder, daß sie nicht schon gestorben waren. Sie legten längst nicht mehr ihre eigene Patience, sondern die der Eltern.

Kurz bevor sie aufgehört hatte bei Telenor, hatte Elisabeth vorgehabt, ein halbes Jahr am Schwarzen Meer zu arbeiten. Thomas hatte sie bei ihrem Vorhaben natürlich unterstützt, und sogar Annika war widerwillig bereit gewesen, die Mutter reisen zu lassen. Aber Tulla hatte nein gesagt. Sie hatte Angst gehabt, mit Kaare allein zu bleiben. Elisabeth war seit langem zur Voraussetzung dafür geworden, daß dort oben in der zweiten Etage das Zusammenleben mit dem Ehemann funktionierte. Und Elisabeth hatte sofort gehorcht und die Bewerbung zurückgezogen. Was die Mutter sagte, war Gesetz. Sie könne ihre Mama nicht im Stich lassen, wie sie sagte.

Schon damals ereigneten sich in beiden Haushalten kleine Unfälle, die zur Folge hatten, daß bei Elisabeth und Thomas das Telefon klingelte. Kochendes Wasser, das zu Brandwunden geführt hatte, Stuhlgang, der in die Hose gegangen war, das Kabelfernsehen, das auf einmal nicht mehr wollte, ein Schuhlöffel, der verschwunden war. Eine Unzahl an kleinen Kalamitäten und Frustrationen, die Elisabeth und Thomas immer enger an die Eltern fesselten. Gleichzeitig kühlten die Gefühle für sie ab oder ertranken im Wasserloch der Trivialitäten. Das war inzwischen ziemlich groß geworden. Bei diesem Prozeß merkte Thomas zu seiner Verzweiflung, daß sein Verhältnis zu ihnen indifferenter wurde, daß sich eine Mauer der Gefühllosigkeit aufbaute, vielleicht, weil diese Fürsorge anders war als die Fürsorge für Kinder, bei der das Ziel darin bestand, zu bestärken, aufzuklären, das Kind auf dem Weg in die Selbständigkeit zu begleiten. Die Fürsorge für die Alten hatte nur lindernde Wirkung. Es gab kein Ziel. Für die Zukunft wurde nichts anderes erwartet als der Tod. Und der Tod war nicht akzeptabel, auch wenn man auf die Neunzig zuging.

Beim geringsten Aufflackern von Furcht oder starker Besorgnis zeigten sie Todesangst. Auch in seiner Arztpraxis traf er nur selten alte Menschen, die den Tod als etwas Natürliches ansahen, ein Endpunkt, mit dem sie sich versöhnt hatten. Im Gegenteil, je älter sie wurden, um so mehr waren sie damit beschäftigt, sich gegen den Tod abzusichern, häufige Blutproben machen zu lassen, neue Medikamente auszuprobieren, alles in ihrer Macht Stehende zu tun, um zu leben.

Aber dieser Kampf war nun mal vergeblich. Und Thomas fand es sehr deprimierend, wenn er bei einem Neunzigjährigen umfassende Untersuchungen vornehmen mußte, die oft komplizierte Operationen, großes Leiden und nicht zuletzt einen gewaltigen Einsatz von Ressourcen zur Folge hatten. Er schüttelte sich. Seine Gedanken erschreckten ihn.

Annika wartete darauf, daß er von Großmutter erzählte, wie der Umzug ins Pflegeheim gelaufen war. Während er die Details schilderte und erneut merkte, wie er sich seiner Gefühle nicht erwehren konnte, saß die Tochter da und hörte aufmerksam zu, zeigte ein Mitgefühl, das sie seiner Auffassung nach für die Alten gar nicht mehr hatte.

Nach dem Essen ging Annika wieder in ihr Zimmer. Er blieb in der Küche, um aufzuräumen. Annika war im Haushalt eine schlechte Hilfe. Sie drückte sich wie eine Zwölfjährige. Elisabeth versuchte ab und zu, mit ihr zu reden, aber es war zwecklos. In ihrem Zimmer lagen ständig überall verstreut Strümpfe und Unterwäsche, und sie dachte nicht daran, ihre Sachen selbst zu waschen.

Thomas stellte die Teller, das Besteck und die Gläser in die Spülmaschine. Dann sorgte er dafür, daß die Spaghetti auf der Kochplatte warm gehalten wurden. Man wußte nie, wann Elisabeth herunterkommen würde. Aber sie kam, bevor er den Kaffee gekocht und sich in den Erker gesetzt hatte. Sie trug Jeans und einen abgewetzten schwarzen Wollpullover. Er sah plötzlich, wie blaß sie war, vielleicht, weil sie nicht geschminkt war, dachte er. Sie hatte gelbe Gummihandschuhe an den Händen, die sie abstreifte und sofort in den Abfalleimer fallen ließ.

»Was ist passiert?« fragte er.

»Papa hat das ganze Bad vollgepinkelt. Er sieht nicht mehr, wohin der Strahl trifft.« Sie warf ihm einen warnenden Blick zu. Früher hätte er gesagt: »So kann das nicht weitergehen.« Aber dann war sie jedesmal wütend geworden.

»Lief alles gut mit Tulla beim Friseur?« fragte er.

Sie nickte. »Ich möchte lieber etwas über deine Mutter erfahren.«

Sie nahm den Teller, den er auf dem Tisch hatte stehenlassen, und holte sich eine Portion aus dem Topf. Er sagte genau dasselbe, was er zu Annika gesagt hatte. Sie hörte ihm zu, erschöpft und doch aufmerksam, so wie er ihr zuhörte, wenn sie von der oberen Etage berichtete.

»Das muß für beide schmerzhaft sein«, sagte sie schließlich. »Willst du heute abend noch mal ins Pflegeheim?«

Er nickte. Sie kannte ihn. Er hätte ihr davon erzählen können, was in der Praxis vorgefallen war, von dem Auftritt der jungen Mutter und dem Telefongespräch mit Mildred. Obwohl, letzteres konnte er verschweigen. Sie würde natürlich darauf bestehen, daß er den Verdienstorden entgegennahm, so bedeutungslos das auch war. Er beobachtete sie insgeheim und spürte einen Druck im Magen. Line hatte recht gehabt. Sie sah wirklich kraftloser aus als gewöhnlich. Jetzt muß ich sie wegen der Mammographie fragen, dachte er. Aber wie sollte er anfangen? Sie akzeptierte ihn ja nicht als ihren Arzt. Er beschloß, einfach von sich zu erzählen. Er hielt es für geschickt, um den heißen Brei herumzureden und zu hoffen, daß sie ihn nicht durchschaute.

»Ich hatte gestern und heute einen Anfall von Herzflimmern«, sagte er und hörte, wie künstlich seine Stimme klang.

»Das ist nicht verwunderlich«, sagte sie eher uninteressiert und stocherte in den Spaghetti. Sie hatte in den letzten Wochen wenig Appetit gehabt. »Du mußt an so vieles denken, Thomas.«

»Wir werden beide älter«, sagte er und bemühte sich, natürlich zu sein. »Demnächst wird meine jährliche Vorsorge bei Janken fällig.«

»Bei dem Trottel? Noch mal?« Thomas zuckte die Schultern. Woher kam eigentlich seine Loyalität? Hatte es damit zu tun, daß man allmählich gleichgültiger wurde, sowohl in bezug auf andere Menschen als auch auf sich selbst? Daß man gerne mal beide Augen zudrückte? Daß man einander nicht mehr mit derselben Intensität und Aufmerksamkeit wahrnahm wie früher? Thomas erinnerte sich, daß er vor einigen Jahren im Herbst um einiges dicker wurde, weil er sich zuwenig bewegt hatte. Aber weder er noch Elisabeth hatten darauf geachtet. Nicht einmal, nachdem ihm die alten Hosen eindeutig zu eng geworden waren, begriff er, daß er zugenommen hatte.

Bis Elisabeth es schließlich sah und überrascht ausrief: »Aber Thomas, du bist dick geworden!« Und erst da hatte auch er es gesehen. Er war tatsächlich auffällig dick geworden. Aber wie konnten Tage und Wochen verstreichen, ohne daß er oder Elisabeth etwas merkten? Und wie konnte er übersehen, daß Elisabeth wirklich sehr erschöpft wirkte, wie sie da in den Spaghetti herumstocherte, wahrscheinlich den Kopf voll mit gewissenhafter Pflichterfüllung. Er wußte, daß sie zugesagt hatte, einige Tage bei Burlington Ltd. einzuspringen, obwohl das eine Zusatzbelastung für sie bedeutete, jetzt, wo so vieles in der oberen Etage zusammenbrach und ihr sechzigster Geburtstag sowie die Reise nach Chicago bevorstanden.

»Ja, Janken ist wirklich ein Trottel«, sagte Thomas bestätigend. »Aber er ist die bequemste Lösung. Und ich mag ihn ja in gewisser Hinsicht. Was ist mit dir?«

Sie wirkte bei seiner Frage sofort irritiert. »Ich habe doch gesagt, daß du mich nicht fragen sollst!«

»Du verzichtest also auch in diesem Jahr auf die Mammographie?«

»Nicht fragen, habe ich gesagt.« Aber dann, etwas ängstlich: »Hast du etwas gespürt?«

Er schluckte und nahm all seinen Mut zusammen. »Ich spürte vielleicht einen Knoten.«

Elisabeth war sofort klar, daß er die Brüste meinte.

»In der linken oder der rechten?« sagte sie abwartend.

»Ich erinnere mich nicht mehr«, gestand er.

»Da kannst du mal sehen«, sagte sie plötzlich etwas nervös. »Außerdem habe ich immer Knoten gehabt. Das wird sicher auch diesmal in Ordnung gehen.«

Er kam nicht weiter. Er sah es an ihrem Gesicht. Abweisend und distanziert. Er hatte das nie verstanden. Daß sie wie die Männer war. Die meisten von ihnen wußten nicht, welche Krankheit sie hatten oder welche Tabletten sie schluckten. Aber er konnte ihr schließlich nicht befehlen, zum Arzt zu gehen. Sein Respekt vor ihr war zu groß. Vielleicht hatte er in all diesen Jahren ihr gegenüber zuviel Rücksicht gezeigt, dachte er. War zu vorsichtig gewesen, wenn Probleme auftraten. Jetzt kam die drückende Stille, die er haßte. Sie aß weiter, war aber verärgert. In solchen Situationen fragte er sich jedesmal, was er in ihren Augen eigentlich war. Autoritär und bestimmend oder ein langweiliger Nachahmer? War er zu ängstlich und klammernd? Sein Lebensziel war es, von Elisabeth respektiert zu werden und für Line und Annika ein guter Vater zu sein. Aber manchmal, wie jetzt, überfielen ihn die Zweifel. Selbst nach all diesen Jahren hatte sie etwas Rätselhaftes. Er hatte immer das Gefühl gehabt, daß er sie mehr liebte als sie ihn. Und das hatte seine natürlichen Gründe, dachte er. Sie war viel interessanter als er. Besaß mehr Wissen. Mehr moralisches Gefühl. Dachte mehr ganzheitlich. Sie war klar und zielstrebig. Er dagegen …

Sein Leben lang hatte er das Gefühl gehabt, jederzeit durchschaut werden zu können. Er war unsicher im Bett. Unsicher in der autoritären Rolle, die er trotz allem als Hausarzt spielte. Dabei wußte er nicht, was mit ihm nicht stimmte. Es war ein dauerndes Gefühl der Unzulänglichkeit in allen Bereichen. Hatte Annika nicht genau in der Zeit angefangen, zuzunehmen, als Elisabeth in Rußland und er allein mit den Kindern war? Hatte nicht er, überdies als Arzt, die Verantwortung dafür, daß sie dick wurde und allmählich extrem übergewichtig?

Andererseits: Warum sagte Elisabeth nichts? Warum

unternahm sie nichts, wenn sie längere Zeit zu Hause war? Daran merkte er, daß sie ebensowenig wie er imstande war, zur Tochter nein zu sagen. Wenn sich Annika die Butter dick aufs Brot schmierte, protestierte keiner von ihnen. Erwartete sie, daß *er* eingriff, weil er meistens mit ihr zu Hause war? Er wußte es nicht. Die Angelegenheit wurde nie problematisiert. Die Tochter legte fünfzig Kilo zu, ohne daß die Eltern darüber redeten, höchstens ausnahmsweise, wenn sie beide zuviel Wein getrunken hatten und pathetisch wurden: »Jetzt müssen wir aber endlich etwas mit Annika machen!« Aber sie machten nie etwas. Und Annika nahm weiter an Gewicht zu.

Im nachhinein sah Thomas Brenner ein, daß es befremdlich wirken mußte. Zwei wohlhabende Eltern, beide aus reichem Haus am Holmenkollen, erwiesen sich als ebenso hilflos der negativen Entwicklung ihres Kindes gegenüber wie die, die über weit weniger Geld oder Freizeit verfügten. Daß einige der Jungen aus der Nachbarschaft drogenabhängig oder kriminell wurden, war ein magerer Trost. Annika wurde trotzdem fetter und fetter.

Thomas empfand das als einen ständigen, unausgesprochenen Vorwurf. Sie mußte ihn ja kritisieren, ihn, der Arzt war, daß er es nicht schaffte, das Gewicht seiner Tochter unter Kontrolle zu halten. Aber Elisabeth hatte auch nichts gemacht! Und sie waren bei weitem nicht die einzigen, die ihr Kind vernachlässigten. Er erlebte es täglich in seiner Praxis; Eltern, die mit ihren hoffnungslosen, schwerfälligen, passiven und übergewichtigen Sprößlingen ankamen, Siebzehnjährige, die zuckerkrank geworden waren, kettenrauchende Teenager mit Asthma, mit Cholesterinwerten weit über dem Normalen. Er konnte ihnen keinen Vorwurf machen, solange er und Elisabeth in ihrer Erziehung keinerlei Erfolge vorweisen konnten.

Diese abendländische Kultur, zu der er gehörte, war ihm mehr und mehr ein Rätsel. Erst vor einigen Tagen hatte er in der Zeitung einen Artikel über Jean-Paul Sartre gelesen, geschrieben von einem jungen und enthusiastischen Menschen. Er hatte die Lebenseinstellung dieses Mannes, der das Denken ganz Europas geprägt hatte, übernommen.

Aber dann hatte sich Thomas Brenner eine Fotografie von Sartre und Beauvoir angesehen, die sie in ihrem geliebten Stammlokal Café de Flore zeigte, umgeben von jungen, aufgeschlossenen Studenten mit vertrauensvollen Gesichtern und lebendigen Augen. Und wie sahen die beiden Weltberühmtheiten aus? Wie Monster, hatte er gedacht. Wie lächelnde Monster. Und das nicht nur, weil sie längst die jugendliche Schönheit verloren hatten und ihre Gesichter voller Falten und Runzeln waren. Nein, es war, weil sie so absolut selbstsicher wirkten, wie sie dort saßen. Selbstsicher und selbstzufrieden. Extrem unreflektiert überzeugt von dem, was sie in ihrem Leben erreicht hatten. Und der Schreiber des Artikels machte auch nicht den geringsten Versuch, ihre Bedeutung in Frage zu stellen. Er erwähnte nicht einmal Sartres Zerwürfnis mit Camus.

Was für ein Vorbild war dagegen Camus! dachte Thomas Brenner. Auch wenn er nicht mit Gallimard an einem Wintertag in Südfrankreich gegen den Baum gefahren wäre, hätte er sich doch nie zu einem Monster entwickelt. Er hätte niemals derart entlarvend schmierig und vielsagend gelächelt wie Sartre auf dem fatalen Bild in dem Café. Dieses Foto brachte ein echtes Problem unserer Kultur zum Ausdruck. Viele unserer Berühmtheiten waren nicht mehr imstande, ihre Bedeutung in Frage zu stellen. Diese Haltung setzte sich fort vom Café de Flore in den sechziger Jahren zur Downing Street und zum Weißen Haus in diesem Jahrtausend und bis in eine Arztpraxis in Oslo. Menschen, die die Fähigkeit verloren hatten, Bescheidenheit zu zeigen. Während Millionen, ja Milliarden von Menschen auf der Welt das täglich machten, Verlierer, noch zu Lebzeiten übersehen, ausgenutzt und vergessen.

Ja, hatte Thomas Brenner gedacht, überleben war nicht mehr das Recht des Stärkeren, sondern des Frechsten. Und dieses Naturgesetz hatte auch die Wirtschaft infiziert. Moralisch gesehen waren die Mittelfeldspieler teilweise verkommen, die Milliardäre waren es gänzlich. Sie waren ein lebendiges Beispiel für Achtlosigkeit, weil sich all ihre Achtsamkeit auf das eigene Ego und die eigenen Unternehmungen richteten.

Aber Elisabeth war doch nicht so! dachte er, während dieses abweisenden Schweigens, das durch seine Erwähnung des Knotens entstanden war. Sie war selbstkritisch und offen für Ratschläge, sie war empathisch und achtsam. Warum war es dann nicht möglich, über etwas zu sprechen, das für ihn wichtig war und das für sie ebenso wichtig sein sollte? Er war verzweifelt. Sie mußte es begriffen haben, denn sie beugte sich vor und strich ihm über den Kopf.

»Du hast jeden Tag an so vieles zu denken, Thomas«, sagte sie. »Ich weiß, daß du es gut meinst. Aber mach dir meinetwegen keine Sorgen. Mir geht es gut, und ich freue mich sehr auf Chicago.«

Ja, Chicago kam näher. Die Aussicht auf diese Reise war entscheidend dafür gewesen, daß Elisabeth der großen Geburtstagsfeier zugestimmt hatte. Er hatte einige Bedingungen gestellt, eifrig unterstützt von den Töchtern. Es war für alle ein Triumph gewesen, als sie endlich nachgab und Thomas mit der Planung sowohl des Festes wie der Reise anfangen konnte. Elisabeth hatte sich schnell in beide Projekte hineingefunden. Sobald sie gemerkt hatte, daß kein

Entrinnen möglich war, machte sie sich auf die Suche nach alten, fast vergessenen Schulfreunden, und Thomas freute sich, daß sie jetzt bereit war, diese Menschen wieder in ihr Leben zu lassen.

Er sah, wie sie auflebte, eine Vitalität bekam, die sie nicht einmal in ihren besten Zeiten bei Telenor gehabt hatte. Auch die Töchter feuerten sie an, schrieben Gästelisten und prüften die verschiedenen Menüs, die zur Auswahl standen, legten das Repertoire fest, das die beiden Musiker, ein Pianist und ein Bassist, spielen sollten.

Alle halfen sie ihr beim Schreiben der Einladungen und dem Aufkleben der Briefmarken. Thomas Brenner war überzeugt, daß das Elisabeth gefiel, obwohl ihr etwas flau wurde, als sie sah, wie viele schließlich eingeladen waren, über fünfzig Personen. Aber mit der Zeit wich die Ambivalenz, und es entstand eine leicht erstaunte Freude darüber, daß diese Veranstaltung tatsächlich stattfinden würde.

Allerdings waren sowohl sie wie Thomas nicht frei von Befürchtungen, was die Alten betraf. Jederzeit konnte jemand ernsthaft krank werden. Ein plötzlicher Anruf konnte sowohl das Fest wie die Chicagoreise zunichte machen. Das waren unberechenbare Ereignisse. Im besten Falle fand sich eine Regelung, im schlimmsten Fall saßen sie an einem Krankenbett oder bereiteten ein Begräbnis vor.

Diese ständigen Befürchtungen waren es, die Thomas im Laufe der Jahre die Freude an seinem Alltag vergällt hatten. Er wagte es nicht mehr, sich voll und ganz auf eine Sache zu konzentrieren, weil er immer darauf vorbereitet war, unterbrochen zu werden. Sogar jetzt war er nur halb bei der Sache und wartete auf einen Anruf vom Pflegeheim. Eine Meldung, daß sich Bergljot etwas gebrochen hatte, oder die Benachrichtigung des Pflegedienstes, daß

Gordon einen Herzinfarkt bekommen hatte. Und in unseren modernen Zeiten überlebte man dergleichen. So war Thomas in jeder Sekunde des Tages darauf vorbereitet, daß ein derartiges Szenario Wirklichkeit werden könnte. Die Angst um die Alten schien ihn älter zu machen, als er war.

Wann hatte er sich das letzte Mal wirklich gefreut? Er hatte seit einiger Zeit einen ständig wiederkehrenden Traum, der mehr und mehr einem Alptraum glich. Der Traum begann damit, daß er früh am Morgen ein großes, weißes Haus verlassen wollte. Es sollte in aller Heimlichkeit geschehen, denn er mußte leise sein. Er durfte jemanden, der in der oberen Etage wohnte, nicht wecken. Aber es handelte sich weder um das Dahl- noch um das Brenner-Haus, wie er sich im wachen Zustand klarmachte. Trotzdem war es ein Haus, das er sehr gut kannte. Er wußte, daß das Auto ganz oben an der Straße stand, die in den Wald führte. Er wußte auch, daß es eine kurvenreiche Straße war, die er fahren mußte, um zur Schnellstraße zu gelangen. Erst dort würde er sich sicher fühlen. Er ließ die Haustür so leise er konnte ins Schloß fallen. Er schleppte sich mit einem schweren Koffer ab und hatte sich darauf eingestellt, ihn bis zum Auto tragen zu müssen. Im Laufe der Nacht hatte es geschneit, der Schnee war tief, und darunter war es glatt. Er kämpfte sich vorwärts, spürte eine unsägliche Erleichterung, als er die Hälfte des Weges hinauf zum Auto geschafft hatte. Aber dann hörte er plötzlich einen Laut vom Haus hinter ihm. Auf dem Schnee erschien plötzlich der Lichtschein eines Fensters. Jemand hatte ihn gesehen! Es waren gefährliche Menschen! Sie würden ihn einfangen und zurückbringen, wenn er nicht rasch das Auto erreichte und davonfuhr! Er versuchte zu laufen, aber da spürte er eine Lähmung in den Beinen, wie sie typisch für derartige Alpträume war. Er kam fast nicht vorwärts. Und jetzt wußte er, wer es war, der in dem Haus wohnte, das er verlassen wollte. Es waren Hexen und alte Gnome, aber nicht die aus den norwegischen Märchen. Es waren Rumänen, Bulgaren und Kosovo-Albaner! Sie hatten Kriege und Massaker erlebt. Sie schossen mit Maschinengewehren. Sie hatten das Haus voller Diebesgut. Sie hatten die gesamte Polizei der Stadt umgebracht. Es waren Räuber, böse und gefährliche Räuber. Und sie waren alt. Das Alter hinderte sie aber nicht daran, aus den Fenstern nach unten zu springen und ihm durch den Schnee nachzulaufen. Er merkte, wie sie näher kamen, wie sie ihn gleich fassen würden. Und er empfand eine Mischung aus Trauer und Angst. Er begann zu schreien, so wie in seiner Zeit als Assistenzarzt die junge sterbende Frau es getan hatte oder wie ein afrikanisches Gnu im Rachen des Löwen, das wußte, daß es sterben mußte.

Und jedesmal, wenn er diesen Traum träumte, erwachte er von seinen Schreien, hörte sie wie ein Echo von den Wänden. Und er spürte Elisabeths beruhigende Hand auf der schweißnassen Stirn. »Jetzt hast du sicher wieder diesen Traum geträumt, mein Lieber?«

Sowohl er wie auch Elisabeth waren vom Alter eingeholt worden. Durch die Pflege ihrer Eltern waren sie bereits Teil davon. Weil sie deren Sorgen übernahmen und ganz für sie da waren, weil sie für selbstverständlich hielten, was man tun mußte, ohne zu jammern. Gleichzeitig dachte er: Sie hätten es auch wie die Geschwister machen können. Sie hätten wegziehen können, um dann nicht mehr erreichbar zu sein. Sie hätten nein sagen können zu all den kleinen Einkäufen und bewußt die ständigen Ängste und Sorgen auf Abstand halten können. Die Gesellschaft hätte ihnen ermöglicht, sich abzuschotten und alles den jeweiligen Einrichtungen zu überlassen.

Elisabeth war die erste, die sich diese Problematik bewußtgemacht und eine Wahl getroffen hatte, wenigstens, was sie betraf. Sie war zu oft in der Dritten Welt gewesen, um zu akzeptieren, daß die Alten in Heimen untergebracht werden, ohne Fürsorge der Familie. Sie war entsetzt über Freundinnen, die ihre Eltern nur einmal im Monat anriefen, die fast nie einen Besuch machten, obwohl sie wußten, daß ihre Mütter einsam in einer Vorstadtwohnung lebten, daß ihre Väter nie rauskamen für eine Wanderung, obwohl sie noch rührig waren. Sie hatte gesehen, wie die Alten in den armen Ländern immer dazugehörten, wie sie mit den Kindern und Enkeln zusammensaßen und ganz anders geachtet wurden als in diesem Teil der Welt. Es kam deshalb nicht in Frage, aus dem Dahl-Haus auszuziehen und sich von Tulla und Kaare zu distanzieren. Sie verachtete ihre Geschwister, die sich fast nie meldeten, war aber nicht böse auf sie, nur resigniert, daß alles an ihr hängenblieb, daß sie wegen der Eltern eine ihr Leben grundsätzlich bestimmende Wahl treffen mußte, eine Wahl, die auch Thomas Brenner nicht erspart blieb. Daß sie das zusammen machten, hatte bisher ihre Beziehung gestärkt. Sie dachten gleich und planten gleich, mußten aber auch einsehen, daß ihre gemeinsame Zeit begrenzt war. Das Gespräch am Küchentisch, das wichtig gewesen wäre, endete damit, daß Thomas auf die Uhr schaute und Elisabeth sagen hörte, bevor er es selbst sagte: »Mußt du noch ins Pflegeheim?« Er lächelte und nickte. »Ja, ich muß nachsehen, wie Mutter zurechtkommt.«

»Das verstehe ich. Besorg doch auf dem Rückweg einen Liter Milch. Mama sagte, sie brauche noch welche.«

Er stand auf. Sie stand auch auf. Für einen Augenblick nahmen sie sich in den Arm. Keiner wollte zulassen, daß eine Mißstimmung andauerte.

»Ich sollte dich eigentlich begleiten«, sagte sie.

»Ein andermal«, sagte er liebevoll und küßte ihren Hals.

»Vorläufig ist Mutter mehr als genug damit beschäftigt, mit all dem Neuen klarzukommen.«

Sie nickte. Er ging in den Flur und rief Annika ein »Mach's gut« zu, das sie erwiderte. Dann schlüpfte er in den Mantel und ging hinaus in den dunklen Oktoberabend. Die Straßenbeleuchtung brannte bereits. Ihm war, als könnte das Gefühl der Lähmung auch im wachen Zustand auftreten. Wie ein Hypochonder fing er jetzt schon an, viel mehr auf seine körperliche Befindlichkeit zu achten als früher. Er las inzwischen auch immer mehr über frühe MS und ALS-Symptome, ohne daß die geringste Veranlassung bestand, sich mit dieser traurigen Materie zu befassen.

Er setzte sich in den Volvo, ließ die Tür offenstehen, während er den Motor startete. Die frische Herbstluft war wie ein Erwachen. Diese klare, farbintensive Jahreszeit verband er in sentimentalen Momenten gerne mit seinem eigenen Alter.

Er hatte gehofft, daß seine Jahre mit fünfzig und sechzig kraftvoll und energiegeladen sein würden, so wie er den Herbst immer empfunden hatte. Die beste Jahreszeit, sich neue Aufgaben vorzunehmen. Er wußte, daß es auch bei Elisabeth so war. Tulla und Kaare und seine Eltern, so dachte er entsprechend dieser banalen Symbolik, waren in die Winterphase eingetreten. Aber auch die hatte schließlich schöne Seiten. So konnte man es jedenfalls aus dem Mund eines Priesters im Wort zum Sonntag hören.

Sogar eine derartige Salbaderei vermochte ihn nun zu beeindrucken. Er blieb vor dem Fernseher sitzen und hörte zu, häufig zusammen mit Annika, während Elisabeth noch bei Tulla und Kaare beschäftigt war. Und auch wenn die

Tochter nur ironische Kommentare hatte, merkte Thomas Brenner, daß ihn die Botschaft des Kirchenmannes erreichte. So hatte auch das abgegriffene Bild der Jahreszeiten seine Wirkung gezeigt.

Er dachte ja tatsächlich an Winter, wenn er seine alten Eltern oder Schwiegereltern vor sich sah oder all die toten Menschen, denen er von Berufs wegen die Augen hatte schließen müssen. Und er dachte an Frühling und inzwischen Sommer, wenn er seine Töchter sah. Ebenso dachte er an Herbst, wenn er sich im Spiegel sah oder Elisabeth gegenübersaß, wie eben jetzt. Früher hätte er sich über diese Sichtweise amüsiert, jetzt konnte er sie verstehen. Denn es traf ja zu! Er dachte an die Jahreszeiten, wenn er über das Alter nachgrübelte. Und damit hatte das Banale gewissermaßen sein Leben infiziert. Er konnte sich dagegen nicht mehr wehren. Und warum sollte er auch? Nicht einmal Beauvoir und Sartre hatten etwas vorzuweisen, wenn der Ernst des Lebens an die Tür pochte. Alle Biographien über sie hatten ein beinahe haarsträubendes Mißverhältnis zwischen ihrer Gedankenwelt und ihrem gelebten Leben gezeigt.

Und so, wie die Gesellschaft des neuen Jahrtausends sich darbot, gab es immer mehr Intellektuelle, die im Fernsehen vor laufender Kamera weinten, sei es, weil sie bald sterben würden, oder sei es, weil sie in irgendeiner Sache verloren hatten. All die Gefühle, gegen die sie ein ganzes Leben gekämpft hatten, infizierten sie, sobald sie alt wurden. Es war schrecklich anzusehen. Menschen mit einem nüchternen und sachlichen Verhältnis zum Leben fingen vor laufender Kamera zu weinen an, wenn sie etwas Persönliches gefragt wurden. Man *glaubte* an das Weinen. Das Land liebte es, wenn der Ministerpräsident, der König oder der Kronprinz öffentlich Tränen vergossen. Das war etwas für die Titelseite der Regenbogenpresse. Da wurde man zur Talk-Show eingeladen, und das Weinen wurde in der Wiederholung gesendet, wenn man das Glück hatte, gefilmt zu werden. Das Weinen wurde attraktiver als Porno, dachte Thomas Brenner. Wenn die Medien die Wahl hätten, würde das Weinen der Nacktheit vorgezogen.

Es war diese verzweifelte Gefühlsarmut, egal ob bei arm oder reich, dumm oder intelligent, die Thomas Brenner tief beunruhigte, und jetzt im Auto dachte er, daß die Jahreszeiten nun mal ein Symbol waren, das man nie los wurde. Es konnte sogar in den Grabreden der intellektuellsten Personen auftauchen, auch wenn sie ihr Leben lang mit Klauen und Zähnen gegen jede Art von Sentimentalität gekämpft hatten. Professoren! Parlamentspräsidenten! Flugkapitäne! Prinzessinnen! Reuevolle Mörder! Abgehalfterte Rockstars! Die Jahreszeiten! Der Herbst des Lebens! Der Frühling des Lebens! Der Winter des Lebens! Der Sommer war merkwürdigerweise in diesem Zusammenhang am wenigsten populär.

Und jetzt war Thomas Brenner unterwegs vom Herbst des Lebens zum Winter des Lebens, symbolisiert durch seine Mutter, die im Pflegeheim war und in wenigen Tagen sterben würde oder erst in zehn Jahren. Die Ärzte im Pflegeheim würden sie sicher irgendwie am Leben erhalten, bis sie hundert war.

Sie hatte Walfängerblut in den Adern. In Bergljots Familie wurden alle richtig alt. Der Urgroßvater starb erst mit weit über neunzig Jahren. Er sah schon die Jahre vor sich, die Elisabeth und ihm bevorstanden. Wenn das wirkliche Alter kam, würden sie am Ende ihrer Kräfte sein. Wieviel würden sie noch verstehen von dem, was um sie geschah?

In kurzen, aber intensiven Visionen sah er sich und Elisabeth, jeder isoliert in seinem Pflegeheim in verschiedenen Stadtteilen. Er sah, wie sich ihr bereits leicht gekrümmter Rücken noch mehr gekrümmt hatte, wie ihre Arme nur Haut und Knochen waren. Wie Annika und später auch Line sie besuchen würden, hilflos und mit einem Stück Marzipankuchen, und über Dinge redeten, von denen sie glauben, das könnte ihre Mutter interessieren, die aber bedeutungslos waren, weil sie zu müde war, weil sie nicht einmal mehr Bücher lesen oder das Kulturprogramm im Fernsehen verfolgen oder Musik hören wollte.

Er sah sie förmlich in diesem tristen Zimmer sitzen, zum Beispiel im Furuset-Pflegeheim, das gewiß nicht zu den schlechtesten zählte und direkt bei einem Einkaufscenter lag, an einem Sonntagnachmittag während irgendeiner Andacht, die im Fernsehen lief, und Annika oder Line waren eben gegangen. Er konnte in dem trüben Lampenlicht ihre Augen sehen, die auf ein trauriges Bild an der Wand blickten, eine schlechte Lithographie von einem Bauern mit Pflug, Kunst, die die Stadtverwaltung dem Pflegeheim großzügig zur Verfügung gestellt hatte und die sie nicht auswechseln wollte. Er konnte sich ihre langen Abende vorstellen, bis ihr schließlich eine freundliche Pflegerin aus Somalia hilft, sich ins Bett zu legen, und ihr über den Kopf streicht und sie tröstet wie ein kleines Kind, wenn sie über Gliederschmerzen jammert, vielleicht ohne zu verstehen, warum Leute in diesem Land es fertigbrachten, ihre Alten so zu isolieren.

Und kaum hatte er diesen Gedanken fertiggedacht, dachte er an sich selbst im Majorstuen-Pflegeheim, vielleicht im selben Zimmer, das seine Mutter gehabt hatte; sie war vor gar nicht so langer Zeit verstorben. Mit Aussicht auf die Straßenbahnlinie konnte er aus der Ferne die Aktivität der Gesellschaft verfolgen, die vollbesetzten Züge während des Feierabendverkehrs. Er sah sich mit Windeln im Stuhl sitzen, vertieft in die Zeitschrift des norwegischen Ärztebundes, in der er einen Artikel über neue Behandlungsformen bei Krebs zu verstehen versuchte.

Er hörte sich ungeniert ins Zimmer furzen, er war ja fast immer allein. Er hörte sein Husten, ein Zeichen für verschleimte Lungen. Er roch die abgestandene Luft, den Geruch nach Bohnerwachs, Pisse und Essen. Er erinnerte sich, daß Annika und Line gerade dagewesen waren und er sie frühestens in einer Woche wiedersehen würde. Aber bald würden eine Pflegekraft oder zwei kommen, die ihm die Windel wechselten und dafür sorgten, daß er bis zur Schlafenszeit sitzen bleiben konnte. Er stellte sich vor, wie er zu Bett gebracht wurde, wie er sich, zum Skelett abgemagert, in Embryohaltung zusammenrollte.

In seiner Vision roch er sein ungewaschenes Haar und den Schweiß von den inzwischen regelmäßig wiederkehrenden Anfällen von Herzflimmern. Und er würde von Zeit zu Zeit wieder träumen, wie er hilflos im Schnee steckte und beim Herannahmen seiner Verfolger schrie.

Und dann kam unversehens der Morgen mit seinem grellen Licht. Und man half ihm aus dem Bett und ins Bad, wo er dann wie sein Vater mit vollen Windeln am Waschbecken stand und eine freundliche, aber bestimmte Pflegerin aus Äthiopien ihm ohne weiteres mit einem Lappen die Genitalien und den Hintern säuberte, ihm beim Rasieren half, was er gerne selbst gemacht hätte, die noch übrigen Haarsträhnen kämmte und ihm schließlich die Zähne putzte, wie sie es auch bei ihren eigenen Kindern machte. Dann half sie ihm, mit dem Rollator in den Frühstücksraum zu kommen.

Vielleicht saßen an seinem Tisch bereits drei andere Bewohner. Alles Frauen und alle senil. Die eine, Hjordis, schnappte ständig nach Luft, weil sie sich immer wieder am Essen oder der eigenen Spucke verschluckte. Sie war siebenundneunzig Jahre alt und hatte ein liebenswürdiges Lächeln. Die zweite, Sylvia, war erst dreiundsiebzig Jahre alt und auf alle und jeden böse. Ohne Vorwarnung schmiß sie ihren Teller auf den Boden, stand erzürnt vom Tisch auf und schrie:»Kann mir jemand erklären, wie ich nach Hause komme!« Die dritte, Gunvor, war neunundneunzig und nach jahrelangem Fluchen nun in der frivolen Phase. Sie sprach fast unablässig von Sex. »Wollen wir jetzt vögeln, Brenner?« sagte sie oft, und ihm war es peinlich, daß sie seinen Namen wußte. »Willst du meine Möse sehen, Brenner?« Oder: »Hast du dir heute nacht einen runtergeholt, Brenner?« Er würde höflich, aber ausweichend antworten. Er wußte ja, daß sie mit einem Priester verheiratet gewesen war. Wo der Deckel besonders fest schließt, ist die Explosion um so heftiger. Manchmal kam sie in sein Zimmer, und ihre Augen forderten:»Nimm mich!« Dabei konnte er nicht einmal aus eigener Kraft von seinem Stuhl aufstehen. Potenz hatte er auch keine mehr. Und natürlich wollte er Elisabeth treu sein.

Er stellte sich vor, wie er am Fenster saß und sie genau um vier Uhr anrief. Das tägliche Gespräch. Und das war eher trostlos, denn es gab fast nichts mehr, worüber sie reden konnten. Er fragte vielleicht: »War das Essen gut heute?« »Was?« »Ich fragte: War das Essen gut heute?« »Was?« »Bei mir gab es Schweinebraten mit Kraut.« »Was?« »Schweinebraten, hast du gehört?« »Ja, du hast Schweinebraten bekommen! War er gut?« »Ja.« »Was?« »Ich sagte, daß er gut war. Was gab es bei dir?« »Ich bekam Speck und braune Bohnen.« »Was?« »Speck und braune Bohnen, sagte ich!«

Er könnte sich vorstellen, daß dieses erbärmliche Gespräch trotzdem für beide der Höhepunkt des Tages war.

Er meinte direkt körperlich zu spüren, wie er sich nach ihr sehnte, ihr übers Haar streichen wollte, obwohl das höchstens einmal an Weihnachten möglich war, wenn Line oder Annika es organisierten, daß sie sich endlich sehen konnten. Und obwohl das vielleicht äußerst traurige Aussichten waren, merkte er, daß er Angst davor hatte, nicht alt zu werden, Angst davor hatte, daß auch Elisabeth nicht alt werden würde. Als sei es besser, Jahr um Jahr jeder in einem anderen Pflegeheim in Oslo zu leben, als zu Asche verbrannt und vergessen zu werden.

Während Thomas Brenner mit dem Volvo nach Majorstuen zum Pflegeheim fuhr und sich all das vorstellte, klingelte das Handy, und er sah, daß es der Vater im Brenner-Haus war, und er hörte die nur allzu bekannte Stimme rufen: »Du mußt kommen! Du mußt sofort kommen!«

»Was ist denn los, Vater?«

»Die Abendzeitung! Sie wurde heute nicht gebracht! Die vom Pflegedienst sagte, der Briefkasten war leer!«

»Und was soll ich jetzt tun?«

»Bring mir deine Zeitung, oder kauf eine neue.«

»Ist das so wichtig, Vater?«

»Aber ich habe doch nichts zu lesen!«

Er hätte dem Vater antworten können, daß er immerhin die Morgenausgabe der Zeitung hatte, daß er Hunderte von Büchern in Nebenzimmer stehen hatte. Aber er sagte nichts. Jedesmal, wenn der Vater anrief, biß er sich fast die Zunge ab. All die Wut, all die Verzweiflung, die in ihm brodelte, durfte nie zum Ausbruch kommen, dachte er. Niemals! Es wäre ein leichtes, zurückzuschreien. Vater und Sohn könnten sich Tag für Tag anschreien. Aber das durfte nicht geschehen. Das durfte niemals geschehen! Thomas Brenner wußte, daß es für den Vater eine kleine persönliche Tragödie war, daß die Abendzeitung nicht gekommen war. Er mußte Gordon auf andere Gedanken bringen. »Ich komme morgen zu dir«, sagte er. »Dann bringe ich die Zeitung mit, und vielleicht können wir gemeinsam zu Mutter fahren.« Er hörte, daß ihn das beruhigte. Zugleich wußte er, daß der erste Besuch im Pflegeheim für den Vater keine Freude sein würde, und bei dem Gedanken, ihn dorthin zu bringen, wurde ihm voller Schrecken klar, was ihn erwartete. Ab jetzt mußte er sich gesondert um den Vater und die Mutter kümmern, was ohnehin nie funktionieren würde. Er spürte bereits das schlechte Gewissen und wußte, daß es in den kommenden Tagen, Wochen, Monaten und womöglich Jahren zunehmen würde. Die kleinen Freuden, die die Eltern während eines Tages erlebten, würden noch wichtiger werden. Er hatte gesehen, welche Freude eine Packung Büroklammern bei seinem Vater auslöste, eine Freude, die viele Stunden andauerte. Gordon versuchte wenigstens, eine gewisse Verbindung zu seinem früheren Leben beizubehalten; bei der Bank oder der Versicherung anrufen und eine Art Büro in seiner Fensternische zu haben. Mit Bergljot war es schlimmer. Sie begann aufzugeben, und er befürchtete, daß sie in eine lange und vielleicht unheilbare Resignation verfallen würde. So wie sie den Umzug ins Pflegeheim ungerührt ertragen hatte, als ginge sie das Ganze nichts an. Aber was erwartete er eigentlich?

Er beendete das Gespräch mit dem Vater, fuhr über die Smestad-Kreuzung und den Sørkedalsveien nach Majorstuen, wo er vor dem Pflegeheim parkte. In seinem Kopf waren so viele Gedanken. Er fühlte sich mehr gestreßt als sonst, und ein neuer Herzanfall war jederzeit zu erwarten. Ihn überfiel ein Gefühl der Unzulänglichkeit, wenn er an sein Leben dachte und daran, was er von der Zukunft zu erwarten hatte; welche Probleme sich lösen ließen und wo es zu spät war, um etwas zu tun. Vielleicht war es für alles zu spät! dachte er, als er an der Türglocke des Heimes schellte, ohne daß jemand öffnete. Er schellte noch einmal. Versuchte es bei sämtlichen fünf Abteilungen, aber ohne Erfolg. Er sah Personal in den Fluren hin und her laufen, Afrikaner, Bosnier, Polen. Sie warfen ihm einen Blick zu, machten aber keine Anstalten, ihn einzulassen. Sie hatten zu tun. Eilten von Zimmer zu Zimmer. Es war Schlafenszeit. Jede Menge Alte und Pflegebedürftige, und das Heim war personell chronisch unterbesetzt. Natürlich, daran hätte er denken sollen! Aber jetzt stand er hier, sog die kalte, klare Oktoberluft tief in die Lungen, ohne daß es gegen den Streß half, den er fühlte. Er nahm das Handy, rief die Auskunft an und bat darum, mit dem Pflegeheim verbunden zu werden. Die Frau fand schließlich die von ihm gewünschte Nummer, aber erst nachdem sie sämtliche anderen Heime der Stadt versucht hatte.

»Sie bekommen die Nummer nun vorgelesen«, sagte sie.

»Ich wollte aber verbunden werden«, sagte er, aber die Nummer war besetzt. Er mußte wieder von vorne anfangen.

»Achtzehneinundachzig. Womit kann ich Ihnen helfen?«

Ein Mann diesmal. Von einer anderen Zentrale. Sie waren ja über ganz Norwegen verteilt. Und sie hatten ständig Angst um ihren Arbeitsplatz, denn auch in dieser Branche ging es vor allem darum, das schnelle Geld zu verdienen. Der Mann am anderen Ende der Leitung begann genau wie seine Kollegin. »Womit kann ich Ihnen helfen?« wiederholte er. Thomas Brenner brachte sein Anliegen vor.

»Damit kann ich Ihnen weiterhelfen«, sagte der Mann. Und nach dem Geräusch einiger Tasten auf dem PC: »Die gewünschte Nummer wird Ihnen vorgelesen.«

»Nein. Ich wollte verbunden werden, verdammt noch mal!« Es überraschte ihn, wie wütend er auf einmal war.

»Ach so. Damit kann ich Ihnen weiterhelfen«, sagte der Mann.

Aber Thomas Brenner ließ sich nicht stoppen. »Warum zum Teufel hört ihr nicht zu? Ist denn das so schwierig, verbunden zu werden?«

»Verzeihung«, sagte der Mann. »Gewöhnlich wollen die Leute, daß die Nummer vorgelesen wird.«

»Ich habe zweimal darum gebeten, verbunden zu werden«, sagte Thomas Brenner und hörte, daß seine Stimme hysterisch klang.

»Ich kann nur um Verzeihung bitten«, sagte der Mann. »Ich werde Sie jetzt verbinden. Einen schönen Tag noch.«

»Es ist nicht Tag, es ist Abend!« Thomas Brenner hörte, wie er laut wurde, wie seine Stimme der von Gordon ähnlich wurde. »Achtsamkeit!« schrie er.

»In Ordnung. Einen schönen Abend«, sagte der Mann leicht genervt. Dann stellte er die Verbindung her. Wieder besetzt.

Thomas Brenner steckte das Handy in die Tasche und begann, an die Tür zu pochen. Er merkte, wie aufgebracht er war, sicher krebsrot im Gesicht, Altmännersymptome, hoher Blutdruck, beginnender Zucker, Arterienverkalkung, Blutpfropf. Drinnen blieb ein Somalier stehen und ging zur Tür. Thomas Brenner wedelte mit den Armen. Der Somalier öffnete.

»Endlich«, stöhnte er. »Ich möchte meine Mutter besuchen.«

»Du jederzeit willkommen.«

Er ging zum Fahrstuhl und empfand Sympathie für diesen jungen Hilfspfleger, der unter den gegebenen Bedingungen sein Bestes gab. Dann fuhr er hinauf zu Bergljot

Brenner. Oben war es still, man hatte offensichtlich alle zu Bett gebracht. Er stand vor der Tür zum Zimmer seiner Mutter. Er spürte einen Druck in der Brust. Nur ein kurzer Moment, und er war wieder ein kleiner Junge. Er klopfte an, aber niemand antwortete. Da nahm er die Türklinke und öffnete. Abgesehen von einem schwachen Orientierungslicht lag das Zimmer im Dunkeln.

Er sah, daß sie im Bett lag. Er schlich hinein wie zu einem Kind, das eben eingeschlafen war. Er betrachtete die zerbrechliche Gestalt, die in Embryohaltung unter der dünnen Decke lag.

Auf die Intensität der Gefühle, die jetzt in ihm aufstiegen, war er nicht vorbereitet. Wenn er sie so liegen sah, freute er sich, daß sie friedlich wirkte, daß sie keine Schmerzen hatte, daß sie leicht schnarchte.

Gleichzeitig verspürte er Trauer, als würde er erst jetzt den Gedanken zulassen, daß er sie vielleicht schon bald verlieren könnte, daß sie nicht mehr die sein würde, die sie in seinem Leben gewesen war. Das erschreckte ihn auf einmal sehr. Der Gedanke, daß sie eines Tages sterben würde, erschien ihm plötzlich so gewaltig, vielleicht, weil sie so lange gelebt hatte. Je länger man lebte, um so schwieriger war es offenbar, zu sterben. Er hatte oft über dieses Phänomen nachgegrübelt, über die abrupten Selbstmorde, die Jugendliche begingen, als sei es leichter für sie, als habe sich das Leben bei ihnen noch nicht so festgesetzt, als sei ihnen das Jenseits näher, weil noch nicht soviel Zeit verstrichen war, seit sie von dort gekommen waren.

Andererseits war er nach all diesen Jahren der Fürsorge erschöpft. Trotzdem war es fast undenkbar, sich ein Leben ohne all diese Verpflichtungen vorzustellen. Ab und zu stellte sich auch die Frage, welchen Sinn das Ganze hatte. Er wußte, daß er in den letzten Monaten düstere Gedanken gedacht hatte. Sie waren so schwarz, daß sie ihn erschreckt hatten. Er war es nicht gewöhnt, die Dinge in diesem Licht zu sehen.

Deshalb hatte es ihn auch so beeindruckt, über Joan Didions Ehemann, den Schriftsteller John Gregory Dunne, zu lesen und das, was der Mann an einem der letzten Tage seines Lebens geäußert hatte. Sein Leben sei vergebens gewesen, er habe eigentlich nichts, aber auch gar nichts zuwege gebracht. Hatte er vielleicht eine Vorahnung gehabt, daß sein Leben jäh enden würde, während er am Mittagstisch saß und die Hand hob? Und seine Frau ihn bat, den Unsinn zu lassen. Aber es war kein Unsinn. Es war Ernst. Es war der Augenblick des Todes.

Und das war ein so fürchterlicher Gedanke, dachte Thomas Brenner, daß das Leben vergeblich gewesen sein sollte.

Wen gab es, um den er sich in diesem Augenblick nicht sorgte? Er sorgte sich ja sogar um sich selbst.

Außerdem mußte er endlich zugeben, daß ihn der Vorfall, der sich an diesem Tag in seinem Sprechzimmer ereignet hatte, ziemlich belastete und daß er beharrlich versuchte, ihn zu verdrängen.

Er sah bereits sein Foto auf der ersten Seite einer Illustrierten prangen. Er wußte, daß eine Reihe unvorteilhafter Aufnahmen von ihm existierten. Die Zeitungen würden sie sicher ausfindig machen. Bilder, auf denen er anbiedernd lächelte. Und alle Verwandten und Bekannten würden von dem Skandal erfahren.

Entsetzlich! Einfach entsetzlich! Er setzte sich bei seiner Mutter auf die Bettkante, achtete darauf, sie nicht zu wecken. Dabei hätte er am liebsten mit ihr den Platz getauscht. Ja, er würde im Bett liegen, in Embryohaltung wie in ferner Vergangenheit, und Bergljot würde ihn trösten! Sie hatte immer für ihn Zeit gehabt. Er erinnerte sich noch

undeutlich an seine frühe Kindheit, an sein erstes Kinderzimmer. Er mußte drei oder vier Jahre alt gewesen sein.
Die Geschwister schliefen im Nebenzimmer. Und er weigerte sich, allein im Bett zu liegen.

Er erinnerte sich, daß er weinte. Jeden Abend. Die Mutter und der Vater waren bei ihm gewesen. Gordon Brenner
hatte nie mit seiner Frau wegen der Kindererziehung Streit
gehabt. Er hörte auf sie, ließ sie bestimmen. Sie hatte das
Sagen.

Und die Mutter hatte ihm schließlich erlaubt, für einige
Zeit im großen Doppelbett zu schlafen. Bei dem Gedanken, welches Glücksgefühl das gewesen war, überlief ihn
immer ein wohliger Schauer.

Eine solche Geborgenheit hatte er seitdem nie wieder
erlebt. Das Gefühl, daß die Welt ausgesperrt war. Das
kurze Glücksgefühl, wie wenn man in einer Hütte in den
Bergen eingeschneit war. Ein Teil von etwas Begrenztem
sein. Eine Gemeinsamkeit haben mit einem, von dem man
völlig abhängig ist.

Er wußte schon als Kind, daß er niemals würde allein
sein können. Deshalb hatte er Angst, daß die Mutter vor
ihm sterben könnte. Als Achtjähriger geriet er in panische
Angst, wenn Bergljot nicht zur verabredeten Zeit mit der
Straßenbahn aus der Stadt zurückkam. Wenn jemand in
der Nachbarschaft starb, war er sehr verzweifelt. Wenn die
Eltern stürben, wäre er ganz allein auf der Welt. Die Geschwister zählten für ihn nicht, sie waren nur Geschwister.
Bergljot und Gordon dagegen waren Mutter und Vater.

Manchmal passierten Autounfälle, bei denen beide Eltern starben. Davon hatte er in der Zeitung gelesen. Ein
Ford war gegen einen LKW geprallt. Die Eltern wurden
getötet, die Kinder aber überlebten. Sie waren in seinem
Alter. Er konnte sich nicht vorstellen, wie das Leben für sie

weitergehen sollte. Daß er seine Eltern überleben würde, sie durch Unfall oder Krankheit verlieren würde war seine größte Angst.

Es gab so viele schreckliche Möglichkeiten, zu sterben. Der Autounfall mit dem Ford passierte an einem schönen Sonnentag. Niemand hatte da an den Tod gedacht. Der Tod war einfach gekommen, buchstäblich um die nächste Ecke.

Er überlegte, wie es wäre, die Eltern zu begraben.

Er war bereits bei einem Begräbnis gewesen, dem Begräbnis von Onkel Erik, er wußte also, wie ein Sarg aussah. Gordon war kurz davor gewesen, zu weinen, zuerst in der Kirche und später, als er eine Rede halten mußte. Und wie war Onkel Erik gestorben? Er war von der Leiter gefallen, als er das Haus strich. Wie oft hatte Gordon schon auf einer Leiter gestanden und das Brenner-Haus gestrichen? Und Bergljot hoch oben in den Obstbäumen im Herbst!

Er stellte sich vor, daß wieder ein Krieg kommen würde. Warum sollte kein Krieg kommen? Er hatte diesen verrückten Mann im Fernsehen gesehen, diesen Chruschtschow. Er begriff den Ernst der Lage, wenn die Mutter und der Vater blaß wurden und nicht erlaubten, daß er mit ihnen die Nachrichten im Radio hörte. Er hatte Bilder von Hiroshima gesehen in dem großen Buch, das Bergljot von ihrem Mann zu Weihnachten bekommen hatte. Er hatte gesehen, wie Berlin im Mai 1945 aussah. Warum sollte das nicht wieder geschehen? Ihm war jedenfalls klar, daß die Mutter und der Vater dann sterben würden, daß der Vater zu den Soldaten müßte und die Mutter von den Feinden getötet werden würde. Er bliebe dann ganz allein unter wildfremden Menschen, die nicht mit ihm reden oder sich um ihn kümmern wollten. Der Gedanke, daß die Eltern nicht immer leben würden, war unerträglich.

Er erinnerte sich an einen Abend, an dem er in ein verzweifeltes Weinen ausgebrochen war, weil er an einen Autounfall oder einen Weltkrieg gedacht hatte: »Ich will zusammen mit euch sterben!« Bergljot hatte ihn auf den Schoß genommen, ihm über den Kopf gestrichen und ihn getröstet. Sie hatte gesagt: »Das kriegen wir sicher hin, mein Junge, wenn du willst. Denk jetzt nicht mehr daran.« Aus ihrem Mund gab es nie ein Nein. Sie hatte ihn immer verstanden.

Und bis vor kurzem war er von diesem Verständnis abhängig gewesen. Sie war für ihn dagewesen, immer. Erst in den letzten Monaten hatte er gemerkt, daß sich die Mutter veränderte, daß ihre Kräfte nachließen, daß es die alte Autorität nicht mehr gab, daß er sich zunehmend für sie verantwortlich fühlte. Mehr als sie für ihn.

Aber er wollte nicht mehr zusammen mit ihr sterben. Er wollte zurückfinden in ein Leben, das einmal sinnvoll gewesen war, das es wert war, weiterzumachen. Denn momentan erschien alles nur schrecklich und sinnlos. Sie lag im Bett wie ein kleiner Vogel.

Er saß auf der Bettkante. Am nächsten Morgen würde sie nicht wissen, daß er dagewesen war. Er brauchte deshalb nicht länger bleiben. Er konnte jetzt gehen. Er stellte fest, daß die Gardinen nicht zugezogen waren. Er sah draußen die Straßenbahnen fahren. Dann blickte er sich im Zimmer um. Keine persönlichen Gegenstände, die darauf hinwiesen, daß hier jetzt Bergljot Brenner wohnte, abgesehen von dem Kulturbeutel und den Kleidern, die an einem Haken hingen.

Wie wenig er von ihr wußte, dachte er. So selbstverständlich war sie immer für ihn dagewesen. Immer hatte sie ihn »mein Freund« genannt. Er wollte am liebsten weinen. Sie war wahrhaftig in allem seine Freundin gewesen.

Mutter und Freundin. Eine glücklichere Kindheit konnte kein Junge haben. Aber jetzt konnte sie ihn nicht mehr trösten. Jetzt genügte sie sich selbst. Jetzt war es seine Aufgabe, die Wochen, Monate oder Jahre, die sie in diesem Zimmer verbringen würde, so hell wie möglich zu gestalten. Er fühlte sich plötzlich sehr müde. Ohne es sich ganz bewußtzumachen, ließ er sich fast lautlos zu Boden gleiten. Als er nun dalag und den wachsartigen Geruch des Linoleums einatmete, schaffte er es nicht, aufzustehen. Er hatte immer noch den Mantel an. Es war so einfach, liegenzubleiben, sich nur für einen Augenblick auszuruhen, in Embryohaltung wie die Mutter im Bett. Als seien sie immer noch Mutter und Sohn, dachte er, bevor er einschlief. Als würde sie ihn am nächsten Morgen wecken, mit zärtlichen Händen, ihm einen Kuß auf die Stirn drücken und ihn fragen, ob er gut geschlafen habe.

3

Der November kam mit sonnigen Tagen. Der Fjord lag spiegelblank da. Kein Windhauch. Manchmal spürte man ein schwaches Säuseln vom Wald herunter. Ein Vorbote des Winters. Aber noch hingen an vielen Laubbäumen Blätter. Es kam vor, daß er, statt mit Janken und den andern Mittagspause zu machen, hinauf zur Tryvann-Hütte ging, um frische Luft zu tanken und die Gedanken zu ordnen. Einmal hatte er Solrunn Plesner wiedergesehen, seine ehemalige Mitschülerin. Zielbewußt marschierte sie mit ihren Stöcken einige hundert Meter vor ihm und kam rasch näher. Mit einem Satz verschwand er seitwärts in den Wald und versteckte sich hinter einem dicken Baumstamm. Da stand er mit keuchendem Atem und fühlte sich wie ein Idiot. Hatte sie ihn gesehen? Nein, sie schaute nicht in die Richtung, wo er stand. Ihr Blick war stur geradeaus gerichtet. Diese Stöcke-Menschen sagten niemals guten Tag oder hallo zu Fremden. Sie starrten verbiestert auf ihr eigenes Alter, schoben es mit ihrem ständigen Lauftraining vor sich her.

So durfte er nicht werden! dachte er. So fanatisch besessen von sich und seiner Gesundheit. Solrunn Plesner hatte einen knallroten Kopf, wie sie da von der Tryvann-Hütte hinunter nach Midstuen stapfte. Sogar aus dieser Entfernung konnte Thomas Brenner sehen, wie kaputt sie in ihrem hellblauen Synthetikdress wirkte, wie verbiestert und zugleich selbstzufrieden. Und alte Erinnerungen an sie stiegen in ihm auf. Ihre Schönheit, als sie ins Gymnasium ging. Die festen Brüste, die er einmal auf einem Fest berührt hatte. Sie war das Cat-Stevens-Mädchen, legte immer *Morning has broken* auf, wenn irgendwo ein Treffen der Schüler stattfand. Ihr strahlendes, schönes Gesicht. Hatte er sie nicht einmal in einer Villa auf Bygdøy geküßt? In einem Frühjahr, als im Garten die Obstbäume ihre weißen Blüten verstreuten? Stand nicht gerade die Morgensonne hoch über Ekebergåsen? Waren sie nicht plötzlich allein gewesen in dem großen Haus, weil der Gastgeber und die andern Klassenkameraden zum Fjord gegangen waren, um zu baden? Sie hatte ihn unsicher angeschaut, mit großem Ernst. Sie hatten in dem großen, vornehmen Wohnzimmer mit Bildern von Heiberg und Munch gestanden. Cat Stevens auf dem Plattenteller. Gin Tonic in den Gläsern. Und ihm war plötzlich klargeworden, wenn er mit diesem hübschen Mädchen noch einen Schritt weiter ging, würde es verbindlich werden. Ihm war in dem Moment klar gewesen, daß jetzt alles möglich wäre. Aber wäre er in dieser Situation mit ihr ins Schlafzimmer gegangen, dann nicht als einmalige Angelegenheit, die am nächsten Tag vergessen war und der Vergangenheit angehörte. Wenn er mit ihr an diesem Morgen im Schlafzimmer gelandet wäre, hätte das einen Pakt zwischen ihnen besiegelt, der einige Wochen später eine Verlobung verlangt hätte und einige Monate später die Heirat, denn so war das in diesen Kreisen.

Und genauso hatte sie ihn damals angeschaut, als erforsche sie seine Gedanken, als seien sie nur allzuleicht zu lesen. Und er hatte sich geschämt, verrückt vor Begierde und trotzdem voller Zurückhaltung. Und jetzt, als er hinter dem Baum stand und sie beobachtete, wie sie in ihrer verzweifelten Einsamkeit Richtung Straßenbahn eilte, hatte er das Gefühl, daß diese Situation aus der Jugendzeit nicht so lange zurücklag. Er meinte noch ihre Hüften in seinen Händen zu spüren. Ihre Taille. Ihre Brüste. Die schönen, weit geöffneten Augen, die auf seine Entscheidung warteten. Wer hätte sich vorstellen können, daß er vierzig Jahre später hinter einem Baum stehen würde, um sich vor ihr zu verstecken, in fast panischer Angst, während sie mit Stöcken einen Waldweg entlanglief? Ja, wer von ihnen hätte sich vorstellen können, daß diese Phase ihres Lebens, mit fast sechzig Jahren, sich als so schwierig erweisen würde, so unschön und unerfreulich für sie beide? Als hätte er sie ein weiteres Mal abgewiesen und sogar noch mehr als damals, als sie jung waren. Jetzt stand er hinter einer Tanne und schämte sich seiner Härte. Woran lag es, daß er Menschen abwies, völlig unerwartet? Er war jemand, der sein Schicksal nicht selbst in der Hand hatte. Immer schoben und formten ihn andere. Doch im tiefsten Innern hatte er einen Blick, ein Auge. In besonderen Situationen konnte er sich auf diesen Blick verlassen und wußte, was er tun sollte. Der Blick konnte seine Entscheidung nicht begründen, konnte ihn nur dazu bringen, ja oder nein zu sagen. Und die Absolutheit der Antwort überraschte ihn jedesmal. So wie es ihn überraschte, daß er nun hinter einem Baum stand und eine Frau beobachtete, die zum Stockmenschen geworden war und mit der er keinen Kontakt mehr haben wollte. Zum Glück wurde nicht sein sechzigster Geburtstag gefeiert. Dann hätte er sich mit solchen Frauen wie Solrunn Plesner und Mildred Låtefoss beschäftigen müssen. Dann hätte er seine Vergangenheit reflektieren und tiefer nachdenken müssen, aus Gewissensgründen, hätte über den Lebensweg nachdenken müssen, den seine innere Stimme für ihn vorgesehen hatte, mit kompromißlosen Ja- und Nein-Entscheidungen, von denen er sich, wie er meinte, lenken ließ.

Seine Nerven wurden empfindlicher, je näher der große Tag kam. Elisabeths sechzigster Geburtstag. Ein Tag, dessen Bedeutung weder Solrunn Plesner noch Mildred Låtefoss begreifen konnten.

Seine Zwangsvorstellungen hatten sich wieder gemeldet. Davon war er jetzt viele Jahre verschont geblieben. Bereits am Morgen fing die Hölle an. Er mußte die Gläser in einer bestimmten Reihenfolge auf den Tisch stellen. Er mußte, wenn er die Treppe im Dahl-Haus nach unten ging, mit dem linken Bein beginnen. Im Wald war es plötzlich für ihn wichtig, ausgewählte Steine wegzukicken, um seinen Weg fortsetzen zu können. In der Arztpraxis legte er Regeln für normales Verhalten fest. Er nahm sich beispielsweise vor, jeden Patienten während der Konsultierung auf die eine oder andere Weise zu berühren, wenn dieser ihm nicht beim Hereinkommen die Hand gegeben hatte, was viele unterließen. Das führte manchmal zu Peinlichkeiten, wenn er aufstand, um am anderen Ende des Sprechzimmers etwas zu holen und dabei wie zufällig stolperte, nur damit er den Arm oder den Rücken des Patienten berühren konnte.

Lächerlich, dachte er, aber es gelang ihm nicht, etwas dagegen zu tun. Sobald er diesen Zwangsvorstellungen einmal nachgegeben hatte, waren sie nicht mehr zu stoppen. Ständig ging es darum, Regeln festzulegen. Manchmal, wenn er allein im Volvo saß, mußte er auf der Straße im Zickzack fahren, bis ihm ein Auto entgegenkam. Die schlimmsten Einfälle hatten mit dem Essen zu tun. Daß er eine Bratwurst mit Brot kaufen und essen mußte, damit Line nicht starb. Daß es unabdingbar war, ein Einkronen-Eis zu verzehren, damit Annika nicht Krebs bekam, und gerade jetzt: daß er die Rinde der Tanne essen mußte, hinter der er stand, damit sich der Knoten in Elisabeths Brust nicht als bösartig erwies.

Er besaß genügend innere Distanz, um zu erkennen, daß alle diese Situationen erniedrigend waren. Er war ein rationaler Mensch. Religiöse Anwandlungen hatte er immer als Aberglauben abgetan, obwohl er auf der allgemeinmenschlichen Ebene jedesmal gerührt war, wenn er in eine Kirche ging und Menschen sah, die am Altar knieten und eine Kerze anzündeten. Deshalb verwirrte es ihn, daß er all diese Dinge machte, zu denen ihn etwas in seinem Kopf zwang. Was brachte ihn dazu, diesen Gedanken zu gehorchen, die immer unvorhergesehener auftauchten?

Es war grauenvoll, wieviel Zeit von diesen kranken Gedanken aufgefressen wurde. Sie kamen manchmal beim Telefonieren. Er verlängerte dann das Gespräch, weil er die Idee hatte, es müsse mindestens fünf Minuten dauern, auch wenn nur um ein Rezept gebeten wurde. Weil er Arzt war, wußte er sogar den lateinischen Namen seines Leidens. Warum wollte er dann nicht die medizinisch notwendigen Konsequenzen ziehen?

Andererseits war es gerade für Ärzte schwierig, dachte er, sich bei Krankheit in die Hände anderer Autoritäten zu begeben. Wenn sie es aber tatsächlich taten, schworen sie darauf, so als hätten sie sich nach der Autorität eines anderen gesehnt. Er kannte Kollegen, die Krebs hatten und falsch behandelt wurden. Sie wagten es nicht, die Behandlung abzubrechen. Sie ließen sich falsch behandeln! Als habe sich die Autorität, die sie selbst ausgeübt hatten, in Wohlgefallen aufgelöst, sobald sie sich als Patienten definierten. Sie ergaben sich. Vielleicht war das der Grund, warum er seine Probleme nicht in Angriff nahm. Weil er nicht zum Patienten werden wollte. Er klammerte sich an eine Autorität, die er nicht hatte, an die aber andere glaubten. Wie lächerlich.

Endlich kam der große Tag. Elisabeth sollte gefeiert werden. Thomas Brenner glaubte, dieses Fest so gründlich vorbereitet zu haben, daß aus seiner Sicht eigentlich nichts schiefgehen konnte. Trotzdem blieb die Tatsache, daß es keine Sicherheit gab, daß jederzeit das Haus einstürzen oder der Boden unter ihm verschwinden konnte. Wie der Autounfall bei schönstem Wetter um die nächste Ecke kam.

Das größte Problem war, was man mit den Alten machen sollte. Was Tulla und Kaare betraf, wagte er keinerlei Voraussagen. Darum kümmerte sich Elisabeth. Als sie sagte, ihre Eltern müßten bei dem Fest anwesend sein, koste es, was es wolle, überraschte ihn das nicht.

Besonders Kaare war ein Risikofaktor. Er befand sich in einem präsenilen Stadium, und es bestand die Gefahr, daß er alle Reden mit eigenen Ideen und Wortspielen unterbrach. Zum Leidwesen von Tulla und der Tochter wurden diese Bemerkungen immer unanständiger und anzüglicher. Ein typisches Kennzeichen alternder Männer, dachte Thomas Brenner, daß sie mit schwindender Potenz mehr von Sex redeten. Kaare fand auch nichts dabei, laut zu furzen, und erlaubte sich dazu gerne ein übermütiges Lachen. Tulla versuchte gewöhnlich, solidarisch mit ihrem Mann zu sein und ebenfalls zu lachen. Aber mehr und mehr erstarrten das Lachen und der Kontakt zu anderen. Fernsehen, Kreuzworträtsel, Illustrierte und die Aussicht aus dem oberen Stockwerk füllten ihre Zeit. Nach langem Hin und Her beschloß Elisabeth, den Vater doch nicht teilnehmen zu lassen.

Daß Tulla den sechzigsten Geburtstag ihrer Tochter mitfeierte, war jedoch selbstverständlich. Sie hatte immer eine Schwäche für große Feste gehabt. In der letzten Zeit hatte sie die Tochter stundenlang in Beschlag genommen, um für das Ereignis die richtige Kleidung auszuwählen. Aber auch Tullas Anwesenheit würde nicht ohne Risiko sein. Sie hatte keinen Bezug zur Zeit mehr. Oft kochte sie für alle im Haus, ohne es vorher abzusprechen. Die Qualität des Essens war katastrophal, meistens zuviel Salz und Fleisch oder Fisch, das bereits seit Jahren in der Tiefkühltruhe lag. Sie hatte die Einstellung gewonnen, je älter, um so besser, Jahrgangsmahlzeiten. Sogar hart gewordenes Fleisch, das ohne Verpackung an der Wand der Tiefkühltruhe klebte, weckte ihre Begeisterung. »Das muß schließlich gegessen werden«, sagte sie dann, »wäre jammerschade, es wegzuwerfen.« Elisabeth machte sich nicht die Mühe, der Mutter zu erklären, daß ihre Essenseinladungen, die keine Ablehnung duldeten, etwas unerwartet kamen. Tulla war es gewöhnt, daß die Tochter kam, wenn sie rief. In jeder Situation war Tulla Dahl die wichtigste Person. Deshalb, so dachte Thomas Brenner, war es durchaus wahrscheinlich, daß die Schwiegermutter mehr oder minder bewußt alle Aufmerksamkeit auf sich zog, auch bei einem Anlaß wie diesem. Ihr ganzes Leben hatte sie in einem dienenden Beruf gearbeitet, und sie wollte nun im Privatleben die herrschende Position.

In dieser Hinsicht erinnerte sie ihn an seinen Kollegen Janken. Er hatte eine eigene Art, die Patienten von sich abhängig zu machen, indem er hervorhob, wieviel er für sie tat, wie dankbar sie sein sollten für den Kontakt zu dem Spezialisten, den er ihnen besorgt hatte. Er versuchte, zurückhaltend zu erscheinen, zuhörend und dienend, um dann auf schlaue Weise den Schwerpunkt zu verschieben. Er brauchte und erwartete jede Art von Dank, die Weinflaschen zu Weihnachten, die Postkarten von überglücklichen Patienten. Er brauchte einen Hofstaat von dankbaren Bewunderern um sich. *The need to be needed.* So war das auch mit Tulla. Sie hatte immer ihre Show gehabt, egal ob in der Luft oder im Brenner-Haus. Und wenn ihr einfiel, beim großen Fest der Tochter ihre Show abzuziehen, konnte alles mögliche passieren.

Bergljot und Gordon dagegen mußten wegbleiben. Das hatten sie selbst eingesehen, resigniert und etwas traurig. Man kam nicht mit Windeln zu Elisabeths sechzigstem Geburtstag.

Nach einigen verzweifelten Tagen hatten sich beide mit der Trennung abgefunden. Mit der Verlegung von Bergljot ins Pflegeheim war für beide etwas zerbrochen. Sie lebten seitdem jeder in seinem Alleinsein und fanden sich mit allem ab, nahmen die Pflegekräfte hin, von denen sie mehr oder weniger einfühlsam versorgt wurden.

Wenn Thomas Brenner die Mutter im Pflegeheim besuchte, saß sie meistens im Sessel und schlief. Dasselbe Bild bot sich ihm beim Vater, der an seinem Erkerfenster im Holmenkollveien saß. Die Zeitung aufgeschlagen, aber kaum gelesen. Ein halb ausgetrunkenes Glas Wasser. Ein benutztes Papiertaschentuch auf der Decke. Das Radio summend im Hintergrund. Ein Jugendsender, er hörte den Unterschied nicht mehr. Seine Frau hatte er in dieser Zeit nur einmal besucht. Es kostete ihn große Anstrengung, sich zu bewegen. Thomas war gemeinsam mit einem Pfleger gekommen. Man mußte zu zweit sein, um ihn zu halten, damit er nicht fiel. Im Auto nach Majorstua hatte er gejammert über seine Situation, wie schwer es war, das Haus instand zu halten, wie teuer alles geworden war. Thomas wußte, daß die Bank wieder Druck machte. Briefe, die auf den Tischen im Wohnzimmer lagen, einige ungeöffnet. Geldforderungen.

Thomas war nicht bereit, sich darum zu kümmern. Er wußte, was kommen würde. Die baldige Zwangsräumung.

Da konnten sich dann ja Vigdis und Johan endlich einbringen. Die Gleichgültigkeit, die seine Geschwister den Eltern gegenüber an den Tag legten, war unerhört. Sie scherten sich einen Dreck um Bergljot und Gordon. Ihre einzige Zuwendung bestand in lausigen Geburtstagsgeschenken, überreicht nach kurzer Umarmung, um nach fünf Minuten wieder zu verschwinden. Weder Vigdis noch Johan würden vor dem nächsten Sommer im Pflegeheim auftauchen, dessen war er sicher. Und er fühlte sich zunehmend als gutmütiger Trottel, der immer zuviel gab und zuwenig zurückbekam.

Für Elisabeth, Annika und Line konnte er alles geben, ohne eine Gegenleistung zu erwarten. Aber er merkte, wie sehr es ihn ärgerte, daß Vigdis und Johan an allem, was die Eltern anging, total desinteressiert und gleichgültig waren. In ihren Augen war er einfach dumm. Als sei die Gesellschaft nicht für die Art von Fürsorge, wie er sie leistete, eingerichtet. Besonders wenn er ins Papiergeschäft ging, um eine Packung spezielle Büroklammern für seinen Vater zu kaufen, dachte er, daß er nicht ganz gescheit war.

Und dabei waren das die Dinge, über die sich Gordon freute. Er hatte sein eigenes Archivsystem. Er liebte es, genau diese Art von Büroklammern zu benutzen, um Zeitungsartikel, Rechnungen oder Briefe zusammenzuheften. Genauso wie Bergljot eine bestimmte Seife liebte, Eau de Cologne, Deodorant, das schwer zu kriegen war, weil diese Produkte aus einer verschwundenen Zeit stammten und fast vergessen waren. Aber bisher war es Thomas Brenner immer wieder gelungen, diese Gegenstände aufzutreiben und die Wünsche der Eltern weitgehend zu erfüllen. Das war herzlich wenig verglichen mit dem, was Elisabeth leistete, dachte er. Sie lebte in ständiger Bereitschaft. Tulla konnte sie jederzeit anrufen. Das Haustelefon klingelte fast zu allen Tageszeiten.

Für Thomas hatte sich keine Möglichkeit mehr ergeben, Elisabeths Brust noch einmal zu betasten. Allerdings wirkte Elisabeth auch gar nicht mehr so müde und frustriert wie in letzter Zeit. Die Töchter trafen sich sogar im Dahl-Haus und flüsterten und tuschelten mit der Mutter über die Festvorbereitung. Das war so typisch Elisabeth, dachte er. Dieses Fest sollte nicht für sie sein, sondern für all die anderen, die sie kannte und mochte. Hemmungslos lud sie ein, und auch frühere Feinde wurden auf einmal zu Freunden.

Einige der widerlichsten Typen von Telenor waren dabei. Thomas Brenner ließ sich nichts anmerken. Er wünschte sich, daß dieser sechzigste Geburtstag für alle zum unvergeßlichen Ereignis wurde. Seine Frau sollte glänzen, sollte ihren alten Witz wiederfinden, sogar die alten, obskuren Schriftstellerfreunde sollten auftauchen und auf ihre erbärmliche, kaputte, selbstverliebte Art dazu beitragen, daß Elisabeth Dahl in um so größerem Glanz erstrahlte. Sie waren Autoren aus seiner ersten Zeit mit Elisabeth, und er kannte sie kaum. Ähnlich wie die Leute von Telenor kreisten sie nur um sich selbst und setzten alle Kraft ein, um etwas Großes zu schaffen, mit dem sie ihr übriges Leben prahlen konnten. Alle Achtung! hatte er gedacht, daß Elisabeth aufgehört hatte, bei diesen Menschen eine Bestätigung für ihr Leben zu suchen.

Sie waren trotzdem willkommen an einem solchen Tag. Alle, die Elisabeth willkommen hieß, egal wie unmöglich sie waren. Und so wurde dieser Abend, dachte er im nachhinein, in dem gemieteten Lokal in Slemdal ein buntes Fest, auf dem Menschen aus den verschiedensten Lebensbereichen zusammentrafen. Der einzige gemeinsame Nenner war, daß die meisten Akademiker waren. Er stand in der Tür und empfing zusammen mit Elisabeth die Gäste.

In den letzten Tagen hatte sie endlich Hilfe bekommen von ihrer Schwester Janne. Thomas dachte fast nie an Janne. Sie wohnte in Son, war Elisabeths kleine Schwester, hatte aber im wahrsten Sinne des Wortes immer ihren eigenen Kurs bestimmt. Sie ähnelte Tulla so sehr, daß sie schon zu einem frühen Zeitpunkt erkannt hatte, daß für sie beide im Dahl-Haus kein Platz sein würde.

Sie gehörte zu den Frauen, die ständig umzogen. Seit Thomas Brenner sie kannte, steuerte sie auf Menschen zu, die sie versorgen konnten. Sie hatte keine andere Ausbildung als die intuitive Gabe, den reichsten Mann zu finden, die schönsten Landhäuser und, danach, das feinste Essen. Sie war kinderlos, unterhielt aber zu ihren zahllosen ehemaligen Liebhabern und Ehemännern einen engen Kontakt. Sie hatte in Hammerfest, in Trysil, in Tønsberg und in Son gewohnt. Und jedesmal mit ganzem Herzen. Jeder dieser Lebensabschnitte hatte für sie die höchste Erfüllung bedeutet.

Aber die Dinge hatten sich im Laufe der Jahre verändert. Sie hatte nie eigenes Geld verdient, sondern sich von ihren Lebensgefährten oder Ehemännern aushalten lassen, alles entweder Makler, Unternehmer oder Autohändler. Sie war eine blondere und fülligere Ausgabe von Elisabeth und sah, obwohl sie jünger war, älter aus. Die Begeisterung für Rotwein war nicht spurlos an ihr vorübergegangen. Sie war lautstark und führte einige Male im Monat lange Telefongespräche mit der Schwester. Dann hörte Thomas, daß sich Elisabeths Stimme veränderte, einen gleichsam vertraulichen Ton annahm, wie er ihn nie für möglich gehalten hatte. Ähnlich wie Tulla verbreitete Janne immer Streß.

Und trotzdem hatte Thomas sie immer gemocht. Wenn sie im Dahl-Haus auftauchte, war es immer eine Überraschung. Sie hatte einen besonderen Draht zu Annika und Line, und jeder, der den hatte, gewann sein Herz. Diesmal kam sie aus Son angereist und bezog einige Tage vor dem sechzigsten Geburtstag ihrer Schwester ein Zimmer im Dahl-Haus. Er merkte, daß es für Elisabeth eine enorme Erleichterung war, ihre Schwester gerade jetzt in der Nähe zu haben.

Wenn er sah, wie sie sich im Haus bewegte, mit Annika plauderte, anfallende Arbeiten für seine Eltern übernahm, in der Küche Rotwein trank, dann wunderte er sich, daß der Kontakt zu ihr in den letzten Jahren nur sporadisch gewesen war. Sie war doch so umgänglich, so einfach, so offen. Momentan war sie ohne Mann. Sie hatte einen Fachmann für Segelyachten aus dem idyllischen Haus in Son gejagt und wollte im Sommer ein Künstlercafé eröffnen. In ihrem Dunstkreis verkehrten immer Liedermacher und Dichter.

Annika und Line waren vollauf mit der Garderobe beschäftigt. Wie eifrige kleine Mädchen nahmen sie Mäntel und Jacken entgegen. Line war schon am Vortag aus ihrer Wohnung gekommen, um der Familie bei den letzten Vorbereitungen behilflich zu sein. Den Verband hatte sie schon lange abgelegt, aber der Schorf am Handgelenk war noch zu sehen, und es würde eine Narbe zurückbleiben.

Ihm gefiel das nicht. Als hätte sie absichtlich ein kurzärmliges, türkisfarbenes Oberteil gewählt, das die blasse Haut noch betonte. Thomas Brenner fiel auf, daß niemand, nicht einmal Janne, sie zu fragen wagte, woher sie die Verletzung hatte. Demnach gingen alle davon aus, daß sich die Tochter die Verletzung selbst zugefügt hatte, Line also suizidal war. Am Abend vorher hatte Line einen Pullover angehabt, und alle waren in bester Laune. Sie hatten den Kamin in der Küche angezündet. Tulla hatte alles darangesetzt, vom oberen Stockwerk nach unten zu kommen, und sich wie in alten Zeiten eine Zigarette angezündet, ohne sich zu entschuldigen, hatte mit den anderen am Küchentisch gesessen, wo der Rotwein bereitstand.

Thomas sah die Freude in Elisabeths Augen. Wenn Tulla froh war, dann war Elisabeth froh. Sie entspannte sich. Sie vergaß das große Fest am nächsten Tag. Alles war fast wie früher. Tulla erzählte die alten SAS-Abenteuer, der unheimliche Flug nach Rom in den sechziger Jahren, die kühne Notlandung in Anchorage einige Jahre später. Sie glaubte, das sei immer noch interessant, und die Töchter ließen ihr den Glauben, hörten sich die altbekannten Geschichten lächelnd und mit glänzenden Augen an. Thomas Brenner hatte nie begriffen, wie die sonst so selbständige Elisabeth immer wieder in die auf Tulla zugeschnittene Mädchenrolle schlüpfte. Der Abend hatte mit dem Abspielen von Tullas alten Lieblingsschlagern geendet, Songs aus der Zeit, als Elisabeth zur Welt kam. Wieder einmal wurde ihr erklärt, wie schwierig die Geburt gewesen war. Thomas war davon überzeugt, daß diese Geschichte in ihrer Rede am Festtag auftauchen würde. Ja, es ging immer um Tulla. Andererseits hatte sie die natürliche Gabe, Stimmung zu verbreiten. Sie war großzügig. Man fühlte sich wohl in ihrer Gegenwart. Sie hörte sich immer die Geschichten der anderen an, aber egal, was erzählt wurde, es gelang ihr jedesmal, alles mit Erlebnissen aus ihrem Leben zu toppen.

Thomas Brenner stand an der Seite seiner Frau. Seine Beine zitterten. Das schlimmste wäre, Elisabeth zu enttäuschen. Aber dann begriff er, daß sie überhaupt keine Erwartungen hatte, daß sie sich den Umständen anpaßte, daß sie wieder die alte Rolle übernahm, die sie gespielt hatte, als sie noch bei Telenor arbeitete, wo sie die Dinge auch so nahm, wie sie kamen, und dabei fast immer einen souveränen Eindruck machte.

Diesmal hatte sie nach all den Vorbereitungen und den Einladungen, die sie Abend für Abend geschrieben hatte, eines Nachmittags beim Essen tief Luft geholt und gesagt: »Das soll jetzt werden, wie es mag.«

Von dem Augenblick an war alles viel einfacher. Annika, die deutlich nervös gewesen war und nicht wußte, ob es richtig war, eine Rede zu halten oder nicht, beruhigte sich ebenfalls und kümmerte sich wieder um ihre Silberarbeiten, ohne weiter über das bevorstehende Fest zu reden. Der Flug nach Chicago war der Blitzableiter, seit einem halben Jahr freuten sie sich darauf, endlich wieder zusammenzusein, alle vier und allein, wie früher.

Die letzten Tage hatte sie alle das Reisefieber befallen. Sie hatten in der Küche über die Reise gesprochen, im Erker, am Telefon mit Line. Auf einmal fing die USA-Reise an, Wirklichkeit zu werden. Thomas hatte jedesmal, wenn er daran dachte, ein flaues Gefühl im Magen. Dachte er lange genug darüber nach, bekam er einen Flimmeranfall. Er wußte, wieviel diese Reise für Elisabeth bedeutete. Eigentlich wäre es am besten gewesen, sie hätte sich allein auf den Weg gemacht.

Er hatte in ihrem kleinen Büro Papiere gesehen, die einem Manuskript ähnelten. Natürlich hatte er es nicht gewagt, mehr als einen flüchtigen Blick darauf zu werfen, aber es war auffällig, wie sie sich das ganze letzte Jahr so oft wie möglich dorthin zurückgezogen und am PC gesessen hatte. Er kannte sie gut genug und fragte deshalb nicht, ob sie an etwas Bestimmtem arbeitete. Nach all diesen Jahren des literarischen Schweigens steckte vermutlich tief in ihr ein neues Buchprojekt. Gerade deshalb könnte die Chicagoreise von besonderer Bedeutung sein. Wer sonst wählte sich schon Chicago als Reiseziel, wenn er sechzig Jahre wurde? Thomas Brenner merkte, daß ihn die Reise mehr beunruhigte als die Geburtstagsfeier. Drinnen hatten bereits der Pianist und der Bassist zu spielen begonnen. Die Feststimmung erfaßte jetzt auch Elisabeth und ihn. Solche großen Feste haben ihre eigene Physiognomie, dachte er, während er zusammen mit der Jubilarin die Gäste empfing. Man wußte nie genau, wer welche Rolle spielte. Für viele waren derartige Veranstaltungen nur unangenehm. Sie lächelten nach allen Seiten, waren aber innerlich voller Ablehnung. Für andere war das Fest eine willkommene Gelegenheit, umsonst zu essen und zu trinken. Was Thomas anging, so graute es ihm vor der Rede, die er würde halten müssen, aber eigentlich nicht vorbereitet hatte, weil Elisabeth es nicht gutheißen würde, wenn er von einem Papier ablas. Sie verlangte mehr von ihm. Er hatte trotz all der positiven Eindrücke ständig das unbestimmte Gefühl, daß etwas nicht so war, wie es sein sollte. Die vergangenen Nächte hatte er schlimme Träume gehabt, ohne sich daran erinnern zu können. Und wenn er erwachte, blieb eine unbestimmte Unruhe und Sorge. Er hatte das Gefühl, daß Elisabeth bedroht war, daß er ihr zurufen sollte: Paß auf! Tu etwas! Aber sie lehnte jeden derartigen Gedanken der Fürsorge von seiner Seite ab. Ihm waren die Hände gebunden, und das war für einen Arzt unerträglich. In seiner Rede dagegen durfte er nicht zögerlich sein und um den heißen Brei schleichen. Er mußte direkt zur Sache kommen. Er mußte ihr sagen, daß er immer noch nicht verstand, warum sie sich seinerzeit für ihn entschieden hatte, daß das wie ein Lottogewinn für ihn war usw. Worte, die sie überhaupt nicht brauchte und die auszusprechen ihm nicht einmal Freude bereitete, die man aber von ihm erwartete.

Und vielleicht war es eine Sehnsucht nach Klarheit, die Elisabeth und ihn zu diesem Tag, zu diesem Fest veranlaßt hatten. Daß die Familie nicht länger der einzige Ort blieb, wo sie Menschen begegnen konnten. Daß das Schicksal beider Elternpaare sie mehr und mehr zur Verzweiflung trieb. Daß sie begriffen, wie wichtig es war, Freunde zu haben, sichtbar zu sein, auch für andere Menschen. Deshalb begrüßte Thomas Brenner viele, die er vergessen oder nie gekannt hatte, mit Handschlag, wenn Elisabeth sie herzlich umarmte. Mit jeder Person, die kam und die er nicht kannte, wurde sie ihm fremder.

Janne kam rasch vorbei und überprüfte, ob alles in Ordnung war, draußen die Fackeln brannten, die Frisur der Schwester saß. Es gab so viele zärtliche Details zwischen ihnen, auf die Thomas früher nie geachtet hatte. Und da kam Tulla, gefahren von Andreas, Elisabeths und Jannes jüngerem Bruder, einem Physiotherapeuten aus Stranda? Sandane oder Sandnes? Thomas wußte es nie. Ein freundlicher, bescheidener Zeitgenosse, verheiratet mit Åse, die in der Gemeindeverwaltung des Ortes arbeitete. Man sah sich nur selten. Wenn jemand anrief, war es Elisabeth. Weder bei den Dahls noch bei den Brenners bestand ein enger Zusammenhalt unter den Geschwistern, zu sehr lebten alle ihr eigenes Leben. Vigdis und Johan hatten plausible Entschuldigungen gefunden, warum sie nicht zur Geburtstagsfeier kamen. In Kongsberg fand ein Chor-Festival statt, und in Trondheim kam es Johan gelegen, daß er sich beim Joggen den Fuß verstaucht hatte.

Für Elisabeth spielte das keine Rolle. Sie hatte noch nie mit der Brenner-Familie gerechnet. Doch auf wunderbare

Weise war es Bergljot und Gordon gelungen, Elisabeth einen Geburtstagsgruß zu senden. Päckchen, die mit der Post eintrafen. Eine niedliche Plastikhalskette von Bergljot, ein Almanach für das Jahr, das eben zu Ende ging, von Gordon. Elisabeth war gerührt. »Ich hätte mich öfter sehen lassen sollen«, sagte sie. »Du hast mehr als genug mit deinen Leuten zu tun«, antwortete er. Aber sie hatte den Kopf geschüttelt, und ihr Blick drückte Verzweiflung aus. Die Alten überforderten sie schlicht und einfach, hatte er gedacht.

Mit jedem Tag, der verging, verloren sie ein bißchen vom Lebensfunken, dachte er. Deshalb war dieses Fest so wichtig. Elisabeth sollte auf diese Weise für alle die Menschen, denen sie etwas bedeutet hatte, wieder konkret werden. Sie sollte gefeiert werden, eine Bestätigung für ihr Dasein in der Welt. Und endlich fühlte sich Thomas Brenner zufrieden. Vielleicht tat der Cava, den er kurz vor Eintreffen der Gäste in der Küche getrunken hatte, seine Wirkung. Er hatte keine Zwangsvorstellungen mehr, mußte sich nicht vor aller Augen in der Nase bohren, mußte keinen Flecken auf der Tapete berühren.

Es war Zeit, zur Musik zu gehen, um Unterstützung beim Absingen von *Happy Birthday To You* zu bekommen. Und dazu brauchte er nur mit den Fingern zu schnippen. Elisabeth Dahl im Mittelpunkt, im Strahlenglanz der Champagnergläser, im Licht der Kronleuchter. Wie dankbar sie war. Die weichen Linien im Gesicht. Die dunklen, leuchtenden Augen. Die erhitzten Gesichter der Anwesenden. Dies war Elisabeths Abend, und alle wußten es und wünschten es.

Die Musiker spielten ihr Standardrepertoire, und man setzte sich zu Tisch. Er hatte Elisabeth vor einigen Tagen gefragt, ob es besondere Musikstücke gab, die sie sich wünschte, aber sie wollte sich nicht festlegen. Was das betraf, so war sie eher unbeholfen, dachte er. Klassische Musik und einige Popsongs rührten sie zutiefst, aber da gab es kein System. Sie war ein Mensch des Wortes und der Bücher. In ihrer Jugend war sie überwiegend mit jungen Autoren und Rockmusikern zusammengewesen, blasse Jünglinge, total von sich überzeugt, die im Café gesessen und Bier geschnorrt hatten, während sie über Neil Young und die Doors redeten und davon träumten, die Größten der Welt zu werden. Das war nie ihre Musik gewesen, erinnerte er sich. Aber sie fand auch nichts anderes statt dessen. Deshalb hatte er für sie *Over the Rainbow* ausgesucht.

Aber er glaubte nicht, daß ihr das auffiel. Die Gäste strömten in den großen Speisesaal, in dem Platz für über hundert Menschen war. Thomas Brenner hatte alle genau im Auge. Elisabeth und Annika hatten über eine Woche mit den Tischkarten gekämpft. Jetzt mußte alles stimmen. Menschen aus den verschiedensten Kreisen begegneten sich hier. Weil er nicht den vollen Überblick über die Gästeliste hatte, gab es viele Überraschungen. Es waren erstaunlich viele Schriftsteller gekommen, darunter zwei prominente, die von Anfang an den Eindruck erweckten, als wüßten sie, was *Die Protuberanzen* bedeutet hatten. Und dann war da noch ein Lyriker, der in all den Jahren leise Gedichte geschrieben hatte und über den Elisabeth nie geredet hatte.

Warum war er eingeladen? dachte Thomas und spürte einen Stich von Eifersucht. Er war in ihrem Alter, hatte noch keine grauen Haare, saß zusammengesunken am Tisch und wartete auf den Rotwein. Die eine Hand, die er halb in die Luft streckte, zitterte. Möglicherweise beginnender Parkinson. Aber er durfte sich jetzt nicht an

Einzelheiten festklammern. Er mußte die Kontrolle behalten, auch wenn er nicht für den Ablauf des Programms verantwortlich war. Dazu hatte sich Elisabeth ihre beste Freundin aus Telenorzeiten auserkoren, die Globetrotterin Evelyn Moldskæd. Sie gehörte zu den Frauen, die voll Begeisterung Aufgaben übernahmen und dann nicht zu bremsen waren. Thomas hatte sie wegen der Veranstaltung angerufen, und sie hatte vom ersten Moment an die Regie übernommen. Er fand es wunderbar.

Von früheren Festen erinnerte er sich undeutlich an sie. An diese stattliche, auch physisch dominierende Frau, mit deutlichen Rundungen. Er hatte sie immer gemocht. Sie und Elisabeth mußten irgend etwas Besonderes auf einer ihrer Reisen erlebt haben. Merkwürdig, dachte er, wie wenig er von Elisabeths Reisen gewußt und verstanden hatte. Vielleicht, weil er damals die Verantwortung für die Mädchen gehabt hatte. Das war, bevor es Handys gab. Wenn man damals nach Rußland reiste, war man wirklich weg. Man meldete sich nicht täglich, um mitzuteilen, was es zu essen gegeben hatte.

Und wenn sie dann nach Hause kam, voller neuer Eindrücke, war in seiner Praxis jede Menge Arbeit liegengeblieben. Es gab kaum Gelegenheit, miteinander zu reden, deshalb blieb es bei kurzen Sätzen und ein paar Fotos: Funkmasten, Wiederaufbau einer vom Krieg verwüsteten Infrastruktur, Bilder von Menschen, die ein schweres Schicksal trugen.

Meistens war Elisabeth von diesen Eindrücken so aufgewühlt, daß sie nicht mehr in der Lage war, darüber zu sprechen. Die Menschen auf den Fotos blieben Abbilder. Und so verstrichen die Jahre. Vielleicht war das etwas, das er in seine Rede einflechten könnte, dachte er. All das, was man nicht über Elisabeths Leben wußte. Andererseits sollte man die Wichtigkeit dieser Auslandsreisen nicht übertreiben.

Aber jetzt ging es um andere Dinge. Alle hatten sich zu Tisch gesetzt. Die Musiker standen auf und gingen in die Küche, um sich die ihnen zugesagte Mahlzeit zu sichern.

Thomas Brenner setzte sich neben seine liebe Frau und hatte Annika an seiner anderen Seite. Elisabeth hatte Tulla und danach Line neben sich. Das Fest konnte anfangen. Evelyn Moldskæd erhob sich und begann mit den einführenden Worten. Ihre Rede war unpersönlich. Nichts sagen, was die Jubilarin des Abends charakterisieren könnte. Lieber kluge Aussprüche von mehr oder weniger berühmten Persönlichkeiten über das Paradox des Lebens hier auf Erden. Jemand, der für den Strang bestimmt ist, wird nicht ertrinken usw. Irgend etwas, das Churchill oder Roosevelt gesagt hatten. Das meiste war relativ amüsant, und auf einem Fest wie diesem war man ja fast verpflichtet zu lachen, die Stimmung stieg also bereits vor der Vorspeise.

Thomas Brenner hatte mit der Catering-Firma abgesprochen, daß am Wein nicht gespart werden sollte. Schon jetzt erwies sich das als guter Einfall, auch wenn die Brieftasche arg strapaziert werden würde. Die Sitzordnung bewährte sich, und in kürzester Zeit redeten alle mit allen. Nichts war ärgerlicher als Festessen, bei denen die Gäste nicht miteinander redeten. Wenn keine ungezwungenen Gespräche entstanden, blieb früher oder später nur die Höflichkeit. Man redete dann zwar, hatte aber nichts, worüber man redete.

Jetzt fiel ihm auch wieder ein, daß er genau das vor kurzem geträumt hatte, ein voller Speisesaal, und niemand sagte ein Wort. Im Traum hatte er sich für diese Situation verantwortlich gefühlt und sich an Jubiläen erinnert, wo niemand zu reden angefangen hatte und alle nur passiv dagesessen hatten. Das konnte mit Evelyn Moldskæd als Festleiterin nicht passieren. Sie erhob sich schon, als die Vorspeise, gekühlte Lachsstreifen mit luftiger Kruste, noch nicht aufgegessen war. Da kamen die bewährten Sprüche und Zitate: etwas von Vergil und etwas von Shackleton. Somerset Maugham. Alles besiegt der Gott der Liebe. Wir sind noch einmal davongekommen … Immerhin waren das auch Anspielungen auf Thomas Brenner, den Ehemann der Jubilarin.

Er erhob sich und war trotz vieler Gedanken völlig unvorbereitet. Jetzt mußte er improvisieren. Jetzt mußte er zeigen, wer er war. Sobald er stand, wußte er: Ich muß Elisabeth vorstellen. Elisabeth Dahl in all ihrer Herrlichkeit. Er wußte, daß er nicht zu lang reden sollte, aber er war von Natur aus kein Redner, das würde schon gutgehen.

Er streifte die Jugendjahre. So viele kleine Episoden, die er hätte erwähnen können. Dabei durfte er nicht zu privat werden. Es war oft peinlich, wenn Eheleute Intimitäten preisgaben. Wenn es allerdings auf die richtige Art geschah, wirkte es manchmal befreiend, bewegend. Sie saß da und schaute ihn an, abwartend, aber auch zärtlich, wie wenn sie sagen würde: »Wir kennen einander ja so gut.« Diesen Eindruck hatte er nicht immer. Sie war viel geheimnisvoller als er.

Die Rußland-Geschichten konnten andere erzählen. Er wollte das Dahl-Haus in den Mittelpunkt stellen, wo sie Mutter, Tochter und Gattin war. Er hörte sich reden und dachte, daß um Elisabeth immer ein Hauch von Wehmut gewesen war. Als sei ihr Leben schon seit der Jugendzeit von Besorgnis geprägt. Dabei wußte er eigentlich nicht, worüber sie besorgt sein sollte. Außerdem hatte sie zuviel von Tullas Wesen, um eine derartige Tristesse zu verbreiten. Es mußte ihr allerdings seinerzeit schwergefallen sein, ihre Schriftstellerkarriere aufzugeben. Und oft, wenn er sie in all ihrer Schönheit betrachtete, kamen ihm dieselben Gedanken wie bei manchen Patienten in seinem Sprechzimmer, die von Geburt an eine Behinderung hatten, denen ein Arm, ein Bein fehlte, die blind waren oder taub. Allein daß sie lebten, daß sie sich dem Alltag mit einem Anschein von Normalität stellten, verlieh ihnen in seinen Augen so etwas wie Tapferkeit. Weshalb dachte er in gleicher Weise an Elisabeth? Sie war doch erfolgreich, gutaussehend und keineswegs mitleiderregend. Lag es einfach an der Tatsache, daß er sie liebte? Daß diese Gefühle in ihm so überwältigend waren, daß er, so wie er sich als Kind vor dem Verlust der Eltern gefürchtet hatte, jetzt Panik hatte, Elisabeth könnte sterben, und zwar vor ihm?

Diese Gedanken waren so aufdringlich, daß er sie nicht zu bändigen vermochte. Er beschloß, sie allen, die am Tisch saßen und eine amüsante und geistreiche Rede erwarteten, zu erzählen. Ihm fiel in dem Moment auch das Gespräch im Mother India über die Unsterblichen ein, die Alten, die mit Hilfe von Medikamenten scheinbar das ewige Leben hatten, und Annikas Verzweiflung über die Jungen, die auf Langlaufloipen gerannt und im Gebirge Gipfel bezwungen hatten, genau wie Elisabeth, und die jäh aus dem Leben gerissen wurden. Er beschloß, all das zu erzählen in der Hoffnung, daß damit zum Ausdruck kam, wie unentbehrlich Elisabeth für ihn und Annika und Line war. Wie eng verflochten sie doch waren und wie unvorstellbar es war, das Leben in Zukunft ohne sie weiterzuleben.

Und in einem solchen Szenario, dachte er, während er redete, konnte er sie dieser Festgemeinde vorstellen, konnte so privat werden, wie er wollte, konnte erzählen, wie sehr er sich nach ihr sehnte, wenn sie nur ins obere Stockwerk ging, wie sie für alle, jung und alt, eigentlich der Lebensnerv war.

Er hatte sich warm geredet, und die versammelten Gäste hörten ihm zu. Jedes Wort saß. Er hörte seine eigene Stimme im Saal. Er war nicht übermäßig sentimental. Nichts von dem, was er bisher gesagt hatte, war peinlich. Mit jedem Satz bekam er neue Einfälle. Er flocht Episoden aus seinem Alltag als Arzt ein, und egal, was er sagte, bei welchen Bildern er verweilte, waren seine Worte erfüllt von Todesangst, nicht der Angst vor dem eigenen Tod, sondern von der Verlustangst.

Das war es, was er sagen wollte. Er wollte über etwas sprechen, über das fast nie gesprochen wurde. Er wollte die Angst vor Elisabeths Tod sichtbar machen. Auf diese Weise wollte er sie feiern: Sie durfte nicht sterben. Sein Blick traf in dem Moment den von Tulla. Sie starrte ihn an, etwas erstaunt, vielleicht schockiert. Er bemerkte, daß sie blaß war. Einen Augenblick überlegte er, ob ihr diese unerwarteten Betrachtungen über den Tod, über das existentiell Unannehmbare, jemanden zu verlieren, zu nahe gingen.

Er zögerte einen Augenblick. Er wollte niemanden provozieren. Aber er zwang sich, fortzufahren. Er wollte den Menschen in diesem Saal, all diesen wirklichen und sogenannten Freunden Elisabeths, vermitteln, wie unersetzlich sie war, wie einmalig, egal ob sie bei Telenor, bei Burlingthon Ltd. oder daheim im Dahl-Haus in der Altenpflege tätig war. Er zögerte das Wort etwas hinaus, beschloß dann aber, es zu verwenden, und genau in diesem Augenblick erbrach sich Tulla Dahl, ein Strahl traf mit hörbarem Laut den Tisch und die Teller vor ihr. Das Erbrochene traf auch Elisabeths Kleid, die sofort aufsprang und mit erhobener Hand Thomas zurief: »Aufhören, aufhören.«

Er dachte an Dunnes Hand im Augenblick des Todes, während er zur Schwiegermutter lief und hörte, daß sie furzte, ja mehr als das. Nach dem Geruch zu urteilen, hatte sie in die Hose gemacht. Sie schnappte nach Luft und spuckte die letzten Reste aus.

Zusammen mit Elisabeth hielt er sie. Er schaute Elisabeth an, sah ihre totale Abhängigkeit von der Mutter, nur von der Mutter, genauso wie er eigentlich total von Elisabeth abhängig war, nur von Elisabeth.

»Nur ruhig, Tulla«, sagte er.

»Aufhören, Thomas!« wiederholte Elisabeth. Sie wollte die alleinige Kontrolle in dieser Situation. Im Saal war es totenstill. Er fühlte Tullas Puls, stellte fest, daß er hoch und unregelmäßig war.

Und da spürte er, daß ein neuer Flimmeranfall kam. Von einer Sekunde zur anderen wandelte sich sein Wohlbefinden. Er unterdrückte ein Stöhnen, wußte, was ihm bevorstand. Den restlichen Abend würde er sich krank fühlen. Es hatte sich inzwischen in ihm schon so viel Streß aufgestaut, daß der Anfall vielleicht andauerte, bis sie in zwei Tagen im Flugzeug nach Chicago saßen, aber daran wollte er jetzt nicht denken.

»Wir müssen sie nach Hause bringen«, sagte er.

»Natürlich«, sagte Elisabeth. »Ich bringe sie heim.«

»Du bist hier heute die Hauptperson«, sagte er erzürnt und gleichzeitig nervös, weil alle im Saal zuhörten. »*Ich* kümmere mich um sie.«

Elisabeth schüttelte heftig den Kopf. »Es ist besser, wenn du hierbleibst«, sagte sie. Sie war fast genauso bleich im Gesicht wie die Mutter. Da kam Janne.

»*Ich* übernehme Mutter!« rief sie. Die Stimme war so scharf, daß Elisabeth zusammenzuckte.

»Willst du das tun?« fragte sie dankbar.

Janne nickte. »Natürlich.«

»Nein, ich will, daß mich Elisabeth heimbringt!« Tulla sprach mit zitternder Stimme und versuchte, aufzustehen.

»Still jetzt, Mutter«, schrie Janne und drückte sie wieder auf den Stuhl. Thomas Brenner fühlte sich plötzlich leer und überflüssig. Er war mitten aus seiner Rede gerissen worden, aus dem Geständnis seines Lebens. Jetzt war es sowieso zu spät. Janne übernahm die Kontrolle, winkte Andreas, der schließlich begriff, daß auch er den Schwestern und der Mutter beistehen mußte.

Thomas merkte, wie die Wut in ihm aufstieg. Die Wut auf Tulla, die mit aller Gewalt an diesem Fest hatte teilnehmen müssen und der es gelungen war, noch vor dem Hauptgericht alles zu zerstören. Diese Wut war natürlich sinnlos. Selbstredend hatte er auch Mitleid mit ihr. Aber das dachte er mehr, als es zu empfinden. Als er sie anschaute, entdeckte er einen Zug in ihrem Gesicht, der ihm nicht gefiel. Herrgott, war sie kurz vor einem Schlaganfall? Er meinte eine Grimasse zu sehen, die unangenehme Assoziationen in ihm weckte. Aber sollte er jetzt diese Diagnose stellen und sie direkt in die Notaufnahme schicken? Dann würde Elisabeth garantiert für ihr Fest verloren sein. Dann würde sie bis zum frühen Morgen bei der Mutter ausharren.

Janne schickte sich bereits an, Tulla aus dem Saal zu bringen. Vielleicht ließ sich das Fest ja noch retten? Die Möglichkeit, daß es kein Schlaganfall war, bestand durchaus. In den letzten Jahren hatte es diesbezüglich oft falschen Alarm gegeben. Starke Schmerzen, der Krankenwagen kam, und dann war doch nichts. Außerdem war

Tulla nicht seine Patientin. Aus diesen Gründen beschloß er, nichts zu sagen, und überließ es Janne, die Schwiegermutter nach Hause zu bringen. Andreas hatte sie im Auto hergebracht und versprochen, nichts zu trinken. Er konnte sich jederzeit ans Steuer setzen. Jetzt hatten er und Janne die Mutter zwischen sich, halb trugen und halb schleppten sie die alte Frau nach draußen. »Einen Augenblick«, rief Thomas Brenner den Versammelten zu, als er, Elisabeth und die Töchter gemeinsam hinaus auf den Flur traten.

»Wir können genausogut die ganze Sache abblasen«, sagte Elisabeth. »Nach diesem Vorfall ist ein Weitermachen unmöglich.«

»Halt den Mund, Elisabeth«, sagte Janne ärgerlich. »Das ist nur eine Unpäßlichkeit.«

Diese Einschätzung der Lage schien Elisabeth etwas zu beruhigen. Gleichzeitig kam es Thomas vor, als würden die Anzeichen eines Schlaganfalls deutlicher. Sollte man doch das Fest abbrechen? Oder bekanntgeben, man möge ohne die Hauptperson weiterfeiern, sich das Essen schmecken lassen und kräftig trinken? Dann würde die Veranstaltung ja zum Leichenschmaus, und sofort meldeten sich wieder seine Zwangsvorstellungen: Wenn das Fest so endete, würde Elisabeth bald sterben, dieser Vorfall wäre die Prophezeiung. Das bedenkend, entschied er sich, seinen Verdacht auf einen Schlaganfall nicht zu äußern. Zum erstenmal in seinem Leben handelte er medizinisch gesehen unverantwortlich, und er tat es ganz bewußt.

Gewöhnlich gehörte er zu den Übervorsichtigen, ordnete bei seinen Patienten eher eine Untersuchung mehr an, obwohl er fast sicher war, daß es falscher Alarm war. Und diese Entscheidung lag ihm auf der Seele. Egal, was nun mit Tulla war, seine Gefühle sollten an diesem Tag allein Elisabeth gelten. Eine Unpäßlichkeit, sonst nichts, und bald glaubte er selbst daran. Janne sprach noch einmal einige deutliche Worte mit Elisabeth, deutete auf die Tür zum Speisesaal und fauchte: »Geh jetzt sofort hinein zu deinen Gästen, und laß Thomas seine wunderbare Rede beenden, sonst bring ich dich um!«

Sogar Tulla versuchte zu nicken, obwohl Thomas feststellte, daß sie ziemlich desorientiert aussah. Annika und Line unterstützten ihre Tante. Sie nahmen Elisabeth und zogen sie mehr oder weniger hinter sich her in den Saal zurück. Die Tür schloß sich hinter ihnen.

Das Personal wechselte die Tischdecken und brachte frische Teller. »Eine kleine Unpäßlichkeit«, verkündete Thomas Brenner den Gästen. »Sie muß nach Hause und sich ausruhen.« Merkte denn niemand, wie falsch seine Worte klangen? Erst jetzt sah er, wie wütend Elisabeth war. Sie hätte das Fest sofort beendet. Und ihm war in dem Moment auch klar, daß es sich nicht mehr retten ließ. Die Hauptperson war nur noch physisch anwesend. In Gedanken war sie bei der Mutter und dem, was im Dahl-Haus passierte. Also ein gescheiterter sechzigster Geburtstag, zerstört durch die gesundheitlichen Probleme eines alten Menschen, einer Greisin, die um die ganze Welt gereist und es gewöhnt war, auf nichts zu verzichten. Warum mußte sie mit aller Gewalt auch diesmal dabeisein?

Seine Wut erschreckte ihn. Diese mangelnde Fähigkeit zur Toleranz, die sich bei den letzten gemeinsamen Restaurantbesuchen mit den Schwiegereltern angestaut hatte. Umgekippte Gläser, Essen, das von der Gabel fiel. War Altwerden wirklich damit verbunden, daß man niemals aufgeben wollte? Warum galt es in dieser Gesellschaft als negativ, die Segel zu streichen, zu resignieren, einfach einzusehen, daß etwas zu Ende war?

Elisabeth war die Ausnahme. Im Grunde hatte sie resigniert, als sie bei Telenor aufhörte. Sie hatte eingesehen, daß es ihr zuviel wurde, daß sie nicht mehr in erster Linie an sich selbst denken konnte. Aber die Alten? Sie kämpften ständig darum, alle Privilegien der Jugend zu behalten: Autofahren, ins Kino oder Theater gehen, im Restaurant speisen. Nicht nur einmal hatte Thomas im stockdunklen Theatersaal Gordon Brenner durch die Sitzreihe zur Toilette begleiten müssen, mitten in einem Stück von Ibsen oder Molière. Nicht nur einmal hatte er miterlebt, wie lebensgefährlich der Vater mit dem Auto vom Holmenkollen hinunter in die Stadt kurvte. Trotzdem hatte er sich geweigert, den Führerschein abzugeben. Was mußte geschehen, um sich dem Alter zu ergeben und mit dem Leben abzuschließen? Das Psychologische war ausschlaggebend: Wenn man resignierte und nicht mehr leben wollte, würde der Tod schneller kommen, darüber gab es wissenschaftliche Untersuchungen.

Aber selbst wenn Tulla jetzt einen Schlaganfall gehabt haben sollte, würde sie sich zurückkämpfen ins Leben, davon war er überzeugt. Sie würde die Eifrigste in der Reha sein, besessen von dem Gedanken, zu leben mit der Hilfe von Physiotherapeuten und anderen Spezialisten, die ihre Lebensqualität verbessern konnten. Dieser Unterschied zwischen der armen und der reichen Welt, auf den Elisabeth immer hingewiesen hatte, war grotesk. Als sei es ein Menschenrecht, bis zum letzten Tag seines Lebens alle Freiheiten zu haben.

Thomas Brenner stand an der Festtafel und sah, wie sich Elisabeth auf ihren Platz setzte. Im Saal war immer noch ein leichter Geruch nach Erbrochenem. Der würde auch beim Hauptgericht und beim Dessert nicht verschwinden. Er versuchte, zurück in seine Rede zu finden, aber das war fast unmöglich. Die Konzentration war dahin. Was er gesagt hatte, schien plötzlich so fremd und sinnlos. Sich ausschließlich auf Elisabeth zu konzentrieren funktionierte nicht mehr. Es wäre wirklich am besten gewesen, das Fest abzubrechen.

Aber dazu war es zu spät. Er fand einen einfachen Abschluß für seine Rede und hob das Glas, um auf seine Frau anzustoßen.

Alle machten mit, die Stimmung war wohlwollend, übertrieben verständnisvoll. Von jetzt an würden die Gäste alles tun, um eine freundliche Atmosphäre zu schaffen. Evelyn Moldskæd sprang auf und zitierte Ovid. Danach erteilte sie das Wort einer ehemaligen Kollegin von Telenor, die sich etwas darauf einbildete, daß sie auf Firmenkosten mit der Concorde geflogen war. Was für ein Unsinn, dachte Thomas Brenner, während sein Herz in alle Richtungen schlug, ein einsamer Boxer irgendwo im Brustkasten auf Kollisionskurs mit der Welt. Die Kollegin war nicht einmal witzig. Ohne es zu merken, verunglimpfte sie die Frauen im Kaukasus, die Elisabeth besonders schätzte. Elisabeth konnte mit dieser Frau unmöglich befreundet gewesen sein. Er hatte sie nie über Kollegen reden hören. Sie gehörte zu den Unvermeidlichen, auf die man im Leben trifft und die man nicht los wird. Thomas sah, daß Elisabeth pflichtschuldigst an all den Stellen lachte, die witzig sein sollten. Noch hatte das Fest kaum begonnen. Elisabeth drückte ihm die Hand, wollte sich wohl entschuldigen, weil sie ihn so angefahren hatte. Er lächelte dankbar, ein verschwörerisches Lächeln. Sie vertraute ihm. Nur er wußte, daß er ihr nicht die Wahrheit gesagt hatte.

Denn es *war* ein Schlaganfall, wenn auch ein leichter, und Andreas hatte sie ins Ullevål-Krankenhaus gebracht. Dort wußten sie, was zu tun war. Als Elisabeth und Thomas sie kurz nach Mitternacht besuchten – die Gäste waren zum Glück rücksichtsvoll gewesen und früh aufgebrochen –, sah man bei der schlafenden alten Frau deutlich das schiefe Gesicht.

»Das gibt sich wieder«, sagte Thomas. Janne war die ganze Zeit bei ihr gewesen. Andreas war zurück ins Dahl-Haus gefahren und hatte sich um Kaare gekümmert. Thomas war eigentlich davon ausgegangen, daß Elisabeth im Krankenhaus bleiben wollte, aber Janne hatte sie überreden können, nach Hause zu fahren.

Eine Stunde später, nachdem sich Kaare beruhigt hatte und ins Bett gebracht worden war, saßen alle sieben im Erker und redeten. Die Mädchen waren auch aufgeblieben. Janne öffnete zwei der Champagnerflaschen, die Elisabeth bekommen hatte und die Thomas in weiser Voraussicht vom Geschenketisch mitgebracht hatte. Die anderen Geschenke würde er am nächsten Tag holen. Er merkte, wie Elisabeth endlich zur Ruhe kam. Vielleicht empfand sie trotz allem Freude darüber, daß sich das Fest hatte durchführen lassen.

Einige der Reden waren auch witzig gewesen, aber weder Annika noch Line hatten das Wort ergriffen. Sie schoben es auf den Zwischenfall mit Tulla, der sie erschreckt hatte. Wie auch immer. Elisabeth hatte ohnehin nichts von ihnen erwartet. Jetzt war es an der Zeit, auszuschnaufen, Champagner zu trinken und die Aufregungen des Abends zu verdauen. Sie saßen auf der Couch, und Elisabeth küßte Thomas leicht auf die Wange, dankte ihm für das Fest. »Verlaß mich nie«, hatte sie einst in ihrer Jugend gesagt, während die Beatles *Here Comes the Sun* gesungen hatten und die Sonne über Vettakollen aufgegangen war.

Das Fest und die Chicagoreise waren sein Geschenk an sie. Er war sich fast sicher gewesen, daß sie vorschlagen würde, die Reise abzusagen, aber offenbar hatte Janne mit ihr gesprochen. Sie erklärte jedenfalls, daß sie sich in der Woche von Elisabeths Abwesenheit voll und ganz um Tulla kümmern werde.

Thomas atmete erleichtert auf. Janne gelang es sogar, Andreas zu überreden, noch ein paar Tage zu bleiben, um Kaare zu versorgen. Das waren mittelfristige Lösungen, mittelfristige Fürsorge, dachte Thomas Brenner. Für die endgültige Lösung würde Elisabeth verantwortlich sein.

Und vielleicht waren genau das Elisabeths Gedanken, als sie sich hatte überreden lassen, trotzdem nach Chicago zu fliegen. Diese Reise würde für lange Zeit die letzte sein. Eine Mutter mit Schlaganfall beanspruchte noch mehr Zeit und pflegende Fürsorge. Was für ein Wort, dachte er. Es wurde inzwischen offiziell verwendet. Fürsorge als Job. Bald würde man wohl ein Ministerium für pflegende Fürsorge einrichten und einen Minister für pflegende Fürsorge ernennen. Von der Autorin der *Protuberanzen*, der Leiterin einer der wichtigsten Abteilungen bei Telenor war Elisabeth nun zur pflegenden Fürsorgeperson geworden. Sie hatte das selbst gewollt und mit Klauen und Zähnen darum gekämpft, Tulla zu Hause bei ihrem Kaare zu behalten. Aber würde sie das schaffen? Der Spielraum war für Tulla Dahl jetzt sehr reduziert. Während sich allmählich die Gemüter im Erker beruhigten, merkte Thomas Brenner, daß sich seine alten, normalen Gefühle für die Schwiegermutter wieder einstellten. Er war nicht mehr wütend auf sie. Er stellte sich vor, wie schrecklich es für sie sein würde, am nächsten Morgen zu erwachen, körperlich behindert und mit schiefem Gesicht. Tiere töteten sich gegenseitig oder fanden einen stillen Platz, um zu sterben, wenn ihre Zeit gekommen war. Das Los des Menschen war es, zu erkennen, daß es für den Menschen diesen Zeitpunkt nicht gab, daß alles, was er erreicht hatte, ihm schließlich genommen wurde und er wie ein gerupfter Vogel hilflos in irgendeinem Pflegeheim hockte und sein Leben wie eine Seifenblase in der Hand hielt. Vielleicht würde Tulla in das gleiche Heim kommen wie Bergljot.

Das war nicht wichtig, dachte Thomas, die beiden hatten sich nie verstanden. Er saß neben Elisabeth und betrachtete seine Töchter. Wie nervös sie wirkten, jede auf ihre Weise, wie verstimmt sie sicher darüber waren, daß das Fest, auf das sie sich so sehr gefreut hatten, ganz anders abgelaufen war. Er war überzeugt, daß jede von ihnen eine Rede vorbereitet hatte, aber sie waren so leicht aus der Fassung zu bringen.

Er betrachtete Annika in ihrer riesigen Tunika, dick und ungesund, und die dünne, blasse Line mit der Wunde am Handgelenk, auch sie alles andere als gesund. Er überlegte plötzlich besorgt, ob Annika wohl in den Sitz im Flieger passen würde.

Thomas hatte nicht mit Jannes Fähigkeit, die Kontrolle zu übernehmen, gerechnet. Vor allem, weil sie ihr eigenes Leben noch nie unter Kontrolle gehabt hatte.

Aber es gab Menschen, die waren dazu geschaffen, Krisensituationen zu meistern, dachte er. Janne gehörte offenbar dazu. Er empfand sie als Verbündete. Obwohl ihn sein Leben lang Gewissensbisse quälen würden, weil er Tullas Schlaganfall erkannt hatte, ohne als Arzt etwas zu unternehmen, ein Versagen, das aus moralischer Sicht das Todesurteil verlangte oder wenigstens die Aberkennung seiner Approbation, hatte er das Gefühl, daß Janne ähnlich gedacht hatte, daß sie wenn nötig jederzeit die Rollen tauschen konnten.

Andererseits war dieser Zirkus um Elisabeth, nur wegen eines sechzigsten Geburtstags, vielleicht doch etwas übertrieben? Und dazu noch die Chicagoreise. Sprengte das nicht jeden Rahmen? Steckte dahinter nicht vor allem seine verzweifelte Angst um sie? Hatte er in den letzten Jahren nicht mit dem beunruhigenden Gefühl gelebt, sie jederzeit verlieren zu können?

Sich das aber bewußtzumachen, hatte er kaum gewagt, weil er sich als Arzt inzwischen das erworben hatte, was er als präzise Vorahnung bezeichnete, das intuitive Wissen, daß manche seiner Patienten bald sterben würden. Aber Elisabeth hatte keinerlei Symptome für eine tödliche Krankheit gehabt. Jedenfalls bis jetzt nicht. Und über dieses eine Symptom weigerte sie sich, mit ihm zu reden. Deshalb mußte er sich damit beruhigen, daß sie sich offenbar gesund fühlte. Seine Angst durfte jedenfalls keinen Schatten auf die Chicagoreise werfen. Es sollte eine Vergnügungsreise werden. Es mußte eine Vergnügungsreise werden. Besonders jetzt, nachdem es ihr gelungen war, sich von den Ängsten um ihre Mutter zu befreien. Wie er sie verabscheute, diese Angst. Die jede Freude zerstörte, die ihn zwang, in einem existentiellen Vakuum zu leben, ständig darauf vorbereitet, daß das Schlimmste geschehen könnte. War nicht instinktiv die Angst ausschlaggebend gewesen für seine Entscheidung, den Arztberuf zu ergreifen, ein vorbeugender Instinkt, der tief in seiner Persönlichkeit verankert war, vielleicht, weil Bergljot ständig um ihn, Vigdis und Johan Angst gehabt hatte. Dabei war diese Angst sinnlos gewesen.

Und während er einen Blick auf Annika warf, mußte er daran denken, daß es, statt sich wegen der Zukunft zu ängstigen, vielleicht besser gewesen wäre, die Gegenwart zu sehen, daß Annika mehr und mehr die Kontrolle über ihr Gewicht verlor. Daß Elisabeth und er in ihrer stets verständnisvollen Gutmütigkeit die älteste Tochter in ein Extremleben getrieben hatten, das äußerst gesundheitsgefährdend war. Mit ihren Blutzuckerwerten und dem verfetteten Herzen war dieses junge, nette Mädchen einem großen Risiko ausgesetzt. Ihr Blutdruck war bereits hoch und der Blutzucker völlig inakzeptabel. Immer wieder hatte er eine Diät für sie ausgearbeitet, die sie offensichtlich nicht einhielt. Sie, die eine solche Angst hatte, ihre Eltern zu verlieren, könnte leicht die erste sein, die sterben mußte, dachte er.

Aber sie war sich dessen nicht bewußt. Die, die am meisten gefährdet waren, verhielten sich häufig am leichtsinnigsten. Tulla zum Beispiel. Sie hatte wahrscheinlich keinen Gedanken daran verschwendet, daß sie die Festverderberin sein könnte. Wenn nicht verantwortliche Stellen sie gestoppt hätten, würde sie immer noch Auto fahren, obwohl sie kaum noch die Kraft hatte, das Lenkrad zu halten.

Ach, dachte Thomas Brenner immer wieder, er hätte nicht geglaubt, daß gerade diese Lebensphase so schwierig werden würde! Beide Kinder sollten jetzt flügge sein, selbständig und stark, Elisabeth und er sollten jetzt mehr Zeit füreinander haben, gesund und unternehmungslustig die Früchte ihrer Arbeit ernten. Nun ja, die Chicagoreise war immerhin ein unmittelbar bevorstehendes Erlebnis für sie alle, und er war dankbar dafür, daß Janne alles daransetzte, damit die Reise stattfinden konnte. Ursprünglich war das Ganze als sein Geschenk an Elisabeth gedacht, aber es war auch ein Geschenk an alle, ihn eingeschlossen. Als Elisabeth andeutete, daß sie gerne das Chicago Symphony Orchestra hören würde, wußte er sofort, daß sie es sagte, weil sie genau wußte, daß das auch für ihn ein Höhepunkt sein würde.

Und bei der detaillierten Planung der Reise hatte er gemerkt, wie überlegt Elisabeth versucht hatte, für die wenigen Tage, die sie in der großen Stadt verbrachten, alle Interessen unter einen Hut zu bringen. Eine Tanzvorstellung, ein Atelier, in dem Gold- und Silberschmiede von Weltformat ausstellten, das Chicago Symphony Orchestra und nicht zuletzt: Restaurants, die ihnen gefallen würden. So endete dieser Abend doch noch positiv, dachte er und hoffte, daß der Schlaganfall Tulla nicht völlig außer Gefecht setzte. Dennoch war er beunruhigt, denn er deutete es als Zeichen von Erschöpfung, daß Elisabeth so überraschend schnell die Pflege Tullas der Schwester überlassen hatte. Ja, nach so langer Zeit ständiger Bereitschaft mußte sie erschöpft sein. »Es wird Zeit, sich hinzulegen«, sagte sie und gähnte. »Danke für alles, was ihr für mich getan habt, heute und an allen Tagen. Ob ihr es glaubt oder nicht, ich bin sehr glücklich. Und ich bin die verwöhnteste und sicher auch undankbarste Frau der Welt.«

In dieser Nacht schliefen sie miteinander. Das erste Mal, seit er den Knoten gespürt hatte. Und er war erstaunt, daß sie auf einmal gar nicht mehr müde war. Wollte sie sich selbst etwas beweisen? Daß sie nicht so alt war wie Tulla? Daß sie sechzig geworden war, aber sich dem Alter nicht ergeben wollte? Oder war es ihre Art, sich zu bedanken?

Ihre Leidenschaft erinnerte ihn an die Jugendzeit. Die ersten berauschenden Nächte. Die starken Arme. Nichts von außen konnte zwischen sie kommen. Er wollte sie ganz und gar befriedigen.

Als sie zwei Tage danach zum Flughafen kamen, stellte Thomas Brenner fest, daß seine drei Damen, die ihn umschwirrten, fröhlicher und aufgekratzter waren als sonst. Erstaunlicherweise wirkte sich Tullas Situation nicht nachteilig auf die Stimmung aus. Sie wußten inzwischen, daß der Schlaganfall ernster war als ursprünglich angenommen. Tulla konnte sich ohne fremde Hilfe nicht auf den Beinen halten, und sie hatte große Probleme beim Sprechen. Als alle gemeinsam im Krankenhaus bei ihr waren und sahen, wie schlecht es ihr ging, zweifelte Thomas keine Sekunde, daß er die Chicagoreise vergessen konnte. Aber als Janne sich ausdrücklich bereit erklärte, die Verantwortung für die nächste Woche zu übernehmen, war deutlich, ja auffällig zu beobachten, wie Elisabeth aufatmete. Wie glaubwürdig war diese sogenannte pflegende Fürsorge? dachte er. War es lediglich Pflichterfüllung gewesen? Waren dabei die Gefühle auch bei ihr auf der Strecke geblieben? Wer von ihnen war im Grunde bereit, zuzugeben, wie sehr die Beschwerden der Alten die Gefühle, die Kinder für ihre Eltern empfinden, abgenutzt hatten? Er sah, wie deprimiert Tulla war, noch im Schock, wie unvorbereitet sie dieser Schlaganfall getroffen hatte, als hätte sie in den letzten Jahren, in denen sie zu kränkeln begonnen hatte, nie damit gerechnet, jemals in so eine Situation zu kommen. Sie suchte ihn mit dem Blick, weil sie nicht vergaß, daß er Arzt war. Sie flehte ihn beinahe an, sie aufzumuntern und hoffnungsvollere Prognosen zu äußern als die Krankenhausärzte. Er sagte dann auch, daß er überzeugt sei, daß sie ihre Beweglichkeit wiedererlangen würde und daß sie wieder klar und deutlich werde sprechen können.

Er fühlte sich moralisch gesehen auf einem Tiefpunkt, hatte eine Stufe erreicht, die er sich nie hätte vorstellen können. Sie hatte nach seiner Hand gesucht, aber wegen der ebenfalls eingetretenen Sehschwäche vergeblich. Er hatte sie ergriffen und mit beiden Händen festgehalten und doch das Gefühl gehabt, das sei nicht genug. Er mußte sie umarmen. Und da erfaßte ihn plötzlich eine ungeheure

Zärtlichkeit für diese lebensfrohe, immer aktive Frau. Verzweifelt mußte er wieder einmal erfahren, wie ein Mensch auf den Tod zuging, wie Tulla von nun an mehr oder weniger schnell bis zur Unkenntlichkeit reduziert werden würde, ein Opfer persönlicher und physischer Katastrophen.

Es war ihr Schicksal, sich wie eine Überlebende nach einem Erdbeben zu fühlen, egal ob sie in einem Pflegeheim landete oder nicht. Und er war unfähig, die Schreckensvorstellungen zu unterdrücken, daß Elisabeth einmal in diese Situation kommen würde oder Annika oder Line. Daß sie alle die kalte und dunkle Wand des Todes in nächster Nähe spüren würden, als Verlust der Sehkraft auf einem Auge, als Erfahrung, die Konsonanten nicht mehr in der richtigen Reihenfolge sprechen zu können, als eine tiefe, innere Unsicherheit, ein langsam mahlender Prozeß, bei dem alle Fähigkeiten zerstört wurden, Tag für Tag in zunehmendem Maße zu merken, was man alles nicht mehr zu tun vermochte.

Andererseits war Elisabeth immer eine starke Frau gewesen, stärker, als er es für möglich gehalten hatte. Vielleicht hatte sie durchaus darüber nachgedacht, warum ihre Mutter unbedingt bei diesem sechzigsten Geburtstag hatte dabeisein wollen. Sie hatte schließlich verlangt, von Andreas gefahren zu werden. Eigentlich hätte sie sich gewünscht, von Elisabeth hin- und zurückgefahren zu werden, aber Thomas hatte ihr zwei Tage vor dem Fest erklärt, daß die Tochter die Hauptperson des Abends sei und deshalb das Recht auf ein oder zwei Glas Wein haben sollte. Sie müsse ja sicher des öfteren mit den anderen anstoßen. Das hatte sie verstanden und deshalb schnell einen Blick auf Andreas geworfen. Er sollte sie fahren. Sie hatte aufgeschnappt, daß er mit Åse im Auto aus Vestlandet gekommen war. Dann konnte er sie sicher auch holen und bringen. Ihr fiel es nicht im Traum ein, daß sie ein Taxi hätte nehmen können, daß der Sohn sich gerne, wie all die anderen, frei bewegt hätte. Vielleicht wollte sie ihn auch bestrafen, daß er so selten in Oslo auftauchte und daß er sie nur sehr sporadisch anrief. Außerdem neigte Tulla zu einem von Jahr zu Jahr schlimmeren Geiz. Sie liebte Schwarzarbeit, und sie erwartete, aus jeder Situation so billig und kostengünstig wie möglich herauszukommen. Deshalb war Andreas an der Reihe. Die Chicagoreise war lebenswichtig geworden, ein Sein oder Nichtsein, eine Chance für ihn, Elisabeth und die Töchter, sich wieder zu *konsolidieren*, wie Elisabeths Lieblingswort hieß, weil trotz allem gewisse Spannungen zwischen ihnen aufgetreten waren, die weder die Geburtstagsfeier noch Tullas Schlaganfall hatten beseitigen können.

Deshalb war Thomas Brenner geradezu euphorisch, als er als erster in der Schlange beim Einchecken stand und der selbsternannte Reiseleiter war. Er war erleichtert, weil alle in der Familie Mildred Låtefoss und den unsinnigen Einfall mit dem Verdienstorden vergessen hatten. Es gab sicher auch später noch einen Anlaß, dachte er und merkte, daß die Möglichkeit, eine derartige Ehrung zu erhalten, ihn verändert hatte. Er dachte jetzt anders und freundlicher daran, sah es als eine Geste, die ihn für einige Stunden aus dem Kreislauf des Alltags herausheben würde.

Aber alles zu seiner Zeit. Zuerst kam Chicago. Elisabeth und die Mädchen alberten hinter ihm. Sie hatten den scherzenden Ton wiedergefunden, den sie lange nicht mehr gehabt hatten, der aber eigentlich ihre Jugendzeit geprägt hatte. Elisabeth hatte die Fähigkeit, Kumpel und Freundin zu sein, ohne die Autorität als Mutter zu verlieren. Ja, dachte Thomas am Flughafen Gardemoen an diesem kühlen Novembertag des Jahres 2009, man konnte wieder an eine Zukunft glauben, obwohl die Umstände nicht unbedingt ideal waren. Elisabeth fiel es sicher schwer, ausgerechnet jetzt Norwegen zu verlassen, und Thomas konnte sich überhaupt nicht vorstellen, wie sein Vater klarkommen sollte, wenn er sieben Tage nicht bei ihm vorbeischaute. Aber etwas trieb sie nach Chicago. Und Thomas wußte, was ihn lenkte: der Wunsch, sich den anderen wieder ganz nah zu fühlen.

Er genoß es, Annika und Line zusammen zu sehen. Line hatte sich mit Genehmigung der Ballettlehrerin vom Tanzinstitut freigenommen. Annika war froh, ihrer Werkstatt im Dahl-Haus entfliehen zu können, wo sie in der letzten Zeit ungewöhnlich intensiv gearbeitet hatte, offenbar, um einen neuen Ausdruck für ihr Schmuckdesign zu finden. Thomas wagte nicht daran zu denken, daß diese Reise die Ersparnisse der letzten Jahre auffressen würde. Er hatte es nie geschafft, einer der reichen Ärzte am Holmenkollen zu werden.

Aber je klarer sich herausstellte, daß das Brenner-Haus nichts mehr wert war, daß der Vater all sein Geld verloren hatte, um so spendabler wurde er. Mit fatalistischer Haltung benutzte er großzügig seine Kreditkarten, war bereit, Geld auszugeben, das er nicht hatte.

Schon vor längerer Zeit hatte er sowohl die Flugtickets wie die Hotelzimmer im Palmer House Hilton gebucht. Das Hotel hatte sich Elisabeth gewünscht, und für Thomas war vor allem angenehm, daß diese »Old Lady« unter den amerikanischen Hotels perfekt gelegen war, einen Katzensprung vom Art Institute und der Symphony Hall entfernt, und daß es Elisabeth zufolge dort deutliche Spuren von Saul Bellow gab; Palmer House als das perfekte Hotel für

Bellows komplexe Personen, zwielichtige Gestalten, das Hotel der Geliebten und der Gangster. Ein altes Gebäude aus dem 18. Jahrhundert, von Kipling gerühmt, eine Manifestation Amerikas.

Jetzt war Elisabeth Dahl an der Reihe, den Traum ihrer Jugend zu verwirklichen, der sie damals zu etwas Besonderem gemacht hatte, das Wissen um Chicago und Bellow, die intensive Faszination der jungen Frau für diesen egoistischen, bösen alten Mann, der ihrer felsenfesten Überzeugung nach eine bessere und exaktere Prosa schrieb als jeder lebende Schriftsteller der Welt. Als hoffte sie im Alter von sechzig Jahren, nach einem Leben, das sie zu ganz anderen Dingen als dem Schreiben verwendet hatte, wieder in sein Universum einzudringen, den Code zu knacken, seine innere und äußere Landschaft zu erfahren, die fünf Ehen zu verstehen, die er hinter sich hatte, bevor er starb. Es war eine Art Forschungsreise, und das konnte nur auf eines hindeuten, dachte Thomas Brenner, daß sie wirklich plante, wieder ein Buch zu schreiben.

Und nichts freute ihn mehr, denn er war überzeugt, daß es das war, was sie in all diesen Jahren eigentlich im Kopf gehabt hatte. Und natürlich mußte sie sich gewünscht haben, nach Chicago zu fliegen, als Saul Bellow noch lebte, aber er war 2005 gestorben. So gesehen hatte diese Reise auch einen Hauch Melancholie. Eine Pilgerreise an einen Ort, wo der Prophet gerade verstorben war, würde jeder als traurig erleben. Aber für Elisabeth waren alle Figuren Bellows nach wie vor lebendig. Thomas Brenner hatte die großen Romane natürlich alle gelesen, die Elisabeth so viel bedeuteten, und ihm war eine Art Übereinstimmung bei all diesen Figuren aufgefallen. Sie hatten eine Vorstellung von der Realität, aber sie verstanden nie, was wirklich wesentlich war. Mit dieser Lebensperspektive hatte sich

Elisabeth offenbar schon früh identifiziert. Das war nicht weiter aufsehenerregend, aber für Thomas erhellend, denn über die Konflikte, mit denen sich Bellows Figuren herumschlugen, hoffte er, Elisabeths Persönlichkeit zu erkennen.

Der Schlüssel zu Bellows Prosa, soviel war ihm klar geworden, war die Tatsache, daß ihn aus den Buchseiten das Leben selbst anblies. Bellow benötigte keine erste Person Singular, um dem Leser begreiflich zu machen, wie sehr er sein eigenes Leben beschrieb, hatte Elisabeth gesagt. Sie hatte genug von der Selbstverliebtheit der Autoren um sich herum. »Er aber schärft ständig den Blick auf das Leben. Er hebt die Wirklichkeit für den Leser auf Augenhöhe und macht es ihm leichter, mit offenen Sinnen in sie hineinzugehen.« Thomas war beinahe eifersüchtig auf Elisabeths Verhältnis zu dem Nobelpreisträger. Er hatte in *Protuberanzen,* die er heimlich immer wieder gelesen hatte, nach Spuren von Bellow gesucht, um sich daran zu erinnern, wie Elisabeth gewesen war und was sie zum Ausdruck hatte bringen wollen. Aber Elisabeths Prosa bewegte sich nicht im Rahmen der Wirklichkeit. Ihre Frauenfiguren in dieser ersten und einzigen Novellensammlung waren weit extremer als Bellows Männer. Trotzdem hätten sie durchaus ihren Platz als Nebenfiguren in einigen von Bellows Romanen finden können.

Sie bewegten sich langsam auf die Sicherheitskontrolle zu. Thomas beobachtete Annika, als sie aufgefordert wurde, die Schuhe auszuziehen und ihren Schmuck abzulegen. Natürlich, eine Menge Metall. Auf einmal stand sie da auf Strümpfen in ihrer riesigen Tunika oder wie man das nennen sollte, dieses Baumwollungetüm mit Missoni-Muster, das wie ein Sack an ihrem Körper hing und die birnenförmige Silhouette noch betonte, die enormen Fettwülste, ihr ausuferndes Hinterteil. Er erinnerte sich an sie als Baby, schlank und perfekt hatte sie ihn angelächelt, wenn er sie auf den Armen wiegte. Jetzt würde er es nicht schaffen, sie vom Boden hochzuheben.

Endlich hatten sie die Absperrung hinter sich. Elisabeth wollte sofort in den Buchladen, um sich einige Bücher zu kaufen. Aber Line hielt sie resolut zurück: »Du fliegst nicht nach Chicago, um die Nase in Bücher zu stecken, Mama!« Nein, da gab sie der Tochter recht. Und schließlich hatte sie Bellow im Gepäck, *Der Regenkönig* und *Herzog*. Sie passierten deshalb die letzte Kontrolle, und vor ihnen lag der Duty-free-Shop, die Konsumhölle für Alkohol und Parfüm.

Thomas war schon lange nicht mehr verreist. In den letzten Jahren hatte sich sein Leben auf Praxis und Ferienhaus beschränkt. Vorher, in den reichen achtziger Jahren, war er auf Ärztekongressen in der ganzen Welt gewesen, als Vertreter der Ärztevereinigung natürlich Business class geflogen.

Deshalb wollte man ihm vermutlich die Auszeichnung verleihen, dachte er, weil er dazu beigetragen hatte, die Allgemeinmedizin aufzuwerten und zugleich Rahmen und Möglichkeiten abzustecken. Die Welt hatte sich verändert seit damals. Jedenfalls die Flughäfen, wie er feststellte. Eine Atmosphäre wie auf großen Busbahnhöfen. Die Menschen liefen herum und aßen aus Papiertüten, standen mit Baguettes und Colaflaschen am Gate. Annika wollte auch sofort etwas essen.

Einwände waren zwecklos. Sie waren jetzt im Urlaub, jetzt sollte jeder tun dürfen, wozu er Lust hatte, und Annika war alt genug, Entscheidungen zu treffen. Sie holte sich eine Riesenpizza bei Pizza-Hut und verschlang sie auf der Stelle mit einem entzückten Gesichtsausdruck, in der linken Hand eine Cola. Die anderen warteten auf sie. Das Gate zum Flug nach Kopenhagen lag in nächster Nähe. Thomas hatte selten Gelegenheit, so viele Menschen auf einmal zu sehen. Gewöhnlich kamen die Menschen einzeln zu ihm und waren krank. Diese hier waren sicher auch nicht gesund, dachte er. Hoher Blutdruck unter Make-up und Gesichtscreme. All das Weißmehl, die riesigen Baguettes mit Hühnchen und Mayonnaise, obenauf einige Körner, um das Elend zu schmücken. Zuckerwasser in allen Farben. Der Geruch nach Würstchen, Pizza und Gebäck. Gerötete, verlebte Gesichter. Die Bevölkerung war im Schnitt um fünf Kilo schwerer als in seiner Jugend. Aber war er zu einer Anklage befugt, mit seiner Annika? Würde es ihr gelingen, sich zwischen die Armlehnen des Sitzes zu pressen? In jedem Fall würde sie den speziellen Sicherheitsgurt brauchen, der sonst Müttern mit Kleinkindern vorbehalten war.

Der Flieger würde voll werden. SAS hatte bereits Handgeld angeboten für jeden, der auf diesen Flug verzichtete, weil die Maschine überbucht war. »Was ist denn das für ein Kapitalismus«, hatte Elisabeth geflüstert. »Den Fuchs schießen und das Fell dann mehrmals verkaufen?« Obwohl sie nach Amerika wollte, erwachte die linke Radikale in ihr. Er antwortete nicht. Auf ihn wirkte alles viel freudloser als früher, in Zeiten, in denen man noch Reisefieber hatte. Gestreßte Menschen. Blinde Hektik. Er legte den Arm um Elisabeth und flüsterte: »Vergiß nicht, wir wollen nach Chicago.« Sie küßte ihn auf die Wange. Die Töchter drehten sich um, betrachteten zufrieden die Eltern. Sie mochten diesen Austausch von Zärtlichkeiten, fühlten sich zurückversetzt in ihre Teenagerzeit, waren wieder Mamas und Papas Klein-Annika und Klein-Line. Er sah, daß besonders Line urlaubsreif war. Ringe unter den Augen, im Tanzinstitut schien es nicht so zu laufen, wie es sollte. Aber er wagte nicht zu fragen. Alle sind froh, wegzukommen, dachte er. Ein sündiges, aber befreiendes Gefühl. Sie hatten kein Wort über Tulla verloren.

Thomas hatte alle Bordkarten in der Hand. Sie flogen die billigste Touristenklasse, mußten in der Boeing 737 ganz nach hinten. Dort hatten sie einen Dreisitzer und einen Platz auf der anderen Seite des Mittelgangs. Er verhielt sich ruhig, als die Töchter und Elisabeth diskutierten, wer wo sitzen sollte. Sie einigten sich darauf, daß Annika den Platz allein auf der anderen Seite des Mittelganges nahm. Sie hatte es selbst vorgeschlagen.

Thomas wartete, bis sich Line und Elisabeth gesetzt hatten, weil er der größte war. Die schlanke Line hatte kein Problem mit ihrem Sitzplatz. Schlimmer war es mit Annika. Mit einem kleinen Seufzer plumpste sie auf ihren Sitz. Das Fleisch quoll über die Armlehnen. Außerdem hatte sie sich zu früh hingesetzt. Zwei junge Frauen, ebenso dick wie sie, hatten die Sitze neben ihr. Sie mußte wieder aufstehen, warf Thomas einen Blick zu und tauschte den Platz mit ihm. Nun konnte sie sich an die dünne Line lehnen, und Thomas mußte sich auf der andern Seite klein machen.

Nach dem kurzen Flug von Oslo nach Kopenhagen mußten sie von Terminal B nach Terminal C laufen, wo die Paßkontrolle für die Flüge nach Asien und Amerika war. Annika hatte nicht einmal Zeit, die herrlichen dänischen Würstchen mit Senf und warmem Brötchen zu essen, auf die sie sich gefreut hatte. Auch an Bord des Airbus, wo alles noch enger war, hatten sie ihre Plätze fast ganz hinten. Elisabeth ließ sich nichts anmerken, aber er wußte, daß sie mit ihrer Erfahrung aus Telenor-Zeiten bessere Plätze hätte reservieren lassen. Sie war nun mal in solchen Dingen professioneller, während er stundenlang am PC gesessen hatte, bis die Tickets bestellt waren, und sogar nach Bestätigung der Reservierung war er nicht sicher, ob alles so war, wie es sein sollte.

Am Vortag hatte er geglaubt, der Flimmeranfall sei vorüber, aber das traf nicht zu. Nachts kam er um so stärker wieder. Als er am Abreisetag erwachte, wußte er, daß er sich der Zweitagesgrenze näherte. Er müßte Marevan nehmen, ein feineres Wort für Rattengift, aber perfekt zur Blutverdünnung. Bei Menschen wußte man meistens, welche Dosierung man anwenden mußte. Das bedeutete aber, daß die Blutwerte anfangs jeden zweiten Tag kontrolliert werden mußten. Wurde das Blut zu dünn, bekam man innere Blutungen, war das Blut zu dick, bestand die Gefahr einer Thrombose. Deshalb nahm er lieber Albyl-E. Er hatte gehofft, daß der Flimmeranfall vorübergehen würde, wenn er erst im Flieger saß und zur Ruhe kam. Er versuchte, nicht mehr daran zu denken. Während die Maschine zur Startbahn rollte, schloß Thomas Brenner die Augen und versuchte, tief und ruhig zu atmen. Wie wenig er eigentlich über das Vorhofflimmern wußte. Die lang anhaltenden Anfälle begannen ihn zu beunruhigen. Er hatte Patienten gehabt, die durch die Krankheit lebensunfähig wurden. Dann konsultierte er immer die Spezialisten, die Tambocor und Cordarone empfahlen. Aber das waren Medikamente, an denen man sterben konnte. Tambocor führte im schlimmsten Fall zu Ventrikelflimmern, und dann war es in Sekunden aus. Cordarone führte zu Augen- und Lungenproblemen und einem unkontrollierten Stoffwechsel.

Sollten solche Medikamente in den folgenden Jahren seinen Alltag bestimmen? Ach, dachte er deprimiert, weder er noch Elisabeth durften jetzt ausfallen, solange die Töchter so unselbständig waren und die Alten Hilfe brauchten. In letzter Zeit hatte er sich des öfteren gefragt, ob er Angst davor hatte, zu sterben. Ja, hatte er gedacht. Davor hatte er Angst. Nur die Dümmsten verneinten diese Frage. Für ihn war es nach wie vor unvorstellbar, eines Tages nicht mehr dazusein. Denn an einen Gott konnte er nicht glauben, solange die Hierarchie der Weltreligionen dem korrupten politischen Leben zum Verwechseln ähnlich sah. Die naiven Geschichten von übernatürlichen Jenseitsidyllen, die ihn daran erinnerten, wie er bei Bergljot auf dem Schoß saß und sie ihm Weihnachtslieder vorsang, versetzten ihn höchstens in eine angenehme Stimmung. Besonders Johann Sebastian Bachs Werke der Kirchenmusik mit ihren christlichen Texten rührten ihn. Aber auch Minarett-Gesänge konnten ihn bewegen. Ganz zu schweigen vom Zauber hinduistischer Geschichten oder den seltsamen Ritualen der Katholiken. Überboten wurde all das vom Buddhismus mit seinen fantastischen Meditationsübungen und den fehlenden hierarchischen Drohungen. Aber der Buddhismus war ja eigentlich keine Religion. Daran mußte man nicht glauben. Alle Gläubigen strebten danach, sich der göttlichen Autorität zu unterwerfen und darauf zu vertrauen, daß alles, was von dort kommt, der Wahrheit entspricht. Die Kunst liegt darin, sich klein und unbedeutend zu fühlen und gleichzeitig groß und auserwählt zu sein, um sowohl strenger Gerechtigkeit wie großer Gnade zu begegnen.

Warum hatte es zwischen ihm und Elisabeth kaum Gespräche über Gott gegeben? Er glaubte an die Sterne. Er glaubte an den Kosmos. Er glaubte an ein Rätsel, eine mögliche Erklärung, eine Transformation, vielleicht sogar einen Geist, aber nicht an die heiligen Schriften. Die

Bedeutung der Kirche in der Gesellschaft erstaunte ihn. Die ständigen Mißbrauchsfälle bei den Katholiken, all die Gewalt bei den Muslimen, die zunehmende Ohnmacht. Gründe genug, nicht an Hierarchien und Systeme zu glauben.

Annika und Line lehnten die Kirche schon seit ihrem sechsten Lebensjahr ab. Sie nahmen die Signale der Erwachsenen auf, wurden radikale Atheisten und verfluchten jeden Weihnachtsstern, den sie in der Schule basteln mußten. Als Elisabeth vor etwa zehn Jahren zum ersten Mal erwähnte, daß sie im Buddhismus einen Sinn fände, hatten die Mädchen sie verständnislos angeschaut. Erst als sie den Töchtern erklärte, daß das ja keine Religion sei, konnten sie die Mutter verstehen.

Also kein Gott, dachte Thomas Brenner, als die Maschine abhob. Nur das Nichts?

Er hatte in Tullas Gesicht gesehen, daß sie ebensolche Angst vor dem Sterben hatte wie er. Und von früher wußte er, daß Kaare womöglich noch ängstlicher war und daß Gordon, sein Vater, fast panisch werden konnte. Nur bei Bergljot hatte er keinerlei Todesangst gesehen. Sie hatte diesen merkwürdigen Ausdruck gebraucht: »Der Tod ist ein Freund.« Aber wie konnte man da sicher sein?

Die Turbinen des Flugzeugs heulten, und er schloß die Augen und ließ die Gedanken fließen. Sie waren in der Luft! »Airborne«, murmelte Annika glücklich von der andern Seite des Mittelgangs. Ja, jetzt mußte er das Flimmern und die Todesangst wieder vergessen und gute Laune zeigen.

Er öffnete die Augen. Sein Blick begegnete Elisabeth, die ihm zulächelte. Das Kabinenpersonal (was für ein Wort) hatte bereits begonnen, die ersten Drinks zu servieren. Er mußte geschlafen haben. Das beunruhigte ihn. So müde war er sonst nie. Er konnte es auf das Herzflimmern schieben. Aber Elisabeth war in bester Stimmung. Alkoholische Getränke gab es umsonst, abgesehen vom Champagner, der bezahlt werden mußte. Wie kleinlich, dachte Thomas, bestellte aber Schampus für alle vier. Ein Fest war ein Fest. Sobald der Alkohol ins Blut ging, merkte er, daß die eigentliche Feier begann. Natürlich hätte er Business class spendieren sollen. Aber er konnte es sich nicht leisten, über hunderttausend Kronen allein für den Flug hinzulegen. Niemand sollte ihm oder Elisabeth vorwerfen, finanzielle Hasardeure zu sein.

Jetzt aber waren Elisabeth und die Töchter eifrig dabei, die Shopping-Angebote von SAS zu studieren. Wie lange waren sie nicht mehr verreist, dachte Thomas. Wie lange waren sie nicht mehr richtig glücklich miteinander gewesen! Er spürte, wie er von einer tiefen Freude erfüllt wurde und zugleich von einer Dankbarkeit darüber, daß diese Familie solche Dinge erleben konnte. Das wäre nicht so leicht, wenn Annika wie ihr Onkel Andreas mit großer Familie im Vestlandet leben würde und Line als Mutter eines Kleinkindes in Midstuen. Und bei dieser Vorstellung fiel ihm die Mutter des kleinen Mädchens mit der Überdosis Schlafmittel ein. Verdächtig lange hatte er weder von der Mutter noch vom Ehemann etwas gehört. Irgend etwas mußte geschehen. Aber solange er in der Maschine nach Chicago saß, konnten sie ihm nicht gefährlich werden. Gerade jetzt, während er das Glas hob und den Töchtern zuprostete, konnte ihm gar nichts gefährlich werden. Er war nicht einmal in der Lage, sich Bergljot vorzustellen, wie sie auf ihrem Stuhl im Pflegeheim saß und gegen die Wand starrte. Er sah keinen Gordon, der zu Hause im Erker des Brenner-Hauses saß und nach dem Pflegedienst rief. Er dachte nicht an Kaare, der mit Janne in der oberen Etage saß. Und er ängstigte sich nicht um Tulla, der von Physiotherapeuten geholfen wurde, wieder gehen zu lernen. Als würde sich der Alkohol beruhigend auf sein Gewissen legen.

Elisabeth und die Töchter hatten die Shopping-Angebote beiseite gelegt, alle drei hatten sich für einen Wollschal von Kenzo entschieden. Um diese Jahreszeit war es eiskalt in Chicago, denn der Wind blies vom Lake Michigan her. Aber es dauerte noch eine Weile, bis der Verkaufswagen durch die Kabine kommen würde. Zuerst gab es etwas zu essen. Unglaublich, welche Freude dieses kleine Tablett mit Plastikbesteck, Plastikbecher und Kantinenessen hervorrief: ein Gefühl von unendlichem Luxus. Annika hatte sich bereits in einen etwas älteren Actionfilm mit Uma Thurman vertieft, während Line, die die Trends besser kannte, sich einen der neuesten Hollywood-Filme herausgesucht hatte. Elisabeh blätterte in ihrem Roman von Bellow, stocherte im Essen und trank reichlich Rotwein. So entspannt hatte er sie schon lange nicht mehr gesehen.

Er fühlte sich glücklich. Er mußte sich nun auch mit etwas beschäftigen. Aber es ging nicht. Er hatte keine Lust, den *Regenkönig* von Bellow zu lesen, obwohl ihn Elisabeth darum gebeten hatte. Er war auch nicht konzentriert genug, eine Ärztezeitschrift zu lesen, die er im letzten Moment eingesteckt hatte, und Filme waren nichts für ihn. Er blätterte in der *Herald Tribune*, ohne daß ihn eine der Schlagzeilen anregte. Afghanistan, Irak, Iran und der Mittlere Osten auf jeder Seite. Selbstmordattentäter, Kämpfe, Atomdrohungen. Hillary Clinton überall, und bald würde Präsident Obama den Friedensnobelpreis erhalten. Was für eine Welt. Er fand sie nicht mehr, die Bereiche, die ihn in seiner Jugend erfüllt hatten. Konzentrationsbereiche, dachte er. Sie waren es wert, gesammelt zu werden. Aber wann hatte er das letzte Mal ein Buch gelesen? Und wann hatte er eine Sinfonie von Anfang bis Ende gehört?

Die Kopfhörer! dachte er. Im Flieger hatten sie einen Kanal mit klassischer Musik. Pop und Jazz mochte er schon lange nicht mehr hören. Er fing an, alt zu werden, wie er zu Line sagte, jedesmal gegen ihre wilden Proteste.

Nach dem Drücken einiger Tasten fand er Schumann. Nicht ganz ideal bei seinem Gemütszustand, aber hörenswert. Das Klavierkonzert mit der Französin Hélène Grimaud.

Die Musik erfaßte ihn. Sobald er die Augen schloß, ging er darin auf. Er kannte sich wenig aus mit Musik, spürte aber die Autorität der Musik und der Pianistin, einen Sog, in dem sich unerwartet Räume der Stille und der Besinnung offenbarten. Er war kurz davor, einzuschlafen, da wurde die Musik von der Stimme des Flugkapitäns unterbrochen: »Gibt es einen Arzt in der Maschine?«

Thomas Brenner öffnete die Augen, nahm sofort den Kopfhörer ab und gab einer Stewardeß, die gerade vorbeiging, ein Zeichen, erklärte, daß er Arzt sei.

Elisabeth und die Töchter schauten ihn gespannt an. Was war los? Er zuckte die Schultern und stand auf, folgte der Flugbegleiterin nach vorne. Er überlegte, wie weit sie bereits über dem Wasser waren. Der Gedanke, nach Kopenhagen zurückfliegen zu müssen, war genauso schrecklich, wie Elisabeths Fest abzubrechen, weil Tulla einen Schlaganfall erlitten hatte. Daß er solche Gedanken hatte, bevor er überhaupt wußte, was passiert war, rief eine tiefe Beschämung bei ihm hervor. Damit war er selbst zu einem glänzenden Beispiel für die Selbstsucht und den Egoismus der westlichen Welt geworden. Denke immer zuerst an dich selbst. Fing er tatsächlich an, sich seines hippokratischen Eides so unwürdig zu erweisen? Arzt sein bedeutete schließlich, bei jeder physischen Not oder Katastrophe einzugreifen, ohne an Vorteile oder andere Interessen zu denken.

Sie saß in der Business class, und sie war alt. Sehr alt, dachte Thomas Brenner, als er sie erblickte. Eine von diesen umtriebigen Amerikanerinnen, vermutlich mit skandinavischen Vorfahren, auf dem Rückflug von einem Familientreffen in der alten Heimat. Sie bestand nur aus Haut und Knochen und war mit Goldschmuck behängt, das Haar geföhnt und gesprayt, so daß die künstlichen Locken hart waren wie Stahlwolle. Er hielt Ausschau nach anderen Ärzten, aber da kam niemand.

War er der einzige Arzt unter den über zweihundert Passagieren? Das war natürlich möglich, gefiel ihm aber nicht. Der Kabinenchef erklärte, was geschehen war. Der Kapitän stand auch dabei. Die alte Dame war nach dem Essen aufgestanden, um im Gepäckfach über dem Sitz etwas in ihrer Tasche zu suchen. Sie habe fürchterlich herumgewühlt, sagte ihr Nebenmann, ein junger, dänischer Geschäftsmann mit aufgeklapptem Laptop. Nach einigen Minuten des Suchens hatte sie sich an die Brust gefaßt und war einfach zurück in den Sitz gefallen. Daraufhin hatte der Däne den Kabinenchef gerufen. Inzwischen war die alte Frau wieder aus ihrer Ohnmacht erwacht.

»Angina pectoris«, sagte Thomas Brenner, und sein eigenes Herz pochte nach allen Seiten. »Sauerstoffmangel im Herzmuskel. Haben Sie Nitroglyzerin? Betablocker? Kalziumblocker?«

»Nitroglyzerin«, sagte die Frau auf dänisch und deutete auf ihre Handtasche. Thomas atmete erleichtert auf. Also hatte er recht. Aber die Gefahr war nicht vorüber, es konnte ja der Beginn eines Herzinfarkts sein. Schwer zu sagen, aber er mußte jedenfalls etwas unternehmen.

Die alte Dame schaute ihn dankbar an. Diese sanfte, dänische Freundlichkeit. »Sie sind wahrlich im rechten Moment gekommen.«

»Haben Sie diese Anfälle öfter?« fragte er.

»Ja, immer öfter«, sagte sie.

Man sollte sie nicht in ein Flugzeug setzen, dachte er, während sie die Tablette lutschte. Er mußte eine Entscheidung treffen. Seine ärztliche Verantwortung meldete sich, er konnte sie ja nicht im Flugzeug sterben lassen, nur damit Familie Dahl pünktlich nach Chicago kam.

»Sie kennen sich selbst besser«, sagte er, während er ihren Puls kontrollierte und das Stethoskop und den Blutdruckmesser aus dem Notfallkoffer holte. »War das ein normaler Anfall?«

»Kein Anfall ist normal«, sagte die alte Dame mit einem kleinen Lächeln. Ihm kam es fast so vor, als würde sie die Aufregung, die sie hervorrief, amüsant finden.

»Sie verstehen vielleicht nicht, was ich meine«, sagte er. »Soll der Flug nach Chicago fortgesetzt werden, oder wollen Sie zurück nach Kopenhagen?«

»Um Gottes willen nicht nach Kopenhagen«, sagte die Dame erschrocken. »Ich *muß* nach Chicago! Mein Enkelkind heiratet morgen!«

Er nickte, horchte und kontrollierte. Er dachte an Elisabeth. Er vermutete, daß sie ihn verdächtigte, Tullas Schlaganfall erkannt zu haben. Aber sie hatte darüber kein Wort verloren. Er konnte jedenfalls diese alte Dame nicht allein lassen, wenn ein Herzinfarkt drohte. Er mußte sicher sein. Aber sicher war man ja nie, dachte er, besonders bei so alten Patienten. Sie hatte gesagt, daß sie fast neunzig Jahre alt war.

Er durfte in ihrer Tasche kramen, um festzustellen, welche Medikamente sie sonst noch nahm. Marevan und Betablocker. Das beruhigte ihn. Ein freundlicher Mensch in einem gebrechlichen Körper. Unglaublich, wie genügsam die Seele werden konnte, dachte er. Der Kapitän, ein Norweger, stand unbeweglich da und wartete auf seine Entscheidung. Er war der Arzt, und er kam sich jedesmal so lächerlich vor, wenn er soviel Macht hatte, egal ob in seinem Sprechzimmer, im Krankenhaus, im Pflegeheim oder im Flugzeug in zehntausend Meter Höhe.

»Weiterfliegen«, sagte er zum Kapitän, der dankbar nickte und sofort wieder im Cockpit verschwand. Jeder hat seine eigenen Interessen, dachte Thomas Brenner auf einmal verärgert. Er verließ die liebenswürdige Dame und die Luxusatmosphäre der Business class, sobald er sicher war, daß das Nitroglyzerin wirkte.

Während er zu seinem Platz zurückging, hörte er die Durchsage des Kapitäns, daß die Situation geklärt sei, daß es der Patientin gutgehe, daß das Flugzeug den direkten Kurs nach Chicago einhalte, daß ein Applaus für den Arzt angebracht sei. Elisabeth und die Töchter lächelten ihm stolz zu. Sie klatschten ebenfalls. Er errötete vor Verlegenheit und Scham.

Für Thomas Brenner war die Freude an dem Flug verdorben. In den folgenden Stunden wartete er nur darauf, daß ihm die Stewardeß auf die Schulter tippen und sagen würde, nun sei es ernst, denn die alte Dame habe einen Herzinfarkt erlitten. Wie kurz sie waren, diese Sekunden, in denen man das Gefühl hatte, etwas unter Kontrolle zu haben. Ansonsten hatte man ja immer das Gefühl der Unzulänglichkeit. Aber niemand von der Crew verlangte nach ihm. Dafür bekamen er und die Familie Gratis-Champagner, als sie sich Chicago näherten.

Der Tag war zwei Stunden älter, als sie nach neun Stunden landeten, und Elisabeth mußte den Platz mit Thomas tauschen, um den Anflug sehen zu können. Dieser Flughafen, einer der belebtesten der Welt, spielte in Saul Bellows Büchern eine zentrale Rolle. Sie überflogen den Lake Michigan. Als die Maschine tiefer ging, konnte auch Thomas Brenner die Landschaft sehen, die Autobahnen mit all den Autos, endlose Kilometer menschlicher Zivilisation. Der große Amerikaner neben Elisabeth merkte nichts von ihrer Neugier und verdeckte fast die gesamte Aussicht mit seiner Ausgabe von *USA Today*. Auf dem ganzen Flug hatte er Bier und Kognak getrunken, und das lächerliche, blaue T-Shirt spannte über seinem Bauch und roch nach Schweiß. Thomas hätte ihm am liebsten die Zeitung weggenommen, aber die Töchter waren zwischen ihm und Elisabeth, und er ließ es bleiben.

Alle waren müde, als sie das Flugzeug verließen. Es hatte zu dämmern begonnen. In einer endlosen Schlange kamen die Flugpassagiere von den Gates hinein zum Terminal und konzentrierten sich auf die große Bewährungsprobe: die amerikanische Paßkontrolle.

Thomas und seine Familie blieben etwas zurück, und er konnte ein paar Worte mit seiner Patientin wechseln, die im Rollstuhl gefahren wurde und versicherte, daß alles in Ordnung sei. Ein herzlicher Abschied vom Kapitän, auch er war erleichtert. Diese Phase der Reise an einen neuen Ort war jedesmal die schlimmste, dachte Thomas. Die Phase, bevor man ins Hotel kam. Wenn noch alles fremd war.

Wieder in Amerika. Lange her seit dem letzten Mal, dachte er. Da waren die Töchter noch klein, und Bergljot und Gordon hatten auf sie aufgepaßt, während er und

Elisabeth in New York im Hilton-Hotel zu einem Ärzte-kongreß waren. Sie waren mit seinen Kollegen zusammen-gewesen und mit Elisabeths alten Bekannten vom Außen-ministerium, das enge Beziehungen zu Telenor pflegte. Der ungewöhnliche, kulturell interessierte Konsul Leik-voll veranstaltete in seiner Wohnung in der Fifth Avenue großzügige Empfänge, bei denen sich Menschen aus den unterschiedlichsten Kreisen trafen. Anschließend hatte er sie ins Village Vanguard mitgenommen, einen Jazzclub in Greenwich Village.

Thomas hatte es geliebt, mit Elisabeth zu verreisen, auch wenn sie die Mädchen nur ungern allein ließen. Aber da-mals waren sowohl Tulla und Kaare wie Bergljot und Gor-don noch so rüstig, daß ihnen nicht einmal die Vorstellung eines Flugzeugabsturzes angst machen konnte.

Und jetzt waren sie zum erstenmal gemeinsam auf die-sem krisengeschüttelten Kontinent, in der Heimatstadt Saul Bellows und des amtierenden Präsidenten. Brav stellten sie sich auf, um abgelichtet zu werden. Dann die Fingerabdrücke. Hier schlüpfte keiner durch. Und kaum hatten sie die Einreise und den Zoll hinter sich, tauchten sie ein in den Alltag Amerikas. Der unausgeschlafene, schwarze Taxifahrer, der sie willkommen hieß und alle in eines der üblichen, verbeulten und inzwischen auch le-bensgefährlichen gelben Autos verfrachtete.

Annika und Line waren zum ersten Mal in den USA und sogen mit großen Augen die Eindrücke des Highways auf, bis sich im Osten plötzlich die Skyline Chicagos zeigte, die der von New York ebenbürtig ist. Elisabeth deutete auf die wichtigsten Wolkenkratzer, die beim Näherkommen immer besser zu sehen waren.

»Sears Tower«, sagte sie. »Water Tower.« Thomas fiel es immer noch schwer, zu verstehen, warum Elisabeth eine so starke Beziehung zu dieser Stadt hatte, die in erster Linie für Geld und Macht stand, wofür Elisabeth sonst nur Verachtung übrig hatte. Entweder hatte es mit einer Spaltung ihrer Persönlichkeit zu tun, oder es gab Erlebnisse, von denen Thomas nichts wußte, die sie ihm verheimlicht hatte. Es war ein interessanter Gedanke, daß eine oder mehrere der Asienreisen, die sie früher unternommen hatte und bei denen sie sich nur selten meldete, eigentlich verdeckte Reisen nach Chicago gewesen waren. Vielleicht war es einem dieser Schriftstellerschurken gelungen, sie zu verführen und ein Innenleben lebendig werden zu lassen, das Thomas ihr nie hatte entlocken können. Zwar waren sie einmal zusammen im Kaukasus gewesen, aber bei ihren anderen Reisen konnte sie ihn durchaus hintergangen haben. Exotische Souvenirs gab es auch in Chicago genügend, davon war er überzeugt. Eigentlich hatte er nie etwas verstanden, dachte er. Er war zu Hause in seiner Arztpraxis gesessen und hatte kranke Menschen am laufenden Band behandelt und gleichzeitig versucht, seine Kinder großzuziehen. Es war nie Zeit oder Gelegenheit, nachzuforschen, was Elisabeth eigentlich trieb, und er hatte auch nie das Bedürfnis danach. Zwar hatte er gestutzt, als sie diesen Aushilfsjob bei Burlington Ltd. annahm, aber wirklich überrascht von ihr war er erst jetzt im Taxi, als er sah, wie hellauf begeistert sie vom Anblick dieser Wolkenkratzer war. So lebhaft sie auch wirkte, war sie doch ganz bei sich. Sie *wollte* etwas von dieser Stadt. Und wieder schien alles so offensichtlich: Sie war auf Pilgerfahrt zu Saul Bellow, aber sie war auch unterwegs zu ihrem ersten Roman.

Aber darüber konnte er natürlich mit ihr nicht sprechen. Sie mußte selbst entscheiden, was sie erzählen wollte. Es würde ihn allerdings nicht wundern, wenn während dieser

Reise etwas an die Oberfläche käme. Ihm war aufgefallen, daß sie vor zwei Tagen bei der Feier das Gespräch mit den eingeladenen Autoren gesucht hatte. Nach all den Floskeln sehnte sie sich danach, mit jemandem ernsthaft zu reden, und dazu wählte sie die Autoren.

Sie fuhren hinein in die Stadt, drangen erstaunlich schnell ins Zentrum vor. Die endlosen Vorstädte lagen im Norden und Süden. Von Westen her ließ sich die Stadt leichter erobern. Obwohl man sich zwischen diesen Häusern, wo auf wenigen Quadratkilometern einige der höchsten Wolkenkratzer der Welt standen, rasch sehr klein vorkam. Und auf der anderen Seite: Lake Michigan mit den eisigen Nordostwinden.

»Ey, komm mit in meine Stadt, meine Sta…hadt, Sta… ha…hadt«, sang Line und schnippte mit den Fingern.

»Wo wohnste nu?« parierte Annika sofort. Dann kicherten beide. Und im Nu waren sie vor dem Palmer House Hilton. Aber egal, wie groß und prächtig und altmodisch amerikanisch es war, es wirkte kleiner, als er es sich vorgestellt hatte. Vielleicht war das zur Zeit das Problem der USA, dachte er, daß nichts mehr wirklich groß war. Weder die Präsidenten noch die Rockstars oder die Wolkenkratzer oder die Wirtschaft. Daß es dieser Handvoll Terroristen tatsächlich geglückt war, den Anspruch Washingtons zu zerstören: Nabel der Welt zu sein. Armut, Naturkatastrophen, wirtschaftliche und politische Unruhen hatten das Land dem Abgrund wesentlich näher gebracht. Aber von diesen Fakten ließ sich Elisabeth Dahl nicht beeindrucken. Sie war einfach nur entzückt und dankbar, in der East Monroe Street anzuhalten und zu sehen, daß Palmer House Hilton nach wie vor existierte, wie zu Bellows Zeiten.

Und für Thomas Brenner konkretisierte sich jetzt das

Gefühl, daß sie schon einmal hiergewesen sein mußte. Ihre fast verlegene Zurückhaltung im Flugzeug. Der kindische (und teure) Kauf der Kenzo-Schals. Als wollte sie betonen, daß sie diese Stadt nicht kannte und deshalb Verhaltensregeln treffen mußte.

Der Gedanke löste allerdings weder eine Beunruhigung noch gar Eifersucht bei ihm aus. Was gewesen war, das war vorbei. Aber er beobachtete sie plötzlich bewußter als vorher und stellte fest, daß sie bereits auf dem Bürgersteig der übrigen Familie mitteilen konnte, daß die Rezeption sich nicht zu ebener Erde befand. Zwei muskulöse, dunkelhäutige Liftboys in burgunderroten Livreen halfen ihnen, das Gepäck hineinzutragen. Dann gelangten sie in den gewaltigen Bar-, Restaurant- und Rezeptionsbereich, und den beiden Mädchen blieb schier die Luft weg, nicht zuletzt, als sie zur Decke starrten und die Gewölbe sahen, die gigantische Architektur mit ihren Ornamenten und Ausschmückungen.

Plötzlich wirkten die Staaten wieder groß, denn am Flughafen hatten sie erstaunlich klein gewirkt. Line war etwas enttäuscht gewesen, man hätte genausogut im Terminal von Landvetter in Göteborg ankommen können. Thomas Brenner merkte, daß er vom Treppensteigen außer Atem war. Es überlief ihn eiskalt, als er ausrechnete, daß er sich jetzt der Zweitagegrenze näherte. Jetzt mußte er ein stärkeres blutverdünnendes Mittel als Albyl-E. nehmen. Andererseits gab es Kardiologen, die meinten, drei Tage seien auch noch vertretbar. Das war sicher früher so, aber da wußte man noch nicht soviel. Wenn das Herz aus dem normalen Sinusrhythmus geriet und das stunden-, ja tagelang anhielt, konnten sich die Thrombozyten zusammenklumpen, und das Risiko für eine Thrombose würde immer größer.

Er blieb stehen und versuchte, wieder Luft zu bekommen, merkte, daß ihn Line etwas erstaunt anschaute. Er schwitzte sicher auch, und der Alkohol und der Streß im Flugzeug hatten alles nur verschlimmert.

Er nahm alle Kraft zusammen, marschierte zur Rezeption und wies sich aus mit Paß, Kreditkarte und einem Ausdruck der Reservierung. Er wollte immer ganz sichergehen. Zugleich hatte er Ehrfurcht vor all dem Neuen, auch vor der freundlichen, dunkelhäutigen Frau, die ihm aus unerfindlichem Grund erzählte, daß sie aus Georgia käme. Er dachte im ersten Moment an Tbilissi, bis er begriff, daß er Sklaverei, Baumwolle und Erdnüsse denken mußte. Sie meinte es gut, wußte nichts von Europa. Trotzdem waren beide weit von zu Hause entfernt. Aber die Reservierung erwies sich als korrekt. Sie hatten zwei Zimmer im Executive Floor in der dreiundzwanzigsten Etage, mit Zugang zur Executive Lounge. Das konnten sie sich gönnen, weil der Dollar momentan so tief stand. Elisabeth blickte immer noch mit großen Augen um sich.

Er erhielt die elektronischen Karten und ging zu dem Aufzug, den die Frau aus Georgia ihm gezeigt hatte, den Rest der Familie im Schlepptau. Einer der Liftboys wartete mit dem Gepäck und nickte kurz. Er würde nachkommen.

»Ich denke an Eddie Murphy und Beverly Hills«, sagte Annika begeistert.

»Ich denke an Paris Hilton«, sagte Line und verdrehte die Augen gen Himmel.

Der Aufzug, der direkt in die obersten Etagen fuhr, sauste nach oben.

»Wußtet ihr, daß Hilton ein einfacher Norweger aus Jessheim war?« sagte Elisabeth mit einem Lächeln. »Wir fuhren mit dem Flughafenzubringer nach Gardemoen fast an seinem Geburtsort vorbei.«

»Tatsächlich ein Norweger?« sagte Annika beeindruckt.

»Genau«, sagte Elisabeth, »ein norwegischer Siedler. Sicher ein armer Schlucker, der mit zwei leeren Händen und einigen Kohlköpfen im Acker begann, aber den Kapitalismus im Kopf hatte. Mehr braucht es oft nicht.«

»Dreiundzwanzigste Etage«, ertönte eine weibliche Stimme aus dem Lautsprecher.

Sie landeten direkt in der Executive Lounge. An den kleinen Tischen wimmelte es von Leuten mit Laptops und Notebooks, die Geselligkeit suchten. Bier, Wein, Whisky, aus dem Bildschirm an der Wand plärrte CNN, genau wie zu Hause. Thomas hatte geglaubt, daß jemand von der Rezeption sie begleiten würde, wie früher einmal, aber das war wohl nicht mehr üblich. Sie fanden ihre Zimmer und steckten die Schlüsselkarten in die Türöffner; er konnte sich nicht erinnern, daß das jemals beim ersten Versuch geklappt hätte. Die Töchter waren schneller als ihre Eltern. Aber schließlich standen alle in ihren Zimmern, und Annika öffnete freudestrahlend die Verbindungstür zwischen den Räumen und rief: »Caramba!« Noch ein plötzliches Glücksgefühl, und Thomas suchte nach der Minibar, öffnete die schweren Schranktüren, prüfte die Blumentapete und klopfte auf den Schreibtisch, fahndete nach Geheimfächern, aber nirgends ein Kühlschrank. Er rief bei der Rezeption an, fragte höflich nach der Minibar. Eine Männerstimme klärte ihn auf, daß das Hotel über diese Einrichtung nicht verfüge, daß der Herr aber alles in der wenige Meter entfernten Executive Lounge bekommen könne. Er versuchte, seinen Ärger zu verbergen, und öffnete die Tür zum Flur, sagte, er sei gleich wieder da. Keiner seiner Damen hörte ihn. Sie waren mit den Details in den Bädern beschäftigt, rochen an den »Crabtree & Evelyn«-Seifen, betrachteten zufrieden den großen Fernseher und packten ihre riesigen Kenzo-Schals aus. Er kehrte mit einem Kellner und zwei Tabletts zurück. Auf dem einen standen vier große Flaschen mit Wasser. Auf dem anderen standen zwei Flaschen Champagner. Kurz darauf waren die Flaschen offen, und sie konnten sich zum wer weiß wievielten Male an diesem Tag zuprosten. Schließlich gehörte das zu einem sechzigsten Geburtstag. Elisabeth und Thomas blickten gleichzeitig auf die Uhr. Zu spät, um in Norwegen anzurufen. Es war dort nach Mitternacht. Er fühlte sich erleichtert. Elisabeth legte sich aufs Bett, das Champagnerglas in der Hand. »Unglaublich, wir sind angekommen!«

»Aber wir müssen etwas essen!« sagte Annika.

»Du kannst dir einen Burger aufs Zimmer bringen lassen«, sagte Thomas. »Oder auch mehrere.« Er hatte keine Lust, hinunter ins Restaurant zu gehen. Und so bestellten sie Caesar Salad, Romano Chicken, zweimal Real Burger und zwei Flaschen Rotwein. An einem Abend wie diesem keine Beschränkung. Die Töchter warfen sich wie zwei kleine Mädchen aufs Bett. Line hatte gelesen, daß die Decken irrwitzig viele Federn hatten. »Sicher die besten Betten Amerikas«, rief Thomas im Spaß. Aber sie nickte voller Ernst. »Absolut, Papa.«

Die Schwestern waren glücklich, beschwipst und müde. Sie aßen alles auf und zappten durch die amerikanischen Fernsehkanäle. Elisabeth verdrehte die Augen gen Himmel, ließ sie aber gewähren.

»Früher war ein anderes Land eine gewaltige Umstellung«, sagte sie.

»Aber heute nicht mehr, Mama«, sagte Line und leckte den Ketchup vom Burgerteller.

»Daheim beginnt jetzt bald ein neuer Tag. Wollt ihr nicht schlafen gehen? Ich bin jedenfalls todmüde.«

Sie ging ins Bad, ohne auf Antwort zu warten. Wie

schön sie ist, dachte Thomas und folgte ihr mit den Augen. Der schlanke, formvollendete Körper. In seinen Augen war sie nie anders gewesen. Er liebte sie über alles. Er merkte, wie glücklich auch die Töchter waren, ihr so nahe zu sein. Keinerlei Streß. Keine plötzlichen Anrufe aus dem oberen Stockwerk. Sie waren vor etwas geflohen, dachte er. Und das durften sie eigentlich nicht. Sie würden dafür bestraft werden. Hart bestraft.

Aber auch die Töchter waren müde und gingen in ihr Zimmer. Natürlich mußten alle schlafen, dachte Thomas Brenner, obwohl er nicht müde war. Er spürte den speziellen Flimmerschmerz. Trotzdem war er ruhig. Er nahm heimlich noch eine Albyl-E und wartete, bis er ins Bad konnte. Dann duschte er lange, putzte die Zähne, zog den Pyjama an. Drüben im anderen Zimmer waren die Töchter bereits im Bett, als er aus dem Bad kam. Er rief ihnen wie in Kinderzeiten zu, daß sie das Licht ausmachen sollten, daß sie still sein sollen. Da kicherten sie und erinnerten ihn daran, daß sie längst erwachsen seien. Er ließ die Tür offen und legte sich zu Elisabeth. Sie war schon bettwarm, und er umfing sie in einem plötzlichen Begehren, aber das war nicht der rechte Moment. »Schlaft gut, Mädchen!« riefen beide todmüde.

Aber die Töchter tuschelten und flüsterten weiter. Der Fernseher lief. Und als Thomas fast eingeschlafen war und Elisabeth bereits schnarchte, schlichen sie sich zu ihren Eltern und legten sich dazwischen, drängten die Eltern seitlich nach außen, wie in der Kinderzeit. Bald schliefen alle vier eng umschlungen, während CNN im andern Zimmer weiterhin die Weltneuigkeiten ausposaunte.

Thomas Brenner erwachte jäh und spürte sein Herz hämmern. Er war naß geschwitzt. Zum Glück lag er ganz außen. Er schlüpfte aus dem Bett und schlich hinüber in das andere Zimmer, schaltete den Fernseher aus und schaute auf die Uhr. Fast sechs Uhr früh.

Bald würden sie alle wach werden. Unmöglich zu schlafen, wenn man mit der Zeitzone sieben Stunden nach Westen gerutscht ist, dachte er. Sie hatten einen langen Tag vor sich. Er mußte das Flimmern jetzt stoppen. Sonst würde der Rest der Reise nicht zu machen sein. Irgendwo hatte er gelesen, daß manche Leute die Arrhythmie durch Bewegung in den Griff bekamen. Also mußte er hinunter in die achtzehnte Etage ins Fitneß-Studio. Er hatte weder Turnschuhe noch Trainingsanzug, aber das war jetzt egal.

Ohne zu duschen, zog er eine weiche Baumwollhose an, dazu ein schwarzes T-Shirt und die üblichen Hausschuhe. Dann ging er hinaus auf den Flur und an der Lounge vorbei, wo das Frühstück vorbereitet wurde. In einer halben Stunde wurde geöffnet. Sie waren Frühaufsteher in dieser Stadt, dachte er.

Als er in den großen Trainingsraum kam, wurde dieser Gedanke bestätigt. Schon bevor er die Glastür erreichte, hörte er das Summen. Der Raum war voll. Und das um sechs Uhr früh! Sie standen auf den Laufbändern und liefen wie verrückt, keuchten auf dem Crosstrainer oder strampelten auf Trimmrädern. Trainierten mit Hanteln. Frei war nur ein Climber hinten im Raum. Wie er genau diese Bewegung haßte, auch wenn sie besonders effektiv war. Wie durch tiefen Schnee stapfen oder wie im schlimmsten seiner Alpträume, wenn er von dem großen Haus hinauf zum Auto lief und die Räuber aus dem Osten ihn verfolgten. Er durchquerte den Raum. Niemand beachtete ihn. Jeder war ganz und gar in seiner eigenen Welt. Was trieb sie dazu? dachte er. Direkt nach dem Schlaf – Kopfhörer, laute Musik und Bewegung. Die Luft war zum

Schneiden. Eine Stimmung der Verzweiflung. Wie in einem Käfig mit zu vielen weißen Mäusen. Der Kampf der Tiere um die Hamsterräder. Mißmutig stieg er auf den Climber und begann zu treten. Wie wenig Kraft er nur noch hatte! Das Herz schlug jetzt noch schneller und unregelmäßiger. Er wußte nicht einmal, ob das Trainieren gefährlich war, wenn man einen Anfall hatte. Aber er *mußte* ihn stoppen! Wenn nicht, würde man es ihm anmerken. Mangel an Achtsamkeit. Es würde eine Wand entstehen zwischen ihm und der Welt. Solange man Herzflimmern hatte, dachte man nur an das Flimmern. Man tat so, als würde man an etwas anderes denken, und dabei achtete man einzig und allein auf den unregelmäßigen Rhythmus irgendwo in der Brust.

Wer hatte eigentlich geschrieben, daß das Herz ein Organ der Seele ist? Wenn das Herz so lange Zeit unregelmäßig schlug, hatte er das Gefühl, jederzeit sterben zu können. Was wurde jetzt gerade im Blut aufgewirbelt? Wie viele Sekunden war er von einem Gerinnsel entfernt? John Gregory Dunne hatte keine Ahnung gehabt, daß er sterben mußte, als er mit dem Whiskyglas am Kamin saß, zwanzig Minuten bevor er starb. Thomas Brenner hatte es selbst erlebt, daß er Patienten Rezepte ausstellte, die dann am nächsten Tag starben. Die individuelle Dynamik der Krankheit. So unterschiedliche Dramaturgien. Die einen wurden von einer Sekunde zur andern aus der Bahn geschleudert, die andern waren jahrelang ans Krankenlager gefesselt.

Zehn Minunten hielt er es aus auf dem Climber. Dann gab er auf, schweißgebadet, machte ein paar einfache Übungen auf der Matte, trocknete sich mit den Handtuch ab, trank einige Gläser Wasser und nahm schließlich den Aufzug hinauf zum Executive Floor. Am Eingang hatte bereits die Concierge Platz genommen, eine strenge Person, die allein durch ihre Existenz den Raum in das Interieur eines Schwarzweißfilms verwandelte. Mit ihrer soliden Dauerwelle und der tadellosen Livree wirkte sie wie eine Figur aus einer Geschichte von Raymond Chandler, und er mußte an Bette Davis denken, an den »film noir«. Schon als sie ihm einen guten Morgen wünschte, wußte er, daß sie ihm helfen konnte. Er brauchte dringend Medikamente, Marevan und Tambocor, also Flecainid. Wie leichtsinnig, daß er sich diese Mittel nicht aus Norwegen mitgebracht hatte. Aber dazu war keine Zeit gewesen, und er hatte nicht damit gerechnet, daß der Anfall so lange dauern würde.

Er setzte sich auf den Stuhl vor ihrem Concierge-Tisch und erklärte dieser Mrs. Schwartz, wie das Namensschild am Kragen verriet, daß er Marevan brauchte, außerdem Athrombin-K, Coumadin, Panwarfin oder wie zum Teufel man diese Mittel in diesem erzkapitalistischen Land nannte, wo es sicher eine Vielzahl von Pharmafirmen gab. Außerdem Flecainid, das in Norwegen Tambocor hieß und in den USA irgendeinen anderen Namen hatte. In jedem Fall war es ein Antiarrhythmikum. Er sagte, daß er Arzt sei, daß er ihr die nötige Bestätigung dafür geben könne, er habe sie im Zimmer, aber es sei eilig.

Mrs. Schwartz nickte, als seien ihr die Namen all der Mittel, die er aufgezählt hatte, vertraut. Dann bückte sie sich zu ihrer Tasche.

»Ich kann Ihnen jetzt sofort mit Flecainid aushelfen, weil ich das Medikament selbst einnehme. Schwieriger wird es mit Panwarfin. Das zu besorgen dauert ein bißchen. Wie viel Flecainid brauchen Sie, mein Herr?«

Er hätte ihr vor Freude um den Hals fallen können. Und wie alle Flimmerpatienten hätte er sie am liebsten nach ihrer Krankengeschichte und ihren Erfahrungen gefragt.

Aber etwas an ihrer Ausstrahlung, diese klare, feminine Würde, hinderte ihn daran. Statt dessen sagte er, daß ihm ihre Großzügigkeit eine sehr große Hilfe sei. Wieviel sie entbehren könne? Gleichzeitig bestand ein Dilemma: Wenn er jetzt Flecainid nahm, würde zwar der Flimmeranfall mit hoher Wahrscheinlichkeit aufhören, umgekehrt aber die Gefahr eines Blutgerinnsels mit hoher Wahrscheinlichkeit zunehmen. Das fehlte gerade noch, daß er hier in Chicago einen Infarkt bekäme, dachte er, und gelähmt heimtransportiert werden müßte. Aber er spürte, daß ihm nichts anderes übrigblieb. Deshalb nahm er begierig die Tabletten, die sie ihm gab.

»Mehr wage ich nicht, Ihnen zu geben«, sagte sie. »Außerdem brauche ich den Rest selbst.«

»Sie leiden unter Herzflimmern?« fragte er. Sie nickte kurz, wollte nicht darüber reden.

»Ich werde mich mit der nächstgelegenen Apotheke in Verbindung setzen«, sagte sie. »Die öffnet bald. Trotzdem brauche ich eine Kopie Ihrer ärztlichen Zulassung.«

»Die bekommen Sie«, versicherte er. Dann erklärte er ihr seine Situation, daß die Angelegenheit geheimgehalten werden müsse, um die Familie nicht zu beunruhigen. Sie nickte verständnisvoll.

»Kommen Sie einfach bei nächster Gelegenheit unauffällig bei mir vorbei.« Er bewunderte ihr Taktgefühl und ihre Art, sich auszudrücken. Er ging direkt zum Frühstücksbüfett, nahm ein Glas Wasser und schluckte zwei Tabletten. 200 Milligramm. Vielleicht etwas mehr? Schnurzegal. Dann ging er den Flur entlang zu den Zimmern, in denen sich ausgewählte Personen der Dahl-Familie verschanzt hatten, wie Line es leicht rotweinbeschwipst am Vorabend ausgedrückt hatte.

Natürlich waren sie wach. Die Töchter saßen in ihrem Zimmer vor dem Fernseher und zappten. Elisabeth absolvierte auf dem Doppelbett ihre Yoga-Übungen. Sie hatte die bewundernswerte Fähigkeit, all diese buddhistischen Weisheiten in den Alltag zu integrieren, dachte er. Im Flugzeug hatte sie meditiert, so gut es in der Touristenklasse eben möglich war, saß lange Zeit mit geschlossenen Augen, ohne zu schlafen. Jetzt unterbrach sie ihre Übung, bei der sie für einen Moment aussah wie ein Fischreiher. Nun richtete sie sich auf und wurde zum graziösen Schwan.

»Guten Morgen Papa«, riefen die Töchter mit fröhlichen Stimmen.

Er rief zurück.

»Wir haben doch gut geschlafen?« fragte Elisabeth.

»Ja, oder etwa nicht?« sagte er.

»Wo bist du gewesen? Du siehst verschwitzt aus.«

»Auf Erkundungstour. Ich habe das Fitneß-Studio ausprobiert ...«

»Das Fitneß-Studio?« Annika starrte ihn verständnislos an.

»Den Frühstücksraum eben.«

Sie akzeptierte die Lüge. Er schaute auf die Uhr und zählte die Minuten. Gewöhnlich wirkte Tambocor nach einer Stunde.

»Wo frühstücken wir?« sagte er, bevor er duschen ging.

»Auf dem Zimmer«, sagte Elisabeth.

»In der Lounge«, sagte Line.

»Unten im Restaurant«, sagte Annika. »Ihr wißt schon, das große Büfett.«

Annika setzte sich durch, und eine Viertelstunde später standen sie im Aufzug hinunter zum Lockwood-Restaurant.

Thomas spürte, daß sein Herz jetzt anders arbeitete, ein Wechsel zwischen periodisch schnellem Sinusrhythmus, acht bis zehn Schläge nacheinander, und einer Art Bradykardie, langsame, kräftigere Schläge. Das machte ihm Angst. Ventrikelflimmern konnte ohne Vorwarnung einsetzen. Da war er innerhalb von Sekunden tot. Er konnte Elisabeth und den Töchtern schlecht sagen, daß alles in Ordnung sei, daß er sich nur rasch einen Herzschrittmacher besorgen müsse.

Beim Verlassen des Aufzugs faßte sich Elisabeth an den Kopf.

»Herrgott, wir müssen ja zu Hause anrufen.«

Line stöhnte. »Hat das nicht Zeit bis nach dem Frühstück?«

Thomas merkte, daß Elisabeth ihn fragend anschaute. Als seien sie beide auf frischer Tat ertappt worden. Sie hatten keinen Gedanken an die Alten verschwendet! Sie hatten nur die neue familiäre Freiheit genossen. War das nicht erlaubt? Nein, entschied er für sich. Und wenn, dann war es ungewohnt.

»Natürlich können wir es noch etwas aufschieben«, sagte Thomas Brenner endlich. »Bei ihnen ist erst früher Nachmittag.«

Elisabeth nickte. Die Töchter atmeten erleichtert auf.

»Amerikanisches Büfett!« sagte Annika. »Ich freue mich wie ein kleines Kind.«

Eine junge, dunkelhäutige Frau erwartete sie am Eingang. Thomas nannte die Zimmernummern. Sie antwortete in starkem Chicagoer Dialekt, der unmöglich zu verstehen war, und führte sie ins Restaurant. Annika blickte sich mit ängstlichen Augen um.

»Wo ist das Büfett?« fragte sie schließlich.

»Tut mir leid, junge Dame, aber wir haben keines.«

»Es gibt keines? Aber es stand doch in der Informationsmappe.«

»Heute nur à la carte. Vielleicht morgen.«

»Warum?«

»Die Fans der White Socks checken heute ein. Und das sind viele.«

Also die Finanzkrise, dachte Thomas. Ihm war auch aufgefallen, daß am Vorabend Potter's Bar hinter der Rezeption geschlossen gewesen war.

»So ist das, Annika«, sagte Thomas. »Die Arbeitslosigkeit in dieser Stadt nimmt ständig zu.«

»Das erinnert an Saul Bellow«, sagte Elisabeth. »Eine Welt, die langsam, aber sicher aus den Fugen gerät. Die Industrie in dieser Region ist außerdem völlig am Ende.«

»Und deshalb sind wir hergekommen?« fragte Line lakonisch.

»Herrlichkeit und Abstieg eines Landes«, fuhr Elisabeth fort. »Jetzt ist Europa an der Reihe, billigen amerikanischen Luxus zu kaufen. Ein ständiges Hin und Her. Nichts ist dauerhaft. Die Jagd nach Glück, die so viele von uns in den Abgrund führt.«

»Und wer sind die White Socks?« fragte Annika etwas genervt.

»Der Baseballclub«, antwortete Elisabeth. »Der Stolz der Stadt.«

»Woher weißt du das alles, Mama?«

»Weiß man etwas über Saul Bellow, dann weiß man eine Menge über Chicago. Laßt uns bestellen.«

Sie bekamen Wasser mit Eisstücken in großen Gläsern. »Igitt, das schmeckt nach Chlor«, rief Line.

»Wir können Wasser in Flaschen bestellen«, sagte Elisabeth. Thomas merkte, wie beschwingt sie war, die Atmosphäre genoß, sich von nichts und niemand beirren ließ. Sie bestellten aus der riesigen Speisekarte. Eier in allen Arten der Zubereitung. Thomas nahm einen großen Schluck Wasser und spürte erleichtert, wie das Herz vom Kälteschock in normalen Sinusrhythmus überging. Aber dann fiel ihm ein, daß das zu schnell war. Ein Puls von über hundertfünfzig, der wie ein Pingpongball nach allen Seiten hüpfte oder wie bei diesen Spielautomaten, in denen ein Ball im Zickzack hin und her knallte. Obwohl er es noch nie gehabt hatte, wußte er, daß das Kammerflattern begonnen hatte.

»Was ist los, Papa?« Annika schaute ihn besorgt an.

»Nichts. Das Wasser schmeckt tatsächlich nach Chlor.« Es war eine Zeitfrage, bis er mit der Wahrheit herausrücken mußte, dachte er. Aber noch hielt er es aus. Flattern war noch schwieriger mit Medikamenten zu kontrollieren als Flimmern. Das Flecainid hatte das Flimmern beseitigt, bescherte ihm aber eine andere Rhythmusstörung. Er verspürte einen Anflug von Panik. Nur eine elektrische Kardioversion würde ihm jetzt helfen. Einfinden mit nüchternem Magen. Fünfzehn Minuten Vollnarkose mit Propophol. Dasselbe Arzneimittel, an dem Michael Jackson starb. Einige gewaltige Stöße und schwupp – wieder normaler Sinusrhythmus. Aber das konnte er nicht machen, während sie in Chicago waren. Er mußte warten, bis sie wieder nach Hause kamen. Außerdem war das nicht so einfach. Er sollte vorher mindestens drei Wochen Marevan genommen haben.

»Hört zu«, sagte Line, verdrehte die Augen gen Himmel und las aus der Hotelbroschüre vor. »Im September achtzehneinundsiebzig öffnete dieses Hotel für Gäste. Dreizehn Tage später brannte es ab. The Great Chicago Fire. Oder wie es hier steht: ›Die böseste Stadt der Welt war in Schutt und Asche gelegt.‹ Sind sie hier so böse, Mama?«

»Das genau war es ja, worüber Bellow schrieb«, sagte Elisabeth und lächelte. »Chicago als Abbild der Welt, der Gesellschaft, der Zivilisation, der wir angehören. Wir sind alle Glücksritter. Aber welche Mittel setzen wir ein, um das Glück zu erlangen?«

»Und darüber schreibt er?«

»Unter anderem.«

»Aber hört weiter«, sagte Line eifrig. »Potter Palmer, der dieses Hotel erbaute, fuhr nach St. Louis und ging zu einer Bank. Er bat um einen Kredit von siebzehn Millionen Dollar, ohne eine andere Sicherheit als seine Unterschrift.«

»So läuft es noch immer in diesem Land«, nickte Elisabeth Dahl.

»So läuft es bei uns auch«, sagte Annika und verdrehte die Augen. »Denkt nur an die Kaufleute und die Romsdalfischer. Man verdient nicht eine Milliarde oder zehn, wenn man nicht irgendwann jemanden betrogen oder bestohlen hat. Ja, möglichst viele betrügen oder bestehlen, das ist es.«

»So hätte es auch Bellow ausdrücken können«, sagte Elisabeth.

»Hier steht nicht, wen Potter Palmer betrogen hat«, fuhr Line fort. »Er baute jedenfalls dieses Hotel in Rekordzeit wieder auf, im Wettlauf mit dem Grand Pacific Hotel. Als er verlor, bastelte er ein Häuschen aus Pappe, stellte es in die Rezeption seines Palmer House und schrieb darauf: ›Das ist das Material, aus dem das Grand Pacific gebaut ist‹.«

»Der wahre Kapitalismus«, nickte Thomas Brenner.

»Aber Palmer House war das erste feuersichere Hotel in den USA«, sagte Line begeistert. »Potter Palmer forderte die Leute sogar dazu auf, in ihren Hotelzimmern Feuer zu legen und danach die Tür eine Stunde geschlossen zu halten. Wenn sich das Feuer dann nicht ausgebreitet hatte,

brauchte der Brandstifter nur für die Schäden aufkom-
men, die er selbst verursacht hatte, plus den Preis für das
Zimmer natürlich.«

»Wieder typisch Kapitalismus.«

»Das war noch nicht alles. Im Friseurladen flieste er den
Boden mit Silberdollarmünzen. Er muß größenwahnsin-
nig gewesen sein. Zweitausend Gästezimmer, dreißig Kilometer Flure. Wenn ein einundzwanzigjähriger Gast jede
Woche in einer der verschiedenen Badewannen baden
würde, wäre er, bis er alle benutzt hätte, vierundsechzig
Jahre alt. Und würde jemand in jedem der Zimmer über-
nachten wollen, würde das sechs Jahre beanspruchen. Und
hier wohnen *wir*!«

Als sie mit dem Frühstück fertig waren, gingen sie hinunter zu den Arkaden mit den vielen kleinen Geschäften und
versuchten, sich einen Überblick zu verschaffen.

»Laßt uns den Ausgang zur Wabash Avenue benutzen,
um etwas Luft zu schnappen«, sagte Elisabeth. Woher
kannte sie den? fragte sich Thomas. Das Flattern verur-
sachte ein Schwindelgefühl, aber er schwitzte nicht mehr
so stark, solange ihm das Treppensteigen erspart blieb.
Zum Glück gab es in diesem Gebäude überall Fahrstühle.
Sie gingen zu den golden eingerahmten Türen. Ein großer, dunkelhäutiger Liftboy, den sie schon vom Vortag
kannten, grüßte und fragte das übliche »How are you?«.
Thomas wurde bei diesen Höflichkeitsfloskeln immer
verlegen. Sollte man erwidern »I'm fine, Thank you«? Er
horchte auf Elisabeth. Sie sagte kurz: »Fine. How are you?«
So kamen sie ins Gespräch. Er hatte sich immer gewundert, wie schnell Amerikaner zu plaudern begannen. Er
begleitete sie hinaus auf die Straße. Eisiger Wind schlug
ihnen entgegen. An eine solche Kälte konnte sich Thomas

nicht erinnern. Als würde sie der Lake Michigan aus tiefster Tiefe anblasen. Die Mädchen fröstelten. »Hier können wir nicht stehenbleiben«, riefen sie im Chor. Sie hatten ja keine Jacken an. Der Liftboy wollte wissen, woher sie kamen. Norwegen. Der übliche Meinungsaustausch. Genauso kalt wie hier. Vielleicht kälter. Manchmal bis minus zwanzig Grad. »Warum wohnt ihr dann dort?« fragte der Mann. Sie wußten keine Antwort. »Lauft ihr Ski?« »Nicht alpin, nur Langlauf«, sagte Line in dem irritierenden amerikanischen Slang, den sich die norwegische Jugend dank der albernern Fernsehserien zugelegt hatte. Der Liftboy begann zu lachen. Ja, dachte Thomas Brenner, sie standen hier wie Kuriositäten. Aber genau solche kuriosen Typen hatten dieses Land aufgebaut. Der Großvater von Potter Palmer war sicher ein arbeitsloser Pferdemistfahrer irgendwo aus Europa. Er konnte sich nicht bezähmen:

»Hilton war Norweger«, sagte er.

»Welcher Hilton?«

»Der dieses Hotel gekauft hat. Einer der Vorfahren von Paris. Conrad N. Hilton. Ich glaube, er stammte aus Jessheim.«

»Was ist Jessheim?«

»Eine Straßenkreuzung in Norwegen.«

»In Amerika ist alles möglich«, sagte der Liftboy lakonisch und zuckte die Schultern.

»Wir müssen jetzt reingehen«, sagte Line. Sie nahmen den Aufzug zum Executive Floor. Thomas prüfte heimlich seinen Puls, als die andern es nicht sahen. Stabil bei hundertsechzig. Das war viel zu hoch. Ein Mensch mit hundertsechzig Puls hat gerade einen Spurt nach dem Marathon hinter sich oder die Goldmedaille im Schwimmen gewonnen. Er dagegen tappte nur durch ein Luxushotel. Ein massives Gebäude aus Stein und Beton, das auf ihn trotz der eleganten Ausstattung wie ein Gefängnis wirkte. Ein gnadenloser Ort. Gnadenlos, wie Amerika einmal gewesen war und immer noch ist, Obama hin oder her.

»Wir müssen zu Hause anrufen«, sagte Elisabeth, und ihr Blick wurde abwesend. Er hörte das leise Seufzen der Töchter. »Wir müssen mit Mama anfangen«, sagte sie. »Mit Janne. Nein, mit dem Krankenhaus.«

»Selbstverständlich«, sagte er.

Sie setzten sich auf die Bettkante, und er wählte die Nummer des Ullevål-Krankenhauses. Plötzlich begriff er, daß sie es so wollte. Je nach Situation schob einer den anderen vor. Er bekam eine Verbindung mit der Station. Eine freundliche Krankenschwester. Sie waren in den Großkrankenhäusern immer so entgegenkommend, nicht so überlastet wie in anderen Einrichtungen des Gesundheitswesens. Er sagte, wer er war. Er hörte sofort die ernste Tonlage. Gab es Probleme? »Ich werde Ihnen die zuständige Schwester geben«, sagte sie. Es verging eine Minute, Elisabeths Gesicht war voller Fragen, dann hörte er eine Frauenstimme im Trondheimer Dialekt. Schwester Magnhild. »Stimmt etwas nicht?« fragte er. »Tulla Dahl bekam leider heute nacht erneut einen Schlaganfall«, sagte sie. Er mußte das sofort an Elisabeth und die Töchter weitersagen. »Ein neuer Schlaganfall …« Elisabeth zuckte zusammen, flocht die Finger ineinander und starrte zum Fenster. Schwester Magnhild erklärte die Lage. Man habe sie mit Medikamenten versorgt. Die übliche Vorgehensweise. Natürlich. Aber zunächst etwas schwierig einzuschätzen. Ein Blutgerinnsel. Immer ein Lotteriespiel. Sie sei jetzt beim Röntgen. Ja, sie könne einigermaßen sprechen. Nein, das Bett könne sie nicht verlassen. Bedaure. Tut mir sehr leid. So etwas passiert. »Die Prognose«, sagte Elisabeth. Er signalisierte, daß sie den Hörer haben könne, aber das wollte sie nicht. Er fragte, ob Janne in der Nähe sei. Ja, sie könnten mit ihr sprechen. Da griff Elisabeth nach dem Hörer. Sie begann zu weinen. Es war immer so schrecklich, wenn Elisabeth weinte, dachte er. Sie wurde dann so hilflos. Er wollte nicht, daß sie so verzweifelt war. Die Töchter auch nicht. Sie klopften ihr auf den Rücken, während sie telefonierte. Sie beruhigte sich rasch. Wollte unbedingt mit Tulla sprechen. Janne sagte nein. Die Schwestern redeten lange miteinander. Wie gut, daß sie eine Schwester hat, dachte Thomas. Diese übertriebene Besorgnis, als befinde sich Tulla im Frühling des Lebens. Wie lange würde sie wohl noch am Leben sein? Er sah das Szenario vor sich. Die gleiche Situation wie im Brenner-Haus. Tulla im Pflegeheim. Kaare allein im oberen Stockwerk, noch hilfebedürftiger. Ohne Anspruch auf einen Pflegeheimplatz, solange Elisabeth da war. Man sollte es so machen wie Potter Palmer, dachte Thomas, und zur Bank von Norwegen gehen und einen Kredit über siebzehn Millionen verlangen mit der eigenen Unterschrift als einziger Sicherheit. Das müßte funktionieren. Mit Geld spekulieren und innerhalb weniger Wochen Riesensummen anhäufen. Sozial verantwortlich betrügen. Dann selbst ein Pflegeheim bauen und die Eltern dort unterbringen. Elisabeth beendete das Telefonat, gut getröstet von ihrer Schwester Janne. »Wir können sowieso nichts machen«, stellte Annika fest und die Mutter nickte. Andreas hatte seine Rückreise nach Vestlandet verschoben, es würde schon alles laufen. Sie waren in den USA. Elisabeth rief Kaare an. Er wußte noch nichts. Andreas ging ans Telefon. Sie redeten lange. Und sie konnte mit Kaare sprechen, der in seinem Sessel auf der anderen Seite des Atlantik saß und weinte. Sie versuchte ihn zu trösten, zeigte wieder ihre alte Stärke. Achtsamkeit. Die erstaunliche Ruhe, die über sie kam, wenn er es am wenigsten erwartete.

Sie hatten bereits eine Stunde telefoniert, als Elisabeth endlich auflegte. Line und Annika hatten sich fertiggemacht, um in die Stadt zu gehen. »Aber jetzt muß ich anrufen«, murmelte Thomas. »Ich muß Mutter anrufen. Ich muß Vater anrufen.« Da gab es keine Diskussion. Elisabeth verstand das immer. Als Bergljot ins Pflegeheim kam, hatte Gordon zu ihm gesagt: »Ab jetzt mußt du mich morgens und abends anrufen, und du mußt öfter kommen als vorher.« Ja, hatte er gedacht, früher war er häufig im Brenner-Haus, aber nicht täglich. Und jetzt war er in den USA. Sekunden später hörte er Vater schreien: »Amerika sagst du? Was machst du in Amerika?« Er erzählte von ihrer Reise. Aber der Vater wollte davon gar nichts hören. »Du mußt mir Kleiderbügel besorgen!« rief er. »Die speziellen für Hosen, Vater?« Er merkte, daß er ebenfalls schrie. Aber sie waren ja trotz allem durch ein Weltmeer getrennt. »Ja, ganz richtig, woher weißt du das?« »Du hast mich schon einmal danach gefragt, Vater. Ich hatte keine Zeit, aber vielleicht klappt es jetzt. Ich kann sie hier in Chicago kaufen.« »Das wäre schön«, rief der Vater.

Er hörte die Dankbarkeit in seiner Stimme. Ihm wurde etwas versprochen. Eine kleine Abwechslung im Alltag. Thomas dachte, daß der Vater nach dem Auszug von Bergljot tapfer gewesen war. Er hatte nicht gejammert. Aber er brauchte die kleinen Abwechslungen. Wer brauchte die nicht? Die ganze Gesellschaft war auf Konsum eingestellt. Sich hastig sein Quantum Glück kaufen. Machten sie nicht genau das jetzt in Chicago?

Er erzählte Vater von Tulla, obwohl das nicht nötig gewesen wäre, aber er tat es, obwohl er sah, daß Annika demonstrativ ihren Kenzo-Schal und die Jacke auszog, sich im andern Zimmer aufs Bett setzte und den Fernseher einschaltete. Er hörte, daß der Vater ungläubig reagierte, als sei es unvorstellbar, daß Tulla, ausgerechnet Tulla, einen Schlaganfall bekam. Gordon fragte den Sohn aus, wollte aus ärztlicher Sicht wissen, was davon zu halten war. Jetzt begann auch Elisabeth ungeduldig zu werden, ohne etwas zu sagen. Er merkte es nur an ihren rastlosen Bewegungen. Aber er mußte ja noch die Mutter anrufen. Bergljot. Mehrmals mußte er dem Vater versprechen, auch sicher in einer Woche zurück in Oslo zu sein, erst dann konnte er sich verabschieden und das Gespräch beenden.

Im Pflegeheim gingen sie nicht immer ans Telefon. Besonders am Wochenende war es fast unmöglich, eine Verbindung zu bekommen. Aber wenn er Glück hatte, würde jemand das Mobiltelefon abnehmen und bei Bergljot Brenner klopfen, damit der Sohn mit ihr sprechen konnte. Nach langem Läuten und dem Knistern in der Leitung hörte er Leilas Stimme:
»Sie wollen mit ihr sprechen?«
»Ja bitte.«
Es vergingen noch ein paar Minuten, dann hörte er die Stimme der Mutter. Sie war jedesmal dankbar, wenn er anrief.
»Besuchst du mich heute?«
»Nein, ich bin in Amerika, Mutter.«
»Ach ja, stimmt.«
Sie fragte ihn, wie es ihm gehe. Er erzählte ihr von Tulla.
»Ja, wir werden zu alt«, sagte sie.
Er protestierte. Sie mochte es, wenn er das tat. Es wurde zu einer Art Spiel. Die gleichen Sätze immer wieder. Aber er merkte, daß sie sich freute, seine Stimme zu hören.

»Du mußt mir beim nächsten Mal, wenn du kommst, ein Schrägband mitbringen.«

»Was ist ein Schrägband, Mutter?«

Elisabeth drehte die Augen gen Himmel, streichelte aber mit den Fingern seinen Nacken.

»Ich brauche es zum Nähen«, sagte Bergljot. »Das Nähen habe ich nicht aufgegeben.«

»Ich weiß, Mutter. Aber wo gibt es in Oslo einen Kurzwarenladen?«

»Unten im Hedgehaugveien«, sagte sie sofort. »Auf der linken Seite, wenn du von oben kommst.«

»Besorge ich nächste Woche«, antwortete er. »Versprochen.«

Als er endlich auflegen konnte, sah er, daß zwei Stunden vergangen waren, seit sie zu telefonieren begonnen hatten. Sein Puls lag unverrückbar bei 160. Ein total verwirrtes Herz, dachte er. Wie sollte er unauffällig Mrs. Schwartz treffen?

»Tut mir leid, Mädels«, sagte er. »Aber *jetzt* sind wir unwiderruflich bereit für Chicago.«

Sie machten das Zeichen für Sieg, zogen ihre Jacken über. Die Nachricht von Tullas erneutem Anfall hatte Elisabeths Unternehmungsgeist nicht zu dämpfen vermocht.

»Jetzt wollen wir uns die Stadt ansehen«, sagte Elisabeth voller Energie.

Sie hatten ihre dicksten Winterklamotten angezogen.

»Meine Stadt. Ey, meine Stadt«, sang Annika aufgekratzt.

»Wo wohnste nu?« parierte Line.

»Wir nehmen den Stadtführer mit«, sagte Elisabeth.

»Fein«, sagte Thomas Brenner. Dabei brauchte sie keinen Stadtführer. Sie kannte diese Stadt in- und auswendig.

Auf dem Weg zum Aufzug kamen sie bei der Concierge vorbei. Er wechselte einen Blick mit Mrs. Schwartz. Sie nickte ihm unauffällig zu. Im Fahrstuhl gab er vor, seine Brieftasche im Zimmer vergessen zu haben, und schlüpfte hinaus, kurz bevor sich die Türen schlossen. »Ich komme gleich nach«, sagte er und vergewisserte sich, daß der Fahrstuhl nach unten fuhr.

»Panwarfin habe ich bekommen«, sagte sie und griff nach einer kleinen Schachtel unter ihrer Theke.

»Sie sind ein Engel«, sagte er.

»Ich setze es auf Ihre Hotelrechnung.«

Er nickte dankbar, legte aber trotzdem einen Hundertdollarschein auf ihre Theke. Sie ließ den Schein sofort unauffällig verschwinden. Er ging ans Büfett, nahm ein Glas Wasser und schluckte einige der Tabletten, fuhr dann mit dem Aufzug ins Erdgeschoß und stieg auf der Prachttreppe hinunter auf die Straße. Dort standen die anderen und warteten auf ihn.

»Das Crillon könnte nicht imposanter sein«, murmelte Thomas.

»Dort servieren sie wenigstens kein Chlorwasser«, sagte Annika.

»Meine Güte, mußt du dich schon wieder beschweren?«

Er versuchte sich zu erinnern, wann sie das letzte Mal alle zusammen so gut aufgelegt gewesen waren. Das war jedenfalls lange her. Eisiger Wind schlug ihnen entgegen, kaum standen sie am Anfang der East Monroe Street. Der Liftboy kam diensteifrig an. »Taxi?«

»Nein danke«, sagte Elisabeth. Und mit einem fragenden Blick zu den andern: »Wir gehen doch zu Fuß?«

»Haben Sie den Wetterbericht nicht gehört?«

»Nein?«

»Schneesturm ist angesagt. Im Laufe der Nacht.« Er verdrehte die Augen. »Die Hölle geht wieder los.«

Aber Elisabeth ließ sich nicht beeindrucken. »*Him with the foot in his mouth*«, sagte sie.

»Was bedeutet das?«

»Das ist eine Novellensammlung von Saul Bellow«, erwiderte sie.

»Keine Ahnung wovon Sie reden.«

»Von Bellow, dem Nobelpreisträger!«

»Sorry, Ma'am.«

»*What kind of day did you have*. Flughafen O'Hara im Schneesturm. Kein Flugverkehr mehr möglich.«

»Richtig. Wann wollen Sie zurück nach Europa?«

»Wir sind gerade erst angekommen.«

Er nickte. »Aber wenn Sie die Stadt sehen wollen, müssen Sie sich beeilen. Morgen wird hier alles zusammenbrechen.«

Thomas Brenner meinte so etwas wie Freude im Elisabeths Gesicht zu sehen. Ihr gefiel diese Aussicht.

»Wir wohnen ja nahe bei den großen Sehenswürdigkeiten«, sagte er. »Dorthin können wir auch bei Schnee. Wichtig ist nur, daß Elisabeth die Schauplätze von Bellows Büchern sieht.«

Sie schaute ihn dankbar an und warf dann den Töchtern einen prüfenden Blick zu. »Ich hatte das nicht für heute geplant«, sagte sie. »Aber wenn ihr nichts dagegen habt. Es ist ja eine Art Pilgerreise.«

»Dann müssen wir auch das Haus von Obama besuchen.«

»Sicher. Es liegt nicht weit von Bellows letzter Wohnung.«

Alle waren glücklich. Die Töchter hatten eigentlich nie Schwierigkeiten gemacht, dachte er. Auch als sie in der

Pubertät waren und später als Teenager konnte man mit ihnen reden. Da gab es ganz andere Fälle. Er wußte, daß Vigdis in Kongsberg jahrelang auf Zehenspitzen gelaufen war, bis ihre Töchter erwachsen waren. Ein Terrorzustand, denn alles, was sie machte, war falsch. Er erinnerte sich, daß er Elisabeth gefragt hatte, ob es dergleichen auch in Rußland gab. Konnten die Mädchen in den ärmlichen Dörfern im Kaukasus sich ebenso gegen die Eltern auflehnen wie im reichen Teil der Welt? Sie glaubte es nicht. Der Liftboy winkte ein Taxi heran, und sie stiegen alle vier ein, Annika vorne, damit es hinten nicht zu eng wurde. Am Steuer saß eine dunkelhäutige Frau, die sofort drauflos redete. Thomas Brenner verstand nur die Hälfte, konnte ihr aber erklären, daß sie eine Stadtrundfahrt machen wollten. Einige wichtige Punkte in den Vororten, ehe der Schneesturm anfing. Sie nickte vielsagend. »Es wird die Hölle«, sagte sie.

»Wir streichen den Humboldtpark und die Claremont Avenue«, sagte Elisabeth.

»Was ist da?«

»Dort wohnte Bellow ursprünglich, und dort ging er in die High School.«

Sie hatte das sicher schon früher gesehen, dachte er. Der Fahrerin sagte sie: Hyde Park bitte. 5801, South Dorchester. Und danach 51st Street und Greenwood.«

»Was wollen Sie dort?«

»Obama und Bellow«, sagte Elisabeth. »Kennen Sie Saul Bellow?«

»Bellow? Saul Bellow? Ein Fernsehstar?«

»Nein, ein Schriftsteller. Bekam den Nobelpreis für Literatur.«

»Schön für ihn«, sagte die Fahrerin. »Ich chauffiere euch, wohin ihr wollt. Und in dieser Stadt lieben wir Obama.«

Sie kreuzten die Michigan Avenue. »Art Institute!« rief Elisabeth begeistert. So gut aufgelegt hatte er sie schon lange nicht mehr erlebt. Oder spielte sie ihnen jetzt etwas vor? Diente die Reise dazu, eine Lüge ans Licht zu bringen? Ein Geheimnis aufzugeben, das sie quälte? Das tiefe Bedürfnis, reinen Tisch zu machen? Sie kamen zum South Lake Shore Drive und bogen nach Süden ab. Plötzlich verstand Thomas Brenner, was Mildred Låtefoss mit Hamar gemeint hatte. Beim Chicago Harbour lag es nahe, an den Mjøsa-See zu denken, obwohl sich Northerly Island nicht unbedingt mit Domkirkeodden vergleichen ließ und Palmer House Hilton mit dem Astoria-Hotel. Das Wetter war still und grau, wie vor einem Sturm. Und die Taxifahrerin redete auch von dem Sturm, der erwartet wurde, von irren Schneemassen, die drohten. Jeden Winter sah man in den Nachrichten diese Bilder von Chicago. Eiseskälte, Autos, die steckenblieben, hilflose Amerikaner, die Schnee schippten und den Reportern ihre Not klagten. Ein ewig gleiches Ritual. »Wie lange kann O'Hara gesperrt sein?« fragte Thomas Brenner. »Tagelang«, sagte die Fahrerin. Thomas Brenner gefiel diese Vorstellung. Das war es, was er sich wünschte. Ein Ausnahmezustand, der ihn noch enger mit Elisabeth und den Töchtern zusammenbringen würde. Er war nicht stark ohne sie, dachte er. Und die Töchter waren sowieso nicht stark ohne ihn und Elisabeth. Sie fuhren südwärts Richtung Hyde Park und Chicago University. Das, was ihn besonders an Bellows Büchern fasziniert hatte, war die mangelnde Fähigkeit der Hauptpersonen, ihre Grenzen zu erkennen. Einige von ihnen lebten über ihre Verhältnisse, zerstörten ihre Existenz, indem sie sich im Luxus verloren. In vieler Hinsicht ähnelte das einem Porträt der Mittelfeldspieler in Norwegen. Ein tiefer, katastrophaler Mangel an Selbsteinschätzung. Und zugleich: Lebenslust, Begierde. Elisabeth Dahl deutete von Rücksitz aus auf die Skyline, die langsam hinter ihnen verschwand. »Ist das nicht wunderschön?« Alle stimmten zu. Sie wollten ihr eine Freude machen, spürten alle, wie tiefempfunden ihre Begeisterung war. Sie bogen nach South Dorchester ab. »Aber das ist doch wie in Fredrikstad!« sagte Line erstaunt. Alle lachten. »Ein bürgerliches Vorstädtchen, sonst nichts«, sagte Elisabeth. »Je weiter du nach Süden kommst, um so brutaler sieht es aus.« Thomas Brenner hielt vergeblich auf den Straßen nach Menschen Ausschau. »Man fährt hier mit dem Auto«, klärte ihn Elisabeth auf. Niedrige Häuser in quadratischen Straßen. Er wurde melancholisch. Da hielt die Taxifahrerin vor einem enormen, altmodischen Gebäudekomplex, gegenüber von einem Sportplatz. »5801 South Dorchester«, verkündete sie und ließ den Motor laufen. Sie stiegen alle vier aus und stellten sich vor das riesige Gebäude, dessen massive Konstruktion Palmer House ähnelte.

»Unglaublich«, sagte Line. »Er muß reich gewesen sein.«

Elisabeth nickte. »Er *wurde* reich durch seine Bücher. Vielleicht nutzte er die Möglichkeiten des Kapitalismus, die auch in der Literatur funktionieren. Eigentlich eine grenzenlose Frechheit.«

»Wieso?«

Sie zögerte. »Weil er damit die nichtsahnenden Menschen ausnutzte, die ihn ursprünglich geliebt hatten. Dazu der ohrenbetäubende Applaus.«

»Ich verstehe, was du meinst«, murmelte Annika.

Sie hatten doch Bellow gar nicht gelesen, dachte er. Die Mutter hatte jeden Lesezwang vermieden, aber sicher gehofft, einmal von ihren Töchtern eine Reaktion zu bekommen. Das Interesse, das sie selber für diesen Schriftsteller gezeigt hatte, war ungeheuer. Thomas und die Töchter folgten ihr durch den Haupteingang ins Innere, wo sie mit der Pförtnerin reden wollte. Wieder so eine kräftige, dunkelhäutige Madame, die wie ein Wasserfall redete. Reservierte Zurückhaltung suchte man in dieser Stadt vergebens.

»Ach, Sie habe ich hier schon mal gesehen«, sagte die Frau und musterte Elisabeth.

»Unmöglich«, sagte Elisabeth. »Ich bin noch nie hier gewesen.«

»Wie kann ich Sie dann gesehen haben?«

Thomas Brenner sah, daß seine Frau nur den Kopf schüttelte. Aber sie errötete. Jetzt hatte er den Beweis, dachte er. Hier und jetzt. Und konnte nichts damit anfangen. Er würde es nie wagen, sie mit seinem Verdacht zu konfrontieren. Das würde nichts ändern. Aber er merkte, daß Annika und Line ihre Mutter zweifelnd anstarrten.

»Hier wohnte Saul Bellow, nicht wahr?«

Die Pförtnerin nickte.

»Gewiß wohnte er hier, Ma'am. Aber glauben Sie bloß nicht, daß ich Ihnen Geschichten aus seinem Leben erzählen kann. Alle seine Geschichten sparte er auf für die, die seine Bücher lesen.«

»Aber war er denn nett?«, wollte Line wissen.

Die Pförtnerin zuckte die Schultern. »Nicht besonders«, sagte sie. »Immer waren junge Leute um ihn. Studenten oder geheimnisvolle Frauen. Und Männer, die aussahen wie Gangster.«

»Genau wie in den Büchern.«

»Wirklich? Man sah ihn kommen und wieder verschwinden. Aber so ist es ja mit den meisten. Schrieb er gut?«

Elisabeth nickte. »Er war der Beste.«

Als sie wieder nach draußen gingen, sahen sie das Universitätsgelände mit der Sportanlage vor sich.

»Nichts, was man nach Hause schreiben könnte«, stellte Line fest.

»Tut mir leid«, sagte Elisabeth.

»Aber es war schön, daß wir es gesehen haben«, sagte Thomas.

»Die Frau sagte, sie hätte dich schon einmal gesehen«, fuhr die Tochter jetzt sehr skeptisch fort.

»Sie muß mich verwechselt haben.« Thomas sah, daß sich Elisabeth unbehaglich fühlte. »Zeit für Obama«, sagte er.

Als sie im Taxi saßen und die 51. Straße hinauffuhren, drückte sie seine Hand. Er küßte sie auf die Wange.

»Schön, es gesehen zu haben«, wiederholte er.

»Wie öde es hier ist«, sagte Annika plötzlich. »Wirklich kein Mensch unterwegs. Ist es wahr, daß Präsident Obama hier wohnte?«

Sie hielten vor einem großen, roten Haus. Die Nebenstraße war gesperrt. Ein Polizeiwagen stand dort. »Hier wohnte er«, sagte die Taxifahrerin. Sie stiegen aus und betrachteten das Haus. Die Polizei hatte eine Warntafel aufgestellt: Jeder, der hier anhält, tut das auf eigene Verantwortung und muß eine Erklärung abgeben. »Wir wollen aber nichts erklären, oder?« sagte Line.

»Fahren wir weiter«, sagte Annika und schüttelte sich. »Wir haben gesehen, was wir sehen wollten«, stimmte Elisabeth zu. »Jetzt geht es zurück zu ›The Loop‹.«

Line seufzte theatralisch. »Nicht Hugh Hefner? Nicht Oprah Winfrey?«

Er fühlte sich schlapp. In dem Augenblick klingelte sein Handy. Der durchdringende, irritierende Ton. Anruf aus Norwegen, wie er an der Nummer sah. Dort mußte es jetzt Abend sein. Er drückte auf den grünen Knopf und erkannte sofort die Stimme von Mildred Låtefoss.

»Thomas? Tut mir leid, dich zu stören. Du bist in Chicago?«

»Ja«, sagte er kurz angebunden. »Es paßt jetzt nicht so gut.«

Sie hörte nicht auf ihn.

»Es steht in der Zeitung«, sagte sie. »Im *Dagbladet*.«

»Was steht da?«

»Bekannter Arzt schikanierte Patientin mit groben sexuellen Anspielungen.«

Er schloß die Augen. Das mußte natürlich kommen.

»Kannst du mir vorlesen?«

Sie las. Aussagen der jungen Mutter und ihres Ehemannes. Geschlechtskrankheit. Pille. Alles wurde genannt. Ein Bericht aus neutraler Perspektive und ein Satz darüber, daß der Arzt, dessen Namen nicht genannt wurde, um Stellungnahme gebeten worden war, das aber abgelehnt hatte.

»Aber das stimmt nicht«, sagte er. »Daß ich eine Stellungnahme abgelehnt habe!«

Plötzlich fiel es ihm ein. Der Anruf an einem Vormittag, während der Sprechstunde. Bei vollem Wartezimmer, vor über einer Woche. Ja, ein Journalist. Wie konnte er das verdrängen? Wollte über Ärzte und sexuelle Belästigung etwas wissen. Da hatte es im Kopf von Thomas Brenner einen Kurzschluß gegeben. Er hatte aufgelegt. Nicht jetzt, hatte er gedacht. Nicht jetzt. Seitdem hatte er nichts mehr gehört.

»Das ist im Grunde keine so große Affäre«, sagte Mildred Låtefoss. »Aber mit einer ganzen Seite in der Zeitung groß genug. Ich hoffe, du verstehst, daß das mit dem … Verdienstorden unter diesen Umständen schwierig wird.«

Er fing an zu lachen. Natürlich, dachte er. Das war es, was sie im Kopf hatte! Und sie war böse auf ihn, daß er sich davongestohlen hatte, daß aus ihren Plänen nichts wurde.

»Das verstehe ich«, sagte er. »Es tut mir wirklich leid.«

»Ich dachte, es ist am besten, wenn du es sofort erfährst«, sagte sie gekränkt.

»Ja, das war gut«, sagte er. »Danke, daß du mich darauf aufmerksam gemacht hast.«

»Die Ärztevereinigung wird die Angelegenheit ja untersuchen müssen.«

»Untersucht, soviel ihr wollt.«

Er hörte an ihrer Stimme, daß sie ihn näher an sich binden, in der Rolle der Verbündeten einen Vorwand für neue Treffen herstellen wollte.

»Ich werde natürlich alles tun, um dir in dieser Sache beizustehen. Wir können uns treffen, sobald du zurück bist.«

»Das ist nicht nötig«, sagte er.

»Aber ich erinnere mich daran, was du mir erzählt hast, an dem Tag, als es passierte. Es bedeutete mir so viel, daß du mich ins Vertrauen gezogen hast. Ich werde dich nie im Stich lassen, Thomas.«

»Danke, Mildred.«

Er legte auf. Alle außer der Taxifahrerin starrten ihn an. Annika hatte sich vom Beifahrersitz umgedreht.

»Wer war denn das?«

»Mildred Låtefoss«, sagte er.

»Mildred Låtefoss? Was wollte sie denn?«

»Ich erzähle euch alles heute abend beim Essen«, sagte er. »Eine dumme Geschichte. Ich dachte nicht, daß so viel daraus werden würde. Aber ihr werdet natürlich alles erfahren.«

»Warum nicht jetzt?« sagte Elisabeth mit bekümmertem Blick.

»Alles zu seiner Zeit«, antwortete er und versuchte zu lachen. Aber im selben Augenblick begriff er, daß es aus war. Daß sie ihn fertigmachen würden. Die Journalisten. Die Ärzte. Daß der Vorfall an ihm kleben und ihn zerbrechen würde. Daß es nur eine Frage der Zeit war.

Auf einmal schlug das Herz wieder im normalen Sinusrhythmus. Er mußte fast lachen. Die Paradoxe in seinem Leben. Die plötzliche enorme Erleichterung.

Sie fuhren hinauf zum South Lake Shore Drive. Die Skyline von Chicago wuchs vor ihnen in die Höhe. Sears Tower und Water Tower mit den häßlichen Spitzen. Er fühlte sich auf einmal sehr fremd hier.

»Wir müssen unbedingt hinauf auf diese Türme, selbst wenn es einen Schneesturm gibt«, sagte Line.

»Selbstverständlich«, erwiderte Thomas Brenner.

»Aber vorher wollen wir an den Strand«, sagte Annika. »Ist das möglich?«

»Klar ist das möglich«, sagte Elisabeth. Sie bat die Frau am Steuer, die nächste Ausfahrt zu nehmen.

»Gute Idee«, sagte sie. »Bevor der Sturm anfängt.«

»Wird er sehr schlimm werden?« fragte Line ängstlich.

»Schlimm genug«, antwortete die Fahrerin, lächelte aber beruhigend. »Wenn Sie sich drinnen aufhalten, passiert nichts.«

»Drinnen im Palmer House«, sagte Annika und verneigte sich. »Da kann uns kaum jemand bemitleiden.«

Das Taxi fuhr bis zum Strand. Eine frische Brise aus Nordost blies ihnen entgegen.

»Weiter komme ich nicht«, sagte die Taxifahrerin.

»Das ist weit genug, vielen Dank«, sagte Elisabeth. »Können Sie ein paar Minuten warten?«

»Ich kann warten bis heute abend, Ma'am.«

Der Wind schien nicht mehr so kalt. Er hatte seit dem Vormittag merklich nachgelassen. Ruhe vor dem Sturm.

»Wohin wollen wir?« fragte Line.

»Nur ein Stückchen gehen«, sagte Elisabeth.

Sie gingen schweigend. Seite an Seite. Sie gingen nach Norden. Annika legte den Arm um ihren Vater, der neben ihr ging.

»Ich weiß, warum wir hier sind«, sagte Annika.

»Du weißt es?« sagte Elisabeth mit einem neugierigen Lächeln.

»Ja«, sagte sie. »Wir sind hier, damit Mama die Idee für einen neuen Roman bekommt.«

»Einen Roman, sagst du? Das hätte noch gefehlt!«

»Rede dich jetzt nicht heraus, Mama. In letzter Zeit hast du viel zu oft in deinem kleinen Büro gesessen. Das kann kein Zufall sein.«

Thomas Brenner schaute seine Frau an. Ihm fiel plötzlich auf, wie kurzatmig sie war.

»Ich muß schon sagen, deine Antennen sind fein eingestellt, Annika.«

»Es darf aber auf keinen Fall ein trauriges Buch werden«, sagte Line. »Saul Bellow schrieb ja fast nur traurige Bücher.«

»Sag bloß, du hast sie gelesen?«

»Ich kenne sie alle. Für wen hältst du mich denn? Wie heißt der letzte Satz in *Ravelstein*? Richtig. ›Ein Geschöpf wie Ravelstein überläßt man nicht so ohne weiteres dem Tod.‹«

»Hier ist niemand, der sterben muß«, sagte Elisabeth nachdrücklich.

»Nein, jetzt nicht«, sagte Annika. »Und darüber sollst du schreiben, Mama. In diesem Moment sind wir die Unsterblichen. In diesem Moment glauben wir daran, daß das Leben ewig währt. In diesem Moment kann uns nichts passieren.«

Elisabeth zuckte zusammen. Ein plötzlicher Schmerz. Thomas hatte das in den letzten Tagen mehrmals beobachtet, aber nicht gewagt, etwas zu sagen.

»Hier ist niemand, der sterben muß«, wiederholte sie.

Sie standen still da und schnupperten in den Wind. Nicht ein Schiff auf dem See. Er spürte sein Herz hämmern.

»In diesem Moment …« sagte er und hatte den Satz fertig formuliert im Kopf. Aber er kam nicht weiter. Der Kopf wurde schwer. Er konnte ihn nicht mehr tragen. Er reckte den Arm in die Luft. Wollte unbedingt etwas sagen. Etwas schreien wie sein Vater. Statt dessen wußte er, daß er fallen würde, daß tatsächlich geschah, was er erwartet hatte. Und trotzdem überraschte es ihn, denn es fühlte sich anders an, als er gedacht hatte. Und Annika sah es nicht, begriff es nicht. Als er zu taumeln anfing, legte sie einen eiskalten Finger auf seine Lippen.

»… ist es zu Ende«, japste er.

»Papa?«

Sand wurde aufgewirbelt. Jemand schrie.